必讀精選

韓國古典文學

6

· 인현왕후전
· 사씨남정기
· 계축일기

明文堂

고전은 겨레의 문학적 뿌리

고전은 절대로 골동품이 아니다. 고전은 시대의 흐름 속에 살아 있으며 서민대중과 호흡을 같이하는 데에 의의(意義)가 있다. 인류가 문자생활(文字生活)을 영위한 이래 수많은 문사의 기록이 생성 소멸되었고, 혹은 오늘에 이르도록 유존(遺存)되어 왔으나, 그 가운데서도 유독 문학유산(文學遺產)처럼 각 시대의 대중들과 더불어 희로애락을 함께 한 기록은 거의 없다. 이것은 문학이 딱딱한 지식이나 까다로운 도덕률을 전파하려 함이 아니라, 인간생활의 정서와 취미를 풍부하고 다채롭게, 그리고 아롱지게 하는 진정한 서민대중의 벗이기 때문이다. 그러므로 수많은 고전 중에서도 문학적인 소산(所產)만은 그 지닌 바 생명이 장구하며 무궁하다. 그러나 이와 같이 구원(久遠)한 생명을 지니고 있음에도, 고전문학은 동서양을 막론하고 현대의 독서층과는 오히려 먼 거리에 있었고, 오직 일부 식자층(識者層)의 독점물인 양 인식되어 왔던 것이다.

그 이유는 고전문학이 각기 그 시대의 문자, 즉 고어로 씌어져 있으므로, 그러한 고어(古語)에 어두운 후세 사람들은 읽기도 어렵거니와 시대 상황의 차이에 따라 내용 자체를 이해하기조차 힘들었던 탓으로 고전 문학은 오직 고어(古語)를 알고 고전을 이해할 능력이 있는 고어파(古語派)들의 연구대상으로서만 겨우 그 명맥(命脈)을 유지해 왔던 것이다. 우리는 이와 같은 점에 느끼는 바 있어, 고전소설을 한시 바삐 오늘날의 독자대중 앞에 보이고자 하는 초조한 마음으로,

첫째, 고전의 원모습을 그대로 지니면서도 현대인의 독서에 편하도록 문체와 체제를 다듬었고,

둘째, 일시에 고전을 조감(鳥瞰)할 수 있도록 전질(全帙)의 형식과 낱권으로도 읽을 수 있도록 편집하였으며,

셋째, 가급적 많은 독서대중에게 보급하기 위하여 염가판으로 이루어 놓은 것을 무엇보다 자랑스럽게 생각하는 바이다.

고전은 현대의 바탕이요, 이 현대는 다시 미래를 계시(啓示)해 주는 것이다. 따라서 고전에 무지할 때 현대는 우매해지고 미래를 기대할 수 없게 된다.

고전의 생명과 가치는 바로 여기에 있다. 우리의 고전소설들은 조선 일대(一代)에 걸치는 선조들의 흥분과 정서와 감각이 서려 있는 주옥 같은 작품들이다. 이것을 읽을 때 우리는 선인들의 감정세계를 거닐게 되고, 또 그들의 숨결도 느끼게 된다. 이 얼마나 즐겁고 고상한 정신의 산책(散策)인가!

고전을 읽자! 겨레의 문학적 뿌리인 고전을 읽어야 한다.

한국고전문학대계(韓國古典文學大系) 편집위원
代表 張 德 順

必讀精選 韓國古典文學大系

○ 차례 ○

仁顯王后傳

조선국 숙종대왕(肅宗大王)의 계비(繼妃)이신 인현왕후(仁顯王后) 민씨(閔氏)의 본은 여흥이시니 병조판서(兵曹判書) 여양부원군(驪陽府院君) 둔촌(屯村) 민공의 따님이시며 영의정(領議政) 둔촌 송선생의 외손이셨다.

모부인되시는 송씨가 기이한 태몽(胎夢)을 꾸고 정미(丁未) 사월 이십삼일 탄생하오시니 집 위에 서기에 일어나고 산실(産室) 안에는 향기로운 냄새가 은은하여 부모들이 소중히 생각한 나머지 집안 식구들로 하여금 이런 말을 내지 않게 하셨다 한다.

점점 장성하심에 남달리 재주가 뛰어나시고 용색(容色)이 찬란한 숙녀이시며, 고금에 방불하여 비할 데 없으시고 *여공(女功)과 몸의 거동 하나 하나가 민첩하기 이를 데 없어 마치 귀신이 돕는 듯하시되 그런 내색을 하시는 일이 없으시고, 마음 쓰심이 언제나 한결같이 변동이 없으시고 희노(喜怒)를 타인이 알지 못하고 무심무념한 듯하시고, 성질이 유한(幽閑)하시고, 덕도가 *빈빈하시고 효성이 남달리 뛰어나시고 마음됨이 겸손하시어, 모든 면에서 뛰어난 분이어서 종일 단정히 앉아 계시는 모습이 위연한 화기 봄볕과 같으시되, 단엄 침중하신 기상(氣象)이 감히 우러러 뵈옵기 어렵고, 맑고 좋은 골격이 설중매(雪中梅)와 같으시고 높고 곧은 절개 한천송백(寒天松栢) 같으시니 부모와 집안 어른들이 사랑하고 소중히 여기며 원근 친척이 다 기이함에 놀라고 탄복하여 어릴 적부터 동경치 않는 이 없어 꽃다운 향명(香名)이 세상에 널리 알려졌었다.

어느 해인가 세숫물 위에 붉은 무지개가 찬란하게 비침을 보고 아버님되시는 민공(閔公)께서 반드시 귀하게 될 줄 짐작하고 심중에 염려하여 범사(凡事)를 교훈함을 각별히 하여 더할 나위가 없고, 그 둘째 아버님되시는 노봉 민선생이 경학(經學)에 통달하여 엄중한 성품이심에도 불구하고 지극히 사랑하시어 이르시기를, 제 자질(資質)이 뛰어나 항상 변함이 없지만 인물이 지나치게 훌륭하면 귀신이 시기를

---

*여공(女功)——여자들이 하는 길쌈질.

*빈빈——성하여 빛남.

하여 싫어하는 법이니, 저 애가 과연 현명하고 아름다우니 수명이 길지 못할까 근심이 되노라고 하셨다 한다.

어머님의 상을 당하여 기중(忌中)이 되어 의행(義行)을 하셔 세월이 오래 되었으되 예의 넘고, 계모 조씨(趙氏)를 봉양하는 데 있어서도 지효지성(至孝至誠)으로 하시고 병이 위중하셔 데려다 앞에 두실 적이 많고 일러 말씀하시기를 이미 국모(國母)의 덕이 있다 하시니 거의 문중(門中)에서 성학지도(聖學之道)와 절부(節婦)의 규중(閨中)의 예행(禮行)을 모두 습득게 하시니, 설사 타고난 천성이 때를 만나지 못해다 이룸이 없다 하더라도 고어(古語)에 산고유출(山高流出)이요, 회심생취(回心生取)라 하니 명가지문(名家之門)의 성인지성(聖人之性)이 어찌 범용할 것이겠느냐.

경신년(庚申年)에 인경왕후 김씨 승하하시니 대왕대비께옵서 *곤위(坤位) 비었음을 근심하시어 간택(揀擇)하는 영을 내리오셔 숙녀를 구하시니, 청성부원군 김공이 후비(后妃)가 될 만한 덕색(德色)을 지녔다는 이야기를 자세히 들은 바 있었으므로 대비께 아뢰고 영의정 우암(尤菴) 송선생이 상전에 아뢰되,

"국모(國母)는 만민의 복이라 당금 병판(兵判)의 여식이 매우 현숙함을 신이 아옵나니 바라옵건대 전하께서는 번거로이 간선(揀選)치 마옵시고 대혼(大婚)을 완정하소서."

상감께서 칭선(稱善)하시고 대비께 아뢰시니 대비께서 크게 기뻐하시어 비망기(備忘記)를 내리시어 민공께 전교(傳敎)하시어 *지실(知悉)하라 하오시니 민공이 황공송연(惶恐竦然)하여 즉시 상소(上疏)하여 지극히 사양을 하니 그 사절하는 뜻이 간절하나 상감의 뜻이 이미 굳게 정해진 터라 허락하지 아니하시고, 세 번 상소를 거듭하매 *엄지(嚴旨)를 내리사 책망을 하시고 좌의정(左議政) 노봉 민공을 대궐에 들게 하시어 임금의 뜻을 거슬려 공손치 못함을 꾸중을 내리시니, 신

---

*곤위(坤位)——왕비의 자리.

*지실(知悉)——잘 알아서 처리하라는 뜻.

*엄지(嚴旨)——엄한 분부.

자(臣子)의 도리에 사양할 말이 없어 대궐에서 물러나 집에 돌아와 형제자질이 서로 대하여 황송해 하고 천은(天恩)을 감축하여 충의(忠義)의 눈물이 저절로 떨어짐을 깨닫지 못하였었다고 한다.

내시와 궁인을 보내시어 후(后)를 어의동(於義洞) 본궁으로 모실 때에 궁인이 상감님의 명(命)을 받잡고 후를 뵈옵고 놀라고 탄복한 나머지 부부인께 사뢰되, '궁인이 천은을 입사와 궁궐에 들어갔음에 대행(大幸) 성덕(聖德)을 뵈옵고 여린 안목이 팔십이 넘사오되 이와 같으신 영광스러운 성덕을 처음 뵈오니 국가의 만행이올 뿐더러 궁인이 오래 산 것이 영화로소이다' 하니, 부부인이 이불감을 선사하고 성은(聖恩)이 과도하심을 누누이 말씀하니 그 대하는 몸가짐 용모와 예절이 법도(法度)를 다하였으므로 상궁(尙宮)이 찬탄(讃嘆)하고 입궐하여 본 대로 아뢰니 대비께옵서 크게 기꺼워하시어 길일로 정한 날을 날마다 기다리시며 어찌 날이 이리 더디 가는가 하셨다 한다.

길일이 이르매 민공이 위의(威儀)를 갖추어 대례(大禮)를 행하시니 이때 상감의 춘추가 이십일 세이라, 좌우 신하들을 거느리고 별궁에 거동을 하시어 유상의 홍안을 전하시고 후(后)의 상교를 재촉하시어 황금봉연(鳳輦)을 친히 봉쇄하여 대내로 환궁하시니 이 모두가 세자빈(世子嬪) 가례(嘉禮)와 달라 대전(大殿)기개라, 농봉기치와 황금절월이며 만조백관이 시위하고 칠보단장(七寶丹粧)한 궁인 시녀가 큰 길을 덮어 십 리에 즐비하게 늘어서고, 향취 은은하고, 가는 풍류(風流) 소리 점차 후홍하였으니 웅장 화려함은 가히 짐작기 어려울 정도였다.

성 안에 사는 모든 백성이 길을 메워 천만세(千萬歲)를 축원하였다.

교배지례(交杯之禮)를 행하시니 예도가 눈이 부시고 성덕이 출어 의묘하시며 찬연한 색광(色光)은 명월이 추천(秋天)에 비껴 있는 듯, 조용한 맑은 광채 용상 앞에 보이니, 궁궐의 본색이 한꺼번에 탈색하고 천금보물(千金寶物)이 빛과 힘을 발하지 못하는 듯하니 궁 안에 있는 사람들이 크게 놀라 황홀하고 두 분 전대비 크게 기뻐하고 대견해 하시어 애중하심이 비할 데 없었노라고 한다.

이달에 왕비를 책봉하여 곤위(坤位)에 오르시고 비빈(妃嬪) 공주와 삼백 궁녀의 *조하(朝賀)를 받으시니 일기 화창하여 바람은 산들산들 불어 오고 *상운(祥雲)이 봉궐(鳳闕)을 둘러쌌으니 짐짓 태평 국모(國母) 즉위하시는 날인 줄 알 만하더라.

인심(人心)이 절로 돌아서 만백성들이 모두 기뻐해 마지않더라 한다.

후(后)께서 즉위하신 뒤, 두 분 전대비마마를 효양(孝養)하심에 하늘에 빼어난 효성 *동동촉촉(洞洞燭燭)하시고, 상감을 받들어 궁 안을 다스리심에 덕으로써 인도하여 유순하시고 *정정(井井)하시며 비빈궁녀(妃嬪宮女)를 거느리시는 데 있어서도 은애(恩愛)가 병행하시어 선악과 친소(親疎)를 사이 두지 않으시고 사람을 아끼고 사랑하는 화기가 봄동산 같으시어 만물이 다시 살아나는 듯하였다.

법도가 엄숙 *강명(剛明) 씩씩하시니 감히 우러러 뵈옵지 못하고 대궐 안에 있는 사람들이 모두 성덕을 *흠선(欽羨)하여 예도가 *숙연(肅然)하며 입궐하신 지 삼사 삭에 교회대치하여 화기가 아려(雅麗)하니 두 분 대비께서 극진히 애중하게 여기시어 국가의 복이라 축수하시고 상감께서도 공경중대하시며 조야(朝野)가 모두 흠복하였다.

두 분 대비께서 수도(受渡)를 우암(尤菴)께 내리시고 중궁(中宮)의 성덕을 못내 기리시고 충공(忠功)을 표창하시며 부부인에게도 각별히 상사(賞賜)를 많이 하사 대대로 그치지 않으사 *은영(恩榮)이 형특하시니 민부(閔府)에서 송황함을 마지아니하였다.

계해년(癸亥年) 겨울에 상감께오서 두환(頭患)으로 미령하오사 증세

---

*조하(朝賀)——조정에 나아가 임금에게 하례함.
*상운(祥雲)——상서로운 구름.
*동동촉촉(洞洞燭燭)——삼가고 조심하다.
*정정(井井)——조리가 바르다.
*강명(剛明)——성질이 강직하고 두뇌가 명석함.
*흠선(欽羨)——공경하여 부러워함.
*숙연(肅然)——삼가 어려워하는 모양.
*은영(恩榮)——임금의 은혜를 입는 영광.

위독하시니 후(后) 크게 염려하시어 주야의 때를 가리지 아니하시고 정성이 아니 미친 곳이 없고, 대비께오서 또한 조심하시고 우민(憂悶)하사 후(后)로 더불어 찬물에 목욕하시고 엄동설한에 후원(後苑)에 단을 모으사 친히 올라 주야로 축원하시니 후는 대비의 옥체(玉體) 상하심을 염려하오사 몸소 대행하여 치성할 바를 아뢰고 간절히 애원하시나 대비 듣지 아니하시고 주야로 정성을 한가지로 하시더니 창천(蒼天)이 감동하신 듯 가만한 가운데 도움이 있어 상감께오서 회춘하시니 신민이 열락(悅樂)하기 측량할 길이 없었던 터이다.

대비께서 상감이 미령하신 중 한설(寒雪)을 무릅쓰고 많이 근로하신 고로 옥체 자못 상하사 신음하시더니 점점 위중하시니 상감과 후께서는 어찌할 바를 모르고 곁에 모시어 주야로 시축하여 간병(看病)함을 마지아니하시고, 대신에게 명하여 동문(東門)에 있는 절에 빌라 하시며 조서(詔書)를 내리사 통개 옥문(獄問)하사 사죄인(死罪人)을 모두 놓아주시고 모든 어의(御醫)로서 시탕(侍湯)을 배설하여 의약을 지성으로 하시되 조금도 효험을 보지 못하시니 상감과 후(后) 망극하사 효행(孝行)하시니 신민이 *황황(遑遑)하더라.

섣달 초닷새 인시(寅時)에 창경궁(昌慶宮) 저승전(儲承殿)에서 대비 승하하오시니 춘추가 사십이 세셨다.

신민이 진동하고 궁중이 경황이 없고, 곡성이 하늘에 닿고 상감과 후(后) 애통하심이 지극하시어 일체 육찬(肉饌)을 들지 아니하시니 궁중이 상감과 후의 그 성효(誠孝)를 탄복지 않는 이 없었다 한다.

이러구러 삼년을 지내고 혼전(魂殿)을 파함에 상감과 후 새로이 영모 애통하시더라.

궁인 장씨(張氏) 비로소 후궁에 참예하여 희빈(嬉嬪)을 봉(封)하시니, 간교하고 민첩히 일하여 상의(上意)를 영합하니 상감께서 극히 총애하시었다.

무진년(戊辰年) 정월에 상감의 춘추가 삼십이 거의 되셨건만 농장(弄掌)의 경사를 보지 못하심을 근심하시는지라, 후(后) 깊이 염려하

*황황(遑遑)——마음이 급하여 허둥지둥함.

여 하루는 조용히 상감께 아뢰어 어진 후궁을 뽑으셔 자손 보심을 권하시었으나 상감이 허락지 않으시더니 후가 날마다 힘써 권하여 한 여자의 생산할 것을 기다리노라고 막중한 종사(宗社)를 가벼이 못할 것으로 간절히 아뢰니 정정한 덕과 유화한 말씀이 진정에서 우러나온 것임이 분명했었다.

상감께오서 감탄하시고 조정에 후궁 간택하시는 전지(傳旨)를 내리오시니 명안공주(明安公主)가 하교(下敎)를 듣잡고 놀라 고모되시는 대장공주를 모시고 입궐하여 상감과 후를 뵈옵고 인하여,

"중궁 춘추가 정정하시니 오직 생산하심을 기다릴 것이요, 후궁을 뽑으심은 불가하나이다."

하고 주(奏)하니, 후가 그 자리에 동석해 계시다가 안색이 정정하여 말씀하시기를,

"내 박덕지질(薄德之質)로 곤위(坤位)에 올랐으나 주야로 걱정이 되는 것은 윗전(윗대) 성덕을 갚삽지 못하고 대연분을 저버리게 될까 염려하더니 덕이 없어 생산의 길을 열지 못하니 이는 종사(宗社)에 큰 염려 아니리요?"

하고 말씀을 마치심에, 안색이 정일(精一)하시어 거듭 청하시니 공주 두 분이 감복하여 다시 간하지 못하고, 서로 성덕을 칭찬하고 대왕대비께서 애중해 하셨음을 더욱 알만하다고 하셨다는 것이었다.

드디어 숙의(淑儀) 김씨를 뽑아 후궁에 두시니 후께서 예로 대접하시고 은혜로 거느리시니 덕학이 그 전날과 하나도 다를 게 없으셨다고 한다.

궁중이 그 덕을 다 알고 선을 이루어 탄복지 않는 이 없으나 시운(時運)이 불행하고 후의 운명이 기박하게 되니 예로부터 홍안박복(紅顏薄福)과 성인(聖人)의 궁액(窮厄)은 인력으로 어쩔 수 없는 터인즉 그럼으로써 사람들은 천도를 의심하게 되는 것이 아닐까.

무진(戊辰) 추팔월(秋八月)에 인조대왕(仁祖大王) 대비〔趙氏〕가 창경궁(昌慶宮) 내원에서 승하하오시니 춘추 육십오 세이셨다.

상감과 후가 애통하여 조석으로 제전에 참례하사 슬퍼함을 과도히

하시더니, 이해 동 시월(冬十月)에 희빈 장씨(張氏)에게서 처음으로 왕자가 탄생하니 상감이 사랑하심은 이를 것도 없고, 후도 크게 기뻐하시어 어루만져 사랑하심을 당신이 낳으신 친자식과 같이 하시니 장씨 자기 분수를 지키고 있었더라면 영화가 가득할 것이로되 문득 *참람(僭濫)한 뜻과 방자한 마음이 불 일어나듯하니 중궁의 성덕과 용색(容色)이 일국에 솟아나고 인망(人望)이 다 돌아가고 있음을 시기하여 가만히 남몰래 제거하고 대위(大位)를 엄습코자 하니 그 참담한 역심(逆心)이 더하여 날마다 기색을 살펴 중궁전(中宮殿)을 참소하기를, 새로 태어난 왕자를 숨을 막히게 하여 돌아가게 하려 한다느니, 희빈을 저주한다느니 하여 국모(國母)를 헐뜯고 모함하지 아니함이 없어 간악한 후빈(後嬪)들의 힘을 합하게 하여 소문을 퍼뜨리고, 자취를 드러내어 상감이 보시고 들으시게 하니 예로부터 악인이 의롭지 않으나 돕는 자가 있다는 그런 흔히 있는 일이 일어난 것이었다.

중궁을 간해(奸害)하는 말이 날이 지날수록 심해지니 상감이 점점 의심하시게 되시어 중궁을 아주 박대하시고 장씨는 악한 교태로 천심(天心)을 영합하며 왕자를 방패삼아 권세가 대단하니 상감이 점점 장씨의 사랑에 빠지시어 능히 흑백을 분별하지 못하시어 전날에 엄숙하고 광명하시던 성심(聖心)이 아주 변감하시어 어진 신하는 모두 물리치고 간신을 많이 뽑아 쓰시니 조정이 그윽히 의심하고 후께서는 깊이 근심하시어 장씨의 사람됨이 반드시 변괴를 내실 줄 아시나 왕자의 당당한 상이 있는 고로 깊이 생각하시고 만행히 여기시어 사색을 나타내지 아니하시고 갈수록 숙덕성심(淑德誠心)을 행하시며, 이듬해 기사년(己巳年)에 여양부원군이 돌아가시니 후(后), 망극애통하시어 장례를 지내시되 육찬(肉饌)과 맛있는 음식을 가까이 아니하시고, 애절하게 슬퍼하심을 마지아니하시되 상감께선 이미 결정하신 뜻이 계신 고로 발설치 않으시나, 민간에 소문이 일어나 중궁을 폐위하신다 하더니, 이해 사월 이십삼일은 중궁전께서 탄생하오신 날이시라, 여러 궁(宮)과 내수사(內需司)에서 공상단자(供上單子)를 드리니 상감이

*참람(僭濫)——제 분수를 지나서 방자스러움.

단자를 내치시고 음식을 모두 물리라 하시고, 대신과 이품(二品) 이상의 신하들을 인견하신 자리에서 폐비(廢妃)함을 전교하시니, 좌승지(左承旨) 이이만이 불가함을 간하니 상감께서 크게 노하시어 승지 이이만을 파직하시고, 또 수찬(修撰) 벼슬에 있는 이만원이 상감께서 실덕하심을 간하니 상감께선 더욱 더 노여워하시어 원찬(遠竄)하라 하시니, 이렇듯 대신 중신 사십여 인을 먼 고을로 정배(定配)를 하시고, 또 비망기(備忘記)를 내리오시니 조정이 깜짝 놀라 일시에 정청(政廳)을 배설하고 다하는 체하나 실정은 아니었다.

이때 후(后)의 부족과 종형제 조정에 들어와 벼슬을 하여 학문 도덕이 조정에 널리 알려져 벼슬과 명망이 높고 이름이 세상에 가득하나 후가 입궐하심으로부터 전전긍긍(戰戰兢兢)함이 더하여 사업을 베풀지 못하니 그를 서인들이 시기하여 기회를 엿보고 있던 터이라 적이 다행하게 여겨 색책으로 하고, 예조판서(禮曹判書) 민중은 죄목을 벗겨 드리고, 대사헌(大司憲) 묵창경은 정청(政廳)을 역정하여 물리치고, 간신(奸臣)의 간언(奸言)이 방성하여 상감의 뜻을 영합하고 후궁의 간사한 기운이 상감의 총명을 가리우니 양과 같이 선량한 충신의 간언이 효험이 있을까보냐.

이 때에 예조좌랑(禮曹佐郞)을 지낸 바 있는 박태보(朴泰輔)가 *응교(應敎) 벼슬에 있어 정청에도 참가하지 못하고 달리 간(諫)할 이가 없어 이에 예조의 모든 서리들에게 사발통문을 놓아 한가지로 상소할 때에 전판서(前判書) 오두인이 벼슬 품(品)이 높음에 소대(疏代)가 되고 응교가 손수 상소문(上疏文)을 짓고 서리 여러 사람들이 합소(合疏)하여 이십오일 정원(政院)에 바치고 비답(批答)을 궐하에서 기다리더니 상감께서 상소문을 보시고 크게 노하시어 특지로서 추국(推鞫)하려 하시어 옥교를 타시고 무감과 여관내시를 데리고 인정전(仁政殿)에 문죄 어좌하시니, 금부당상(禁府堂上)들과 대신 삼사(三司)들을 급히 불러 현지 진동하시어 추국 기구를 일시에 차리실 때 횃불이 궐내에 가득 차고 일시에 내외에 떠들썩해 하는 소리가 진동하였다.

---

*응교(應敎)——홍문관(弘文館)의 정사품(正四品) 벼슬.

그때에 참다운 신하들이 날이 벌써 어두움에 명일에 다시 상소할 양으로 각각 흩어져 가고 궐하에는 오직 소두 오두인, 전판서 이세화, 전참의(前參議) 신수랑, 진주목사(晋州牧使) 이돈견, 응교 박태보, 전수찬(前修撰) 김종신, 전한림(前翰林) 이인엽, 정언(正言) 김덕기, 조제수 등이 몇 명 있기는 하나 그중 오두인, 이세화, 김덕기, 각각 의막에 있더니 궐내에 횃불이 왔다갔다하고 떠드는 소리가 시끄러움을 듣고 가라사대,

"이것이 필경 우리들을 다스리려 하는 것이로다."

하더니, 과연 정수 기별을 듣고 일시에 한가지로 금오문 밖에 가서 대죄하게 되니 사람마다 죽게 되었구나 하고 떨며 말을 못하였으나 응교만이 홀로 신색이 자약(自若)하여 말하기를,

"이 일이 이 지경에 이를 것을 두려워하지 아니하였거든 새삼스레 놀라면 어찌하겠소?"

하고, 여느 때와 조금도 다르지 아니하였다.

이때 전참의 신수랑이 오두인더러 말하기를,

"대답하올 말씀을 의논치 아니하시나이까?"

이에 응교가 대답하여 이르기를,

"대감이 들어가시면 상감이 만일 저 상소에 대해 물으시거든 바른 대로 말씀하소서."

하니, 오판서(吳判書)가 말하기를,

"어이 차마 바른 대로 말할 수 있겠소?"

하니, 응교가 말하기를,

"이 일은 임금을 속이지 아니함을 으뜸으로 삼을 것이니 부디 일을 바로 하소서."

이세화 이에 바지와 대님을 풀고 다리를 만지며 말하길

"삼십년 동안 국록을 먹어 살이 쪘더니, 이 다리 오늘날 염정(焰庭)에 가문 회초리 되었도다."

이윽고 대궐에서 횃불 네 개와 금부도사(禁府都事), 나졸이 치달아 나오면서 급한 소리로,

"소두 오두인이 어디 있느냐?"
하거늘 대답하여 가로되,
"예 있노라."
하고, 큰 칼을 목에 쓰고 달려갈 때 박응교, 오두인과 김덕기를 잡고 말하기를,
"이 일을 바로 하는 것이 으뜸가는 일이니 대감이 들어가시면 상감께서 응당 누가 제소(提疏)했느냐 물으실 것이니 부디 바른 대로 말씀하소서. 이 일이 혼자 담당할 일이요, 내 실로 혼자 지어서 상소문을 쓴 것이니 행여 바른 대로 아뢰지 아니하면 화를 여러분이 당할 것이니 부디 말씀을 바로 하사이다."
하고, 새삼스럽게 당부하더란다.
인하여 묵화를 벗고 비투리를 신고 앉았더니만 이어 횃불이 또 달려와 이세화와 유현을 찾으니 이 두 사람이 그 다음 차례였다.
이세화는 칼을 쓰고 들어가고, 유현은 이때 병이 중하여 문 밖 자기 집에 있었더니 금위랑(禁衛郎)과 나장(羅將)이 급히 달려가 잡아 들이었다.
이윽고 횃불이 또 달려와,
"제소(提疏)한 자는 누구인고?"
묻거늘 응교(應敎) 즉시 일어나,
"내로라."
하고, 망건을 벗어 담뱃대와 한가지로 종에게 주며,
"모친께 드리라."
하고, 이어 큰 칼을 뒤집어 쓰고 들어가니 이인엽, 김몽신, 조제수 등 제신이 응교의 소매를 잡고 일러 말하기를,
"어이하여 의논도 하지 않고 혼자 담당하려고 들어가시오?"
하니, 응교 웃고 대답하여 말하기를,
"내 이미 마음에 정한 바 있으니 무슨 의논할 일이 있단 말씀이시오?"
이인엽이 답하여 말하기를,

"그 글을 구태여 자네 혼자 짓지 않았네. 우리 한가지로 의논하였거든 어이하여 혼자 담당하려느뇨?"

응교가 웃고 말하기를,

"그 상소는 내 짓고 내 썼으니 자네가 내가 지은 죄를 대신 입을 까닭이 있는가? 죽어도 나 혼자 죽고 남을 죽이지 않을 것이니 염려 말게."

하고, 소매를 떨치고 내달으니 이돈견이 말하기를,

"여보게, 자네 어이 남에게 다르듯 경솔히 내닫느뇨?"

응교가 돌아다보고 말하기를,

"이때를 당하여 아니 달려들꼬? 다시 우스운 말 말게. 내 벌써 정하였으니 이때를 당하여 면하려고 하겠소?"

하고, 신색이 자약하여 들어가는 것이었다.

오공(吳公)은 벌써 원정하였고, 이공(李公) 세화는 아직 당 밖에 있더니 응교가 들어가서 앉은 뒤, 이공이 말하기를,

"우리는 나이도 많고 국은을 많이 입었으니 이제 죽어도 한될 것이 없거니와 자네는 아내나히(처자식)와 양 노친 두고 형제 없이 나라 은혜를 우리같이 입었는가? 이제 들어가 죽을 것이니 부디 내게 미루소."

응교 칼머리를 잡고 이르되,

"대감도 되지 못하는 말을 하시나이까? 내가 들어가서 할 말씀을 대감이 지휘하시나이까? 인신(人臣)이 이에 이르러 죽을 따름이라, 어이 차마 거짓말을 하겠나이까?"

하며, 끝내 바른 대로 아뢰니 사람마다 기특하게 여겼다.

이에 잡혀 들어가니 상감이 어좌(御座)에 앉으시어 크게 소리지르며 응교더러 일러 말씀하시기를,

"내 네놈을 자식처럼 어여삐 여긴 지 오래거든 네 갈수록 이렇듯이 하는고. 전부터 나를 범하여 독살을 부리니 괘씸하게 여기면서도 여태껏 모른 체했으나 이제 죽는 줄 알아라. 이제 나를 배반하고 간악한 부인을 위하여 무슨 뜻을 받아 간특 흉악한 노릇을 하는고?"

응교 엎드려 정색하여 아뢰기를,

"전하, 어이 이런 말씀을 차마 하시나이까? 군신(君臣) 부자(父子) 일체(一體)라 하오니 아비 성품이 과하여 애매한 어미를 내치고져 하면 자식이 어이 살고 싶은 뜻이 있사오리까? 이제 전하께서 연고없이 무고한 처사를 하오셔 곤위(坤位) 장차 편안치 못하시게 되오니 의신(義臣)이 망극하와 오늘날 죽사옴을 정하와 상소를 드리오니 어찌 전하를 반(叛)하올 뜻이 있사오리까? 중궁을 위하온 일이 정히 전하를 위하온 일이오니, 전하를 모셔온 중궁이 아니시니이까?"

상감께서 더욱 노여워하시어 이르시기를,

"급급 결박하라. 네 갈수록 나를 욕하는도다. 내 역률(逆律) 쓰리라. 우선 형문을 치려니와 *압슬 화형(火刑) 기구를 차리라."

하시니 응교가 아뢰기를,

"다른 말씀 할 일 없사와 의신이 이 상소를 지었다 하시고 다스리려 하시면 상소를 가지시고 문목을 내사 묻자오시면 의신이 자세히 아뢰오리이다."

상감이 이르시기를,

"네 그중에 침윤 거간 상일 상립 교수 등 어찌 말고 자세히 아뢰라."

하시니, 응교가 그 상소문 두 줄을 외워 낱낱이 여쭈되,

"이 말씀은 이리이리 하온 일이요, 저 말씀은 저리저리 하온 말씀이니이다. 무릇 여염의 일처일첩(一妻一妾)을 두는 사나이라도 가장 노릇을 잘 못하여 첩을 지나치게 사랑하는 일이 있으면 집안에 화목을 도모하지 못하고 *상립하는 일이 있어 고이히 되는 일이 많사오니 전하 요사이 후궁을 총애하시는 일이 있으신 뒤로 하오시는 일을 뵈오니 의신이 매양 그러하오신가 의심이 있삽더니 이제 과오

---

*압슬——죄인을 심문하는 방법의 하나로, 죄인을 묶어 놓고 무릎 위를 누르거나 무거운 돌을 올려 놓던 일.

*상립——서로 다툼.

를 범하시오니 의신은 과연 그러하오신가 그리 아옵나이다."

상감이 이르시기를,

"네 어찌 그따위 말을 하느뇨. 그러면 나를 천첩의 거짓말을 곧이 듣고 해거(駭擧)하는 사람 같다고 하는 것이냐? 네 나를 무고하여 *광한 같다고 하느뇨?"

하시고, 이어 금부(禁府) 나장에게 되게 칠 것을 명하시어 '매질하라' 하시고 해묵은 쇠사슬로 두어 번 얽어 무릎을 잔뜩 졸라매어 고개를 움직이지 못하게 하고 추를 가슴에 닿게 동여매고 일일이 살펴서 각별히 엄형에 처하시니, 좌우승지(左右承旨)와 금부당상(禁府堂上)들과 도사(都事) 나장들이 일시에 '되게 쳐라' 하는 소리가 진동하니 대궐 안에서 매질하는 소리가 천지(天地)를 진동하여 향교동까지 들리더란다.

피가 낭자하게 튀기고, 살이 헤어지되 응교는 한 번 앓는 소리도 아니하고 움직이지 않고 낯빛도 하나 변하지 아니하니 마치 헛것을 치는 것 같았다.

상감께서 더욱 크게 노하시어 이르시기를,

"이놈아, 네가 몇 놈들이 부동해서 한 짓인 것을 끝내 고하지 아니할 생각이냐? 홍치상이 부동한 죄로 죽었거늘 네 금방 보고서도 어찌 아니라고 하느냐?"

응교 소리를 높여서 아뢰기를,

"전하, 어찌 신의 뜻을 그리 모르시나이까? 홍치상은 제가 가만히 한 일이옵거니와 의신의 상소는 공공지론(公公之論)으로 하였삽거든 어이 홍치상에게 비교하시나이까?"

상감께서 더욱 노하여 말씀하시기를,

"음흉하고 간특한 계집을 위하여 저렇듯 강악하뇨?"

응교가 그 말씀을 듣고 각별히 얼굴 모습을 엄정히 하여 다시 기침을 하고 아뢰되,

"전하, 어이 차마 이런 말씀을 하시나이까? 부부는 인륜지대(人倫

---

*광한——미친 사람.

之大)요, 성은 인륜지지라 하오니 무릇 여염의 사람도 부부의 의(義)를 중히 여기옵거늘 중궁이 뉘 배필이신데 상감께서 아무리 진노하시기로 성인(聖人)의 말씀을 그르치게 마옵소서. *사어(私語)를 이렇듯 도리에 어긋나게 하시나이까?"

상감께서 더욱 크게 노하시어 이르시기를,

"네가 하늘을 공축(恐縮)케 하려느냐? 네가 한 소행만을 아뢰지 않고 웬 딴 소리를 하느뇨?"

응교 대답하여 아뢰되,

"전하께서 근래 주역(周易)을 강하시면서 어찌 건(乾) 곤(坤)의 이치를 아지 못하시나이까? 중궁께 설사 흉허물이 있으시다 하여도 명성왕후 계실 적에는 극진히 사랑하셨을 따름이요, 과실이 계시다 함을 듣지 못하였사온데 어이 이제 원자탄강(元子誕降)하신 후 저렇듯 허물을 하오시니 의신은 앞으로 상감께서 인연을 짓밟으시고 인륜(人倫)을 어긋나게 하시고 착한 이를 모함했다는 비방을 들으실 줄 알겠나이다."

상감께서 지극히 노하시어 성음을 이루지 못하시고 이르시기를,

"이놈아, 그 말 또 하라. 그 무슨 말인고? 네 부동한 사실만을 어찌 이르지 아니하는고? 이놈의 강악이 갈수록 더하는도다. 역률로써 압슬 화형(火刑)을 하리라. 네 고놈의 말하는 주둥이를 지져라."

하시니, 나장들이 차마 그대로 못하고 그리 상하지 않게 화침(火針) 능장을 옆으로 비껴 쥐고 지지는 시늉을 하니 '점점 치라' 하시는 것이었다.

형문 두 채 맞았는데 첫 채에 세지 않은 것이 여네 번이요 둘째 채에 세지 않은 것이 아홉이니 모두 합하면 세 채를 맞은 꼴이 되니, 살이 미어지고 핏방울이 튀어 바지에 잠겨 손으로 짜게 되었건만 응교는 아픈 사색을 아니하였다. 상감이 이르시기를,

"급히 압슬하라."

하시므로 응교는 대답하여 아뢰되,

---

*사어(私語)——사사로운 말씀.

"의신은 오늘날 죽음을 정하였삽거니와 전하께서 일을 이렇듯이 하시오니 후일 망국지주(亡國之主) 되올 것이니 그를 서러워하나이다."

상감께서 말씀하시기를,

"내가 망국하든 말든 네가 아랑곳할 것이 무엇이뇨?"

하시니, 응교 대답하여 아뢰되,

"전하께서 어찌 저런 말씀을 하시나요? 의신(義臣)은 교목세신(喬木世臣)이라, 나라와 더불어 목숨을 한가지로 하올 몸이오기에 이를 서러워하나이다."

상감께서 가라사대,

"잔말 말고 압슬하라."

하시고, 돌아보시며 사관(史官)더러 이르시기를,

"태보의 그런 말은 쓰지 마라."

하시더란다.

압슬기구를 차려 그날 즉시 압슬할 새, 널을 놓고 자갈을 가득히 널위에 깔고 형문 맞은 다리를 그 위에 앉히고 자갈 모은 것을 두 섬을 붓고 좌우로 푹푹 다리를 못 드는 데를 막대기로 쑤시느라고 그 널을 위에 덮고 상하 머리를 잔뜩 졸라매고 건장한 나졸이 한 머리에 셋씩 올라서서 질근질근하는 소리, 소리치며 널 뛰듯 발을 굴러 비비기를 한 채에 열세 번씩 하여, 속이지 말고 바른 대로 아뢰어라 일시에 소리를 지르나, 응교는 더욱 안색을 동하지 않고 한번도 앓는 소리를 내지 아니하니 상감께서 더욱 크게 노하시어 이르시기를,

"이놈의 강악이 되게 무섭구나. 저렇게 표독하거든 나를 욕하지 아니하겠느냐? 종시 자백을 아니하고 강악하기가 비할 데 없으니 네 끝까지 모든 것을 실토하지 아니하려느냐? 네 끝내 다른 무리들과 부동한 사실을 자백하지 아니하려느냐? 꿈 말은 어찌 된 말인고?"

응교가 대답하여 이르되,

"의신의 회포는 상소문에 다 하였사오니 무슨 말을 하였다 하시나

이까? 의신은 추호도 다른 무리와 부동한 일이 없사오니 자백할 것이 없나이다. 꿈 말씀도 다른 데서 알게 된 것이 아니오니 어이 알겠습니까마는 전하께서 내리신 비망기 속에 있사옵기 보았고 아뢰었나이다."

임금께서,

"네 그렇다면 나를 거짓말을 한다고 하는 것이냐?"

응교 대답하여 아뢰되,

"궁 안의 일을 의신이 자세히 아옵지 못하거니와 꿈이란 것은 본디 허망한 것이오니 어이 구태여 일일이 맞히기를 기약하겠나이까? 우연한 몽사(夢事)를 맞히지 못한 신들이 무슨 과실이오며 몽매간의 일을 우연히 부부간에 아뢰었사온들 그것이 무슨 대단하신 허물이시라고 일을 절박하게 하셔 큰 죄를 삼으시니 이 큰 과오가 아니시옵니까? 비록 중궁은 꿈을 믿는다 하오셔도 이전에는 전하께서도 현몽하신 일을 여러 번 인견(引見) 때에도 꿈 말씀을 하여 계시오니 의신은 전하께서 스스로 잘못하신 탓인가 하나이다."

상감께서 더욱 크게 노하여 가라사대,

"네 나를 다만 거짓말하는 광인 같다 하느냐? 네 불과 간악한 계집이 네 편당(黨)이라 하고 저리 하는가?"

응교 아뢰되,

"의신이 입조하온 지 열세 해온데 의신 인물이 세상사람과 합함이 적어 어느 때나 한결같이 무디기로 이리 삼가는 줄 모르시나이까? 만인 현당을 따라 그런 일을 하옵고 뜻 맞추기로 행세하옵게 되면 어찌 전하께 뜻을 여쭙지 못하였사오리이까? 이 상소는 일국에 공공지론(公公之論)을 하였사옵고 전하의 신자되어 전하의 실덕하심을 보옵고, 도리어 응당 죽도록 간하올 따름이오이다. 전하의 하교를 듣자오니 전하께옵서 의신을 서인(西人)이라 하오셔 이리 참형을 하옵시는가 싶으오이다."

상감께서 더욱 노하여 이르시기를,

"네 일정 날더러 서인이라 하기로는 잘 한다."

응교 대답하여 아뢰되,

"전하! 마음을 깊이 생각하여 보소서. 아비가 어미를 아무 죄도 없이 내치려 하오면 그 자식이 어이 죽도록 간(諫)치 아니하리이까? 아시기 어렵지 않은 일이거든 전하께서는 어이 그리 생각지 아니하시나이까?"

상감께서 말마다 더욱 대로하시어 이르시기를,

"저놈이 지독하게 독살을 부리니 바삐 화형을 행하라."

시뻘겋게 단 숯을 응교의 곁에 피우되 미처 부채를 찾지 못하여 나장이 옷자락으로 부쳐 불기운이 좌우로 쪼이니 시위한 사람이 낯이 더워 견디지 못하였다. 쇠를 불에다 달구어 지지며,

"네 이제도 자백을 않느뇨?"

응교 고쳐 앉아 전교(傳敎)를 듣잡고 대답하여 아뢰되,

"의신이 부동한 일이 없사오니, 어찌 부동하였다는 자백을 하오리까?"

상감께서 더욱 대로하시어 이르시기를,

"독하고 독하다."

팔을 들어 올리시며,

"급히 화형에 처하되 큰 나무에 높이 매달고 무릎에서부터 온 몸을 지지라."

하오시고 기둥 같은 나무를 박고, 엄지발을 노끈으로 동여매고 머리를 풀어헤쳐 아래로 감아매어 거꾸로 매달고, 아래가 여섯치나 뜨게 달아 매었으니 진실로 다른 사람 같으면 기겁을 하여 말하기가 어려울 듯하건만, 정신을 더욱 가다듬어 안정(安靜)히 아뢰어 가로되,

"의신이 듣자오니 압슬 화형은 역적 물으실 적에 쓰는 형벌이라 하오니 의신이 무슨 역적의 죄가 있사오리까?"

상감께서 더욱 화를 내시며 이르시기를,

"너의 죄는 역적보다 더하니라."

하시는데, 나장이 바지를 추스리려고 하니 상감이 이르시기를,

"헤치고 살이 난 쪽을 못 지질까?"

하시니 급하기 번개 같고 위엄이 뇌성(雷聲) 같으시니, 미처 바지를 벗기지 못한 대로 찢고 벗겨 쇠를 불같이 달구어 낯에 쏘이고 기둥에 스쳐 연기가 풀풀 이는 거동은 차마 눈뜨고 보기가 어려울 지경이었다.

쇠를 둘씩 달궈 지지기를 한 때에 열세 번씩 하여 전후 남은 살이 다 녹아 무릎까지 다 남은 데가 없으니 검기가 숯덩이 같으되 사기자약(士氣自若)하여 말씀을 더욱 명백정당히 하며 한 번 아프다 소리 아니하고 눈도 찡그리지 아니하니 좌우에 시위한 사람들이 다 떨어 안절부절 못하다가도, 응교를 쳐다보면 잠깐 진정하곤 하는 것이었다.

상감이 이르시기를,

"이제도 부동한 사실을 자백하지 아니하느뇨?"

내답하여 말하기를,

"의신이 이제 이렇듯 뜻을 고쳐 거짓 자백은 못하리로소이다."

상감께서 이르시기를,

"네가 상소한 사실 하나만 인정하고, 다른 부동한 일들은 자백하지 아니하니 무수히 지졌지만 그래 마땅하도다."

하시니 이에 대답하여 말하기를,

"의신 의절(義節)이라 하오니 의신이 오늘날 신절(臣節)을 다하려 하옴이니 무슨 다른 자백을 하라고 하시나이까? 의신이 다만 십년을 *경락(京洛) 출입을 하되 나라에 은혜를 갚지 못하였삽더니, 오늘날 전하께 이런 실덕을 하시게 하오니 이것이 신의 죄이옵지 달리는 죄 입사올 일이 없을까 하나이다."

상감께서 더욱 노하여 사관(史官)더러 이르시기를,

"태보의 그런 말을 쓰지 말라. 인간이 저런 강하고 독한 놈이 어데 있으리요. 저렇거든 날더러 참혹하다고 욕을 아니할까? 사납기가 범보다 백 배나 더하도다."

하시기를 열 번이나 더 하시었다 한다.

"화형은 무릎과 온 몸을 다 지지라."

---

*경락(京洛)——서울.

우의정(右議政) 김덕원이 한참 머뭇거리다가 여쭈되,

"화형이 본디 할 곳이 있으니 이러하시면 각별하온 법이 되리이다."

상감이 말씀하시기를,

"그렇거든 역적 다스리는 화형 규칙대로 하라."

하시니, 고쳐서 발 뒤축을 지지니 상감이 이르시기를,

"어이 발 뒤축만 지지리요. 옆과 바닥을 다 지지라."

하시니, 비로소 어디라고 정치 못하여 바닥 옆 할 것 없이 마구 꺼멓게 지졌다.

그러나 응교는 안색을 조금도 변치 않고 정신이 조금도 흩어지지 않아 말이 조리있어 조금도 본래의 의로운 마음을 잃지 않았다.

상감께서 소리를 높여 이르시되,

"이놈 네 정 이러하기냐? 유현이 상소문을 모르노라 하니 진정 모르느냐?"

응교 대답하여 아뢰되,

"유현이 어찌 상소하는 것을 모르리요마는 그때 병이 대단히 중하였삽기에 들어오게 못하여, 제 자식을 시켜 이름을 대신 적게 하였사오니 상소글이야 어찌 보았사오리까?"

상감께서 말씀하시기를,

"이세화는 너와 같이 글을 지었노라 하니 옳으냐?"

대답하여 가로되,

"글을 지어 쓰기를 의신이 하였사오니 세화는 의신을 구하여 살리려 하옵고 제가 하였노라 하오이다. 이로써 의인(義人)이 살기를 얻었다 하나이다."

상감께서 이르시기를,

"네 마음에 부동한 사실을 말하려 하지 않는구나."

대답하여 아뢰되,

"신을 죽이고져 하오면 바로 내어 베실 것이지 억지로 자백을 구하려고 하시나이까? 신이 보오니 전하께서 지나치게 기운을 쓰시어 밤이 새도록 격노(激怒)하시오니 예사 성만 내셔도 기운이 손상하옵는 것이온즉 옥체 상하시는가 염려되옵나이다. 아무리 자백을 받으려고 하와도 신의 마음이 임금을 속여 거짓 자백은 못 드리겠나이다."

하고, 다시금 우러러 아뢰되,

"신이 죽어 지하에 간들 형벌(刑罰) 못 견디어 거짓 자백하온 귀신이 되어 무리에서 홀로 떠돌게 되면 어이 부끄럽지 아니하겠나이까? 신의 어미 나이 칠십이 넘삽고 생부(生父) 나이 육십일이오니, 오늘 다시 보지 못하고 죽으면 그 정세 망극하겠거니와 벌써 나라에 몸을 맡겼으니 오늘날 죽기를 정하와 어찌 사사로운 정을 돌아보리이까? 죽이시겠거든 빨리 하소서. 다만 신은 죽어도 옳은 귀신이 될 것이오니 한이 없사오리다.

전하께서 어이 차마 이런 거조를 하셔 국가흥망이 이에 판가름되고 군균의 누덕(漏德)이 되는 줄 모르시나이까? 중궁이 본디 세자 아니 계심으로 민망히 여기사 상감께 후궁을 가까이 하시기를 권하시온 바인즉, 오늘날 원자(元子) 나오신 후 어찌 싫다 하실 까닭이 있사오리까?

이, 절연 침윤지참언(絶緣侵倫之讒言)을 들으시고 이런 무고한 죄(罪)를 씌우시니 신이 살아서 간하여 구하지 못할진대 차라리 죽어서 모르고자 하나이다. 이제 신의 마음에 품고 있는 바를 다 아뢰었으니 빨리 죽여 주소서."

하고, 두 눈을 감고 아무리 물어도 한 말도 하지 아니하니 상감께서 손을 두드리시며 이르시기를,

"일정 판의금 이손조는 내려가서 자백을 받지 못할까?"

하시니 이손조 온 몸을 떨며 내려와 소리를 이루지 못하며 말하되,

"죄인은 어서 자백하라."

하니, 응교 감았던 두 눈을 떠서 무섭게 부릅뜨고 흘겨보며 소리를 고래고래 질러 말하기를,

"여보소, 나에게 무슨 자백을 하라고 어이 핍박하느뇨? 난신적자(亂臣賊者)가 국록만 허비하고 임금을 어진 일로 돕지 못하고 아첨

첨영하느냐? 국모를 폐출(廢出)하되 당연한 일로 알고, 오히려 나를 꾸짖으니 짐승보다도 못한 인간이로다. 나는 죽어도 옳은 귀신의 무리에 끼이려니와 너희는 살았음에도 국적(國敵)이요 죽으면 더러운 귀신되고 앙화(殃禍)가 자손에게 미치리라."

하니, *민암이 참기 무료하여 올라가 여쭈되,

"아무리 지져도 자백할 의사가 없는 것으로 아옵니다."

상감께서 나장을 속이고자 하여 말씀하시기를,

"미욱한 놈이로다. 자백을 하면 놓아 줄 것을."

하시니 응교가 이 말씀을 듣고 말하기를,

"전하, 신을 속여서 무엇하리이까?"

화형을 여러 차례 하니 다리가 다 벗어지고 힘줄이 오그라져 보기에 참혹한 터이라 상감께서 오래 보심이 아니꼽게 여기사 이에 대전(大殿)으로 들어가시며,

"다시 내병조로 내라."

하시고 무감더러 이르시되,

"일찍이 흉역(凶逆) 박태보의 지독함은 알았거니와 그토록 하니 완악하기 이를 데 없도다."

모든 나장이 한꺼번에 달려들어 해박하옥(解縛下獄)하고자 하여 맨 것을 푸니 그제야 숨을 길게 쉬고 말하는데 목이 타 거의 죽게 되었더니 자비문 서원(書員)이 어디 가서 찬물을 한 사발 갖다가 입에 부어 주니 비로소 눈을 뜨고 서원의 성명이 무엇이냐고 묻는 것이었다.

중인(中人)들에게 맡겨 내병조에 가서 다시 또 형벌을 주니 수형(受刑)한 것이 형문(刑問) 삼차에 볼기 맞은 것이 이십 번이요, 압슬 이차에 화형 이차로되 사람들은 공연히 허튼 수효를 댄 줄 알고 믿으려 하지 않았다 한다.

등소제인 이문, 이에 대죄하더니 응교의 중형 헤이는 소리 들림에 응교가 저러할 제, 자기도 죽을 양으로 작정하고 가슴을 두드려 통곡을 해 마지않더란다.

---

*민암——이손조의 아호로 추측.

추국(推鞫)을 그치고 병조(兵曹)에 나와 그 다리를 싸맬 것이 없어,

"박죄인의 다리 쌀 것을 들여오라."

하니 김종신, 조자수, 이인엽이 옷자락을 잘라 들여보내니 모자라는 터라 응교가 말하기를,

"내 도포 소매로 싸라."

하고 낱낱이 기거를 하여 싸매고 부채를 내어 주며,

"이것이 걸려 좋지 않으니 내 집으로 보내소."

이에 금부(禁府)에 가두려고 호송해 가는 길에 창과 조총(鳥銃) 가진 군사가 옹호하여 가거늘 종질(宗姪)되는 박칠순이 군사를 헤치고 달려들어 덮은 홑이불을 들치고 그 손을 잡고 말하되,

"아저씨, 참 장하십니다. 전후 일이 어떻게 될지 모르오니 진정하소서."

"내 마음은 조금도 흔들림이 없도다."

하고 대답했다 한다.

금부에 드니 그 부친이 교외에 있다가 갑자기 추국을 하시어 미처 보지 못하여 금부 밖 외막에 기다리고 있더니 그 아들이 살았음을 듣고 정신과 기운이 어떤가 일고자 하여,

"쓸 것이 뭣이고 있거든 글자나 적어 보내라."

는 전갈이 왔으나 응교 대답하여 이르되,

"역률(逆律)로 하였다 하오니, 밖으로 숙여 논하기 미안하여 못하노라."

하였었다. 다음날, 다시 추국을 할 터이나 영상(領相) 권대운이 상감께 아뢰기를,

"태보의 죄 만번 죽어 마땅하오나 또다시 치기는 너무 참혹하오니 감소하소서."

하니 이에 상감께서는,

"절도(絶島)에 *위리안치(圍籬安置)하라."

하는 어명을 내리시었다.

---

*위리안치(圍籬安置)——유배소에 가시 울타리를 치고 죄인을 가두어 둠.

응교, 부친께 글월을 적어 올려 하였으되,

'자(子)는 혹형을 겹쳐 입었으되 오히려 살았으니 하늘의 은덕이 큰 줄 아나이다. 지금 증세는 다리가 붓고, 음식을 받아 통하니 이로써 위로하소서. 배소(配所)는 진도(珍島)로 되나 봅니다.'

문필(文筆)이 조금도 줄지 않았고, 한편 옥졸(獄卒)들이 모두 말하기를,

"자고로 이런 형벌을 입고 옥문 밖으로 살아나온 이 없으리라. 지금 살아 계시니 나리 충성을 하늘이 감동하신 탓인가 하오."

하더란다.

사월 십칠일, 적소(謫所)를 정하여 금부 문 밖에 나서니 그의 얼굴을 보고자 다투어 사람들이 에워싸서 길을 나가기가 힘이 들 지경이었고, 응교 무리 사람들 속에 친한 친구의 얼굴들을 알아보고 손을 들어 사례를 하는 것이었다.

*경중상하(京中上下)에 노소 할 것 없이 한결같이 충신의 얼굴을 살았을 때 보리라 하고 무수한 사람들이 모였으며 혹 통곡하여 아껴함을 마지않았다고 한다.

응교의 목숨이 끊어지지 않았으나 화열(火熱)이 급하여 목숨이 경각에 있을 듯하니 명여동 겻재에 잠깐 내려서 쉴새 그 부친을 위로하여 말하되,

"마음을 진정하옵소서. 지금 모친의 기운은 어떠하시나이까?"

모든 사람들이 이르기를,

"날이 이미 저물었고 병(病)이 저러하니 밤을 성중에서 지내고 내일 문 밖으로 나가시오."

하고, 소매를 붙잡고 만류하나,

"내 병이 비록 중하나 죄명이 더 중하고 오히려 목숨이 멀었는지라, 어찌 감히 성중에서 잠시인들 머무르리요."

하고 말하더란다.

날이 어둡기에 남문으로 나오려 하니 길에 어른 시정사람들이 갓을

*경중상하(京中上下)——서울 사람들 중 높고 낮은 이.

벗고 집둥우리째 메고 가기를 다투어 말하되,

"이 양반 타신 틀을 멘다는 것은 영광스러운 일이다."

하고, 연하여 현토록 여럿이 메니 이제 인심도 오히려 귀함이 있음을 알겠더라.

남대문 밖에 부자 한데 모여서 정신을 차리니 그 모친이 나이 칠십이 넘고 어려서부터 기른 정이 기울어지나니 급히 나와서 아들을 보니 온몸이 참혹하게 되었으니 아무리 보아도 살아날 것 같지 아니하여 그 젊은 나이가 서러워 실성하여 눈물을 거두지 못하니 응교 불효를 슬피 여겨 위로하여 말하기를,

"오늘날, 이렇듯이 살아서 어머님을 뵈옵게 된 것도 성은(聖恩)이라, 죽어도 한이 없겠습니다. 어머님께서는 깊이 서러워 마시고 불효의 죄가 더 크게 하시 마십시오."

하며, 정신은 또렷또렷해 보이나 화열이 날로 올라 약간 진 미음조차도 목에 넘기지 못하며 증세가 더욱 악화되었으나, 먼 길을 떠나게 되었으니 어떤 명의라도 고칠 길이 없으니 보는 이마다 아니 서러워하는 이 없더라.

응교 말하되,

"내 아마도 살지 못할 줄 아오. 지금은 죽지 않았으니 혹시 살아날까 하여, 길 떠날 차비를 차리라고 하였으니 가는 도중에 심심하면 보겠으니 책을 챙겨 주시오."

하였다.

그 부친이 이르기를,

"책을 챙긴다는 것은 부질없는 일이니 하지 말라."

하므로, 보고 듣는 이는 모두 참혹하게 여기더란다.

병세가 날로 더하여 즉일에 길을 떠나지 못하여 문 밖에서 병을 보아 가려고 하였너니 수일이 지나도 병이 더욱 중하고 왕명이 날로 급하신지라, 머물러 있기가 미안하여 오월 초하룻날 강(江) 건너 동막(東幕)에 가서 병세 더욱 심하여 시시로 화열이 급히 막힘에 가지 못하여 머물고 조서(調書)를 차리게 하여 병세를 보아서 가려 함을 아뢰

니 *비답(批答)이 더디다 하시더라.

응교 스스로 가지 못할 줄 알고 온 몸이 참혹하게 붓고 아픔이 심하되, 양친이 계신 고로 침으로 화독(火毒)을 씻어내라 하며 좀 있다가 벗과 이야기를 주고받는 것이었다.

그 종질(宗姪)이 나간 뒤 나라 일이 어찌 되었는고 묻기에 중궁이 기어이 쫓겨나셨다고 하니 차탄(嗟歎)하여 말하되 가엾으시다고 하는 것이었다.

그 벗들이 어떻게 구해 줄 수 없을까 애들을 쓰며 불쌍히 여겨 병신이 될지라도 살기를 바라더란다.

그렇듯 신고를 하되 단 한 번도 애매하게 형벌을 입었다고 나라를 원망하지 않고, 신자로서 당연히 할 일을 한 것으로 알아 그 충성이 진실로 보기 드물어 가히 믿기가 어려울 지경이었다고 한다. 곁의 사람이 거짓 웃고 말하되,

"타 죽으려다가 살면 적이 기특할까? 하지(下肢)는 특히 단단하니 살리라."

하니, 이에 응교 대답하기를,

"성상은 살리려고 놓아 주셨으나 내 기운이 내붙지 못할까 싶고, 음식을 하도 못 먹으니 산다는 건 황당한 일인 듯싶으이."

하고 희롱의 말로 대답하되 살이 날로 썩고 화열이 점점 중하여 정신이 때로 해이하여 일신이 축 꺼지니 별 도리가 있을 듯 싶지 않았다.

점점 병이 중하여 정신이 가이 없으되 그 벗 최석정이 나아가 보고 악수하고 곁에 머무르니 응교 말하기를,

"어르신네 병환이 어떠신고?"

하여, 어전에서 관찰사(觀察使), 어사(御使)들이 상감께 계문(啓聞)을 올리어, 태보의 화상을 평안도 화사 조세길에게 맡겨 주옵소서 하니, 상감께서 마지못하여 그리 하라고 하였더니 평산부사 유주인이 응교 죽던 날 아침에 가 보니 응교가 이르기를,

"평산이 조세길 있는 데서 가깝고 왕래하기 쉬우니 나의 화상을 쉬

---

*비답(批答)——상감의 대답.

낫게 해주고져 하는 뜻을 영숙은 부디 칙렴하여 수이 통하고……."
운운하니, 그 정신이 그때까지도 멀쩡하더란다.

오월 초닷샛날 병이 더 극함에 죽을 줄 정하고 밤에 곁에 있는 사람더러 이르기를,

"내 아무래도 살지 못할 줄 알고 있었으나, 양 노친을 위하여 현약을 받고 화열을 막아 발을 놀리더니 이제 점점 병이 중하고 이내 부어 비록 배 고픈 줄 아나 진미를 아지 못하고 식사를 하지 못한 지 여러 때니 이제 죽을 줄 알며, 그러니 공연히 괴로이 할 것이 아니라 이것들을 다 치우소."

하며 이제까지 다리를 매었던 것을 떼어 놓고 새 자리를 가져오게하여 펴고 누워, 그날 밤에 아버지를 청하여 사뢰되,

"국청에 갔던 전후 사연 이야기는, 제가 아니 여쭈면 자세히 아지 못하실 것이오니 처음부터 끝까지 아뢰오리다."

하고, 자초지종(自初至終)을 몇 마디 이야기하거늘 박공이 말하기를,

"네 기운이 참혹하였고나. 네 아니 하여도 들은 이 많으니 자연히 알게 될 것이니 다른 할 말이 있거든 하라."

응교 대답하되,

"부친의 비명(碑銘) 짓던 글이 좋사오나, 두어 자 빠진 것은 전에 여쭙던 대로 하여 쓰십시오."

하니, 그 양부의 비명을 박 부제학(副提學)이 지었더니, 그 말을 가리킴이었다.

또 이어 사뢰되,

"형님 행장을 죄다 지었으되 혹 빠진 것이 있어도 감사 형님(박태상)과 의논하여 극진히 하여 쓰시고, 자(子)의 후사(後嗣)는 다음 형제 중 자라는 대로 정하소서."

하니, 다음 형제란 박태유의 아들들을 말함이었다. 또 말하기를,

"자(子)의 산소는 금노 땅에 자의 정한 혈처(穴處)가 있사오니, 그 혈(穴)을 혹 금할 리 있사오나 언약하였으니 부디 얻어 쓰시고 그를 두고는 부디 금노 땅에 쓰셔 부친의 산소 외로운 고혼이 되지 않게

하여 주소서.”

하니, 금노 양부 산소를 이름이었다.

이에 양모를 나오소서 하니 대부인이 부인을 데리고 내닫는지라, 응교 사뢰되,

“이제 모친 보시는 앞에서 죽사오니 불효막대(不孝莫大)하오나 이것도 명이니 모친은 너무 서러워 마시고 마음을 진정하소서. 자(子)의 후사는 다음의 형제 중에서 나올 것입니다.”

하니, 대부인 흐느껴 울며 차마 그 정상을 보지 못하여 하더란다. 이에 대부인이 안으로 들어가고 모든 친구들이 응교더러 이르되,

“우리한테는 할 말이 없는가.”

“무슨 낱낱이 할 말이 있을꼬?”

하고 잠깐 눈을 감았다가 이르되,

“형부 왔는가?”

두세 번 물으니 이는 그 대인의 큰 사위를 말함이라.

그 매부인 제민이 이르되,

“자넨 평생 부끄러움이 없네그려.”

하니 응교 가로되,

“사람이 일생을 통해 부끄러운 일이 조금도 없기 쉬울까? 다만 대단한 부끄러움 없는가 모르세.”

하니 대답하여 이르되,

“육신 부모 곁에 있음에 대하여 서로 부끄럽지 않으리라.”

응교 말하되,

“젊은 사람이 어이 그런 말을 하는고?”

그의 종질 서통 진시학이 이르되,

“통진서 올라올 때, 길에서 추국하는 것을 들었던 사람을 만나 들으니 원죄(寃罪)도 너무 골똘히 하고, 여럿이 상소했으니 혼자서 담당할 일이 아니로되 혼자 당한 것이 분하다 하니 그 말이 옳던가. 이러한 참형을 입어 죽기에 이르렀는고?”

응교 두 눈을 감았다가 고개를 들어 이르되,

"누가 그런 말을 하던가? 무슨 지언(至言)도 하던가? 그러면 최석정, 이돈에게로 미루라고 하던가? 최석정, 이돈이는 이 상소를 지어 왔으되 말의 뜻이 모호하거늘 내 고쳐 써서 하였거든, 어이 남에게 미루며 그리 알았던들 그때를 당하여 남에게 죄를 지워 무엇하리요?"

무상한 말로 시인에게 국청에서 하던 말을 이르나 화독이 오름에 침이 말라 말이 끊어지려고 하니, 서통이,

"천천히 아니 들을까."

하니, 그만하여 그치더란다.

이튿날, 대부인이 고쳐 나와 보니 응교 두 눈을 감았다가 떠 보기를 세 번을 하되 오래 눈을 감았다가 여쭈되,

"보친께 다시 아뢸 말씀이 삭별히 없거니와, 아마도 실이 편안하소서."

하며 두려워하고 근심하는 빛이 많이 떠도는 것이었다.

그 부인이 대부인 곁에 와서 우니 응교 두 눈을 감았다가 고쳐 떠보고 이르되,

"죽은 뒤에 어머님은 오래 그대만 의지할 것이오. 하물며 내 후사는 그대 죽으면 더 어려울 것이니 지나치게 근심하여 마음과 몸이 수척지 않도록 하시오. 내 이제 죽겠으니 그대는 들어가라."

하나, 부인이 울고 머뭇거리니 고개를 들어 꾸짖어 가로되,

"남자 죽음에 부인이 곁에 앉지 않는 법이니 곧 들어가라."

하고 조카더러 '모셔 들어가라' 하더란다.

그 부친이 이르되 또 무슨 할 말이 있느냐 물으니,

"다른 말씀은 구태여 할 말씀이 없사오나 무준이 나이 들었으되 글이 미거하니 부디 힘써 가르치소서."

하니, 그 부친이 이르기를,

"어이 너를 살리기를 바라리요마는, 오히려 지금 살았으니 천행으로 살려나 보다 했더니 이제는 살지 못하겠으니 이도 천세(天歲)라 취사(就死)나 조용히 하라."

응교 대답하되,

"취사는 조용히 하리이다."

하니, 그 부인이 차마 보지 못하여 나가서 오열비읍(嗚咽悲泣)하니 응교 탄식하고 매부더러 말하기를,

"내 친히 부친께 사뢰려 하였더니 참혹히 여기심을 망극히 여겨 못 하였더니 다시 가 여쭙고 우리 형제 다 안전에서 참경을 보시게 하니 차마 어이하리요. 과도히 상심치 마시라고 여쭙고 치상(治喪)은 내 평생(平生)에 물든 것을 입지 않았던 바요, 또 죄인으로서 죽으니 부디 젯상을 죄인과 같이 검박히 하소서 여쭙소."

하더란다.

점점 담이 끓어 오름에 응교 말하기를,

"왜 이다지도 괴로운고."

하고 울며 말하더니, 오월 단오일 사시에 병석에 누워 숨을 거두니, 진정 슬픈 일이 아닐 수 없도다!

자고 이래로 충신열사(忠臣烈士) 원통히 죽은 이 많지만 태보의 정충지절(貞忠之節)은 고금에 뛰어났으니, 그 아름다운 이름이 금석에 새겨 유전하리니 어찌 죽었다 하리요마는 생가(生家)와 양가(養家)에 칠십이 넘은 부모가 계시니 극히 참혹하고 태보의 죽음을 듣고 장안에 사는 어느 사서인(士庶人)이 아니 우는 이가 없고 간신(諫臣) 노릇하기도 참으로 어려운 일이라고 차탄(嗟歎) 않는 이 없더란다.

이때 후(后)께선 부원군(府院君) 상사 뒤에 지나치게 애통하는 나머지 옥체(玉體) 종종 편찮으시더니 좌우에 모시고 있던 상궁이 이 말씀을 듣고 대성통읍(大聲痛泣)하여 빨리 들어와 후께 아뢰오니, 후께서 안색을 하나도 변치 않으신 채 크게 탄식하여 이르시기를,

"또한 천재(天災)로다. 누구를 원망하리요. 그대들은 모두 명을 받들어 거행토록 하라."

하시고, 조금도 마음에 흔들림이 없으셨다.

명안공주(明安公主) 이 변을 들으시고 여러 고모 대장공주와 함께 크게 놀라 급히 입궐하여 상감께 조현(朝見)하고 후의 숙덕선행(淑德

善行)과 참언(讒言)이 간사한 것이라 밝히고 대왕대비께서 사랑하시던 바를 주(奏)하여 눈물이 좌석에 떨어지고 간언(諫言)이 지극하고 통언(痛言)이 격렬하나 상감께서 통 불윤(不允)하시어 공주들이 상감의 뜻을 보니 능히 할일 없어 탄식하고 물러나오는 수밖에 없었다.

후께 뵈옵고 오열비탄(嗚咽悲歎)하여 옷을 잡고 흐느껴 우시어 능히 말씀을 이루지 못하니 후께서 탄식하고 위로하여 말씀하시되,

"화와 복이 하늘의 뜻에 달려 있으니 나의 복이 천한 탓인즉 다만 어명대로 받들어 모실 따름이라 누구를 원망하리요마는, 공주 이렇듯 *권연하시니 은혜 잊을 길이 없소이다."

공주 그 덕망을 새삼 탄복하고 부운(浮雲)이 잠시 성총(聖聰)을 가렸으나 성상이 현명하오시니 오래지 않아 깨닫고 뉘우치실 바를 일컫고, 차마 놓지 못하여 후를 붙들고 눈물이 비오듯 하니 무수한 궁녀가 다 울고 차마 떠나지 못하더니, 상감의 마음 불안해 하실 줄 알고 인하여 궁을 나서더니, 이튿날 감찰 상궁이 상명(上命)을 받자와 침전에 이르러 중궁께 하는 전교(傳敎)를 아뢰니, 후 천연히 일어나서 예복을 벗고 관잠을 끄르시고 중계에 내려오셔 전교를 듣잡고 즉시 대내를 떠나 본가로 나오실새 궁중이 통곡하여 곡성이 낭자하였다.

상감께서 그 곡성을 들으시고 크게 노하시어 궁녀들을 궁중에 그 허물을 기록해 두게 하고, 급히 하교하시어 빨리 나가시라고 하니, 입아조(立我朝)하여 일찍이 이런데 예절이 없던 고로 등대한 일이 없는 터라 급히 기별하여 본가로부터 탈 것을 들이라 하였더니, 이때 궁녀들이 모두 권세를 따르고 상감의 은총을 구하는 터이라 후(后)의 형세 외로움을 보고 업신여기어 언어가 방자하고 행동이 교만하여 조금도 동정하는 빛이 없고 그것 보라는 듯이 좋아라 날뛰니, 후 짐짓 모른 체하시고 좌우에 뫼시던 궁녀들은 속으로는 상감의 처사를 마땅치 않게 여기나 죄를 받을까 두려워한 나머지 감히 말을 못하고 구석구석 머리를 모아 소리를 죽여 울며 몹시 서러워할 따름이었다.

한 궁녀가 장씨(장희빈)의 가르침을 들은 고로 달려와 옷을 뒤지려

*권연——불쌍히 여김.

하거늘 후께서 문득 찬연히 웃으시고 옷을 끌러 보이시며 두 눈으로 궁녀를 흘겨보시니 맑은 광채 햇빛과 같으시니 사람의 오장을 꿰뚫는 듯 말씀은 아니하시나 엄정한 기상이 가을 하늘 같으시니 궁녀 스스로 부끄러운 마음이 들고 송연(竦然)하여 고개를 숙이고 물러나니 좌우 더욱 어렵게 여기시더란다.

상감의 노하심이 급급하사 나가심을 재촉하시니 본가에 사람이 빨리 가 가마를 드리라 하니 빠르기 성화 같은지라, 이때 본가 식구들은 모두 홰새문 밖 애오리로 나가고, 부인네들만 몇 명 남아 있더니 미처 가마를 꾸미지 못하여 벌써 운금문까지 나오셨다는 말이 들리니 황황급급하여 여느 가마에 흰 명주보의로 가마 위를 덮어 들어가니, 후 벌써 경묵당 앞에 내려 걸어오시는지라, 흔연히 가마 위에 올라 요금문으로 나실 때, 궁녀 칠팔 인이 통곡하며 걸어서 뒤를 좇으니 보좌하던 사람들이 일시에 따라오며 소리하여 통곡하니 행색이 처량하고 수운(愁雲)이 둘렀으니 천지 또한 흐려 슬픔을 돕는지라, 이 참담한 모습을 어찌 다 형용할 수 있을까보냐.

선비 오십여 명이 요금문 앞에 대령하였고 백여 명은 구파문 앞에 엎드려 상소를 드리고 호읍(號泣)하더니, 후(后)의 출궁하심을 보고 대경망극(大驚罔極)하여 미처 신을 신지 못한 채 버선발로 따라와 모여 일시에 방성대곡하니, 선비 이백여 명은 이 안동 본가 문 밖까지 따라와 우니 우선 천지가 진동하고, 백성들은 남녀노소 할 것 없이 길을 막고 통곡하여 각종 시정이 다 저자를 파하고 서러워하니 초목 금수 다 서러워 수심 띤 구름이 하늘에 가득하고, 일색(日色)이 빛을 잃더란다.

이때 상감께서 궁중에서 이 말을 들으셨으나 성총(聖聰)이 막혀서 도리어 인심(人心)을 통탄하시고, 선비 상소한 자 수삼 인을 잡아 엄형 추문하시고 정배하시었다.

후(后), 본가로 나오시니 부부인이 마주 나오시어 붙들고 통곡하시니, 후도 부원군 옛 자취를 느끼사 애원 통곡하시고 이윽고 부부인께 고하여 이르시되,

"죄인의 몸으로 친족을 보니 안연치 못할 것이나 나가소서."
전하시니, 부인과 다른 부인네들도 통곡하여 마지못해 애오리로 나가신 후, 당일 명하사 안팎 문들은 모두 봉쇄하고 본가 비복들은 한 사람도 두지 않으시고 다만 궁녀만 두시고, 정당(正堂)을 폐하시고, 아래채에 거처하시니 궁녀들은 본가에서 들어간 궁인과 삼인은 궐내의 궁인으로서 죽기를 무릅쓰고 나온지라, 후 가라사대,

"네, 본래 궁중시녀라, 어찌 외람히 거느리리요. 들어가라."
하시나, 삼인이 머리를 두드려 울며 대답하여 아뢰기를,

"신첩 등이 낭랑 성은을 갚삽지 못하오리니 어찌 일시인들 슬하를 떠날 리 있겠사오리까? 낭랑을 따라 죽으리로소이다."

후, 그 정성에 감동하시어 그냥 내버려 두시니 집은 크고 사람은 적고 각방이 다 비어 봉하고, 휘휘고적하여 인적이 그쳤으니, 궁궐 옥전(玉殿)의 번화부귀만을 보아 오다가 슬프고 한심함을 이기지 못하나 괴로운 줄 생각지 않고, 후를 지성으로 모시고, 슬퍼 매양 서로 대하여 탄식하며 흐느껴 울다가도 후의 천연정숙하신 양을 뵈오면 감히 슬픈 사색을 내지 못하곤 했었다.

이때 후의 삼촌되시는 좌의정 민공이 찬적하시고, 다섯 종형제 모두 멀리 정배당하여 애오리 집에 부인네만 있으니 조석 수라를 안동으로 나르는 터이라, 칠팔 일이 지난 뒤 후께서 좌우더러 이르시기를 식반(食飯)을 먼 데서 나르기 어려우니 차후로는 물건으로 받아들이라 하시어, 궁중에서 하여 드리고 하루에 한 끼도 잡숫지 못하시니 좌우 더욱 애달프게 울고 조카님네 지친(至親)들이 문밖에서 찾아오되 보지 않으시고 또한 오지 말라 하시오니 감히 찾아가 뵙지도 못하였다.

이럭저럭하는 동안에 가을이 되어 칠월을 당하여 본가에서 송이를 들여오거늘 후께서 보시고 천연히 안색을 변하시고 옥루(玉淚)를 흘리시니 꿇어 묻자오되,

"낭랑이 웬만한 어려운 일을 당하셔도 태연하시더니 오늘날 새로이 서러워하심은 어쩐 일이십니까?"

후, 눈물을 흘리며 말씀하시기를,

"내 이리 죄를 얻어 백옥 무하하니 시운(時運)만 한탄할 뿐 무엇을 서러워하리요마는 내 대내에 있을 때 본가에 기별하여 송이를 무역하여 들이면 양대비전에서 즐겨 진어하시던 고로, 위하여 수라에 쓰더니 오늘날 송이를 보니 마음이 저절로 척감하도다."

말씀하심에 따라 눈물을 흘리시니 좌우가 흐느껴 울고 우러러 뵙지를 못하였다 한다.

창호(窓戶)와 새 벽을 바르지 않으시고 넓은 동산과 집에 풀을 매게 아니하니 사람 한 길만큼 자라 인적이 끊겼으니 귀신과 망령이 날고, 저물면 예사 사람과 같이 다니니 궁인이 움직이지 못하고 두려워하더니, 하루는 난데없는 큰 개 한 마리가 들어오니 거동이 추한지라, 궁인들이 쫓으되 또 들어오고 다시 쫓으되 또 들어오니 후께서 이르시기를,

"그 개 출처없이 들어와 쫓아도 가지 않으니 고이한지라, 내버려 두어 그 하는 양을 보라."

하시니, 궁인들이 밥 먹이며 두었더니 십여 일 뒤 새끼 셋을 낳으니 가장 크고 모진지라, 이후는 날이 저물어 망령의 불과 도깨비의 자취 있으면 네 마리의 개가 함께 짖으니 잡귀 급히 물러나가 종적을 감추니 그로 인하여 집안이 편안한지라. 무지한 짐승도 도움이 있거든 하물며 신민을 잊으랴만 후 폐출하신 뒤로 조정에선 기뻐하는 소인이 많으니 도리어 금수만 못하리로다.

후, 집안에 가만히 앉아 계셔 하시는 바 없으시나 매양 급한 풍우에 뇌성(雷聲)을 두려워하시어 뜰에 계시다가도 빨리 방 속으로 들어가시곤 하시었다.

날마다 적적함을 이기지 못하시어 오라버님 민경자 딸이 여덟 살이라 데려다가 두시고, 소학(小學)과 열녀전(烈女傳)을 가르치시고 여공방직을 가르쳐 소일하시고 신세 구차하고 *확락하되 일찍이 사람을 탓하고 귀신을 원망하는 바 없어 천연자약(天然自若)하시니 좌우가 더욱

*확락——실의(失意)한 모양.

마음 속으로 탄복해 마지않았다 한다.

부원군의 삼년상(三年喪)을 마치매 후께서 더욱 애처롭게 서러워하시어 옥체가 자주 편찮으시었다.

본가에서 채복(彩服)을 들여오되 받지 아니하시고 이르시기를,

"죄인이 어찌 채복을 입으리요. 무명으로 의복 금침을 만들도록 하라."

하시어, 무명 치마와 순색 저고리를 들여 오니, 입으시고 보물과 진찬을 가까이 아니하시었다.

이때에 상감께서 민후(閔后)를 폐출하시고, 희빈 장씨를 왕비로 책봉하여 곤위(坤位)에 오르게 하여 궁중이 조하(朝賀)를 받게 하니 궁내에 있는 모든 사람들이 궁중이 이렇듯이 됨을 서러워하고 장씨의 참혹한 처사를 분하게 생각하되 조정 안에 어진 사람이 없으니 누가 감히 말할 것이겠는가.

그윽히 원분을 품고 눈물을 머금고 조하를 마치니, 희빈의 아비를 옥산부원군을 봉하고 빈의 오라비 장희재를 훈련대장을 시키시니 나라 백성들이 모두 한심하게 여기고 기강(紀綱)이 흩어져 팔도(八道)의 인심이 산란하여 별의별 소문이 다 도니, 대개 예로부터 성제명왕(聖帝明王)이라도 한번은 참소하는 말을 귀담아 듣기가 쉬운 법이거니와 숙종대왕과 같이 문무를 겸하신 어진 임금도 장씨에게 이토록 하사 국가의 체면을 손상하심은 실로 뜻밖의 일이 아닐 수 없었다.

이듬해 경오년(庚午年)에 장씨의 생자로써 왕세자를 책봉하시니 장씨 양양자득하여 방약무인하니 이러므로 발악을 일삼아 비빈을 절제하며 궁녀를 엄형하며 포악한 말과 교만한 행실은 말로 다 할 수 없었다.

궁중에 기강이 없어지고 원망이 하늘을 찌르는 터라, 장희재 욕심이 많고 고약하여 팔도에서 재물을 긁어들이나 말할 이가 아무도 없더란다.

이렇듯, 삼사 년이 지나니 천운이 순환하여 흥진비래(興盡悲來)에 고진감래(苦盡甘來)라, 부운(浮雲)이 점점 걷힘에 태양이 다시 밝아오

니 성총(聖聰)이 깨달음이 계시어 민후의 억울하심을 알고, 장씨의 요음간악(妖淫奸惡)함을 깨치시어 의심이 가득하시니 대하시는 기색이 전과 다르시고 서인(西人)들이 후의 삼촌 숙질을 다 처벌하시라고 날마다 아뢰기를 수년에 이르렀으되 상감께서 그때마다 *불윤(不允)하시니 이럼으로써 민씨 일문이 보존되었던 것이었다.

장씨 적이 상의(上意)를 스치고 크게 두려워 오라비 희재와 더불어 꾀하여 갑술년(甲戌年)에 *무옥(誣獄)을 다시 일으켜 무수리를 죽이고 폐비(廢妃)에게 사약(賜藥)하려고 하여 변이 크게 나니 상감께서 짐짓 그 하는 양을 보시고 궁중기색을 살피사 망연히 간인(奸人)의 흉모를 깨달으시어 즉일, 당각(堂閣)의 국유(國有)를 뒤지시게 하고, 비위만 맞추는 신하들을 다 물리시고 옛 신하를 불러 쓰실새 갑술년 삼월에 대전 별감이 세번이나 안동 본가 궁을 둘러보고 들어가더니 사월 초구일에 비망기를 내리시어 폐하신 중궁의 무죄하심을 밝히시고, 별궁으로 모시게 하라 하시고, 어찰(御札)을 내리사 상궁별감과 중사를 보내시니 후께서 사양하사 이르시기를,

"죄인이 어찌 외인(外人)을 인접하여 감히 어찰을 받으리요."

하시고, 문을 열지 않으시니 연 삼일을 별감이 문 밖에서 밤을 새우고 문 열어 주시기를 청하되 마침내 요동치 않으시니 이대로 복명하니 상감께서 어렵게 여기시고 또한 답답하시어 예조당상(禮曹堂上)으로 문 열기를 청하게 하나 종시 허락지 않으시니 예조와 승지(承旨), 국체 그렇지 않음을 아뢰나 듣지 아니하시는 고로 상감께서 민부(閔府)에 엄지(嚴旨)를 내리시어,

"이는 임금을 원망하는 일이라, 빨리 문을 열게 하라."

하시니, 민부에서 황공하여 서간(書簡)을 올려 수없이 간하되 종시 열지 않으시는 고로, 또 수일 후에 일작 이품 벼슬하는 신하를 보내시어 '문을 여소서' 하니 중신(重臣)이 말씀을 아뢰되 사체 그리 못하실 줄로 누누이 밝히고 개문을 청하니, 후 궁녀를 시켜 전하여 이르시기를,

---

*불윤(不允)——허락하지 않음.

*무옥(誣獄)——죄없이 사람을 무고하여 일으킨 옥사.

"죄인이 천은을 입어 일명이 살았은즉 이 집이 죄인의 뼈를 감출 곳이라. 어찌 국명(國命)을 받자오며 번화히 사람을 인접하리요. 사명이 여러 번 내리시니 더욱 불안하여이다."

사관(史官)이 절하여 명을 받잡고 재삼 간청하여 민부에 두 번 엄지를 내리시니 후의 큰 오라버님 되시는 판서(判書) 민공이 황송하여 간절히 권하니 겨우 '바깥 문만 열라' 하시니 사월 이십일일에야 비로소 대문을 여니 초목이 무성하여 사람의 키와 같은지라, 상명으로 일꾼을 시켜 풀을 베며 들어가니 풀 이끼 섬돌 위에 가득하고 먼지와 창호(窓戶)를 분별치 못하니 사관이 탄식하여 눈물을 흘리더란다.

외당을 깨끗이 치우고 사관과 군사들이 들어앉으니 하나의 황락(荒落)하던 집이 번화해진 고로, 궁인들이 문틈으로 보고 한편 기쁘고 한편 슬퍼서 눈물을 흘리며 즐겨하나 후는 조금도 기쁜 사색이 없으시고 오히려 불안히 여기시는 것이었다.

바깥문이 열리매 민씨 일가에서 가마가 수없이 들어가고 바깥문이 열렸음을 복명하니 상궁 넷을 보내시어 *어찰(御札)을 내리시니 상궁이 왔음을 아뢰되 중문을 열지 않으시니 반나절을 밖에 있는지라, 그 사이 별감(別監)이 길에 이어 연하여 어찰 보심을 청하신지라, 후의 오라버님 내인이 연하여 국체 불경하심을 누누이 간권하시고 체면에 불안히 여기시어 문을 열라 하시니 상궁이 섬돌 아래에서 머리를 조아려 청죄하고 눈물을 흘리며 우러러 뵈오니 용모복색이 초췌무색한지라, 슬픔을 이기지 못하여 소리남을 깨닫지 못하여 애통하게 우나 후께서는 두 눈을 내리뜨시고 못 보시는 체하시고 어찰을 드리니 북향 사배(四拜)하고 양구후 펴보시니 길이가 칠촌이요 폭이 삼척이라, 만지(滿紙)에 가득한 사연이라, 전과를 뉘우치시고 시운(時運)을 슬퍼하시며 대내로 들어오실 것을 청하신 내용이셨다.

후께서 *간필 넣는 궤에 넣으시고 묵연히 단좌하오셔 말씀을 아니하시니 상궁이 땅에 엎드려 아뢰되,

---

*어찰(御札)——임금의 편지.

*간필——편지.

"성상께옵서 신첩에게 편지를 하사하시고 부디 답서를 받아오라 하신지라, 회답을 청하나이다."

후께서 한참 만에 말씀하시기를,

"너희는 다만 들어가 죄첩이 답서를 올림이 옳지 못하여 못하는 줄로 아뢰어라."

상궁이 감히 정(正)히 정하지 못하고 하직하고 입궐하여 뵈온대로 아뢰니 상감께서 추연히 감동하시어 더욱 뉘우치시고 다음날 아침에 또 어찰을 내리시며 의복 금침과 반상을 보내시니 모든 상궁이 복명하고 와서 옛말을 일컬으며 흐느껴 우나 후께서는 반겨하심도 없고, 박절하심도 없어 흡사 잔잔한 수면과 같으시었다. 상궁이 상의(上意)를 모두 아뢰되,

"어제 대전에서 신첩 등을 인견하사 물으시되 '중궁전에 의복 금침과 반상이 있느냐?' 하시니 대답하여 아뢰기를 '하나도 없나이다' 하온즉 대전께서 노하셔 이르시기를 '내 일시 분결에 과오를 범하였거늘 일궁이 그 후 끝이 없게 하니 가히 해괴한 일이로다' 하시며 즉시로 준비하라 하시니 내수사(內需司)에서 아뢰되 '의복 금침은 오늘 안으로 하겠거니와 반상 만들기는 금일 안으로 못할 것으로 아옵니다'하니 대전께서 *능행(陵幸)적 쓰시려고 새로이 만든 은반상을 올리라 하사 친히 감별하시고 보내시며 '금침 만들기 더딘가?'하시어 대전 금침 새로 한 것을 감하시고 베개 수는 봉황수로 바꾸어 왔사오며 하룻밤에 의복을 짓삽는데 치마빛이 무색하다 하시고 진노하셔 내수사로 가서, 다른 남초를 바꾸어 신이 보는 앞에서 급급히 지어 친감하시고 보내셨나이다."

하고 은영(恩榮)이 호탕하심을 이와 같이 종횡으로 말씀드리나 후께선 그리 못 듣는 듯하시고 인하여 잠깐 몸을 굽혀 이르시기를,

"천은이 망극하시니 어찌 감히 거역하리요마는 천궁귀물(天宮貴物)을 여염에 두는 게 옳지 못하고, 더욱이 대전의 반상 금침을 잠시인들 어찌 사가(私家)에 두리요. 외람하여 감히 받지 못할 것이니 도

*능행(陵幸)——임금이 능에 거동함.

로 가져가라."
하시니, 상궁이 재삼 간청을 하나 듣지 않으시고 돌려 보내시며,
"범사(凡事) 외람하니 분수를 전하게 하소서."
하시더란다.

상궁이 할 수 없이 그대로 복명을 하니 상감께서 그 예절에 집착하심을 아름답게 여기시나 오래 고집하심을 답답하게 여기시어 다시 어찰을 내리사 후의 마음을 위로하고 국체 그렇지 못한 줄을 밝히시고,
'이 일은 위를 원망하여 종용해 과인의 허물을 드러나게 한다' 하시고, 도로 다 보내시며 상궁에게 죄 있으리라 하시니 후께서 그 어찰을 받자와 그 억울하심을 아시고 불안히 여기시어 봉한 채 두라 하시고 답서를 아니하시니 형제숙질(兄弟叔姪)이 간절히 권하고 궁인들이 번갈아 청하니 인하여 종이를 내와 쓰시니 대여섯 줄이었다.

봉하여 상궁을 주니 상궁이 복명한즉 상감께서 반겨 급히 떼어 보시니 말씀이 은공하여 무수히 정죄하심이라, 상감께서 추연 감탄하시고 이튿날 이십삼일은 중궁전 탄일(誕日)인 줄 아시고 어찰과 수라를 내리시고 각궁 공상(供上)을 예와 같이 하라 하시니 영광이 이렇듯 하였는지라, 인민이 기쁘고 즐거워 뛰놀며 즐기고 민씨 일문이 감읍하되 후께서 크게 불안하사,
'죄인이 어찌 공상을 사가에서 받으리요' 하시고 물리쳐 받지 않으시니 상감께서 재삼 권유하시고 조정이 다 청하나 마침내 받지 않으시니 일국이 다 정행처신(正行處身)하심과 예의 엄숙하심을 거룩히 여겨 흠모하며 칭송함을 마지아니하였다.

이때 부부인이 들어가시니 후께서 모시고 성효가작하사 슬퍼하시며 일가 부인네 가마가 날마다 들어오니 이때 내관이 입번하고 액정소속과 궁속이 호위하여 예절이 엄한지라 문금을 엄히 하니 후께서 명하사,
"들어올 이를 금하지 마라."
하시고, 비로소 친척을 만나 반기시되 한결같이 천하고 귀함을 가리시지 않으시었다.

상감께서 입궁 택일하라 하시니 사월 이십칠일로 아뢰니 상감께서 명현중사로 입궐하심을 전하시니 후께서 크게 놀라 사양하시며 이르시되,

"천은이 망극하여 천일(天日)을 보고 부모와 동생을 만나보게 된 것도 바랄 수 없던 노릇이려니와 어찌 감히 궐내에 들어가 천안(天顔)을 뵈오리요."

굳게 사양하시고 예물을 받지 않으시니 상감께서 엄지를 민부에 내리시고 대신이며 중신들이 문 밖에 청대하고 어찰을 하루에 사오차씩 내리시니, 후께서 그윽히 현을 예락하사 입지(立志)를 세우지 못하실 줄 아시고 읍연탄식하시고 마지못해 예복을 입으시고, 입대하실새 작은 오라버님 민정자의 따님 여덟 살에 들어와 이미 열세 살이 되니 후의 가르치심을 받아 언어 행동과 성행품이 아름다운 고로, 차마 떠나지 못하사 손을 잡고 우시니 민소저 또한 엄읍하여 능히 참지 못하는 지라, 좌우 다 눈물을 뿌려 위로하는 것이었다.

황금채연을 드리니 물리치시고 여느때 쓰는 교자를 들이라 하시니 상감께서 듣지 않으시리라 하고 사관이 청대하고 모든 일가들이 떠들어 권하니 마지못하사 연에 듭시니 사람들이 대로를 덮어 칠보단장한 궁녀 벌여 섰고 각 군문 대장이 어림군 수천을 거느려 호위하고 대신과 백관이 시위하여 입궐하시니 예의규모 존중하여 복위하실 줄 알아 향취 옹비하고 광채 찬란하며 천기 화창하여 혜풍(惠風)이 날으며 일어나고 상운(祥雲)이 하늘에 일어나니 장안백성이 영락하여 굿 보는 이 길이 메게 즐겨 뛰놀고 한편 옛일을 생각하고 눈물을 흘리며 재상 명사부인이 의막을 잡고 굿 보니 틈없어 도리어 가례하실 때보다 더하고 낭연의 가마의 흰 보 덮어 나오실 때 궁인과 선비 통곡하고 따라 가던 일을 생각하고 어찌 오늘날이 있을 줄 알았으리요.

이는 전혀 민후의 원려와 덕망으로 덕을 본디 깊이 쓰시고 고초중 처신을 아름답게 하사 천의 감동하심이라. 여러 부인네들 기쁘고 한편 슬퍼 혹 울고 혹 웃더란다.

후의 지밀(침실) 상석기구를 갖추고 이날 아침부터 이당 뜰에서 거

닐으시며 전중 고친 것을 고쳐 보시더니 내인을 불러 물어 이르시기를,

"어찌 소첩이 없느뇨?"

궁인이 황공하여 아뢰기를,

"미처 생각지 못하였나이다."

상감께서 진노하사 빨리 가져오라 하시니 소첩내인이 황망히 하여 숙의대 꺾은 것을 모르고 가져오니, 상감께서 손수 펴보시고 진노하사 다른 것을 들이라 하시고 소첩내인을 궐내에 부과하라 하시니 좌우 상감의 마음 자상명찰하시니 전부 중궁을 위하신 진정이신 줄 감탄하더란다.

입궁 때 몸소 높은 누상에 오르사 만민의 즐겨하심을 보시고 천심(天心)이 기쁘사 이미 봉연히 궐문에 들어와 지밀나인이 아뢰기를 '애놋자오니' 상감께서 명하사 '난간 아래 모셔라'하시니 궁녀 연 아래 나아가 대전께서 계심을 아뢰니 후께서 가라사대,

"죄인이 무슨 낯으로 전하를 감하오리요."

하시며 덩문 밖을 즉시 나오지 않으시니 상감께서 친히 덩문을 열어 주렴을 걷으시고 쥐신 부채로 연 속에 바람을 내시고 물러서시니 후께서 성은이 망극하여 연에서 나오셔 난간에 엎드리사 청죄하오니 상감께서 궁녀를 명하사,

"빨리 모셔 전각 안에 드시게 하라."

하시니 궁녀 일시에 붙들어 전각 안으로 모시되 감히 방석에 앉지 않으시고 엎드려 예와 이제를 생각하심에 희비가 엇바뀌어 청산화미의 슬픈 안개 일어나고 효성 쌍안에 눈물이 맺히시니 안색이 처연하사 애원하신 거동이 만좌에 나타나시었다.

상감께서 한편 반기시고 옛일을 생각하시고 감창하심을 이기지 못하사 봉안에 눈물이 떨어져 용포 소매를 적시니 좌우 일시에 눈물 흘려 감히 우러러 뵈옵지 못하더란다.

이때 세자의 나이 일곱살이시라, 체지장성하여 어른 같더라. 이에 들어오셔 후께 사배하고 슬하에 모셔 앉으니 후께서 그 숙성하심을

아름답게 여기시고 심히 비창하사 그 손을 잡고 어루만져 허허장탄하실 뿐이었다.

상감께서 좌(座)를 가까이 하사 전 일을 뉘우치시고 지금을 위로하사 말씀이 관욱하사 금석이라도 녹을 듯하시었다.

후께서 불감함을 일컬으시고 조금도 태홀함이 없으셔 한결같이 유순정정하시니 상감께서 더욱 경복하시고 좌우 모두 감탄하더란다.

후께서 입궐하심에 심신이 불안하사 아무것도 잡숫지 못하신지라 수족이 궐냉하시니 상궁이 염려하여 수라라도 재촉하여 올리니 상감께선 잡수시나 후는 잡숫지 않으시니 상궁더러 진어하심을 물으시니 대답하여 아뢰되,

"낭랑이 전날 심기불안하사 현명후로는 진어하심이 없나이다."

상감께서 인하사 친히 수저를 들어 권하시니 후께서 성은을 감사하사 마지못해 받으시고 두어 번 진어하시고 상을 물리매 이때에, 희빈이 오래 대위를 차지하여 천만세나 누릴 줄로 알았다가 홀연히 상감께서 일각에 변하여 국유를 뒤엎고 폐후(廢后)께 상명이 연락하여 즉일 복위하오셔 들어오심을 듣고 청천 병력이 일신을 분쇄하는 듯 놀랍고 앙앙분통함이 흉중에 일천 잔나비 뛰노니, 스스로 분을 이기지 못하여 시녀에게 전하여 말하되,

"내 오히려 곤위(坤位)에 있거늘 폐비 민씨 어찌 문안을 아니하리요. 크게 실례하여 방자함이 심하도다."

궁녀 이 말 아뢰니 후께서 어이없이 못 들으시는 듯 사기 태연하시고 안색이 정정하사 답언이 없으시니 이때 상감 후로 더불어 나란히 앉아 계시다 후의 기색을 살피시고 지난날이 다 맹랑하여 스스로 혼암함을 부끄럽게 여기시고, 장씨의 방자함을 통한하사, 즉시 외전에 나오사 그날로 전지하사 후를 복위하시고 여양부원군을 복관작하시고 후의 삼촌 좌의정 벽동 적소에서 졸(卒)하신 고로 복작 추증하시고 그 자손에 옛 벼슬을 주시고 새 벼슬을 높이시며, 장씨 아비는 삭탈관직하시고 빈의 옥책을 깨치시고 장희재를 제주 안치하라 하시고, 내시에게 전교하사 빈을 소당으로 내리고 큰 전각을 수리하라 하시니 궁

인과 중시가 전지를 전하고 바삐 내리라 하니, 장씨 대로하여 고성대질(高聲大叱)하며 말하되,

"내 만민의 어미요, 세자 있거늘, 어찌 너희가 무례히 굴리요. 내 부득이 폐비의 절을 받고 말리라."

악독을 이기지 못해 세자를 난타하니 상감께서 들으시고 친히 납시니 바야흐로 장씨 수라를 받았더니, 상감을 뵈옵고 독악이 표동하여 얼굴이 푸르락붉으락하여 말하기를,

"하루라도 내 위(位)에 있거늘 폐비 문안을 아니하며 내 무슨 죄로 하당에 내리라 하시나이까?"

상감께서 용안이 진열하사 이르시기를,

"어찌 감히 문안받으며 또 어찌 이 자리를 길게 누리리요?"

장씨 문득 밥상을 박차고 발악하여 발하되,

"세자 있으니 내 어찌 이 자리를 못 가지리요. 내려도, 부디 민씨의 절을 받고 내리리라."

수라상을 산산이 헤쳐 방안에 흩어 놓으니 좌우가 악착한 담을 어이없게 여기고 상감께서 해연 대로하시어,

"빨리 장씨를 끌어 내리라!"

하시니 궁중이 다 절부하던 차 상감의 뜻을 알고 황황히 달려들어 장씨를 끌어업고 총총히 단에 내려 소당으로 가니 장씨 발악하며 중궁전을 훼욕함을 마지않으니 상감께서 즉시에 내치시고 싶으되 전후의 일이 너무 편벽하고 세자의 낯을 보아 내버려 두시니라.

다시 길일(吉日)을 택하여 예의를 갖추어 후를 청하여 곤위에 오르시게 하니 후께서 세 번 사양하시다가 마지못하여 법복을 갖추시고 남면하여 곤위에 오르신 후 상의 내려 상기 사은하시니 법도가 숙연하시고 광채 찬란하사 전자로 배승하시더란다.

상감께서 용안에 기쁨이 가득하사 붙들어 탑에 오르사 한가지로 어좌를 이루시고 비빈궁녀의 조하를 받으시고 조정이 새로이 진하하니 화충은 수막을 침노하고 상운이 유루를 둘러 화기알현하고 궁중이 환열하여 뛰놀며 즐기는 소리가 양양하고 조정이 숙연하고 일국의 신민

이 뉘 아니 기쁘게 여기지 아니하리요.

대장공주와 명안공주 들어와 조현하고 일희일비하여,

"성상 천은이요, 중궁 성덕이시라."

하고 못내 즐기며, 후께서는 천은을 감축할 뿐이시고 육년 동안의 고초를 일컫지 않으시니 공주 더욱 어렵게 알고 성상의 총명성덕이 장하심을 무수히 일컫고 사오일 묵어 나가려 하니 상감께서 각별히 명하사 중궁에 잔치하사 공주 대척들을 모아 즐기시게 하니 중궁에 화기 가득하시었다.

상감께서 성품이 엄하시고 천위 묵묵하시나 그윽히 살피시고 고집하사 후께서 출궁하실 때 방자하고 박대하던 궁인들을 다 원찬하시고, 모시고 가던 궁인은 벼슬을 높이고 녹을 후히 주어 평생을 한가롭게 놀게 하시니 모든 궁녀들이 도리어 부러워하더란다.

폐비 간쟁하던 신하를 적소에 역마로 불러 화직을 주시니 죽은 자는 정충을 생각하여 감수를 내리와 후회하시고 복관작추(復官爵追)를 증하시며 친히 제문(祭文)을 지어 제사를 지내시며 서신을 지어 봄 가을로 제사하여 그 충절을 포장하여 후세에 이름이 빛나게 하시고 그 자손을 승직을 주시고 녹봉을 주사 그 부모처자를 살게 하시고 수조로써 일문을 위로하시니 은혜 형특하신지라 조애감축하고 열복하는 것이었다.

희빈의 간악함은 분하기 그지없으시나 세자의 안면을 보사 희빈을 존봉하시고 무릇 공상범절을 영궁 버금으로 하고 궐내 영숙궁 취선당에 거처케 하시니 은영이 자못 호탕하시니 사갈시랑이라도 제 죄를 짐작하고 지극히 감격할 바로되 장씨 외람히 곤위에 있어 일국이 추존하고 상총이 온전하다가 졸지에 폐출하여 희빈으로 내리니 앙앙 분노하고, 화심이 대발하여 전부 원심이 곤전에 돌아가니 불순한 언사 포악하고 불승분화하여 세자를 볼 적마다 무수히 난타하여, 마침내 골병이 드니 상감께서 대로하사 세자를 영숙궁에 가지 못하게 하시고 정전에서 놀게 하시니 세자 이따금 아뢰기를,

"어이 어미를 보지 못하게 하시나이까?"

눈물을 흘리니, 상감께서 위로하사 중전 슬하에 두시니, 후께서 심히 사랑하시는 고로 생각지 않으시더란다.

장씨 세자를 유세하다가 세자도 보지 못하고 대전의 자취 *돈절하시고 아무도 불쌍히 여겨 들여다보는 이 없으니 형세 외롭고 고단함이 당연 민후보다 더 심하니 슬프다, 복선화음의 윤회보응이 분명하여 하늘 높으시나 낮춰 들으시는지라, 민후 폐출당하실 때는 나라 안의 모든 백성이 다 청원하여 도리어 몸이 괴로우나 이름이 빛나셨거니와, 장씨는 폐출함에 만성이 다 좋아하고 궁중이 쟁그라워 은근히 웃고 비웃으니 더욱 분노하고 부끄러 원망악담이 공연히 중궁께로 돌아가니, 전 후원을 배회하며 귀를 기울여 들은즉 중궁전 자비에서 즐기는 소리와 번화한 거동이 간담이 보아지는 듯 외론으로 소문을 들으면 민씨 일문은 혁혁히 조정에 벼슬하고 상감의 종애가 지극하시고 조애 추복하고, 제 오라비 형제죄인이 되어 하나도 불쌍해 하는 이 없으니, 보고 듣는 것이 다 가슴 가운데 염원이 뛰노니 주사야탁하여 불같은 흉심(凶心)이 구름 모이듯 하니 어찌 능히 끝을 누리리요. 평생 탐혹한 보물을 흩어 궁인을 매수하고 독약을 구하여 중궁 수라에 넣으려하되, 후께서 짐작하시고 궁인을 *신칙하사 조석 수라를 다 심복 나인을 시키사 변이 없게 하시니, 궁중이 다 교하에 습복하여 흉사를 행할 자 없는 고로 할일없이 저주 방정을 무수히 하여 궁모국계 아니 미친 곳이 없었던 것이었다.

장씨 회사수덕하여 공손히 있은즉 당당한 세도 있고 중궁의 성덕을 의지하면 천심도 감동하사 영화를 끝까지 누릴 것이로되 족한 줄 모르고 자작지멸로 대역(大逆)을 도모하여 필경 앙급기진하니 어찌 두렵지 않으리요.

이때 시절이 흉황하니 상감과 후께서 염려하사 피영전하시고 수라를 반감하사 비망기를 내려 구원지책을 돈절하사 정성이 지극하시니 신민이 감동치 않는 이 없었다.

---

*돈절——갑자기 끊어짐. 아주 끊어짐.
*신칙——단단히 타일러 경계함.

병자(丙子)년에 동궁의 나이 아홉 살이시라, 관례를 행하시고 세자빈을 간택하사 상감과 후께서 친히 뽑으시니 재덕이 겸비하니 첨정 심호의 따님이셨다. 가례를 행하여 세자빈을 책봉하시니 나이 열두 살이시라, 덕성이 아름답고 슬기로우시니 상감께서 크게 사랑하사 상감이 조정국사 여가에는 주야에 중궁을 떠나지 않으사 화언(花言) 한담하시고 세자빈과 왕자를 알되 두 사자미를 보시니 이때 숙인(淑人) 최씨, 왕자를 탄생하여 바야흐로 삼 세라, 기상이 비범하시니 상감과 후께서 사랑하사 슬하에 무애하시니 후께서는 친히 낳으신 자손처럼 대하시었다.

빈은 숙덕이 근하고 후께 지성이라, 숙의 김씨는 마침내 무자(無子)하니 불쌍히 여기오사 각별 은휼하시니 궁중에 화기(和氣) 가득하니, 습복하여 악한 자 없으되 장씨의 마음은 도척 같아 고치는 기색이 없으매 세자의 나이 기출이로되 빈을 얻어 무색하고 한번 보고 무궁한 영화와 극심한 효성으로 중궁이나 효자 보는도다. 오매로 교아 절치하여 원수를 갚으리라 하고 요사스런 무녀와 흉악한 술사(術士)를 얻어 주야로 모의하여 영숙궁 서편에 신당(神堂)을 배설하고 각색 비단으로 흉악한 귀신을 만들어 앉히고 후의 성씨(姓氏) 생월생시를 써서 축사를 만들어 걸고 궁녀에게 화살을 주어 하루 세 번씩 쏘아 종이가 해지면 비단으로 엄습하여 중전 신체라 하고 못가에 묻고 또 다른 화상을 걸고 쏘아 이러한 지 삼 년이 되나 후의 신상이 만석 같으시니 더욱 앙앙하여 희재의 첩 숙정은 창녀로 요악한 자라, 죄 극심하여 정실(正室)을 모살하고 정처가 되었더니 장씨 청하여 의논하니 이는 유유상종(類類相從)이라, 궁흉극악한 저주 방정을 다 하여 흉(凶)한 해골을 얻어들여 오색비단으로 요귀(妖鬼) 사귀(邪鬼)를 만들어 밤중에 정궁(正宮) 북벽(北壁) 섬돌 아래 가만히 묻고 또 채단으로 중전의 옷 일습을 지어서 해골을 가루로 만들어 솜에 뿌려 두었으니 누구라 그런 흉모를 알았으리요. 옷 사이와 실마다 극악히 방자하여 거짓 공손한 체하고 현지하고 중전께 드리니 간곡하신 말씀으로 그 정성을 위로하시고 받지 않으시거늘 할일 없이 기회를 얻으려고 날마다 신당

축원과 요술 방정의 천만가지로 그칠 적이 없으나 이른바 사불범정(邪不犯正)이요 요불승덕(妖不勝德)이라 하였으되 예로부터 손빈이 방연을 해하였는 고로, 액운이 불행한 때를 당하여 요얼이 침노하니 중전께서는 경진년(庚辰年) 중추부터 홀연히 옥체 편찮으시어, 각별히 극중(極重)하심도 없고 때때로 한열(寒熱)이 왕래하고 야반이면 골절이 진통하시다가는 명석 같은 때도 있고 진퇴 무상하신 것이었다.

궁중(宮中)이 크게 근심하고 상감께서 깊이 염려하사 민공(閔公) 등을 내전으로 인견하시어 병증을 이르시고 치료하심을 극진히 하시되 조금도 효험이 없고 겨울을 지나고 다음해 봄이 되니 후의 백설 같은 기상이 많이 손색되시어 때때로 누른 질이 엉기었다가 없어졌다가 하니 의사들이 다 병을 측량치 못하더란다.

상감께서 적연 심혈을 적상하시어 고질이 되심인가, 더욱 뉘우치시고 차석하사 후의 기상이 너무 맑고 빼어나시니 행여 단수(短壽)하실까 염려하사 용심이 능히 편치 못하시니 후께서 불안하사 매양 아픈 것을 굳이 나타내지 않으시고는 하더라.

장씨, 후의 이러하신 줄 알고 요행히 여겨 못된 짓 더욱 더 하더니, 여름 사월에 후의 탄일이 되시니 상감께서 히교히시 대연을 배설하시어 민씨 일가 부인네들 모아 즐기게 하시니 이는 후의 병환이 진퇴하심에 여한이 없게 하고자 하심에서였다.

후께서 불안히 여기시어 재삼 사양하시되 상감께서 고집하시니 천은을 황감해 하시고 세자의 효성을 막지 못하시어 여러 날 연작을 베풀어 양전하께서 세자와 빈의 효성을 어여삐 여기시고 부인네들을 청하시니 민부(閔府)에서는 대내 출입을 외람히 여기나 후의 병환이 진퇴하시고 상감의 은혜 각별하심을 감축하여 모두 들어와 조현하니 후의 은은한 병색을 뵈옵고 깊이 근심하는 고로, 후께서 천연히 옥루(玉淚)를 흘리시어 이르시기를,

"내 무자박덕(無子薄德)으로 성상의 은총을 입어 갚을 길이 없거늘, 근래로 몸이 노곤하며 정신이 때때로 아득하고 운무 속에 있는 사람 같으니 의심하건대 이 세상에 있는 날도 머지 않을 것 같으니 위

로 성상께 심려를 끼치고, 버거 동생 자매와 연락이 다시 쉽지 않을 까 하노니 원컨대 제 자매는 자녀를 교훈하여 덕을 쌓고 복을 심어 후손까지 영화가 미치게 하소서."

말씀을 마치시매 흐느껴 우시니 궁중이 다 후의 비창한 말씀을 듣고 놀라고 의심하여 본가의 부인네 심회가 요동하여 눈물이 줄줄 흐르나 강작하여 억지로 참고 위로하여 말하기를,

"춘추 정정하시니 일시 병환에 어찌 이런 하교를 하시나이까?"

하여 하직하고 나올 때 후께서 측연 탄식하시고 부인네들은 다, 가마 속에 들어가 흐느껴 울며 나가더란다.

대장공주 육궁(六宮) 비빈(妃嬪)이 다 진작하셔 의복을 하여 올리니 후께서 일절 받지 않으시니 공주 재삼 간청하시니 그 정성을 능히 물리치시지 못하시어 받으시고 장빈의 올린 의복도 물리치심에 세자 모시고 있다가 간권하시니, 후께서 세자의 효성과 안면을 박절히 못하사 받으시니, 슬프다 간인(奸人)의 해 궁극한데 이토록 흉참한 줄 뉘 알며, 동궁은 추호나 알 리 있었으리요. 친모의 허물을 낮추지 못하신들 어이 권하여 받으시게 하리요마는 비록 장씨의 몸에서 낳았으나 온전하신 자애지정을 중궁께 받자와 친생의 정이 있거늘 다른 후궁들은 전중에 왕래 잦아 화기와 은혜 온전하되 친모는 자작지멸로 스스로 용납지 못하니 모자지간(母子之間)이라도 간언(諫言)이 아무 소용 없으니 평생에 무안무색한지라.어미 행여나 공손한 뜻에선가 하고 권하심이어니 이로 말미암아 종신지한(終身之恨)이 되시고 만 것이었다.

후께서 장씨의 옷을 입지 않으시나 전중(殿中)에 있는지라, 요얼이 밖으로 침노하고 또 방안에 살기(殺氣) 성하니 이해 오월 병환이 중하게 되시어 옥체를 가누시지 못하시니, 약청을 배설하고 상감께서 크게 우려하사 후의 형님 민판서 형제 약을 잡고 병측에 모신즉, 후 보실 적마다 서러워 느껴 우시며 아우와 조카에게 조심하라는 뜻으로 이르시기를,

"너희 벼슬이 높고 명망이 중함을 근심하나니, 직임을 명찰하며 행신을 수엄하여 선인의 청덕을 첨욕지 말고 보신지책(保身之策)하여

효도(孝道)로써 끝을 맺도록 하라."
하시며 병환중에는 더욱 일일이 떠나기를 어려워하시니 민공 형제 척연 감읍하여 지성으로 치료하며 의관을 밖에서 등대하고 안에서 백가지로 다스리되 추호도 효험이 없고 점점 더하시니 이는 신상으로 솟아나신 병환이 아니기 때문이었다.

사질(邪疾)이 왕성하고 저주의 독이 골수에 스몄거늘 백초(百草)의 물로 어찌 제어할 수 있을까보냐!

낮이면 맑은 정신이 드셨다가도 밤마다 더욱 중하시어 헛소리를 무수히 하시니, 증세 고이하나 능히 그 연유를 알지 못하니 이 또한 후의 역수 불행하신 연고라 할 수 있을 것이로다.

칠월에 *별증을 빌려 위독하심이 명이 조석에 달려 있는지라, 일궁이 진동하고 조애망극하여 천신(天神)께 빌며, 사찰에서 제를 올리되 세자께서 친림하시니 이토록 그 정성이 아니 미친 곳이 없으나 병환은 더욱 중해지실 뿐이었다.

상감께서 침식을 폐하시고 근심하사 용안이 초췌하시니 후 미력하신 경황 중에도 몹시 염려하사 간(諫)하시더란다.

후(后), 스스로 회춘(回春)하지 못하실 줄 아시고, 외녀를 물리치시고 의약을 들지 않으시니 상감께서 임어하사 들으시고 놀라시고 약을 친히 권하시며 말씀하시기를,

"병중에 어찌 약을 그치리요. 억지로라도 약을 드시고 빨리 회복하여 과인의 바라는 바를 저버리지 마오."

후께서 정신을 겨우 차리사 말씀하시기를,

"첩이 아직 나이 적고 영화제미하오니 무어 죽고자 하리요만 날로 아픔이 극심하니 어서 죽어 모르니만 못하오이다. 약을 써도 효험이 없고 오장이 더 아프오나 전하의 염려하심을 저버리지 못하와 강잉하와 먹겠습니다만, 첩이 반드시 오래 살지 못할 것이온즉 먹고 괴로운 것을 권치 마오소서."

상감께서 청필에 옥루 흘리시어 척연히 이르시기를,

---

*별증——어떤 병에 병발하는 딴 증세.

"후는 어찌 이런 불길한 말씀을 하여 과인의 심사를 요동하시느뇨? 만일 정히 괴로우면 수일만 끊고 심사를 편안히 하여 조양하소서."

친히 미음을 권하시며 병전(病前)에 계셔 떠나지 않으시더니 과연 약을 그치심으로부터 조금 감세 계신 듯하시니 궁중이 잠깐 다행히 여기더니 하루는 스스로 미음을 찾아 진어하시고 좌우 시탕하던 시녀를 돌아보며 이르기를,

"내 이제 살지 못하리니 너희 지성을 무엇으로 갚으리요? 너희들은 내 삼년상 후 각각 돌아가 부모동생을 보고 인륜을 갖추어 살다가 타일(他日)에 구천지하(九泉地下)에서 모이기를 기약하자."

좌우 천만 뜻밖의 하교를 듣고 망극하여 일시에 낯을 가리고 체읍하니 눈물이 쏟아져 목이 메어 능히 대답을 못하였다.

후께서 명하사 전각(殿閣)을 소제하고 향을 피우고 궁인에게 붙들려 세수를 정히 하시고 양치질을 하시고 새 옷과 새 금침을 갈아 입으시고 궁녀를 시켜 상감을 청하시니 상감께서 들어오심에 후께서 의상을 정돈하시고 좌우로 붙들려 앉아 계심에 궁인들이 다 망극하여 슬픈 빛이었다.

천심(天心)이 당황하사, 후 곁에 가까이 다가 앉으시며 이르시기를,

"어이 이렇듯 *실섭하시느뇨?"

후께서 문득 눈물을 흘리며 아뢰기를,

"신이 곤위(坤位)에 있어 성상 천은으로 영복이 극진하오니 한하올 바 없으나, 다만 슬하에 골육이 없어 그림자 외롭고 성상의 큰 은혜를 만분지 일도 갚지 못하고, 오히려 천심을 손상하시게 하고 오늘날 종천 영결을 짓사오니 구천지하에서도 눈을 감지 못하오리다. 원하옵건대 성상께서는 박명한 신을 생각지 마시고 백세 안강하소서."

상감께서 서러워 눈물을 줄줄 흘리며 이르시기를,

"후께서 어찌 이런 말씀을 하시느뇨?"

---

*실섭——몸조리를 잘 못함.

말씀을 이루지 못하사 용포 소매가 젖으시니 후께서 정히 황어난하시나 어찌 상의 과상하심을 모르시리요. 눈물을 흘리시고 길게 한숨지며 말씀하시기를,

"성상은 옥체를 보중하사 돌아가는 첩심을 평안케 하시고 만민의 폐를 덜으소서."

세자와 왕자를 어루만지시고 후궁과 비빈을 나오라 하사 가로되,

"내 명운이 불행하여 육년 고초를 겪고 다시 성은이 망극하사 곤위에 올라, 세자와 왕자와 더불어 조용히 여생을 마칠까 하였더니 오늘날 돌아가니 어찌 박명하지 않으리요? 그대들은 나의 박명을 본받지 말고 성상을 모셔 만수무강하라."

연인군이 이때 팔 세시라, 손을 잡고 서러워하여 말씀하시기를,

"이애 영특하여 내 극히 사랑하였더니, 그 상성함을 보지 못하니 한이로다."

하시고 비빈을 물러가게 하시고 오라버님 내외와 조카내 사촌들을 인견하사 오열 비창하심을 금치 못하시니 민공 등이 배복(拜伏) 오열하여 능히 말을 못하는지라, 상감께서 이 거동을 보시고 현심이 미어지고 꺾어지는 듯 차마 보지 못하시는 것이었다.

좌우 미음을 올리니 상감께서 친히 받아 눈물을 머금고 권하시니, 후께서 크게 탄식하시고 두어 번 마시고 상감께서 친히 부축하여 베개에 바로 누이시니, 이윽고 창경궁 춘전에서 엄연 승하하시니 세 신사 추팔월 십사일 사시요, 복위하신 지 팔년이요, 춘추 삼십오 세이셨다.

궁중에 곡성이 진동하여 귀신이 다 우는 듯 궁녀 서로 머리를 맞대어 망망히 따르고자 하니 하물며 상감께서랴.

상감께서 과도히 슬퍼하사 손으로 난간을 두드리시며 하늘을 우러러 방성통곡하시니 용안에 두 줄기 눈물이 비오듯 하사 용포가 마치 물을 부은 것같이 젖었으니 궁중이 차마 우러러뵈옵지 못하였다 한다.

조정과 사서인(士庶人)의 슬퍼함이 심산공곡(深山空谷)에 이르니 다

부모상보다 더하니 후의 숙덕성행이 아닌들 어찌 이리하리요.

왕 예로 입관(入棺) 성복(成服)을 지내고 사서 제전에 친림 곡배하사 애통하심이 날로 더하시니 궁중 신하들이 모두 근심들을 했었다.

구월 초사일 상감께서 친림하시어 친히 제사를 지내실 때 제문을 지어 예관에게 읽히시니 대강 제문에 이르시기를,

"모년 모월에 국왕은 비박지전으로 대행왕비 민씨지영에 고하노니, 오호라! 현후의 돌아가심이 사실인가 꿈이런가, 달이 가고 날이 바뀌되, 과인이 황난하여 능히 깨닫지 못하니 속절없이 천기 막막하고 음양이 그쳤으니 그 돌아감이 반듯한지라. 옛 사람이 실우지탄(失友之嘆)과 고분지통을 일렀으나 과인의 지통과 유한은 고금에 비겨 방불한 자가 없도다. 오, 슬프도다!

현후는 명문(名門)의 생출(生出)이요 현부형(賢父兄) 교훈을 받았도다.

뛰어난 자질과 아름다운 성덕이 갈담규목에 극진하지 않음이 없으되 시운이 불리하고 과인이 불민하여 육년 손액은 차마 어찌 이르리요. 위태한 때에 처신을 더욱 곧게 평안하시고 어지러운 때에 덕행을 더욱 보로하여 과인으로 하여금 과실을 많이 감춤은 현후의 성덕이라. 꽃다운 효절과 규참하는 덕이 국풍에 순이하여 한가지로 이 도에 임하여 태평을 누릴까 하였더니, 창천이 어찌 숙인 앞길을 빨리 하여, 과인이 내조를 다시 바랄 수 없이 되었고녀!

슬프도다!

현후는 평안히 돌아가 만사를 잊었거니와, 과인은 길고 먼 세상에 지한과 설움을 어찌 견디리요.

오호라!

현후의 맑은 자품으로 하나의 혈육이 없고 어진 성덕으로 장수를 누리지 못하신고! 하늘도 무심하신지라. 이는 반드시 과인의 실덕묘복을 하늘이 념히 여기사 과인으로 하여금 무궁 한탄이 되게 하심이로다.

통명전을 바라보니 현후의 덕있는 모습과 온화한 음성이 들리는

듯하건만 이제 길이 막힘이 몇천 리인고! 과인이 중간에 실덕함이 없이 지금까지 무고하시다 돌아가셔도 슬프다 하려든 하물며 과인의 허물로 육년에 걸친 고초를 생각하니 골똘한 유한이 여광 여취로다."

(제문이 너무 장황하니 이에 그치노라)

읽기를 마침에 방성 통곡하시니 곡성과 눈물이 영인 감창이셨다.

좌우에 모시는 신하들이 다 체읍하고 감히 우러러뵈옵지 못하였다.

인현왕후(仁顯王后)라고 추존하시고 능호(陵號)는 명릉이니 고양이라. 능전(陵殿)을 경영전이라 하시고 대신을 명하사,

"능역을 지성으로 감찰하고, 능묘 우편을 비워 타일 종첨하라." 하시고, 섣달 초파일로 인산 택일하시니, 오 슬프다!

사람의 *수요는 인력으로 못한들 후의 현철성덕으로 마침내 무자(無子)하시고 단수(短壽)하시며 더욱 간인(奸人)의 참화를 입으시니 어찌 순탄한 일생을 누리셨다 하리요마는 어진 사람도 복을 누리지 못하거든 하물며 악인이 종시를 안향함을 얻으리요.

장희빈이 후의 병환 때 두어 번 뵈옵고 칭병하고 문후치 않았으니 후께서 그 심정이 곱지 못한 줄 아시나, 알고도 모르는 체하시니 후를 중궁전이라 않고 민씨라고 부르며 중궁 이야기를 할 양이면 말머리에 반드시 이를 갈며, 잡귀 요귀로써 세상에 용납지 못하니라, 하고 날마다 무당과 점쟁이를 시켜 축원하더니 마침내 승하하시니 크게 기뻐하여 합수축원하고 이수가 애애하여 양양 자득하고 신당(神堂)을 즉시 없앨 것이로되 여러 해 동안 위하였으니 갑자기 거저 없애는 것이 세자와 빈에게 해롭다 하고 무당 점쟁이들과 상의하여 구월 초칠일 굿하고 파하려 그대로 두었더니 이 또한 제 인력으로 못할 일이었던가 한다.

이때 상감께서 왕비를 생각하시고 모든 후궁을 찾지 않으시고 지나치게 슬퍼하사 조석(朝夕)으로 애통하사 현광이 환탈하시니 제신이 간유하온즉 추연히 탄식하시며 말씀하시기를.

*수요——오래 삶과 일찍 죽음.

"과인이 부부지정으로 슬퍼함이 아니라 그 덕을 생각하고, 성품을 잊지 못하여 서러워함이로다."

하시니, 제신(諸臣)이 모두 감창(感愴)해 마지않았다 한다.

구월 초칠일 석전에 참례하시고 돌아오시니 추기(秋氣)는 서늘하고 초생달이 희미한데 귀뚜라미 소리조차 일어나니 심사 더욱 처량하시어 측을 대하여 눈물을 흘리시다가 안석을 의지하여 잠깐 조시니 비몽사몽간에 죽은 내시 앞에 와서 아뢰되,

"궁중에 사악한 잡귀와 요귀가 성하여 중궁이 비명에 참화하시고, 앞에 큰 화가 불 일어나는 듯할 것이오니 바라옵건대 성상은 깊이 살피소서."

하고 손을 들어 취선당을 가리키며 상감을 모시고 한 곳에 이르니 후의 혼전이라, 전중에 중궁이 시녀를 거느리시고 앉아 계신데 안색이 창담하사 애연히 통곡하시며 상께 고하여 말씀하시기를,

"신의 명이 비록 단하오나 독한 병에 잠기어 올해 죽을 것이 아니로되 장녀 천백 가지로 저주방자하여 요얼의 해를 입어 비명한사(非命恨死)하니 장녀는 불공대천의 원수라. 원혼이 운간(雲間)에 비껴 한을 품었으니 당당히 장녀의 목숨을 끊을 것이로되 성상께서 친히 분별하사 흑백을 가려 원수를 갚아 주심을 바라고 요사를 없이 하여야 궁내가 평안하리이다."

상감께서 크게 반기사 옷을 잡아 물으려 하시다가 놀라 깨달으시니 침상일몽이셨다.

추영은 휘황하고 좌우 내시들은 장지 밖에 모여 앉았으니 크게 슬퍼 일장을 통곡하시고 좌우더러 때를 물으시니 초경이라, 이에 옥교를 타시고 우의를 다 떨으시고,

"인적과 헌화를 내지 마라."

하시고 영숙궁으로 가시니, 이 궁에 행차하신 지 칠팔 년 만이셨다.

누가 상감께서 행차하실 줄 알았으리요!

이날이 장희빈 생일이라, 숙정이 들어와 하례하고 중궁 죽음을 치하하여 모든 궁인들이 공을 다투고 옛말을 이르며 신당에서는 무당

점쟁이들이 촛불을 밝히고 설법하더니 부지불식간에 대전의 옥교 청사에 이르사 들어오시니 궁녀들이 놀라 급급히 일어나 맞아 어떻게 할줄을 몰라 했다.

상감께서 그 쟁공(爭功)하는 말을 들으시고 마음속에 크게 노하시어, 묵연히 *관형찰색하시니 궁녀들이 생각하되 희빈 생일이요, 중전이 아니 계셔서 찾아 오신 줄만 알고 야반 수라를 성비하여 들이니 상감께서 냉소하시고 멀리 살펴보시매 마침 전당에 등촉이 조요하더니 다 끄고 괴괴한 것이었다.

의심이 동하사 몸을 일으켜 청사를 나오시니 맞은편에 병풍을 쳤거늘 '치우라' 하시니 궁녀 황겁하였으나 할 수 없어 걷으니 벽상에 한 화상을 걸었는데, 자세히 보시니 완연한 민후로 다름이 없는 터에 화살을 맞은 구멍이 무수하여 다 떨어졌는지라, 물어 이르시기를,

"저것은 어인 것이뇨?"

좌우 황황하여 아무 말도 못하거늘 장씨 내달아 고하되,

"이는 중궁전 화상이라, 그 성덕을 감격하와 화상을 그려 두고 시시로 생각하나이다."

상감께서 비로소 진노하사 이르시기를,

"후를 생각하여 그랬으면 저렇듯 화살 맞은 곳이 많느뇨?"

장씨는 대답지 못하거늘 데리고 오신 내관에게 명하사 촉을 잡히시고 서년당에 가 보시니 흉악한 신당이라, 천뢰 *진첩하사 청사에 앉으시고 궁노를 불러 모든 궁녀를 다 잡아내어 길게 결박하고 엄치하사 이르시기를,

"내 벌써부터 짐작하고 알았으니 궁중의 요악한 일을 추호라도 숨기면 경각에 죽이리라."

하시니, 천뢰 진첩하사 급한 뇌성 같고 엄하신 기운이 상별 같으시니 어떻게 감히 은휘하리요마는 그중 시영 간악하여 처음은 모르노라 하더니, 피육이 떨어지며 여러 시녀 일시에 응성하여 주초하여 전후사

*관형찰색——남의 심정을 떠보기 위하여 안색을 살핌.

*진첩——존귀한 사람이 몹시 성을 내어 그치지 않음.

연을 역력히 다 아뢰니 상감께서 새로이 모골이 송연하여 이르시기를

"범을 길러 화를 받는다는 말이 과연 이번 일 같도다. 내 장녀(張女)를 내치지 않고 두었다가 큰 화를 자취(自取)하였으니 이도 불가사문 어인국이라."

하시고, 상궁 시녀들을 금부(禁府)로 내리와 내일로 친국하려 하시고 외전에 나오시어 능히 잠을 이루지 못하시고 이튿날 중의에 반조하시어,

"중궁이 비명원사하심과 장빈의 대역부도와 흉교 간악이 불가사문 어인국이라. 모든 죄를 다스리고 죄인 장희재를 급급 몽도나래하고 역률 죄인 숙정을 한가지로 모역한 유(類)니 정형(定刑)하라."

하시고,

"내수사 출상 철향 시영을 금부에 가 잡아 인정문에서 친국하리라."

하시니 승지 윤이 부복하여 머리를 조아리고 아뢰기를,

"희빈의 죄악이 중하오나 세자를 보아 성상의 진노하심을 가라앉히시옵소서."

상감께서 크게 노하시어 이르시기를,

"장씨 처음에 중궁을 간해하되 세자(世子)의 낯을 보아 두었더니 궁중에 신당을 만들고 저주를 묻어 국모를 모살하니 궁흉 극악한 대역부도는 천고에 없는지라. 내 친히 국문하여 죄를 밝혀 중궁 영혼을 위로하려 하거늘 승지, 역적을 두호하여 금부로 추국하자 하니 신자로 국모를 모살한 원수를 어찌 이렇듯이 하리요. 극히 한심한 일이로다. 윤을 삭탈관직하여 문 밖으로 내어쫓으라."

하시고, 국청 죄인 철향은 형문 삼장에 문초하니 자백하여 말하기를 을해(乙亥)년부터 신당을 배설하고 무녀 술사로 축원하여 중궁이 망(亡)하시고 장씨 복위(復位)하게 빌던 말과 화상을 걸고 쏘아 임염하여 묻은 말이며를 절절이 아뢰고, 이밖의 일은 시향 등이 알고 소인은 모르나이다 하여 시향을 엄문하시니 나이 이십삼이라. 복초(服招)끝에 말하기를,

"희빈의 오라비 장희재 첩 숙정으로 서간왕래하되 빈이 숙정에게

한 편지를 본즉 소화하니 그 연고를 모르고 숙정을 불러들여 구구히 의논하고 작은 동고리를 치마 속에 싸 가지고, 철향과 소인을 데리고 황혼에 통선전 연못가에 여러 곳에 묻고, 또 무엇인지 봉한 것을 봉지 봉지 만들어 상출각 부중 섬돌 아래 곳곳이 묻고, 신은 돌아다니며 사람의 기척을 살피고 신은 철향 등과 함께 다니오나 그 속에 든 것은 모르옵고, 하루는 취영이 빈께 고하여 말하기를 '행사를 다 하였나이다' 한즉 빈이 말하기를 '시영 철향이 다 그곳을 아느냐?' 하거늘 '함께 다니며 하였사오니 어찌 모르오며 철향 등이 심복이오나 명목이 다르오니, 기는 것이 좋지 않으니 알게 하소서' 하였나이다. 신은 그 속을 모르오되 이해로 다래가 계(計)를 두녀(女)가 모역한 것이 적실하오이다."

시영은 사십일 세라, 요악하나 감히 숨기지 못하여 복초하기를,

"해골에 오색 비단옷을 입혀, 중전 생년 생월 생시를 써 묻고 의복 지은 곳에 해골 가루를 솜에 뿌리고 또 해골을 싸서 염습하여 묻었다가 들여가니, 중전이 받지 않으시더니, 이듬해 탄일(誕日)에 올리니 또 받지 않으시다가 춘궁전하(春宮殿下)의 낯을 보사 받으시던 일을 아뢰고 축사와 요얼을 만든 것은 숙정의 조화로소이다."

즉시 숙정과 무녀 술사를 잡아들이며 엄형 국문하시니 무녀술사가 초사에 말하기를,

"일찍 장희재를 사귀었삽더니 귀양 갈 때 은자를 많이 주며 빈께 천거하니 천한 것이 무지하와 보화를 탐하여 대역을 지었사오니 지만이로소이다."

숙정을 국문하시니 주초 왈,

"희빈이 매양 궁녀를 보내어 어린 아이 옷을 지어달라 함에 지었노라 하고, 시시로 보물을 많이 보내고 또 이르대 취선당이 절로 울고 희빈 병환이 계시니 굿을 하겠다고 청하거늘 들어가오니, 무녀 술사를 시켜 중전 망하심을 축수하는데, 빈이 실정을 일러 모의하니 죽을 때라 동참하옵고 중전의 의대를 지은 것도 신이 하고 해골은 희재의 청지기 철명이 얻어 들였나이다."

철명을 잡아 들이라 하시니 도망하였으나 워낙 용모가 특이한 고로 수일 안에 잡아 들이니 희재 사생의 의(義)가 있어 귀양갈 때 은자(銀子)를 많이 주며 희빈이 부리는 일이 있거든 진심으로 하라한 고로 팔도에서 몹쓸 해골을 다 얻었던 것이었다. 초사 여출 일구하니 만조 시신(侍臣)이 모골(毛骨)이 송연하여, 곳곳이 묻은 것을 파내니 그 모양이 흉한 것도 있고 요사한 것도 있어 차마 대하지 못하고 중전의 의복을 꺼내어 솜을 터니 푸른 가루가 날므로 상감께서 진노하시고 이윽고 추연히 장탄하여 이르기를,

"다시 과인이 불명하여 궁중에 이런 변이 나니 어찌 누구를 나무라리요. 구천타일에 무슨 면목으로 중궁을 볼 것인고."

그날로 죄인 십여 인을 군기사에 몇몇 궁인 마직은 멀리 귀양보내시고 전교에 이르시기를,

"국모를 모살하니 이 막대한 옥사로되, 대역부도의 신(臣)이 연인제사하여 드러날까 두려워 친국함은 임금의 체면이 아니라 하고 거역하니 너희 뜻을 좇아 중궁 모살한 원수를 잡지 않음이 옳으냐? 이런 신하를 두면 반드시 후환이 있을 것이니 영의정 최석정으로 변원에 전배하고 기녀는 삭탈관직하라."

하시고, 장빈을 본궁에 가두었더니 처지를 생각하실새 경각에 부월처로 참하시고 싶으되 부자는 오상의 대륜이라, 세자의 낯을 보사 중형을 못하시고 이르시되,

"옛 한무제(漢武帝)도 무죄한 구익 부인을 죽였거니와 이제 장녀는 오형지참을 할 것이요, 죄를 속이지 못할 바로되 세자의 정리를 생각하여 감소 감형하여 신체를 온전히 하여 한 그릇의 독약을 각별히 신칙하노라."

궁녀를 명하여 보내시며 전교하사,

"네 대역부도의 죄를 짓고 어찌 사약을 기다리리요. 빨리 죽음이 옳거늘 요악한 인물이 행여 살까하고 안연히 천일을 보고 있으니 더욱 죽을 죄라. 동궁의 낯을 보아 형체를 온전히 하여 죽음이 네게 영화라. 빨리 죽어 요괴로운 자취로 일시도 머무르지 말라."

장씨는 이때 온갖 죄상이 다 탄로나서 일국 만성이 회자하되 조금도 두려워하는 빛과 부끄러워함도 없고 중궁을 모살한 것만 쾌(快)하고 세자의 형세를 믿고 설마 죽이기야 하랴, 두 눈이 말똥말똥하여 주살만 부리더니 약을 보고 고성발악하며,

"내 무슨 죄가 있어서 사약하리요. 구태여 나를 죽이려거든 내 아들을 먼저 죽이라."

하고, 약그릇을 엎고 궁녀를 호령하니 궁녀 위력으로 핍박지 못하여 이대로 상달하니 상감께서 진노하사,

"내 앞에서 죽일 것이로되 네 얼굴 보기 더러워 약을 보내니, 네 염치 있을진대 스스로 죽어 자식이 편하고 남의 손에 죽지 않음이 옳거늘 자식을 유세하여 뉘게 발악하느뇨? 이 약이 네게는 상인 줄 알고 죄 위에 죄를 더하여 삼척지율을 받지 말라."

궁녀가 어명을 전하니 장씨 발을 구르며 손뼉을 치고 발악하여 말하기를,

"민씨 단명하여 죽음이 내가 아랑곳이냐? 너희들이 나를 죽이고 후일 세자의 손에 살까 싶으냐?"

불순 포악한 소리가 악착같으니 상감께서 들으시고 분연하사 좌우에게 '옥교를 가져오라' 하사 타시고 영숙궁으로 친림하사 청사에 앉으시고 좌우를 호령하사 장씨를 끌어내려 당에 내리우고 꾸짖어 가라사대,

"네 중궁을 모살하고 대역부도함이 현기에 단영하니 반드시 네 머리와 수족을 베어 천하에 효시할 것이로되 자식의 낯을 보아 특은(特恩)으로 경벌을 쓰거늘 갈수록 태만하여 죄 위에 죄를 짓느뇨?"

장씨 눈을 독하게 떠 천안을 우러러 뵈옵고 높은 소리로 말하기를,

"민씨 내게 원망을 끼치어 형벌로 죽었거늘, 내게 무슨 죄가 있으며 전하께서 정체를 아니 밝히시니 임금의 도리가 아닙니다."

살기가 자못 등등하니 상감께서 진노하사 두 눈을 치켜 뜨시고 소매를 걷으시며 여성하여 이르시기를,

"천고에 저런 요악한 년이 또 어디 있으리요? 빨리 약을 먹이라."

장씨, 손으로 궁녀를 치고 몸을 뒤틀며 발악하여 말하기를,

"세자와 함께 죽이라. 내 무슨 죄가 있느뇨?"

상감께서 더욱 노하시어 좌우에게 '붙들고 먹이라' 하시니 여러 궁녀 황황히 달려들어 팔을 잡고 허리를 안고 먹이려 하나 입을 다물고 뿌리치니 상감께서 내려보시고 더욱 대로하사 분연히 일어나시며 막대로 입을 벌리고 '부으라' 하시니 여러 궁녀 숟가락 청으로 입을 벌리는지라 장씨 이에 위급한지라, 실성 애통하여 말하되,

"전하 내 죄를 보지 마시고 옛날 정과 자식의 낯을 보아 목숨만은 용서해 주십시오."

상감께서 들은 체도 않으시고 먹이기를 재촉하시니 장씨는 공교한 말로 눈물을 비같이 흘리며 상감을 우러러 뵈오며 참연히 빌며 말하기를,

"이 약을 먹여 죽이려 하시거든 자식이나 보아 구원의 한이 없게 하여 주소서."

간악한 소리로 슬피 우니 요악한 정리는 사람의 심장을 녹이고 처량한 소리는 차마 듣지 못할 것 같으니 좌우 도리어 불쌍한 마음이 있으되 상감께서는 조금도 측은한 마음이 아니 계시고 "빨리 먹이라" 하여 연이어 세 그릇을 부으니 경각에 크게 한번 소리를 지르고 섬돌 아래 고꾸라져 유혈이 샘솟듯하니 한 그릇의 약으로도 오장이 다 녹거든 하물며 세 그릇을 함께 부었으니 경각에 *칠규(七竅)로 검은 피가 솟아나 땅에 고이니, 슬프다, 자그마한 궁인의 몸으로 천상 국모(國母)를 모살(謀殺)하고 여러 인명이 모두 검하(劍下)에 죽게 되니 하늘이 어찌 앙화를 내리시지 않으리요.

상감께서 그 죽은 모습을 보시고 외전으로 나오며,

"신체를 궁 밖으로 내라."

하시고 이튿날 하교하시기를,

"장씨의 죄악이 중하여 왕법(王法)을 행하였으나 자식은 모자지정이라 세자의 정리를 보아 초초히 예장(禮葬)하라."

---

*칠규(七竅)——사람 얼굴에 있는 귀·눈·코 들의 각 두 구멍씩과 입 한 구멍.

하시고, 장희재를 극형에 처하여 육신을 갈라서 죽이시고, 가재를 몰수하시니 나라 안의 온 백성들이 상쾌히 여겨 아니 즐기는 이가 없었다 한다.

장씨의 죽음을 뉘라서 정성으로 슬퍼하리요. 피묻은 옷의 사이마다 소금장을 덮어 궁 밖으로 내어 방안에 누이고 상감의 명령을 기다리더니 "염장하라" 하심에 들어가 입관하려고 하니 하룻밤 사이에 신체가 다 녹아 검은 피가 방안에 가득하니 신체가 뜨게 되고 흉악한 냄새는 차마 맡지 못하니, 차라리 형벌로 죽는 것만 같지 못하니 보는 이가 차탄(嗟歎)하여 윤회응보(輪廻應報)를 눈앞에 본다고 하더란다.

희재의 신체는 찾을 이 없고 인심(人心)이 다 절치(切齒)한 고로 군기시 앞에 사람마다 막대에 꿰어들고 효시(梟示)하니, 슬프다, 사람이 자기의 근본을 생각지 않은즉 앙화가 내리는 법이니 제 불과 한 천인(賤人) 궁속으로 다니다가 제 누이 경궁(京宮)에 깃들여 옥궐(玉闕)에 귀인(貴人)이 되니 분에 족하는 영화를 고맙게 생각해야 할 터인데 만족할 줄을 모르고, 참담한 뜻을 두어 대역을 행하다가 이 지경이 되니 세상 사람들에게 경계하여 조심하라는 뜻이 아니리까?

상감께서 친국옥사(親鞫獄事)를 다 결단하시고 시월 십삼일을 당하시어 혼전(魂殿)에 친히 임하시어 제문을 지어 제사를 지내시니 그 대강 내용을 살펴본즉, 이르시기를,

'현후(賢后)께서 운간(雲間)에 오른 지 이미 해와 달이 여러번 갔는지라, 음용(音容)이 깊고 깊었으나 과인이 생각하고 슬퍼함은 날로 더하고 달로 더하여 전일을 뉘우치고 이제는 느껴 한이 골수에 사무쳤거늘 누가 오히려 현후(賢后)로 하여금 간인(奸人)의 작해(作害)를 입어 비운에 추명하실 줄 알았으리요.

대역간인이 국모곡계(國母曲計)할 양으로 신당을 베풀고 안으로 요사(妖邪)를 묻어 흉한 넋의 해가 후의 신상에 미칠 줄 뉘 알았으리요?

별증을 참지 못하시던 일을 생각하면 심장이 뛰는지라, 후의 현덕과 지선(至善)한 성품으로 어찌 간인의 해를 입으며 민씨의 집 은

덕이 깊고 후하거늘, 어찌 여음이 무심한지고. 이는 과인이 덕이 없고 총명하지 못하여 간흉을 미리 방지할 줄 몰라 큰 화를 스스로 얻음이로다.

뉘우친들 무슨 소용이 있으리요. 후는 비명에 돌아가고 간인은 화당에 안거하니 후의 영혼이 원소에 비껴 있어 과인을 한함이 깊었더라.

오, 슬프도다.

누가 죽으면 아는 게 없다고 하더뇨? 후의 일월 같은 정신이 흩어지지 않아 혼(魂)이 밝고 백(魄)이 투철한지라, 혼몽(魂夢)을 빌려 가르침이 분명한지라, 이 어찌 돌아갔다고 하리요? 맹연히 깨달아 간흉을 잡아 요사스러운 얼을 숙청하니, 요악한 허리와 간사한 머리를 부월과 짐약으로 죽이도다. 후의 원통하고 억울한 수한을 갚음이 분명하되 사자(死者)는 불가부생(不可復生)이라.

후를 일으키지 못하니 지통함이 더하고 설분함이 쾌하지 못하도다. 오, 슬프도다! 후의 영령도 유명간(幽明間)에 더욱 슬퍼하리로다.

석일(昔日)에 후의 지인지감(知人之感)이 영특하사 간인을 근시치 말라 하시되 과인이 어두워서 깨닫지 못하고 큰 화를 자취하였으며, 오히려 후의 명령(明靈)의 가르침이 없었던들 반드시 원수를 갚지 못하고 도리어 요얼이 궁중에 헤어져 위압을 볼 것이로되 명령의 가르침을 입어 궁내를 숙청하고 과인의 어두운 매명(賣名)을 면하게 되었도다. 요인(妖人)이 후의 생전 해인(害人)이요 사후 원수로 후의 체모가 높고 덕이 두터워 세자 애휼함이 기출(己出)에 지나고 세자를 고염하여 화를 자취(自取)함이로다. 현재(賢才)라!

후의 명철한 덕경이 생전 신민(臣民)에 들리고 사후 밝은 정령(精靈)이 일국의 원을 풀었도다.

오! 슬프도다!

후의 정령이 명명히 살피는지라. 과인의 이렇듯 슬퍼함을 유념치 않으시느뇨?'

읽기를 마치매 곡성이 절절애애(切切哀哀)하시니 좌우 우러러 눈물을 금치 못하고 궁중이 새로이 골몰망극해 하되 세자가 계신 고로 감히 말을 못하나 인사를 아신 후, 당신 어머니 때문에 한이 되시나 중궁전 성모(聖母)의 은애(恩愛)를 받자와 지성이 극진하시더니 뜻밖의 화변을 만나사 처신을 어떻게 하실 줄 모르사 죄인을 자처하고 여러 번 상소하시어 청죄하시고 동궁의 자리를 사양하시니 상감께서 추연히 감동하시어 이르시기를,

"어미의 죄로 무죄한 자식을 폐하리요. 이런 말은 다시 마라."

세자께서는 오히려 두문불출(杜門不出)하시고 자리에 임하지 않고 사양하시니 상감께서 불러 자리에 앉히시고 손을 잡아 타이르시며 한탄하여 이르시기를,

"네 어미의 앙화가 자식에게까지 미쳐 골수에 병이 들고, 진퇴가 무안하여 말이 이러니 네 어미의 죄는 다시 죽을 만하나 내 마음은 아프도다. 부자(父子)는 천성지친(天成至親)이라, 아예 용서하니 그리 알아라. 자식이 어찌 거슬리리요. 다시 이런 말을 말라."

하시니, 세자께서 머리를 조아려 흐느껴 우시고, 성은(聖恩)에 감격하시이 마지못해 위(位)에 서시나 평생무관한 자리로 아시더란다.

섣달에 장차 발인(發靷)하실 때 또 제문을 지어 가라사대,

'오! 슬프도다.

현후는 명가현원(名家賢媛)이요, 학자교훈(學者敎訓)을 얻었도다. 가례후(嘉禮後) 입궐함에 위로 대비께 대희심(大喜心)하심을 받잡고 아래로 만궁의 축복함을 입었도다. 성사에 기틀이 완전하셔 내조로도 덕이 빈빈하도다. 국운이 불행하고 과인이 박덕하여 후의 덕성(德性)으로도 수를 누리지 못하시니, 오! 애달프도다.

후의 자취를 어느 곳으로 향하여 따라가 반기며 과인의 의심된 곳을 누구와 더불어 해석하리요.

혼전(魂殿)을 찾아와 영구(靈柩)를 대한즉 오히려 후의 음용(音容)을 대한 듯하더니 일월이 유매하여 장례 박두하니 후의 음용과 영대 길이 궐중을 떠나게 되니 과인이 스스로 잃은 듯하며 취한 듯

하니 후의 영(靈)이 있을진대 또한 유념하여 느끼리로다.

후는 돌아가시니 생전 꽃다운 덕이 빛나고 사후 슬퍼하오니 만천하에 영명이 더욱 빛나니 비록 세상에 없으나 있는 것 같거니와 과인은 길고 긴 세상에 전과를 뉘우치고 유한이 골똘하나 이 아픔을 어떻게 하여 견디리요.

이 세상에서 산해(山海) 같은 은의(恩義)를 느끼어 영결하며 능의 우편을 비워 놓고 훗날 동점하기를 꾀하오니 천추만세에 폐백을 한가지로 누리리로다.'

하였었다.

인산하신 후엔 슬퍼하심을 더욱 참지 못하시고 민문(閔門)에 은영(恩榮)을 자주 내리사 영이하심을 나타내시되 민부(閔府)에서 더욱 송구하고 황송하여 겸손히 사퇴하여 긍긍입입하며 갈충보국하였다.

나라 체면에 곤위(坤位)를 비우지 못하므로 조정이 아뢰되, 상감께서 슬퍼 듣지 않으시더니 대신이 여러번 아뢰니 마지못하여 중궁 간택을 하시어 경은 부원군(慶恩府院君) 김주신(金柱臣)의 따님을 뽑으사 임오년(壬午年)에 책봉 왕비 하시고, 조하를 받으실 때 옛일을 추고하시어 용루(龍淚) 떨어져 용포를 적시니 비빈 궁녀 다 서러워 흐느껴 울었다 한다.

훌훌히 삼년상을 마치심에 슬퍼하심이 세월이 갈수록 그치지 않으사 후의 유언을 좇아 후를 모시고 육년 고초(苦楚)를 한 상궁과 가깝게 모시던 궁녀 십여 인에게 통은으로 상금을 많이 하사하시고 민간에 돌아가서 인륜(人倫)을 차리라 하시니 여러 궁녀 황공감읍하여 대내를 차마 떠나지 못하더란다.

무술년(戊戌年)에 창덕궁 장춘헌(長春軒)에서 세자빈 심씨(沈氏) 훙하시니(돌아가시니) 자손이 없으셨고, 그 해에 다시 간선하여 함종(咸從) 어씨(魚氏)로 세자빈을 책봉하시나 또 생산을 못하시고 경자(庚子) 유월 초파일 묘시(卯時)에 경희궁(慶熙宮) 융복전(隆福殿)에서 상감께서 승하하시니 재위 46년이요, 춘추 육십 세이셨다.

일국 신민이 다 망극하여 그 성덕 태도와 성신문무하심이 만대(萬

代)의 명군이셨다. 예로부터 참소에 속은 임금이 많으시되 우리 숙종대왕처럼 오래지 않아 확연히 깨달으시어 광명정대하신 분은 역대(歷代)에 걸쳐 오직 한분뿐이셨다.

왕세자께서 즉위하시고 빈전(嬪殿) 어씨를 책봉 왕후하시나 상감께서 병환이 계시사 농장의 경사를 못 보실 줄 아시고 이듬해 신축년(辛丑年)에 연잉군(延礽君)을 왕세자로 책봉하시고 고부인 달성 서씨로 세자빈을 책봉하시어 우애가 지극하시더니 갑진년(甲辰年) 창경궁 환취정(環翠亭)에서 승하하시니 재위 사년이요, 춘추 삼십칠 세이셨다. 양주릉(楊州陵)에 장사하옵고 왕세자께서 즉위하시니 이 어른이 곧 영조대왕(英祖大王)이시다.

효의(孝意)가 출천하시며 요순(堯舜)의 도덕이 계시어 오십여 년 태평을 누리시니 숙종대왕의 성덕여음이시라, 어려 계실 때부터 민대비(閔大妃) 무애(撫愛)하시던 은혜를 잊지 못하시어 추고하심을 세월과 함께 더하시고, 명철성덕을 지니셨음에도 무자하셨음을 크게 슬퍼하시어 뒤로 안국동 본궁(本宮)에 거동하시어 육년고초를 하시던 당을 둘러 보시고 대성 통곡하시고 현판을 들어 어필로 *감고당(感古堂)이라 하시고, 술위골 민판시 집은 여양부원군 형님집이라 인현왕후 탄생하시던 집이니 또 거동하시어 둘러보시고 돌비를 세워 '인현성후 탄강주기'라고 어필로 쓰시고 민씨 일문에 은혜를 형특히 내리시니 이 또한 인현왕후 겸공비약하신 덕으로 천심(天心)을 감동시킨 때문이었다.

주(周)나라 임금의 성덕이 천추만대에 유전하고, 아조(我朝)의 인현성비(仁顯聖妃)의 성덕이 주나라 성군 다음에 처음이시라 어찌 아름답지 않으리요.

술위골 집과 안국동 집으로 민씨 대를 물리어 옮기지 못하느니라. 민후께서 출궁하신 후 장빈이 안으로 내응하고, 간신이 밖으로 모의하여 후에게 사약(賜藥)하고 민씨의 일문을 멸하고자 기회를 엿보다 현심이 허락지 않으시더니 수년 후부터 깨달음이 계셔. 만단 의심스

*감고당(感古堂)——옛일을 느낀다는 말.

러운 일에 대하여 고요히 생각하시더니 임신년(壬申年)에 일몽을 얻으시니 명성대비(明聖大妃) 안색이 진노하시어 상감을 책망하여 이르시되,

"중궁은 동국(東國)의 성례로 과인의 사랑하는 바이어늘 폐출하고, 소악한 천인(賤人)을 대위(大位)에 올리니 종묘사직이 욕된지라, 제향도 흠향도 아니로라."

하시고, 노색(怒色)으로 떨쳐 일어나시어 옥교를 타시고 후원 문으로 하여 중궁을 보러 가노라 하시거늘, 상감께서 황황하시어 따라가시니 앞 뒤 문을 꼭꼭 봉하고 집 가운데 풀과 먼지가 무성하거늘 한곳 소당에 다다라 보시니 민후께서 무색한 의복으로 천애(天涯)를 바라고 앉아 계시다가 대비를 뵈옵고 눈물을 흘려 사은하시니, 대비 붙들고 애연통곡하시며 말씀하시기를,

"이는 다 전생의 원수로 액운이 태심하나 오래지 않아 천운(天運)이 필시 완전할 것이니 스스로 보중하여 간인의 뜻을 모책지 말라."

하시니, 중궁을 모신 궁인이 일시에 통곡하는 소리에 놀라 깨시니 침상의 일몽이셨다 한다.

대비전의 용안이 완연 명백하시고 민후의 거처하고 계신 집과 근신하사 죄인 겸양한 모습이 처량하시거늘, 도리어 슬퍼하사 감창함을 종일 정하지일 정하지 못하시고 애연한 마음이 계시니 즉시로 환필하고자 하시나, 국체 중난하여 경솔하게 못하시는 고로 묵묵히 참으시고 기색을 액정에 근시하시고 측근자를 놓아 염문하시니 이때 액정소속은 다 궁인의 족속이라, 중궁은 그네들의 한이 되었더니 이때를 타서 폐후의 사처폐인하시고 인적이 그친 말씀과 민씨의 충공정연하여 근신하는 바를 천심(天心)이 감동하시도록 아뢰니 상감께서 꿈과 같으신 줄 아시고 간인의 참소하는 바는,

"중궁이 참복난의 외인(外人)을 상종하고 인심을 모아서 대역을 도모하고 신령께 축원하여 상감을 방자한다."

하니, 상감께서 들으시는 체하시고 현위 묵묵하사 민씨를 두호하시게 된 것이었다.

갑술년(甲戌年)에 환필하시어 급급히 복위하시고 국사여가에는 중궁전을 떠나지 않으시더니 하루는 상감께서 이르시기를,

"입궁하심을 그토록 고집하여 과인으로 하여금 답답하게 하셨나뇨? 과인의 성질이 급하여 참지 못하니 사리를 깊이 생각지 못한 게 희장하급이라. 내가 장녀(張女)를 먼저 폐하고 과인이 친림거동하여 후를 맞아 왔더라면 체모도 극진하고 중궁께도 영화와 제위 자중할 것을 내가 미처 생각지 못하였으니 애달프오이다."

후께서 손사하사 성심(聖心)이 이렇게 미치심을 사려하셨다 한다. 세자께서 매양 앞에서 놀 때, 아름다운 실과와 빛난 꽃을 갖다가 후께 드리고 상감께 아뢰시기를,

"영숙궁 모친은 어진 기운이 없고, 새로 오신 모비(母妃)는 얼굴조차 착하셔요."

하셨다 한다.

하루는 산호수로 꾸민 칼 한 자루를 갖다가 후께 드리며,

"이것이 곱사오니 차오소서."

하셨다 한다.

복위하시던 날, 상감께서 내전에 들어오시어 부원군 직호를 친히 써서 내리시면서 후께 이르시기를,

"전 *부부인 작호는 생각나되, 지금 부부인 작호는 생각나지 못하니 무엇이뇨?"

하시니, 후께서 아시면서 대답하시어,

"상께서 생각지 못하시니 또한 생각지 못하나이다."

상감께서 미소 지으시며,

"*탁사라, 어찌 생각나지 못하시리요?"

하시고, 깊이 생각하시다가 깨달으시고, 작호를 써서 조정에 내리시니 후께서 척연히 슬퍼하시나 나타내지 않으시더란다.

조정에서 친필로 하교하시는 은영(恩榮)을 감축 흠복할 따름이었

---

*부부인——조선 왕조 때 대군의 아내와 왕비의 어머니의 작호.

*탁사——꾸며 대어 핑계하는 말.

다.

민씨 집안의 여러 사람에게 새 벼슬을 시켜 부르시나 황공불감하므로 사양하고 입조치 않으나 상감께서 여러번 은혜 형특하신고로 마지못해 입조하니 충렬(忠烈)이 새로이 늠연한 고로, 상감께서 예우(禮遇)하심을 극진히 하시고 후께 이르시기를,

"평생에 즐겁고 기쁜 일이 없더니, 중궁이 다시 복위하시니 그보다 더 기쁜 일이 없도다."

하시더란다.

謝氏南征記

명(明)나라 *가정(嘉靖) 연간(年間), 금릉 순천부(金陵順天府) 땅에 유명한 인사가 있었는데, 성은 유(劉)요, 이름은 현(炫)이라고 하였다. 그는 개국공신(開國功臣)인 유기(劉琦)의 자손이라, 사람됨이 현명하고 문장과 풍채가 일세의 추앙을 받았다. 나이 십오 세 때 시랑 최모(侍郎崔某)의 딸을 아내로 맞아서, 부부의 덕행과 금실이 세인의 칭송을 받았다. 소년때에 과거에 급제하여 벼슬이 *이부시랑참지정사(吏部侍郎參知政事)에 이르매, 명망이 조야에 진동하였다. 그러나 당시 간신(奸臣)이 조정에서 국권을 제멋대로 농단하였으므로 벼슬을 버리고 물러가려고 기회를 보고 있었다.

유현은 부인 최씨와 금실은 좋았으나 자녀의 소생(所生)이 없어서 근심으로 지내다가 늦게서야 아들을 낳고 얼마 되지 않아서 부인이 세상을 떠났다. 부인을 잃은 그는 인생의 무상(無常)을 느끼고 더욱 벼슬에 뜻이 없어져서 병을 빙자하고 사직한 뒤에 집으로 돌아와서 한가로이 세월을 보냈다. 그 뒤로 국사에는 비록 참여치 않았으나 일세의 명사로서 그의 청덕(淸德)을 모두 앙망(仰望)하였다. 그에게 매제(妹弟)가 있었다. 성행이 유순·정숙한 누이는 일찍이 선비 두홍(杜洪)의 아내가 되었는데 초년 고생을 하다가 두홍이 늦게야 벼슬을 하였다. 유공(劉公)의 아들의 이름은 연수(延壽)라 하였는데 어려서부터 숙성하였고, 나이 차차 자람에 따라 얼굴이 관옥 같고 재주가 뛰어났으며, 열 살에 이미 문장이 놀라웠다. 유공이 기특히 여겨서 사랑하였으나, 그 재롱을 죽은 부인에게 보이고 함께 즐기지 못하는 것이 한이었다. 유연수 소년은 열 살 때 이미 향시(鄕試)에 장원으로 뽑혔고, 십오 세에 과거에 급제하여 즉시 한림학사를 제수(除授)하였다. 그러나 나이가 어리기 때문에 십년 동안 더 학업에 힘쓴 뒤에 출사(出仕)할 것을 청하매, 황제께서 그 뜻을 기특히 여기시고 특히 본직을 띤 채 오년간의 수학(修學) 말미를 주셨다. 이에 대하여 유한림이 천은을 감축(感祝)하고, 부친 유공이 더욱 충의를 다하여 국은에 보답하려고

---

*가정(嘉靖)——명나라 세종 때의 연호. 1522~1566의 약 45년간.

*이부시랑참지정사(吏部侍郎參知政事)——중국의 관명(官名). 재상의 다음 가는 벼슬.

맹세하였다.

유한림이 급제 후에 성혼하려고 하매 구혼하는 규수가 많으나 좀처럼 허하지 않고, 유공이 매제 두 부인과 함께 성중(城中)의 모든 매파(媒婆)를 청하여 현철한 소저(小姐)가 있는 집안을 물었으나 마땅한 상대가 없어서 좀체로 결정하지 못하였다. 그 중의 주파(周婆)라는 매파가 말을 하지 않고 있다가, 모든 매파들의 천거가 끝난 뒤에 입을 열었다.

"모든 말이 *공변되지 못하니 제가 바른 대로 소견을 말하겠습니다. 대감의 말씀이 부귀한 곳을 구하면 엄승상(嚴承相)댁만한 곳이 없고, 규수 낭자의 현철한 분을 구하려면 신성현(新城縣)의 *사급사(謝給事)댁 소저밖에 없으니, 이 두 댁 가운데서 택하십시오."

"부귀는 본디 내가 원하는 바가 아니요, 어진 규수를 택하려고 하오. 사급사는 본디 대간(大諫) 벼슬을 하다가 적소(謫所)에서 억울하게 죽은 사람이라 진실로 강직(剛直)한 인물인데, 그 집에 소저가 있는 줄은 몰랐소."

"그 소저의 용모와 덕행이 일세에 뛰어나니 더 여쭐 말씀이 없습니다. 저는 중매일을 본 지가 십십여 년에 왕공재열(工公宰列)의 모든 재상댁을 다니며 신부를 많이 보았으나, 이같이 요조 현철한 소저를 보기는 처음이니 두 번 묻지 마십시오."

"우리는 색(色)을 취함이 아니니, 현숙한 덕행이 있는 소저라야 하오."

"사소저(謝小姐)는 덕행과 용모가 출중합니다. 대감은 제 말씀을 못 믿으시겠거든 사소저의 현불현(賢不賢)을 다시 알아 보십시오."

하고, 그 매파는 사소저를 극력 찬양하고 다짐하였다. 매파가 돌아간 뒤에 유공은 매파의 말을 의심하고 두부인에게 상의하였다. 그러자 부인이 묘한 제안을 하였다.

---

*공변되다——공평하고 정당하여 사정이나 치우침이 없다.

*사급사(謝給事)——사(謝)는 성(姓). 급사(給事)는 왕에 시종하여 간(諫)하는 일을 맡아보며 육부(六部)를 감시하는 벼슬.

"사람의 덕행과 성질은 필법(筆法)에 나타나니, 사소저의 필체(筆體)를 얻어 봅시다. 우화암(羽化庵)의 묘혜니(妙慧尼)를 불러서 우화암에 기진(奇進)하려던 관음화상에 관음찬(觀音讚)을 사소저에게 짓도록 청탁하게 합시다. 사소저의 그 친필을 보면 재덕(才德)을 짐작할 수 있고, 또 그것을 청하러 갔을 때 사소저의 선을 보고 올 것이니, 묘혜니는 매파처럼 좋은 말로만 우리를 속이지는 않을 줄 압니다."

"그거 참 묘안이야. 그러나 관음찬은 매우 어려울 텐데, 여자의 글재주로 어찌 감당할까?"

"어려운 글을 짓지 못하면 어찌 재원(才媛)이라 하겠습니까?"

유공이 매제의 말이 옳다 하고 빨리 사소저의 선 볼 것을 재촉하였다. 두부인이 사람을 우화암으로 보내서 묘혜니를 불러왔다.

"사가(謝家)와 결친(結親)하려고 하나 신부의 재덕과 용모를 알 길이 없으니, 묘혜 암자에 기진하려던 이 관음화상을 가지고 가서, 사소저에게 관음찬을 받아서 보여 주시오."

하고, 화상을 내 주면서 간곡히 부탁하였다. 묘혜가 그 화상을 받아 가지고 곧 자기 암자의 일처럼 간청하려고 사급사 집으로 갔다. 소저의 모친은 본디 불법을 신앙하였기 때문에 전부터 출입하던 묘혜가 왔으므로 곧 불러들였다. 묘혜가 안부 인사를 하자 부인이 반기면서,

"오래 보지 못하였더니, 오늘은 무슨 바람이 불어서 우리 집에 왔소?"

"아시는 바와 같이 소승의 암자가 퇴락하여, 금년에 정재(淨財)를 얻어서 중수(重修)하느라고 댁에도 와 보일 틈이 없었습니다. 이제 역사가 끝났으매 부인께 한 가지 청이 있어서 왔습니다."

"불사(佛事)를 위한 일이면 어찌 시주를 아끼겠소마는 빈한한 집에 재물이 없어서 크게는 시주하지 못하겠지만 청이라 함은 무엇이오?"

"소승이 청하려는 것은 댁에서는 재물지주가 아니옵고 소승에게는 금은 이상으로 귀중한 일입니다."

"궁금하니 어서 말해 보시오.

부인은 묘혜의 말이 의아스러워서 재촉하였다.

"소승의 암자를 중수한 뒤에 어떤 시주댁에서 관음화상을 보내 주셨는데 이 화상은 당인(唐人)의 명화(名畵)입니다. 그 그림 뒤에 제명(題名)과 찬미의 글이 없는 것이 큰 흠이니, 댁의 소저가 금석(金石)같은 친필로 찬문(讚文)을 지어 주십사 하고 청하러 왔습니다. 찬문은 산문(山門)의 보배라 그 공덕이 칠보(七宝)를 시주하는 것보다도 더 중하고, 찬문을 써 주신 소저의 수명이 장원(長遠)하실 것입니다."

"스님의 말이 고맙소. 우리집 아이가 비록 고금시문(古今詩文)에 통하나 이런 글을 지을 수 있을지 좌우간 시험삼아 물어 봅시다."

하고, 시녀에게 소저를 불러 오라고 명하였다. 이윽고 소저가 나와서 모친에게 무슨 말씀이냐고 대령하였다. 묘혜가 한번 소저를 본즉, 용모가 쇄락 기이하고 우아 자비함이 실로 관음보살이 강림(降臨)한 듯이 황홀하였다. 묘혜는 심중으로 놀라며 생각하되,

'진세(塵世) 속에 어찌 이런 아름다운 소저가 있으랴.'

감탄하면서 합장 배례하고 물었다.

"소승이 사년 전에 소저께 뵈온 일이 있었는데, 기억하고 계십니까?"

"스님을 어찌 잊었겠소?"

소저와 묘혜의 인사가 끝난 뒤에, 부인이 소저에게 물었다.

"스님이 멀리서 찾아 와서, 네 필체로 관음찬을 구하는데, 네가 그 글을 지을 수 있겠느냐?"

"소녀에게 지으라고 하시더라도 노둔한 재주로 어찌 감당하겠습니까? 더구나 시부(詩賦) 짓는 것은 여자로서 경계할 일이라 하였으니, 스님의 청일지라도 사양할 수밖에 없습니다."

"소승이 구하는 것은 원래 시부가 아니고 관음보살님의 그 높으신 공덕을 찬양코자 할 따름입니다. 관음보살님은 본디 여자의 몸이신고로, 여자의 글을 받아야 더욱 좋습니다. 그러니 요즘 여자 중에

서 소저가 아니면 누가 이 글을 지을 수 있겠습니까? 이런 소승의 간청을 소저는 물리치지 마시오."

부인이 또한 은근히 딸에게 권하고 싶어하는 눈치로,

"네 재주가 미치지 못하면 하는 수 없지만, 그 글은 보통의 무익지문(無益之文)과는 다르니 웬만하면 지어보는 것이 어떠냐. 나도 보고 싶다."

이에 반가워하는 묘혜가 얼른 족자 싸 가지고 온 책보를 풀어서 관음보살의 화상을 펼치매, 화폭 위에 바다 물결이 끝이 없다. 그 가운데 외로운 정자가 서 있는데, 관음보살이 흰 옷을 입고 머리도 빗지 않은 채, 어린 사내 아이를 품에 안고 물결을 헤치고 앉아 있는 장면이었다. 그 화법(畵法)이 정묘하여 관음보살과 동자가 살아서 움직일 듯이 보였다. 그 그림을 본 사소저가 머리를 한번 갸웃하고,

"내가 배운 것은 오직 유가(儒家)의 글이요, 불서(佛書)는 모르니 비록 찬사를 시작(試作)하더라도 스님의 마음에 들지는 못할 것입니다."

"소승이 듣건대, 푸른 연잎과 흰 연근은 한 생명이요, 석씨(釋氏) 자비가 공씨(孔氏)의 인(仁)과 한가지라 하니, 소저 비록 불서(佛書)를 애송하지 않더라도, 선비의 글로 보살을 찬송하면 더욱 좋을까 합니다."

사소저는 그제야 더 사양하지 않고 손을 정결히 씻은 뒤에 관음화상의 족자를 벽에 걸어 모시고 분향 배례하였다. 그리고 채필(彩筆)을 들고 앞으로 가서 관음찬 일백이십자를 족자 밑 여백에 가늘게 쓰고, 다시 그 아래에 연월일과 '정옥은사 배작서(精屋隱士 拜作書)'라고 서명하였다.

묘혜가 그 글의 뜻과 글씨의 모양을 극구 칭찬하고 유공댁으로 돌아왔다. 묘혜의 회답을 기다리고 있던 유공과 두부인은 묘혜가 돌려주는 관음화상의 족자를 받으면서 물었다.

"그 소저의 재주와 용모가 과연 어떠하오?"

"족자 속에 그린 관음님 얼굴과 같았습니다."

하고, 사급사 댁의 모녀와 수작한 이야기를 자세히 고하였다. 유공이 묘혜의 말을 듣고 매우 기뻐하며,

"이 관음찬의 글과 글씨를 보니, 그 재주와 덕행이 범인이 아니라."

하고, 족자를 걸고 다시 보매, 글이 청아쇄락하고 필법이 정묘하여 한 곳도 구차한 데가 없었다. 온화 유순한 성품이 글에 나타나니 공과 두 부인이 칭찬하여 마지않았다. 그 글에는,

'관음님은 필경 옛날의 성녀(聖女)일지니, 주나라(周)의 임사(任思)와 같도다. 그런데 외롭게 공산(空山)에 있음이 본뜻이 아닐지언정 직설은 세상이 돕고 백이숙제는 주려 죽었으니 처지가 다름이 아니라 의취가 다름이로다. 화상을 보니 흰 옷을 입고 아이를 데리고 있으매, 이 그림으로 생각건대 오직 뜻을 취하는도다. 슬프도다, 서널의 풀이 잔결하고 세속이 괴이하니 글을 좋아하는도다. 신지(神地)를 전희(專戱)하면 윤기(輪機)의 해로움이 있는데 관음님은 왜 여기 계심이뇨. 죽림에 하강하시니 상운오채(祥雲五彩)가 임중(林中)을 둘렀도다. 그 덕이 세상에 비취니 억만창생(億萬蒼生)이 뉘 아니 공경 흠탄하리요. 극진한 공부(工夫)의 거룩함이 윤회(輪廻)에 벗어나니 목이 숨 잃음 같아서 불생불멸(不生不滅)하리로다. 지공무사(至公無私)한 덕이 천추에 유연(悠然)하니 그 덕을 한 붓〔一筆〕으로 찬양하기 어렵도다.'

유공과 두부인이 관음찬을 보고 칭찬하여 마지않고,

"문장과 필법이 이처럼 기묘하여 재덕이 겸비함을 알겠고, 매파의 말이 허언이 아니었으니, 곧 예를 갖추어 다시 통혼하자."

남매가 합의하여 다시 매파를 사가(謝家)로 보내서 통혼하려고 부탁하였다.

"사소저의 덕행을 알았으니 잘 부탁하오. 그 댁의 허혼을 받아 오면 후하게 상을 주겠소."

매파가 기뻐하며 장담을 하고 사급사의 집으로 갔다. 사소저는 개국공신 사일청(謝逸淸)의 후예요, 사후영(謝厚英)의 딸이었다. 후영이 본디 청렴강직하매, 조정의 소인배(小人輩)가 꺼려하였다. 마침 소인

배가 반란을 음모할 적에 사후영이 대간(大諫)의 언관(言官)으로 있었으므로 간신들의 *작당농권(作黨弄權)을 분하게 여기고 여러번 상소하다가 도리어 간신의 모해를 받아 소주로 귀양갔다가 거기서 죽었다. 부인이 비분을 참고 소저를 데리고 고향 본집에 돌아와서 슬픈 세월을 보내며 소저를 애지중지 길렀다. 소저가 점점 크면서 모친을 모시고 지냈는데 그 용모와 재덕이 기이함은 말할 것도 없이 증자(曾子)와 같이 편모를 지성으로 받들어 봉양하며, 모녀가 서로 의지하며 살아왔다. 딸이 성장하여 혼기가 되었으나 주혼(主婚)될 사람과 방도가 없어서 근심으로 세월을 보내고 있었다.

그러던 차에 하루는 매파가 찾아와서 용광색덕(容光色德)을 칭찬하면서,

"제가 유씨 문중의 명을 받자와 귀댁 소저와 혼인하겠다는 뜻을 전하러 왔습니다. 신랑되실 유한림으로 말하면 소년등과하여 벼슬이 한림학사에 이르고 소년풍채와 문장재화(文章才華)가 일세에 압두(壓頭)하니 귀소저의 용색과 일대가연(一代佳緣)인가 하옵니다."

부인은 이미 유한림의 풍채가 범류(凡類)에서 뛰어난 소문을 들은지 오래였으나, 인륜의 대사를 매파의 말만 듣고 가볍게 허혼할 수가 없었으므로, 소저가 아직 유약(幼弱)하다는 핑계로 시원한 대답을 주지 않았다. 매파가 하는 수 없이 그냥 돌아와서 사실대로 자세히 유공과 두부인에게 보고하였다. 유공은 실망하고 오래 생각 끝에 매파에게 물었다.

"그 댁에 가서, 할멈은 무어라고 말하였나?"

매파가 처음 인사부터 하직하고 오던 인사말까지 자세히 되풀이하여 말하였다. 유공이 매파의 말을 듣고 문득 깨닫고,

"내가 *소활하여 할멈에게 잘못 가르쳐 보냈었구나."

하고, 매파를 돌려 보냈다. 그리고 이튿날 유공이 직접 신성현으로 가서 지현(知縣)을 찾아 보고 정중한 중매를 부탁하였다.

---

*작당농권(作黨弄權)——무리를 이루어 권력을 제 마음대로 부림.

*소활——성품과 됨됨이가 꼭 짜이지 못하고 헐렁하며 어설픔.

"아들의 호사로 사가(謝家)에 매파를 보냈더니, 규수의 모친이 규수의 유약을 핑계로 허혼하지 않으니, 귀관이 나를 위하여 사가에 가 주시는 수고를 아끼지 마시오."

"노선생님의 말씀을 어찌 범연히 듣겠습니까?"

"가시거든 다른 말은 하지 마시고, 다만 고(故) 사급사의 청덕을 흠모하여 구혼한다는 말만 전해 주시오. 그러면 반드시 허혼할 줄로 믿습니다."

유공이 부탁하고 돌아간 뒤에 지현이 사가로 찾아 가서 부인에게 만나기를 청하자, 다른 일로는 찾아올리가 없는 지현의 방문이라, 요전에 매파가 와서 청하던 혼사인 줄 짐작하고 객당(客堂)을 깨끗이 치우고 손님을 청해 들일 준비를 하였다. 부인은 딸을 미리 객당의 옆방에 깊이 숨겨 두고, 노복을 시켜서 지현을 객당 안으로 인도하여 들였다. 우선 주과를 잘 차려서 대접한 뒤에, 부인은 시비에게 전언(傳言)하여,

"성주(城主)께서 친히 누지(陋地)에 왕림하셔서 한가(閑家)의 외로움을 위로하여 주시니 저의 집의 영광입니다."

지현이 부인의 인사전언을 공손하게 다 들은 뒤에, 시녀에게 전언하여,

"소관이 귀댁을 찾아 온 것은 다름이 아니라 귀댁 소저의 혼사를 꼭 이루어 드리고자 하는 뜻에서입니다. 전임(前任) 이부시랑지정사 유공(劉公) 현(炫)이, 귀소저의 재덕이 겸비하고 자색(姿色)이 비상함을 듣고 기특히 여길 뿐 아니라 사급사(謝給事)의 청명(淸明) 정직함을 항상 흠앙하오매, 그 여아의 재덕은 불문가지라 하여, 귀댁 소저로 며느리를 삼고자 하옵니다. 유공의 아들은 금방장원(金榜壯元)하여 벼슬이 한림학사에 이르옵고 상총(上寵)이 극(極)하오매, 사람마다 사위를 삼고자 하는 바이나, 유공은 그 많은 구혼을 모두 물리치고, 귀댁 소저에게만 나를 통하여 청혼함이니 이 좋은 때를 잃지 마시고 허락하시면, 내가 돌아가서 유공을 뵈올 낯이 있을까 합니다."

부인이 다시 전언하여 대답하되,

"*용우(庸愚)한 여식이 재덕이 부족하고 용모 또한 취할 것이 없는데, 성주께서 이처럼 친히 오셨으니 어찌 사양하오리까. 성주께서는 돌아가셔서 쾌히 통혼하겠다는 비가(卑家)의 뜻을 전해 주십시오."

지현이 크게 기뻐하고 돌아와서 유공에게 그 경과를 상세히 알렸다. 유공은 기뻐하면서 지현의 수고를 치하하였다. 곧 택일하고 혼례 준비를 시작하는 한편 사급사의 청렴 결백으로 집에 유산이 없어서 가세가 빈한함을 알기 때문에 납폐를 후하게 보내었다. 그러나 유공은 아들의 성혼을 보지 못하고 세상을 떠난 부인 최씨를 생각하고 비회를 금하지 못하였다.

어느덧 길일이 되매, 양가(兩家)에서 큰 잔치를 베풀고 예식을 이루매 남풍 여모(男風女貌)가 발월(拔越)하여 봉황의 쌍을 이루었다. 신부의 모친이 신랑의 신선같은 풍채를 사랑하여 딸과 아름다운 쌍을 이룬 것을 즐기면서도 남편 급사가 그 모양을 보지 못함을 슬퍼하는 눈물이 옷깃을 적시었다. 신랑이 신부와 함께 빨리 집으로 돌아와서 신부가 폐백을 드리자 유공과 두부인의 양위가 눈을 들어서 비로소 신부의 모습을 보니 용모의 아름다움은 말할 것도 없고 현숙한 덕성(德性)이 나타나서 주가(周家) 팔백년을 이루던 임사의 덕이 전해 남은 듯하였다.

날이 서산에 지매 잔치 손님들이 돌아가고 신부 또한 숙소로 들어가매, 유한림이 이 첫날밤에 신부와 더불어 운우지락(雲雨之樂)을 이루어서 남녀의 정이 *흡연(洽然)하였다.

이튿날부터 소저는 시부를 효성으로 받들고 남편을 즐겁게 섬기더니 유공이 우연히 병을 얻어서 백약이 무효하매, 유공이 소생하지 못할 것을 깨닫고 매제 두부인에게 길이 탄식하고 유언하였다.

"현매(賢妹)는 나 죽은 후에 자주 왕래하며 가사를 주관하고 잘못이

---

*용우(庸愚)——용렬하고 어리석음.

*흡연(洽然)——아주 흡족한 모양.

없게 하라.”

또 아들 한림의 손을 잡고,

“너는 앞으로 가사를 고모와 상의하여 가헌(家憲)을 빛내도록 하라. 네 아내는 덕행과 식견이 높으니 가부(家夫)를 불의(不義)로 섬기지 않을 것이니 공경하고 화락하라.”

고 유언하고, 며느리 사씨에게도,

“너의 현부(賢婦)로서의 요조 덕행을 탄복하니, 안심하고 세상을 떠날 수 있다.”

하고, 마지막까지 칭찬하고 신임하였다. 유족들에게 일일이 유언한 유공이 그날 엄연한 자세로 별세하자, 한림부부는 호천애통(呼天哀痛)이 비할 데 없었고, 매제 두부인의 애통이 또한 극진하였다. 상일(喪日)을 임하여 영구를 선영에 안징하고 한림부부가 집싱(執喪)하매, 애회(哀懷)가 뼈에 사무쳐서 통곡하는 정상이 모든 사람의 눈물을 자아내어서 효성에 탄복하지 않는 자가 없었다.

세월이 물 흐르듯이 빨라서 어느덧 삼상(三喪)을 마치고 유한림이 직임(職任)에 나아가니 황제가 중용(重用)하려고 하였다. 그러나 유한림이 조정의 소인(小人)을 배척하는 기개가 강직하므로 엄승상이 꺼리고 방해하였으므로 벼슬도 제대로 승진하지 못하였다. 그뿐 아니라 한림의 나이가 삼십에 이르렀으나 슬하에 자녀 없어서 망연하였다.

사부인이 이를 근심하고 한림에게 호소하였다.

“첩의 기질이 허약하고 원기가 일정치 못하여 당신과 십여 년을 동거하였으나 일점혈육이 없으니 불효삼천(不孝三千) 가지 죄에 무자(無子)의 죄가 가장 크다 하여, 첩의 무자한 죄가 존문(尊門)에 용납지 못할 것이나, 당신의 관용하신 덕으로 지금까지 부지해 왔습니다. 그러나 곰곰이 생각하매 누대독신(累代獨身)으로 이대로 가다가는 유씨종사(劉氏宗嗣)가 위태로우니 첩을 개의치 마시고 어진 여인을 취하여 득남득녀하면 가문의 경사일 뿐 아니라 첩의 죄도 면할 수 있을까 합니다.”

유한림은 허허 웃고서 부인을 위로하여 말하기를,

"소생이 없다 하여, 당신을 두고 다른 첩을 얻을 수야 있겠소. 첩이 들어오면 집안이 어지러워지는 근본인데, 당신은 왜 화근을 자청하는 거요? 그것은 천만부당하니 그런 생각은 하지 마시오."

"첩이 비록 용렬하나, 세상 보통 여자의 투기는 잘 알고 경계하겠으니 첩의 걱정은 마십시오. 태우의 일처일첩(一妻一妾)은 옛날에도 미덕이 되었으니, 첩이 비록 덕이 없으나, 세속 여자의 투기는 본받지 않겠습니다."

이 말을 듣고 있던 고모 두부인이 한림 부부의 사정을 살피고,

"듣건대 옛날의 관저와 수목은 진실로 태사의 투기함이 없었기 때문에 도리어 덕이었지만, 만일 문왕이 미색을 탐하고 의종이 편벽하셨으면 태사가 투기는 하지 않더라도 어찌 궁중에 원한이 없었으며 규중이 평생 어지럽지 않겠느냐. 지금 시속이 옛날과 다르고 성인과 범인이 길이 다르거늘 어찌 투기가 생기지 않으리라고 장담하랴. 공연히 옛날의 미명(美名)을 사모하여 화근의 씨를 뿌리지 않도록 함이 좋다."

"제가 어찌 고인(古人)의 미덕만 앙모하겠습니까마는, 시속부녀가 인륜을 모르고 시부모와 남편을 업신여기고 질투로 일을 삼아서 가도(家道)를 문란케 하는 것을 기탄하는 바이오니, 첩이 비록 어리석어서 교화를 못할지라도 그런 패악을 창수(唱酬)하겠습니까. 제가 비록 어리석으나 몸을 반성하지 못하고 요색(妖色)에 침혹(浸惑)하는 일은 결코 않기로 맹세하옵니다. 그보다도 가문을 이을 후손을 보는 것이 더욱 중합니다."

사부인이 뜻을 이미 굳게 정한 것을 보고 탄식하고,

"네 뜻은 매우 갸륵하다. 그러나 가부(家夫)가 만일 너 같은 현부(賢婦)의 간언(諫言)을 *청납(聽納)하면 다행이지만, 그렇지 않으면 내 말을 생각하고 뉘우칠 테니 그런 일이 없기를 바란다."

하고, 두부인이 자기집으로 돌아갔다. 이튿날 매파가 와서 사부인에게 권하였다.

---

*청납(聽納)——남의 말을 잘 들어 용납함.

"한 곳에 마땅한 여자가 있는데 부인이 바라고 구하는 뜻에 맞을까 합니다."

"내가 구하는 여자가 어떤 것인 줄 알고 하는 말이오?"

사부인이 묻자 눈치 빠른 매파는,

"댁의 둘째 부인으로 구하시는 뜻이 요색을 취하심이 아니고 사람이 믿음직하고 덕이 있으며 몸이 건강하여 아들을 낳아서 후손을 이을 수 있는 여자인가 짐작합니다. 그렇지 못하고 용모와 재색만 잘난 여자는 부인께서 구하시지 않으실 줄 압니다."

사부인이 웃으며 말하기를,

"그 여자의 근본을 자세히 말해 보오."

"양반댁 사람으로서 성은 교(喬)요, 이름은 채란(彩蘭)인데, 조실부모하고 지금은 그의 형에게 의지하여 있는데 방년이 십육 세입니다."

"다행히 벼슬 다니던 양반댁 딸이라면 하류천녀(下流賤女)와는 다를 것이니 가장 적당하오."

하고, 남편 한림에게 매파의 말을 전하면서 권하였다.

"내기 소실을 두는 것이 바쁘지 않소. 그러나 당신의 말이 과하여 받아 들이겠으니 택일해서 좋도록 하오."

그리하여 곧 통혼하고, 친척을 모아 간략한 잔치를 열어서 교씨를 맞아 왔다. 교씨는 한림과 본부인에게 예배하고 자리에 앉았다. 주빈 일동이 교씨를 바라보니 자태가 매우 아름답고 거동이 *경첩하여 마치 해당화 꽃가지가 아침이슬 머금은 듯이 고와서 칭찬하지 않는 사람이 없었다.

그러나 두부인 혼자만은 안색이 우울해지며 말 한마디도 하지 않았다.

날이 저물자, 교씨를 화원별당(花園別堂)에 머무르게 하고, 한림이 새로운 둘째 부인과 밤을 함께 지냈는데 남녀의 정분이 각별하였다.

이때, 두부인이 질부되는 사씨에게,

---

*경첩하다——산뜻하고 가뿐하다.

"한림의 둘째 사람은 마땅히 *질둔유순(質鈍柔順)한 여자를 얻어야 할 것을 잘못 택한 것 같다. 저토록 절세가인을 얻었으니, 만일 저 여자의 성품이 어질지 못하면 장차 집안이 평온치 못할 것 같아서 걱정이다."

하고, 미리 걱정하였다. 그러나 사부인은 태연한 태도로,

"옛날의 위장강은 고운 얼굴과 공교로운 웃음으로도 착한 덕을 가작(佳作)하여, 지금까지 절세가인이 반드시 간교롭지 않음을 증명하고 있는데, 색이 곱다고 어찌 어질지 않으리까?"

"장강은 어진 부인이었지만, 자색은 그리 곱지 못하였던 모양이다."

하고, 서로 웃었다. 그러나 이튿날 두부인은 사씨에게 재삼 새로 맞은 교씨를 조심하라고 이르고 돌아갔다.

한림은 교씨 처소의 당호(堂號)를 고쳐서 백자당(百子堂)이라고 하고, 시비 납매 등 사오인으로 교씨의 시중을 들게 하였다. 교씨는 총명 민첩하고 교활한 솜씨로 한림의 마음을 잘 맞추며, 본부인 사씨도 잘 섬겼으므로 집안이 칭찬하여 마지않았다.

머지 않아서 교씨 몸에 잉태하였으므로 한림과 본부인 사씨가 매우 기뻐하였다. 한편 간사한 교씨는 남자를 낳지 못할까 미리 염려한 나머지 여러 무당을 불러서 물으니 어떤 자는 생남한다고 하고, 어떤 자는 생녀한다고 하였다. 그리고 또 아들을 낳으면 단명(短命)하고 딸을 낳으면 장수(長壽)한다는 점괘에 마음을 놓지 못하고 근심으로 지냈다. 하루는 시비 납매가 교씨에게 이상한 말을 속삭였다.

"동리에 어떤 여자가 있는데 호(號)를 십랑(十娘)이라 합니다. 본디 남방사람으로서 여기 와서 *우거(寓居) 중인데, 재주가 비상하여 모르는 것이 없으니, 그 사람을 불러다가 물어보십시오."

교씨가 그 말을 듣고 기뻐하고 곧 자기 거처로 불러들였다. 교씨는 그 십랑에게 운수를 물었다.

---

*질둔유순(質鈍柔順)——몸이 뚱뚱하여 행동이 굼뜨고 성질이 부드럽고 온순함.

*우거(寓居)——타향에 임시로 삶.

"임자는 뱃속에 든 아이의 성별을 알아 낼 재주가 있소?"

십랑이 대답하여 말하기를,

"제가 비록 식견이 밝지 못하오나, 수태한 사람의 남녀를 분별치야 못하겠습니까. 부인의 손을 잠깐 빌려주시면 진맥한 후에 정확하게 판단해 올리겠습니다."

교씨가 팔을 걷고 맥을 보라 하니, 십랑이 잠시 맥을 짚어 본 뒤에,

"여맥(女脈)입니다."

하고 말하자 교씨는 그 엄연한 선언에 깜짝 놀라면서,

"대감께서 나를 이 댁에 들여 놓으신 것은 한갓 색을 취하심이 아니라, *농장지경(弄璋之慶)을 보고자 하신 것인데, 만일 첫 아기를 생녀하면 낳지 않으니만 못하니 이 일을 장차 어쩌리요."

"제가 일찍이 산중에 들어가서 도인을 만나서 수업하고 복중(腹中)의 여맥을 남태(男胎)로 변화시키는 술법을 배운 바 있습니다. 그 뒤에 그 술법을 시험해 보았더니 영험이 백발 백중입니다. 부인께서 꼭 생남하시고 싶으면, 저의 그 묘한 술법을 한번 시험해 보십시오."

교씨가 반색을 하고 그 술법으로 다행히 생남하면 천금을 아끼지 않고 후한 상을 주리라 약속하였다. 십랑은 그 술법이 매우 어렵다는 태를 보인 뒤에 문방사우(文房四友)를 청하여, 기묘한 부적(符籍)을 여러 장 써서 기괴한 비방을 많이 한 뒤에, 교씨의 방안의 각처와 침석 속에 감추어 두고 이르기를,

"저의 술법은 끝났습니다. 금후 만삭이 되면 반드시 옥동자를 낳으실 것입니다. 그때 다시 와서 득남하례를 하겠으며 후하신 상금은 그때 받을까 합니다."

하고 십랑은 자신만만하게 돌아갔다. 그후에 어느덧 십삭이 차매, 교씨는 과연 순산득남(順産得男)하였다. 어린 아이의 이목이 청수쇄락하고 크기가 세살된 아기만 하매, 한림은 본부인 사씨와 기쁨을 이기지 못하였고, 노복(奴僕)들도 모두 경희(驚喜)하며 칭송하였다. 교씨가

*농장지경(弄璋之慶)——아들을 낳은 경사.

남아를 낳은 뒤로는 유한림의 교씨에 대한 대접이 더욱 두터워서 사랑이 비할 데 없어서 백자당을 떠날 일이 없고, 아들의 이름을 장지라 하여 장중보옥(掌中寶玉)같이 여겼다. 더구나 본부인 사씨는 아기에 대한 정이 극진하였으므로 교씨가 낳은 아이인지 사씨가 낳은 아이인지 모를 정도로, 두 부인 사이의 정까지 한층 깊어져 갔다.

때는 마침 늦봄이라 동산의 백화가 만발하여 경치가 아름다웠다. 유한림이 황제를 모시고 서원에서 잔치에 배석하고 집에 일찍 돌아오지 못하였다. 이때 사부인이 책상에 의지하여 글을 보고 있었는데 시녀 춘방이 와서,

"지금 화원 정자에 모란꽃이 만발하였으니 구경함직하옵니다. 대감께서 아직 조정에서 돌아오시지 않았으니 한가로운 이때에 한번 화원에 소풍하시고 꽃을 구경하십시오."

하고, 권하였다. 사부인이 기뻐하여 곧 책을 덮고, 옷을 가볍게 갈아입은 뒤에 시녀 오륙명을 거느리고 연보(蓮步)를 옮겨서 화원의 정자에 이르렀다. 버들 그늘이 정자의 난간을 가리우고, 꽃향기가 연못에 젖었으며 그윽한 경치가 가장 고요하여 봄경치가 매우 즐길 만하였다. 사부인이 시녀에게 차를 명하고 교씨를 청하여 함께 봄경치를 구경하려던 참에 바람결에 문득 거문고 소리가 은은히 들려왔다. 사부인이 이상히 여기고 귀를 기울이고 자세히 들으니, 거문고 소리가 맑아서 비취가 옥쟁반에 구르는 듯, 사람의 마음을 깊이 감동시켰다. 사부인이 좌우 시녀에게 물었다.

"어디서 누가 저렇게 거문고를 잘도 타느냐?"

"거문고 소리가 교낭자 침소에서 나는 성싶습니다."

"음률은 여자의 할 바가 아닌데, 교낭자가 어찌 거문고를 저리 잘 타겠느냐. 듣는 것이 보는 것만 못하니, 저 소리나는 곳에 가 보고 와서 사실대로 고하라."

시비가 사부인의 명을 받들고, 그 거문고 소리 나는 곳으로 찾아가 보니 과연 백자당이었다. 시녀가 밖에서 안을 엿본즉, 교씨가 요리상을 풍부하게 차려 놓고 섬섬옥수로 거문고를 희롱하고 한 사람의 미

인이 화려한 의상으로 마주 앉아서 노래를 부르고 있었다. 시비가 자기의 눈을 의심하고 몇번 자세히 본 뒤에 돌아와서 사부인에게 사실대로 고하였다. 사부인은 매우 못마땅히 여기고, 교랑(喬娘)이 어느 사이에 거문고를 배웠으며 또 노래를 부르는 사람은 누구냐고 노하였다. 그리고 교씨를 불러서 좋은 말로 훈계한 후에 다시는 그런 일이 없게 할 생각으로 곧 시비를 보내어 교씨를 데려오라고 명하였다.

이때 교씨는 십랑의 술법으로 생남하고 한림의 사랑이 두터워지자 십랑과 더욱 친해졌다. 그 뒤로 교씨는 십랑의 힘과 방예로 한림의 총애를 독점하려고 애쓴 나머지 음률로 한림의 마음을 매혹시키고 농락하려고 거문고와 노래까지 배우게 되었던 것이다.

"낭자가 한림의 총애를 더 얻으려면 음률을 배우시오. 거문고와 노래는 장부를 혹하게 하는 마술이니, 거문고 잘하는 사람을 스승으로 삼으시오."

"나도 그런 마음이 있으나, 그런 사람을 구할 길이 없으니 소개해 주오."

"거문고 잘타는 여자가 있는데 이름이 가랑(佳娘)으로서 거문고와 노래의 명수이니 그 여자를 칭하여 배움이 어떠합니까?"

교랑이 가장 좋이 여겨 십랑을 통해서 가랑을 백자당으로 불러 들였던 것이다. 가랑은 하방계집으로서 온갖 풍악에 능숙하였는데 교씨의 부름을 받고 와서, 곧 뜻이 맞고 정이 깊어졌다. 교씨는 본디 영리하였기 때문에 가랑에게 음률을 배우기 시작하자 거문고와 노래 솜씨가 일취월장하였다. 교씨는 음률의 스승이자 이야기 친구인 가랑을 옆방에 숨겨 두고, 한림이 조정에 나가고 없는 틈으로 음률을 배웠다. 그리고 한림이 집에 있을 때는 그 배운 솜씨의 음악으로 한림의 심정을 혹하게 해서 더욱 총애를 받고 마침내 몸까지 독점하게 되었다. 그리하여 한림은 사부인과는 점점 멀어져서 침소에는 얼씬도 않고 교씨 침소에만 사로잡혀 있는 형편이 되고 말았다.

그날도 한림이 조정에 나가고 집에 없었으므로, 요리를 차려 놓고 가랑과 함께 술을 즐기면서 가곡을 희롱하고 있는데, 사부인의 시비가 와서 명을 전하고 같이 가자고 재촉하였다. 교씨가 황급히 주안상을 치우고, 시비를 따라서 사부인이 있는 화원의 정자로 가지 않을 수 없었다. 사부인은 넌지시 좋은 낯으로 맞아서 자리에 앉힌 뒤에 조용히 물었다.

"교랑 침소에 와 있는 미인이 어떤 여자지?"

"친정 사촌아우입니다."

교씨가 거짓말을 하였다. 사부인이 엄숙한 태도로 정색을 하고,

"여자의 행실은 출가하면 시부모 봉양과 낭군 섬기는 여가에 자녀를 엄숙히 교육하고 비복(婢僕)을 은혜로 부리는 것이 천직이 아닌가. 그런데 방종하게 음률과 노래로 소일하면 가도(家道)가 자연 어지러워지니, 교랑은 잘 생각하고 다시는 그런 일이 없도록 조심하게. 그 여자는 곧 제 집으로 보내되 내말을 고깝게 여기지 말게."

"제가 배우지 못하여 그런 잘못을 깨닫지 못하였다가, 이제 부인의 훈계 말씀을 들었으니 각골명심(刻骨銘心)하겠습니다."

사부인은 재삼 위로하고, 조금도 오해하지 말라고 자상하게 일렀다. 그리고 그날이 지도록 화원에서 꽃구경을 하면서 즐겁게 지냈다.

하루는 한림이 조정에서 돌아와서 백자당에 들렀으나, 술이 취하여 잠을 이루지 못하고 난간에 기대서 봄밤의 원근 경치를 바라보니, 달빛은 낮같이 밝고 꽃향기 그윽하매, 호흥(好興)이 발작하였다. 그래서 교씨에게 거문고를 타고 노래를 하라고 하자 교씨가 딴청을 부렸다.

"바람이 차서 감기가 들었는지 몸이 불편하니 용서하십시오."

"허어, 그게 무슨 말인고. 여자의 도리는 남편이 죽을 일을 하라고 해도 반드시 어겨서는 안되는 법인데 그대가 병 핑계로 내말을 거역하니 무슨 못마땅한 일로 그러는 것이 아닌가?"

"실은 제가 심심하기로, 노래를 부르고 있었더니 부인이 불러서 책망하기를, 네가 요괴스럽게 집안을 어지럽게 하고 한림을 혹하게 하니 다시 그런 행동을 말라고 꾸중하셨습니다. 만일 이후에 또 노래를 부르면 칼로 혀를 끊고, 약을 먹여 벙어리로 만든다 하셨습니다. 제가 본디 비천한 계집으로 한림의 은혜를 입사와 부귀영화가

이같이 되었으니 죽어도 한이 없습니다. 그러나 제가 지금 부르시라는 노래를 못하는 고충을 짐작하시고 용서하여 주십시오. 더구나 한림의 청덕이 제 잘못으로 흠이 되고 흐려지실까 두려습니다."

교씨가 공교로운 말로 은근히 사부인을 좋지 않게 중상하자, 한림이 깜짝 놀라면서 속으로 본부인 사씨의 질투라고 생각하고 교씨를 위로하였다.

"내가 그대를 취함이 모두 부인의 권고로 이루어진 것이요, 지금까지 한번도 그대에 대하여 나쁘게 대하는 것을 본 일이 없었다. 이제 부인이 그대에게 그런 책망을 한 것은 필경 비복(婢僕)들이 부인에게 참언으로 고자질했기 때문이 아닐까 한다. 부인은 본디 성품이 유순한 사람이라 결코 그대를 해치려고 할 리가 없으니 부질없는 염려는 말고 안심하라."

교씨는 가슴이 투기로 타올랐으나 대범한 한림의 말에 잠자코 있었고 그것이 더욱 한림의 동정을 사게 되었다. 속담에도 범을 그리매 뼈를 그리기 어렵고, 사람을 사귀매 그 마음을 알기 어렵다고 하듯이 교씨는 교언영색(巧言令色)으로 말은 겸손한 탈을 쓰고 있었으므로 사부인은 교씨의 겉다르고 속다른 본심을 알 수 없었다. 사부인이 교씨를 훈계한 것은 조금도 질투에서 나온 사심(私心)은 아니었다. 다만 음란한 노래로 장부의 마음을 미혹할까 염려한 것보다는, 실로 교씨에게 정숙한 여자의 몸가짐을 바라는 심정에서 충고한 데 지나지 않았던 것이다. 그러나 교씨는 사부인의 충고에 원한을 품고 교묘한 말로 한림에게 은연한 참언을 하여 내화(內禍)를 빚어내게 하였으니 이것은 교씨의 요악(妖惡)한 투기의 소산이었다.

이때 유한림의 친한 벗이 하나 있었는데, 그 친구가 자기의 집사로 있던 남방 사람 동청(董淸)을 천거하여 문객(門客)으로 두라고 권하였다. 한림이 마침 집사(執事)를 구하던 중이라 집에 두고 집일을 보게 하였다. 동청이 영리하고 민첩하여 남의 마음을 잘 맞추어서 영합(迎合)하기를 잘 하였다. 친구도 그의 마음이 착하지는 못하여도 마음을 잘 맞추어서 좋게 여기다가 외임(外任)으로 떠나게 되자 동청의 허물은 말하지 않고 유한림에게 천거하고 갔던 것이다. 한림이 동청을 불러서 사람됨을 보았을 때에 동청의 언사가 민첩하여 흐르는 물 같았다. 한림은 믿는 친구의 추천에다가 그처럼 영리하였으므로, 곧 집에 두고 서사(書士)의 일을 시켰다. 그런데 동청의 위인이 간사하고 교활하여 한림에게 아첨하고, 하고자 하는 것을 미리 알아 차리고 비위를 잘 맞추었으므로, 순진한 한림이 기뻐하고 신임하게 되었다. 그런 동청의 태도를 본 사부인이 한림에게 귀띔을 하였다.

"들리는 말에 동청의 위인이 정직하지 못하다 하니, 큰 일을 저지르기 전에 내보내는 것이 좋을까 합니다. 전에 있던 곳에서도 요악(妖惡)한 일을 많이 하다가 일이 탄로되어 쫓겨났다 하니, 곧 내보내소서."

"남의 풍설의 진부를 알 수 없고 믿는 친구의 추천으로 받아 들였으니, 좋고 나쁜 것은 좀 두고 보아야 할 것 아니오."

"사람은 부정한 사람과 함께 지내면 주위 사람까지 부정에 물들게 되는 법이니 빨리 내보내서 가도(家道)를 어지럽히지 말도록 예방하는 것이 좋을까 합니다. 만일 그런 표리부동한 사람 때문에 지하로 돌아가신 부모님의 가법(家法)을 추락시키면 그때 후회하여도 소용이 없습니다."

"당신의 말도 일리 있으나 세상 사람은 남을 중상하기 좋아해서 하는 풍설인지 모르니 좀 써봐야 진부를 알 것이며, 좋지 못한 것을 발견했을 때 처리하는 것이 우리의 길이 아니겠소."

부인이 청파(聽罷)에 한림의 말을 괴이히 여기나 교씨의 참소로 인하여 한림이 의심함인 줄은 모르고 다만 사례하였다.

그후로 동청은 큰집 살림의 집사로 일을 보았는데 한림의 비위 맞추기에 노력하였으므로 사부인의 충고도 다 잊어버리고 더욱 신임하면서 중요한 가사를 거의 일임하였다.

첩 교씨는 점점 노골적으로 사부인을 참소하였으나 아직도 총명이 남은 한림은 그저 못들은 척하면서, 집안에 내분이 없게 되기를 바라는 태도였다. 마침내 질투에 불타게 된 교씨는 무당 십랑을 불러서 자기의 분한 사정을 말하고, 사부인을 모해할 계교를 물었다. 재물에 매수된 십랑은 묘한 계교를 오래 생각한 뒤에 교씨의 귀에 입을 대고 이리이리 하면 사씨를 절제할 수 있다고 속삭이고 조금도 근심할 것이 없다고 다짐하였다.

"그럼, 지체 말고 빨리 해서 내 속을 편히 해 주게."

"염려 마십시오."

십랑이 신이 나서 사씨 음해의 일에 착수하였다.

이때 마침 사부인 몸에 태기가 있어서 열 달이 차서 순산 생남하였으므로 한림이 인아(麟兒)라 이름 짓고 기뻐하고, 상하 비복들까지 단념하였던 본부인이 득남하였으므로 신기히 여기고, 교씨가 생남하였던 때보다 몇 배로 경축하였다. 교씨가 이런 한림과 집안의 기색을 보고 질투가 더욱 심해저서 간장이 타오르는 듯 어찔 줄을 몰랐다. 십랑을 또 불러서 이 사실을 전하고 빨리 사씨 음해의 비방(秘方)을 행하라고 재촉하였다. 십랑은 곧 요물을 만들어서 사면에 묻고 교씨의 심복 시비인 납매를 시켜서 이리이리 하라고 가르쳐 주었다. 그런 간악한 음모가 비밀리에 진행되고 있는 것은 교씨, 십랑, 시비 납매의 세 사람 이외에는 아무도 알지 못하였다.

하루는 유한림이 조정에 입번(入番)하였다가 여러 날만에 출번(出番)하여 집으로 돌아와 보니 집안의 상하가 황황하며, 교씨 소생 장지가 급한 병이라고 고하였다. 한림이 놀라서 교씨 거처인 백자당으로 달려가니 교씨가 한림을 보고 울면서 호소하였다.

"그 애가 홀연히 발병하여 죽을 지경이니, 심상치 않습니다. 병세가 체증이나 감기가 아니고, 필경 집안의 누가 *방자를 해서 일으킨 귀신의 발동인가 합니다."

"설마 그럴 리야 있을까?"

한림은 교씨를 위로하고 아들의 방으로 가서 보니 과연 헛소리를 하고 정신을 잃어 대단히 위급해 보였다. 한림이 크게 우려하여 약을 지어다가 시비 납매에게 급히 달여서 먹이게 하고 동정을 자세히 보

*방자——남이 못 되기를 귀신에게 비는 짓.

았으나 조금도 차도가 없었다. 한림은 낙망을 하고, 교씨는 울기를 마지하니하였다.

한림의 총명도 점점 감하여 열 번 찍어서 안넘어가는 나무가 없다는 속담과 같이, 교씨의 말에 귀를 기울이게 되었다. 의심이 늘어서 모든 일에 줏대를 잃게 되었다. 사부인의 부덕은 옛날 현부에도 손색이 없었으나 교씨 같은 요인(妖人)이 첩으로 들어와서 집안을 어지럽히고 천미한 여자가 누명(陋名)을 만들어서 가문을 욕되게 하니, 마땅히 그런 사악한 여자는 엄중히 징계하여야 할 것이다.

이때 교씨가 교활한 집사 동청과 몰래 사통(私通)하고 있었으매, 실로 한 쌍의 요악지물(妖惡之物)이었다. 교씨의 침소인 백자당이 밖으로 담 하나를 격하여 화원이 있었으며 화원의 열쇠는 교씨가 가지고 있었으므로 한림이 내당(內堂)에서 자는 밤에는, 교씨가 동청을 화원문으로 불러들여서 동침하며 음란을 일삼았다. 그러나 엄중한 비밀의 사통이라 시비 납매만이 알 뿐이었다.

한림이 장지의 병이 심상치 않음을 보고 매우 심통하고 있을 때, 교씨마저 칭병하고 식음을 끊고 밤이면 더욱 슬퍼하여 한림의 마음을 불안케 하였다. 하루는 납매가 부엌에서 소세(梳洗)하다가 한 봉의 괴이한 물건을 얻었다고, 한림과 교씨에게 보였다. 그것을 본 교씨의 얼굴이 흙빛으로 변해서 말을 못하고 앉았다가 이슥고 울면서,

"제가 십육 세 때 이댁에 들어와서 남에게 원망들을 일은 하나도 하지 않았는데, 어떤 사람이 우리 모자를 이토록 모해하니, 참으로 억울해서 죽을 지경입니다."

한림이 그 괴이한 물건을 보고 묵묵히 말을 하지 못하고 침통해 하고만 있었다.

"한림께서는 이 일을 어떻게 처치하실 생각입니까?"

교씨가 이 기회에 한림의 결의를 촉구하였다. 한림은 한참 생각한 끝에,

"일이 비록 간악하지만 집안에 의심할 잡인(雜人)이 없으니 누구를 지목하고 문초하겠는가. 이런 요예지물은 아무도 모르게 불태워 버

리는 것이 좋지 않겠는가."

교씨가 문득 생각난 듯한 태도를 하다가 참는 척하고,

"한림 말씀이 적당합니다."

대답하자, 한림이 안심한 듯이 납매에게 불을 가져오라고 명하여 뜰에서 친히 살라 버리고 아무에게도 누설하지 말라고 일렀다. 그리고 한림이 나간 뒤에 납매가 교씨에게 불평스럽게 물었다.

"낭자께서는 왜 한림의 의심을 부채질해서 예정대로 일을 진행시키지 않고 좋은 기회를 잃었습니까?"

"이번에는 한림께 그만 정도로 의심하게 해두는 것이 좋다. 너무 급하게 서두르다가는 도리어 의심을 사고 해로울 것 같아서 그랬다. 다음 기회에 한림께서 더 결심을 굳게 하시도록 할 것이니, 너는 너무 조급히 굴지 말아라. 그만해도 한림의 마음은 이미 동하였으니 요다음에……."

이리이리 하자고 납매에게 다음 계교를 말해 두었다.

원래 그 방자한 물건에 쓴 글씨는 교씨가 동청으로 하여금 사부인의 필적을 본떠서 만든 것이므로 한림이 보니 사부인의 필적이 분명한지라. 그 근본을 캐어내면 자연 난처한 사정이 있을 듯하여 즉시 불살라 버리고 말았다. 그 뒤에 생각하기를 전에 교씨가 사부인의 투기를 은연중에 비방하였을 때에도 믿지 않았었는데 이번에 이런 일까지 있을 줄은 꿈에도 생각하지 못하였다. 당초에 대를 이을 아들이 없어서 사부인의 주선으로 교씨를 첩으로 맞아들였더니 지금와서는 자기도 자식을 낳게 되자 악독한 계교로 교씨 소생을 방자로 저주하여 없애려고 한다고 여겨 자연 부인 대접에 냉담하게 되었다.

이때 사급사 댁에서 부인의 병환이 위중하므로, 딸을 보고자 사돈 유한림댁으로 편지를 내었다. 사부인이 모친의 위독한 기별을 받고 깜짝 놀라서 한림에게,

"모친의 병환이 위중하시다 합니다. 지금 가 뵙지 못하면 평생의 한이 되겠으니 친정에 보내 주시기를 바라나이다."

한림이 말하기를,

"장모님 병환이 위독하시면 빨리 가시오. 나도 틈을 타서 한번 가서 문안하겠소."

사부인은 친정 길을 떠날 때, 교씨를 불러서 자기 없는 사이의 가사를 부탁하고, 인아(麟兒)를 데리고 신성현 친정으로 갔다. 모녀가 오래 떠나 있다가, 병석에서 딸을 만나니 일희 일비하였다. 모친의 병환은 중하였으나 일진 일퇴의 증세이므로 사부인은 구호하느라고 빨리 시가로 돌아오지 못하고 자연 수개월이 되었다. 한림의 벼슬은 본디 한가한 직책이라 때때로 틈을 타서 빙모 문병차 신성현 처가로 빈번히 왕래하였다. 이 무렵에 산동(山東)과 산서(山西)와 하남(河南)지방에 흉년이 들어서 백성이 거산하여 사방으로 유랑하게 되었다. 황제가 이 지방의 기황(飢荒)을 들으시고 크게 근심하여, 조정에서 덕망있는 신하 세 사람을 뽑아서 삼도(三道)로 나누어 보내어, 백성의 질고를 살피라는 분부를 내렸다. 이때 유한림이 세 신하의 한 사람에 뽑혀서 급히 산동지방으로 나가게 되었으므로 미처 사부인을 보지 못하고 떠났다.

한림이 집을 떠난 뒤로는 교씨가 더욱 마음을 놓고 방자하게 동청과의 간통을 마치 부부같이 하여 거리낌이 없었다. 하루는 교씨가 동청에게,

"지금 한림이 멀리 지방을 순무하고 있으며 사씨가 오래 집을 떠나서 없으니, 계교를 단행할 가장 좋은 시기인데, 장차 사씨를 없애 버릴 무슨 방법이 없을까?"

하고, 간부의 꾀를 물었다.

"묘계가 있소. 사씨를 쥐도 새도 모르게 죽여 버리겠으니 걱정할 것 없소."

하고 그 묘안을 귓속말로 설명하자, 교씨가 반색하였다.

"내게 냉진이란 심복인(心腹人)이 있는데, 내 말이라면 잘 듣고 꾀가 많으니, 감쪽같이 해치울 것이오. 우선 사씨가 소중히 여기는 보물을 얻어야 하겠는데, 그것이 어렵군요."

교씨가 한참 생각한 뒤에 자신이 있는 듯이 말하였다.

"옳지. 좋은 수가 있어요. 사씨의 시비 설매가 우리 납매의 동생이니까, 그 애를 달래서 사씨의 보물을 훔쳐내게 하겠어요."

이런 음모를 한 뒤에, 납매가 틈을 타서 사씨의 시비 설매를 금은과 보물을 주면서 꾀어대었다. 이에 귀가 솔깃해서 넘어간 설매는,

"부인의 패물을 넣은 상자는 골방에 간수해 있으나, 열쇠가 있어야지. 그런데 그 보물을 무엇에 쓰시려고 그러지?"

"그것은 묻지 말고, 아무에게도 말하지 말아라. 만일 이 일이 탄로나면 우리 둘은 살지는 못할 것이다."

납매는 그런 위협까지 하고, 교씨의 열쇠꾸러미를 주면서, 그 중에 맞는 열쇠가 있을 테니 잘 해 보라고 하며 보물 가운데서도 한림도 늘 보고 소중히 여긴 보물을 꺼내 오라고 부탁하였다. 설매가 열쇠꾸러미를 숨겨 가지고 가서, 골방에 간수해 둔 보석 상자를 열고 옥지환을 훔쳐다가 교씨에게 주면서, 그 옥지환의 내력을 고하였다.

"이 옥지환은 구가(舊家)의 *세전지보라고 한림 양주께서 가장 소중히 여기셨습니다."

교씨가 기뻐하며 설매에게 후한 상금을 주고, 동청과 함께 흉계를 시행시키기로 하였나. 마침 이때에 사씨를 모시고 갔던 하인이 신성현 친가에서 와서, 사급사 부인이 작고했다는 부고를 전해 왔다.

"사씨 댁에 무후(無後)하시고, 다음에 가까운 친척도 없어서, 우리 부인께서 손수 치상(致喪)하여 장례를 지내시고, 교낭자께 가사를 착실히 살피시라는 전갈이었습니다."

이 부고를 받은 교씨는 간사스럽게 시비 납매를 보내서 극진히 사부인을 위로하고, 한편으로는 동청을 재촉하여 흉계를 진행시켰다.

이때 유한림은 산동지방에 이르러서 주점에 들러서 밥을 사 먹으려 할 적에, 문득 어떤 청년이 들어 와서 한림에게 읍(揖)하였다. 한림이 답례하며, 좌정하고 바라보매 그 청년의 풍채가 매우 준매(俊邁)하였다. 한림이 성명을 묻자,

"소생은 남방 태생으로, 성명은 냉진이라 하옵는데 선생의 고성대

*세전지보——대대로 전해 내려오는 보물.

명(高聲大名)을 듣고자 하옵니다."

그러나 유한림은 민정시찰로 암행(暗行) 중이므로 바른 대로 밝히지 않고 다른 성명으로 대답하고, 민간의 곤궁한 실정을 물었다. 그러자 그 청년의 대답이 영리하고 선명하였으므로 한림이 감탄하고 계속 물었다.

"그대는 지금 어디로 가는 길인가? 그대가 비록 남방 사람이라 하나, 서울 말을 하는군."

"저는 외로운 몸으로서 뜬구름같이 동서로 표박하며 정처가 없는 사람이오. 서울에도 수년간 있다가 올봄에 이곳 신성현에 와서 반년을 지내고, 고향으로 돌아가는 길인데 다행히 함께 수일동안 동행하게 됨은 좋은 인연이 될까 하오."

"그런가? 나도 외로운 길에서 마음이 울적한 참이니 자네를 만나서 다행일세."

하고, 술을 권하여 서로 먹고 동행하게 되었다. 그들은 낮에는 길을 가고 해가 지면 주막에서 자고, 닭이 울어 밤이 새면 또 떠나가고 하였다. 유한림이 밤에 잘 때에 보니, 그 청년의 속옷 고름에 본 적이 있는 듯한 옥지환이 매여 있었다. 한림이 이상히 여기고 자세히 본즉 아무래도 눈에 익은 옥지환이라 의심하지 않을 수 없었다.

"내가 일찍이 서역(西域) 사람에게 배워서 옥류(玉類)를 좀 분별할 줄 아는데, 자네가 가진 그 옥지환이 예사 옥이 아닌 듯하니, 좀 구경시켜 주게."

청년이 옥지환 보인 것을 뉘우치는 듯이 머뭇거리다가, 마지못하는 듯이 옷고름에서 끌러서 한림에게 내주었다. 한림이 손에 받아들고 자세히 보니, 옥의 색깔과 형태와 새긴 제도가 자기 부인 사씨의 옥지환과 똑 같았다. 의심하면서 자세히 살펴보니 더 이상하게도 푸른 털실로 동심결(同心結)이 맺어 있어 더욱 의심이 깊어졌으므로 청년에게,

"참 좋은 보배로군. 그대는 이것을 어디서 구하였나?"

청년이 거짓으로 슬픈 모양을 꾸미고 묵묵히 옥지환을 받아 도로

옷고름에 매었다. 한림은 그 옥지환의 출처가 궁금해서 다시 물었다.

"그 옥지환에 반드시 무슨 인연이 있을 텐데, 나한테 말한들 무슨 거리낌이 있겠는가?"

청년이 오래 있다가 입을 열고,

"북방에 있을 때 마침 아는 사람에게 얻었는데, 형이 알아 무엇하며 무슨 곡절이 있겠소?"

하고, 그 출처를 알리려고 하지 않았다. 유한림은 어떤 도적이 자기 부인의 옥지환을 훔쳤던 것을 우연히 산 것이 아닐까 하고, 그 내막을 알아 내려고 기회를 보았다. 그럭저럭 여러날 동행하는 사이에, 두 사람은 자연 친근한 길동무가 되었으므로 한림이 또 물었다.

"자네가 그 옥지환에 동심결 맺은 이유를 좀체로 말하지 않으니, 어찌 그동안 길동무로 친해진 우정이라고 하겠는가?"

그러자 냉진이라는 청년이 마지못한 듯이,

"그 동안 형과 정의가 깊어졌으므로 숨길 필요도 없지만, 정든 사람의 정표로만 알고 나를 비웃지 말아 주오."

"그처럼 정든 사람이 있으면, 왜 같이 살지 않고 남방으로 가는가?"

"호사다마(好事多魔)라고 조물주(造物主)가 시기하여 인연이 두 번 오지 않는 것을 어찌하겠소. 옛말에 규문(閨門)에 한 번 들어가는 것이 깊은 바다에 들어감과 같다 하더니, 이것이 내가 사랑하는 소저와의 정사(情事)이매, 어찌 안타깝지 않겠소."

냉진은 짐짓 자기의 사랑의 고민을 고백하는 듯이 슬픈 기색을 하며 탄식하여 보이니 한림이 말하기를,

"자네는 참 다정한 사람이로군."

하며, 두 길동무는 종일토록 통음하고, 다음날 오후 각각 길을 나누어 이별하였다. 유한림은 그 냉진이라는 청년과 우연히 길동무가 됐으나 수일동안 동행한 자의 근본을 알지 못하였다. 더구나 자기 부인 사씨의 옥지환의 행방이 어찌되었는지 궁금하였으나 멀리 떨어진 산동 지방을 암행중이라 알아 볼 도리가 없었다.

'세상에는 이상한 일도 많구나. 혹은 집안의 종들이 그 옥지환을 훔쳐내다가 팔아 버린 것일까? 그러나 그 청년이 사랑하는 의중지인(意中之人)의 정표라던 넋두리는 무엇인지…….'

한림의 의심과 걱정은 천 갈래 만 갈래로 심란스럽기만 하였다. 그런 근심을 하면서 반년 만에야 국사(國事)를 마치고 서울로 돌아오니, 사부인이 친정에서 돌아와 있은 지도 오래였다. 한림은 비로소 장모의 별세를 알고 부인과 함께 슬퍼하며 조상하고, 교씨와 두 아들 장지와 인아를 만나서 그립던 회포를 풀었다. 그리고 홀연 객지에서 만났던 냉진이라는 청년이 가지고 있던 옥지환이 생각나서 사부인에게 물었다.

"당신은 전에 부친께서 내려 주신 옥지환을 어디 간수해 두었소?"

"그대로 패물 상자에 넣어 두었는데, 그건 왜 갑자기 물으세요?"

"좀 이상한 일이 있었기로 궁금해서 보고자 하오."

사부인이 이상히 여기고 시비에게 금상자를 가져오라고 명하였다. 상자를 갖다가 열고 본즉, 다른 패물은 전부 그대로 있었으나, 그 옥지환 한 개만 보이지 않았다. 사부인이 깜짝 놀라서,

"분명히 이 상자 속에 넣어 두었는데, 이게 웬일일까!"

하고, 어쩔 줄을 몰라 하였다. 한림의 안색이 급변하고 말을 하지 않으므로 더욱 당황해서 물었다.

"그 옥지환의 행방을 상공께서 아십니까?"

한림이 얼굴을 붉히고,

"자기가 남에게 주고서 나한테 묻는 건 무슨 심사요?"

사부인은 남편의 이 같은 뜻밖의 말을 듣고 부끄럽고 두려운 마음이 착잡하여 아무 말도 하지 못하고 있었다. 이때에 시비가 두부인께서 오셨다고 고하였다. 한림이 황망히 나가서 고모를 맞아 들여서 인사를 나눈 뒤에, 두부인이 먼길의 무사왕복을 위로하였다. 이윽고 한림은 두부인을 향하여,

"내가 출타 중 집안에 대변이 생겨서, 곧 고모님께 상의하러 가려던 참에 잘 오셨습니다."

"아니, 집안에 무슨 대변이 생겼기에?"

한림이 홍분을 진정하면서, 냉진이라는 청년을 만나서 옥지환을 보고 또 그에게 들은 말이 이상해서, 집에 와서 옥지환을 찾아 보았으나 과연 없으니, 이 가문의 큰 불행을 장차 어찌 처리할까 하고 상의하였다. 사부인이 한림의 그 말을 듣고 혼비백산하여 눈물을 흘리고 있다가,

"첩의 평일의 행색이 성실치 못하였기 때문에 주인이 의심하고 지금 이런 누명을 쓰게 되었으니 무슨 면목으로 사람을 대하겠습니까? 첩의 입으로는 변명하지도 않고 할 수도 없으니 죽이든지 살리든지 한림의 뜻대로 하십시오. 옛말에 이르기를 어진 군자는 참언을 신청(信聽)하지 말고, 참소하는 자를 엄중히 다스리라 하였으니, 한림은 살피셔서 억울함이 없게 하십시오."

두부인이 변색을 하고 유한림을 꾸짖었다.

"너의 총명이 선친(先親)과 비교하여 어떠냐."

"소질(小姪)이 어찌 선친께 따를 수 있겠습니까?"

유한림이 황송해 대답하였다.

"사형(오빠)께서는 지인지감(知人之鑑)이 있고, 또 천하의 일을 모를 것이 없이 지내셨는데, 매양 사씨를 칭찬하되 우리 자부는 천하에 기특한 절대열부(絶代烈婦)로서 옛날의 열부에 못하지 않다 하셨다. 또 네 일을 나에게 부탁하시기를, 아직 연소하니 모든 것을 가르쳐서 그릇되지 않도록 하라고 하셨다. 또 자부에 대하여는 모든 일에 별로 경계할 바가 없다고 하셨으니, 이것은 선친의 총명이 사씨의 범행숙덕을 잘 아시고 한 말씀이었으니, 그 교자지도(教子之道)가 어찌 범연하셨겠느냐. 그러지 않을지라도 선친의 유탁(遺託)을 생각함이 인자(人子)의 도리어늘, 하물며 선친의 식감(識鑑)과 사씨의 열행(烈行)에 이같은 누명을 씌워서 옥 같은 처자를 의심하느냐? 이것은 필경 집안에 악인이 있어서 사씨를 모해함이 아니면, 시비들 가운데 간음(奸陰)한 자가 있어서 옥지환을 도적질해낸 것이 분명하다. 그것을 엄중히 밝혀 내지 않고 왜 그런 어리석은 의

심을 하느냐?"

"고모님 말씀이 지당합니다."

하고, 한림은 곧 형장지구(刑杖之具)를 갖추고 시비들을 엄중하게 문초하였다. 애매한 시비는 죽어도 모를 수밖에 없었고, 장본인인 설매는 바른대로 고백하면 죽을 것이 분명하므로 끝까지 고문을 참고 자백하지 않았으므로 마침내 시비들 가운데서 범인을 색출하지는 못하였으므로, 두부인도 할 수 없이 집으로 돌아왔다. 그러나 사씨는 누명을 깨끗이 씻어 버리지 못하였으므로 하당(下堂)하여 죄인으로 자처하였고, 한림은 한림대로 참언을 하도 많이 들어 사씨에 대한 의심을 풀지 않았으므로 집안에서 기뻐하는 자는 교씨뿐이었다.

그후로 한림이 교씨만 사랑하면서 사씨에 대한 일을 의논하게 되자, 교씨가 갖은 간사를 농하면서,

"선친께서 항상 말씀을 빛내어서, 사씨를 옛날의 열부에게 비교하고 다른 사람들은 안하로 보니, 첩인들 어찌 좋지 않은 일을 해서 남의 치소 능욕을 받겠습니까. 첩의 소견으로도 두부인 말씀이 옳을까 합니다. 그러나 두부인 말씀도 역시 공평하지 못하셔서 사씨만 너무 칭찬하시니, 자못 체면이 없어서 민망스럽습니다. 옛날의 성인도 오히려 속은 일이 많사오니, 선친이 비록 고명하시나 사씨가 들어온 후에 오래지 않아서 기세(棄世)하셨으니, 어찌 사씨의 심지를 예탁(豫託)하심이며, 임종시의 예언은 한림을 경계하심에 지나지 않았던 것입니다. 그런데도 불구하고 두부인이 그 말씀을 빙자하여 모든 일을 사씨에게 상의하여 처리하라 강요하시니, 어찌 편벽되지 않습니까?"

"사씨의 행색에 별로 구차한 점이 없어서 나도 이런 일은 없을 줄 알았더니, 지금은 아무래도 의심하지 않을 수 없는 점이 있다. 요전에도 방자물의 저주 필적이 사씨 같아서 그때는 집안의 누구의 참언인가 하고 불살라 버리게 하였지만 옥지환이 없어진 일 같은 중대한 사건을 본 뒤로는, 금후에 어떤 지경에 이를지 매우 불안하다."

하고, 한림이 사씨에 대한 현재의 심경을 말하자, 교씨가 이때라고 물었다.

"그러면 사부인을 어떻게 처치하실 생각입니까?"

"그러나 지금 명백한 증참이 없으니 이대로는 다스릴 수 없고, 또 선친이 사랑하셨고, 또 초토(焦土)를 함께 지내었고, 숙모께서 그토록 두둔하시니 어찌 처치하겠는가."

한림의 이런 신중한 태도에 교씨는 불만인 안색으로 묵묵히 대답하지 않았다.

교씨가 또 잉태하여 십삭이 차서 남아를 낳았으므로 한림이 기뻐하고 이름을 봉추(鳳雛)라 하고, 교씨 소생 형제를 사랑함이 장중보옥(掌中寶玉) 같았다.

교씨는 한림이 없을 때를 타서 동청과 함께 흉계를 꾸미고 있너니,

"요전에 행한 계교가 실로 묘하였으나, 한림이 듣지 않아서 성사치 못하였소. 옛말에도 풀을 뿌리째 뽑아 없애야 한다고 했으니 앞으로 어찌할까요? 더구나 두부인과 사씨가 옥지환 없어진 근맥을 잡아 내어서 그 내막이 누설되면 어찌할까요?"

교씨가 전후사를 근심하자 동청이 교씨를 위로하면서 교사하였다.

"사씨가 두부인과 더불어 옥지환 사건을 극력 추궁하고 있으니 숙질간을 참소하여 이간시키시오."

"나도 그런 생각이 있어서 두부인과 한림 사이를 이간시키고자 하지만, 한림이 두부인 섬기기를 모친 못지 않게 하여 모든 집안 일을 두부인 뜻에 순종하니 그 계략은 어려울 것 같아요."

"그러면 묘책이 곧 생각나지 않으니 두고두고 상의합시다."

하고, 사씨 음해를 끈덕지게 벼르고 있었다.

이때 두부인은 사씨의 누명을 벗겨 주려고 사람을 시켜서 옥지환이 없어진 경로를 염탐하였으나 마침내 단서를 잡지 못하고 심중으로 생각하기를,

'아무래도 교녀(喬女)의 간계 같은데 단서를 잡지 못하였으니 그런 발설을 할 수도 없고, 이 일을 장차 어찌할까.'

하고, 속을 썩이고 있었다. 그래서 유한림 집에 오래 머무르기도 거북해 하다가, 아들 두억(杜億)이 장사부총관(長沙府總官)으로 부임하므로 그 아들을 따라 장사로 가게 되었다. 자기는 아들을 따라서 장사로 떠나는 것이 좋으나 사씨의 고생을 생각하면 마음이 놓이지 않았다. 마침내 장사로 떠나는 날, 유한림이 두부인 모자를 청하여 큰 환송잔치를 배설하였는데, 그 좌상에 사부인이 보이지 않았다. 두부인이 자못 울적하여 한림에게 원망스러운 말을 하였다.

"오라버님이 세상을 떠나신 후로 현질(賢姪) 한림과 서로 의지하여 지냈는데, 이제 갑자기 만리의 이별을 하게 되었으므로 꼭 현질에게 한 마디 부탁하고자 하는데, 내 말을 꼭 지키겠느냐?"

"소질(小姪)이 비록 신의가 없을지라도 고모님 말씀을 어찌 거역하겠습니까? 무슨 말씀이신지 들려 주십시오."

"다른 일이 아니라, 사씨의 앞일을 부탁하련다. 사씨의 성행이 근엄하여 억울한 마음도 소견대로 변명하지 않으니 더욱 측은하다. 그 정렬한 점으로 보아서 무죄한 것이 틀림 없으니 머지 않아서 억울한 사실이 나타나려니와 만일 내가 이 집에서 없어진 후에 또 무슨 해괴한 일로 참언이 있더라도 곧이 듣지 말며, 혹 무슨 불미한 일이 있더라도 나에게 먼저 편지로 상의하고 내 의견이 있을 때까지 과하게 처치하지 말아서, 나중에 경솔했다고 뉘우치는 일이 없게 하라."

"고모님의 말씀을 명심하고 교의(敎意)를 근수(謹守)하겠사옵니다."

한림이 맹세하듯이 대답하자, 두부인이 시녀를 불러서 물었다.

"사부인께서 어디 가시고 이 자리에 안 보이시느냐? 이 자리에 오시기를 꺼려하시거든 나를 그리로 인도하라."

시비가 두부인을 모시고 사씨 사는 곳으로 가니 사씨가 머리를 흐트러뜨린 채 얼굴이 창백하고 전신이 연약해져서 입은 옷무게조차 이기지 못하는 듯이 애처로웠다.

두부인이 이 모습을 보고 마음이 칼로 저미듯이 아팠다. 수심에 잠겨 있던 사부인이 고모님을 보고 반가워하며 축하인사를 올리었다.

"이번에 고모님 댁이 영귀(榮貴)하셔서 임지로 행차하시매, 죄첩(罪妾)이 존하에 나아가서 마땅히 하직 인사를 올려야 하오련만, 몸이 만고의 누명을 쓰고 있기 때문에 나아가 뵈옵지 못하와, 제 목숨이 있는 동안에 다시는 뵙지 못하게 되면 무궁한 한이 되겠더니, 천만 뜻밖에 누처에 왕림하여 주셔서 감격하옵니다."

두부인이 눈물을 흘리면서 위로하였다.

"오라버님의 유언에 한림을 나에게 부탁하시던 말씀이 아직도 귀에 쟁쟁하되 내가 조카를 잘 인도하지 못한 탓으로 사랑(謝娘)을 이 지경에 이르게 하였으니 모두 내 허물이다. 그리고 타일에 어찌 지하로 돌아가서 오라버님 영혼을 뵙겠느냐. 모두 내 불명이지만 질부는 너무 근심하여 심사를 상하지 마라. 필경은 사필귀정(事必歸正)으로 길운(吉運)을 만나서 흑운(黑雲)을 벗어날 날이 올 것이다. 그러면 간사한 무리가 능히 모해하지 못하고 조카 한림이 자기의 불명을 뉘우치고 질부의 누명을 씻어줄 것이다. 예로부터 영웅열사와 절부열녀가 시운을 만나지 못하면 한때 곤액을 당하는 법이니 널리 생각하고 심신을 상함이 없도록 하라. 이 유씨가문이 본디 충문지가(忠門之家)로서 간악한 소인(小人)에게는 원한을 사서 해를 많이 당하였으나 가중은 한결같이 맑더니 선대(先代)가 별세하신 후로 이렇듯 괴이한 변고가 있으니 이것은 집안의 요사한 시첩(侍妾)이 조카의 총명을 흐리게 한 까닭이다. 요사이 조카의 거동을 보니 그 전의 총명과 맑은 기운이 하나도 없고 나하고도 집안 일을 의논하는 일이 적어서 숙질간의 의도 감소되어 버렸다. 내가 동정을 살펴보니, 한림이 귀신에 홀린 것 같아서 빨리 그 미혹에서 벗어나기를 바라지만 그것도 시기가 와서 미몽(迷夢)을 깨우칠 것 같다. 질부도 천정(天定)의 운수로 여기고 과도하게 심사를 상하지 말라."

되풀이하여 신신 당부한 두부인은 시비를 시켜서 유한림을 그 방으로 불러오게 하였다. 두부인은 한림을 맞아서 정색으로 슬퍼하면서 엄숙히 훈계하였다.

"요새 네 행사를 보니 아무래도 본심을 잃은 사람 같으니 매우 뜻밖의 일로서 슬프기 짝이 없다. 네 선친이 별세하실 때에 집안의 대소사를 나에게 부탁하신 말씀이 아직도 귓전에 새로운데, 내가 용렬하여 질부 사씨의 빙옥(氷玉) 같은 행실까지 시운이 불리한 탓인지 누명을 쓰고 고통하고 있는 정사를 보고도, 내가 멀리 떠나게 되니 마음을 놓고 갈 수가 없다. 내가 지금 질부 있는 이 자리에서 한 말을 꼭 부탁하겠다. 금후에 집안에서 질부를 음해하거나 혹 무슨 흉사를 보게 되는 경우라도 결코 사씨를 의심하고 냉대하지 말고, 내가 돌아옴을 기다려서 처리하라. 질부는 절부정녀(節婦貞女)이니 결코 그른 생각이나 그른 행동은 하지 않을 것으로 믿는다. 질부의 신세가 위태로운 정상을 보니 내 발길이 돌려지지 않는다. 그러니 조카 한림은 부디 조심하고 간사한 말을 듣지 말아라."

한림은 이마를 찌푸리고 엎드려서 묵묵히 고모의 말을 듣고만 있었다. 두부인은 깊은 한숨을 쉬고 재삼 사씨의 일을 당부하고 돌아갔다. 사부인은 두부인이 멀리 떠나감을 더욱 슬퍼하여 마음을 놓지 못했다.

교씨는 두부인을 원수같이 여기다가 이제 멀리 장사로 감을 내심으로 기뻐하여, 십랑을 불러놓고,

"지금까지 꺼리던 두부인이 이제 아들을 따라 멀리 가게 되었으니 이때에 빨리 계획대로 사씨를 없애 치우는 것이 좋겠네."

십랑이 찬성하고 계획을 진행하기로 하고, 납매를 불러서 이리저리 하라고 일렀다. 그 말을 들은 납매는 설매를 불러서 계교를 일러 주었다.

"매우 중대한 일이니, 먼저 교낭자께 알리고 하는 것이 좋을 것 아니오?"

하고, 설매는 교씨의 확실한 다짐을 받으려는 생각에서 말하자, 납매도 찬성하고 교씨와 함께 만나서,

"지금 사부인을 이댁에서 내쫓으려면, 아씨 아드님 장지 아기의 목숨을 끊어야 한림께서도 격하시고 계교를 행할 수 있을까 합니다."

교씨도 자기 아들의 목숨을 희생으로 삼아야 되겠다는 말에는 깜짝 놀랐다.

"미운 사씨를 위한 일이라면 무슨 일을 하여도 좋지만 어찌 귀여운 내 아들의 목숨을 제물로 바치겠느냐? 그리고 어찌 내가 살 수 있겠느냐?"

하고, 악에 받쳐서 묵묵히 말을 못하고 있었다.

이때에 한림은 두부인이 멀리 떠난 후, 더욱 기탄할 곳이 없어서 주야로 백자당에서 교씨와 즐겁게 지내던 중, 아들 장지의 병이 낫지 않는 것을 근심하면서 납매와 설매에게 약시중을 시키고 있었다. 그런데 설매가 역시 사씨 부인의 시비인 춘방을 시켜서 약을 다리게 한 뒤에 장지에게 먹일 때, 몰래 독약을 섞어서 먹였다.

이 얼마나 끔찍하랴. 교씨는 남을 잡으려고 제 자식을 죽이기까지 하였으니 어찌 천도가 무심하며, 만고의 독부가 아니겠는가. 천진한 어린 아이 장지가 약을 먹자마자 전신이 푸르게 부어 오르고 일곱 구멍에서 일시에 피를 흘려 내면서, 한마디 큰 소리를 지르고 죽어 버렸다. 교씨와 한림이 대경실색하고 장지의 시체를 살펴보니 독약을 먹고 죽은 것 같으므로 한림이 의심하고 약그릇을 가져와 남은 약을 개에게 먹여 본즉, 약을 먹은 개가 즉사하였다. 이것을 본 한림의 얼굴이 흙빛으로 변하는 모양을 본 교씨가 대성통곡하면서,

"내 평생에 남의 원한을 살 만한 일은 한 적이 없는데, 어떤 간악한 자가 우리 모자를 죽이려고 이런 악독한 짓을 했을까?"

하고, 죽은 자식을 붙잡고 장지의 이름을 부르며 울다가 한림에게 향하여,

"한림이 내 원수를 갚아 주시지 않으시면 나도 죽어 버리고야 말겠나이다."

한림은 교씨를 위로하고, 좌우의 시녀를 족쳐서 장지에게 먹인 독약의 출처를 추궁하려고 하였다. 사씨부인의 시비 춘방이 설매의 꼬임으로 약을 다렸는데, 약을 쓴 뒤에 장지가 급사한 것을 보고 깜짝 놀라서 겁을 집어먹고 탄식하였다.

"장지의 어린 목숨이 불쌍하다. 죄없는 자식이 어미를 잘못 만나서 참혹한 죽음을 하였구나. 공교롭게 내가 다린 약을 먹고 죽었다는 그 의심을 받은 내 신세가 앞으로 무슨 화를 입을지 모르겠다."

한림이 서헌(西軒)에 나와서 여러 비복들을 호령하고, 당장에 납매와 설매를 잡아 내다가 엄형으로 독약의 출처를 추궁하여 살이 터지고 피가 흘렀으나 좀체로 자백하는 자는 나오지 않았다. 설매는 교씨의 심복이라 이를 갈고 불복하였으므로, 한림은 하는 수 없이 시비들을 모두 감금하고 자백하는 자가 나오기를 기다리려고 하였다.

시비들이 그 흉한 사고를 사씨 부인에게 알리고 통곡하였으므로 사씨 부인도 경악하면서, 마침내 올 것이 왔다고 생각하였다.

"내가 이런 일이 있을 줄 예측한 지가 오래매, 새삼스럽게 놀랄 것도 없다. 피하지 못할 운수일지도 모른다."

하고, 안색이 조금도 변하지 않았다. 이튿날에는 유씨 *종중(宗中)이 모두 모여서 가문의 괴변을 처리하려고 의논하였다. 이 자리에서 한림이 사씨의 전후의 죄상과 모든 의심쩍은 말을 하였다. 그러나 모든 사람은 전부터 사씨의 현숙함을 알고 있었으며 사씨 또한 모든 친척을 후대하여 왔으므로 깜짝 놀라며 의심하지 않을 수 없었다. 그러나 한림은 반드시 증거를 잡아 내겠으니 비밀을 아는 사람은 가문을 위하여 서슴지 말고 증거인으로 나와 달라고 요구하였다. 그러나 남의 집안의 비밀 일을 어떻게 알겠느냐고 펄쩍 뛰며 이구동성으로,

"이 일은 한림 스스로 잘 살펴서 처리할 일이지 우리가 어찌 판단하겠소. 우리 소견은 한림이 공명정대하게 처리하기를 바랄 뿐이오."

하고, 은근히 사씨의 무죄를 암시하는 동시에 그런 불상사의 분규에는 휩쓸려 들기를 꺼려하였다. 한림은 향촉을 갖추어서 사당 앞에 올리고 친척들과 함께 분향재배하고 사씨의 죄상을 고하였다. 그 조상에 고하는 글월에,

'유세차(維歲次) 가정 삼십년(嘉靖三十年) 모월 모일에 효증조(孝曾祖) 한림학사 유연수(劉延壽)는 삼가 글월을 현증조고(顯曾祖考) 문

*종중(宗中)——조상을 같이하는 한 겨레의 문중.

현각 태학사(文賢閣太學士) 문충공부군(文忠公府君), 현증조비(顯曾祖妣) 부인 호씨, 현조고(顯祖考) 태상경(太上卿) 이부상서부군(吏部尙書府君) 현조비(顯祖妣) 부인 정씨, 현고(顯考) 태사공(太史公) 예부상서부군(禮部尙書府君), 현비(顯妣) 최씨 영전에 아뢰옵나니, 부부는 오륜(五倫)이요 만복지원(萬福之源)이매 나라를 비롯하여 서인(庶人)에 이르기까지 어찌 삼가지 아니하리요. 슬프도다, 저 사씨 처음으로 유씨 문중에 들어오매, 가내에 예성(禮聲)이 자못 자자하고, 예도(禮度)에 어김이 없으므로 천행이었습니다. 그러나 범사에 처음만 있고 내내 여일치 못하여 혹 불미한 일이 있어도 대체를 생각하고 책하지 않았더니, 그후로 사씨의 행색이 점점 방자하여졌습니다. 선고(先考)의 삼년상을 함께 모신 후에 출사(出仕)하여 집에 있지 못하는 사이에 더욱 음흉하였고, 모병(母病)을 빙자하고 본가에 가서 누행(累行)이 탄로되었으나, 혹 억울한 중상을 입은 것이 아닌가도 생각하고 자취를 집안에 머무르게 하였던 것입니다. 그런데도 스스로 후회하지 않고 그 죄가 칠거(七去)에 더하니, 조종 심령이 흠향치 않으실 바이므로, 후사멸절(後嗣滅絶)할까 두려워서 부득이 출거(黜去)시키고자 하옵니다. 소첩(小妾) 교씨는 비록 육례(六禮)는 갖추지 못하였으나 실로 명가(名家)의 자손이요, 고서(古書)를 박람(博覽)하여 가히 제사를 받듦직 하온지라 교씨를 봉하여 정실로 삼나이다.'

한림은 조상 영전에 고하는 이 글월을 다 읽은 뒤에, 시비들을 시켜서 사씨를 데려다가 사당 앞에 사배 하직케 하매 사씨의 눈물이 비오듯하였다. 친척들은 대문 밖에서 쫓겨나가는 사씨와 이별하고 모두 동정의 눈물을 흘렸다. 유모가 사씨 소생 인아를 안고 나오자 사씨 부인이 받아서 안고 차마 이별하지 못하였다.

"너는 내 생각을 말고 잘 있거라. 혹 우리가 다시 만날 날이 있을지도 모른다. 새도 깃을 잃으면 몸을 보전하기 어렵다 하니 나 간 뒤에 넌들 어찌 완명(完命)할 수 있으랴. 서로가 죽더라도 차생에서 미진한 인연을 후생에 다시 만나서 모자의 연분이 되기를 원한다."

사씨의 슬픈 회포가 피눈물로 화하여 흘렀다. 문전에서 발이 떠나지 않는 사씨 부인은 다시 자기 모자의 슬픈 신세를 하소연하였다.

"네 조부님께서 세상을 떠나실 때에 모시고 따라 가지 못하고 살아 있다가 지금 이런 광경을 당하니 어찌 슬프지 않으랴."

하고, 사랑스러운 아들 인아를 다시 유모에게 돌려 주고 죽으러 가는 죄인처럼 가마에 오른 뒤에도 유모에게 안긴 천진난만한 인아의 조그만 손을 잡고 어루만지다가 마지막으로 어린 손을 놓고, 이내 가마가 떠나자 어린 인아가 엄마를 따라 가려고 애처롭게 울어댔다. 사부인은 우는 목소리로 유모에게 인아의 장래를 수없이 당부하고, 하인 하나만 데리고 떠나 버렸다.

이때 유한림 집안에서는 교씨의 흉계가 성공되었으므로 교씨의 심복 시비들이 저희들 세상이 되었다고 기뻐하였다. 그 시비들은 교씨를 사당 앞으로 인도하고 분향예배시키기를 서둘렀다. 주홍군(朱紅裙)의 패옥(佩玉)소리가 맑게 울리고 황홀히 빛나서 마치 신선과 같이 아리따운 자태였다. 사당예배를 마치고, 정실부인으로서 많은 비복들의 하례를 받았는데, 교씨는 비복들에게 향하여 훈시하였다.

"내가 오늘부터 새로이 댁의 내사(內事)를 다스릴 터이니, 너희들은 각각 맡은 일에 근면하고 죄를 범하지 말아 주도록 명심하라."

"그전에 사씨부인이 비록 출거하셨으나, 여러해 섬기는 동안에 은혜를 많이 받았습니다. 다행히 부인께서 허락하시면, 문밖까지 나가서 전부인께 이별인사를 드리고 전송하고자 하옵니다."

"그것은 너희들의 인정상 원하는 것이니, 내가 어찌 막겠느냐?"

교씨의 허락이 내리자 모든 시비들이 일시에 문밖으로 달려나가서 이미 저만큼 떠나가는 가마를 따라가서 통곡하였다. 사씨가 교자를 멈추고 타일렀다.

"너희들이 나를 생각하고 이렇게 나와서 나를 보내 주니 고맙다. 앞으로는 새로운 부인을 잘 섬기며, 나를 잊지 말아다오."

이 말에 여러 시비가 울면서 배별(拜別)을 슬퍼하여 마지 않았다.

유한림의 집을 쫓겨난 사씨는 가마꾼에게 신성현으로 가지 말고,

유씨의 묘소로 가라고 분부하였다. 교자가 묘소에 이르자 사씨는 시부모 묘전에 수간초옥(數間草屋)을 짓고 거기서 홀로 살았다. 그뒤로 한적한 산중에서 화조월석(花朝月夕)에 친부모와 시부모를 사모하는 효성이 지극하였다.

이런 소식을 들은 사씨의 남동생이 찾아와서 눈물을 흘리면서 탄식하였다.

"여자가 남편에게 용납되지 못하면 마땅히 친정으로 돌아와서 형제와 함께 지낼 것이지, 누님은 왜 이런 무인 산중에서 홀로 고생을 하고 계십니까?"

"네 말은 고맙다. 내가 어찌 동기지정과 모친 영전에 모시기를 모르겠느냐. 그러나 한 번 친정으로 돌아가면 유씨의 집안과는 아주 인연이 끊어지고 말 것이요, 또 한림이 비록 갑자기 나를 버렸으나, 내가 돌아가신 시부님께 죄진 일이 없으니, 시부님 산소밑에서 여년(餘年)을 마치는 것이 나의 마지막 소원이다. 그러니 내 걱정을 말아라."

사씨의 아우는 자기 누님의 고집을 알고 집으로 돌아가서 노복(老僕) 한 사람과 시비 두 사람을 보내서 사씨 신변을 보살피게 하였다.

사씨는 아우의 정의에 고마운 눈물을 흘리면서,

"우리 친가에 본디 노복이 적은데 어찌 여러 비복을 내가 거느리겠는가?"

하고, 노복 한 사람만 두어서 외부와의 연락하는 데 쓰고, 시비들은 도로 친정으로 보내었다. 이 묘지가 있는 근처에는 유씨 종중과 노복들이 많이 살고 있었으므로 사씨가 시부 묘하에 묘막을 짓고 살게 된 사실에 동정과 감격을 하고 모두 위로하여 쌀과 야채를 끊임 없이 공급하여 주었다. 그러나 사씨는 그런 친척과 노복들의 신세만 지는 것이 송구하여서 되도록 사양하고, 바느질과 길쌈을 하여 근근이 연명하며 외로운 세월을 보내고 있었다.

이때 사씨를 태우고 갔던 가마꾼들이 유한림 댁으로 돌아와서, 사씨가 한림의 부친 묘소 밑으로 가서 거처를 삼으려다는 소식을 전하였다. 교씨는 그 소식을 듣고 사씨가 신성현의 제 친정으로 가지 않고 유씨 묘소로 간 것은 유씨 가문에서 축출한 명령을 거역하는 방자스러운 소행이라고 분하게 생각하고 한림에게 그 부당함을 고하였다.

"사씨는 누명으로 조상께 죄진 몸인데, 어찌 감히 유씨 묘하에 있을 수 있습니까? 빨리 거기서 쫓아 버려야 합니다."

한림이 침울한 마음으로 더 염두에 두지 않으려고,

"이미 우리 집에서 쫓아 버렸으니, 제가 어디 가서 살건 죽건 상관할 것 없지 않소. 하물며 산소 부근에는 다른 사람들도 많이 사는데 그만 금할 수도 없으니 모른 척하고 잊어버립시다."

교씨는 더 주장은 못하였으나 속으로 못마땅하게 여겼다. 그래서 하루는 동청에게 의논하자 동청이 후환을 염려하고,

"사씨가 제 친정으로 가지 않고 유씨 묘하에 머물러 있는 것은 큰 뜻을 품은 행동으로서 앞으로 옥지환 행방등 우리 계교를 발명하고 복수하려는 저의(底意)가 분명하고, 제가 유가(劉家)의 자부(子婦)로 자처하면서 후일을 도모하는 것이 아니겠소. 더구나 그 근처에 있는 유씨종중의 인심을 사려는 간교가 또한 분명하오. 그뿐 아니라 한림이 춘추로 성묘를 다니시다가 그 처량한 모양을 보시면 철석간장이라도 옛날 정의를 생각하고, 마음이 다시 어떻게 동요할지 모르니 마음이 놓이지 않습니다."

"그러면, 곧 사람을 보내서 암살해 버릴까?"

교씨가 성급하게 최악의 수단을 말하였다.

"그것은 도리어 평지 풍파를 일으킬 염려가 있으니 안됩니다. 지금 갑자기 죽이면 역시 가엾게 여기는 마음이 남아 있는 한림이 우선 의심합니다. 나한테 한가지 계획이 있는데 그것은 냉진이 아직 가속이 없고 그전부터 사씨를 흠모해 왔으니 그에게 사씨를 속여서 꼬여다가 첩을 삼게 하면, 나중에 한림이 듣너라도 변절해 버린 여자라 더럽게 여기고 아주 잊어버릴 것입니다."

"호호호, 그렇게만 되면 냉진에게도 좋은 일이지만, 잘 될 수 있을까?"

"냉진의 수단으로는 되고말고요. 사씨가 유씨 묘하에 뿌리를 박고 있으려는 계획은, 아까 말한 것 외에도 장차 두부인이 오는 것을 기다려서 그 힘을 빌려서 한림과 인연을 다시 맺으려는 계획입니다. 사씨가 두부인을 하늘같이 믿고 있으니 이제 두부인의 편지를 위조하여 장사(長沙)로 인부를 차려 오라면 반드시 그대로 할 것이니, 도중에서 냉진이 데려다가 겁탈하여 첩으로 삼으면 사씨가 아무리 절개를 지키려 하더라도 연약한 몸으로는 욕을 당하고 단념하게 될 것이니, 이것이 소위 독속에 든 쥐니, 별 수 없을 것입니다."

교씨는 간부(間夫) 동청의 계략을 듣고 여간 반가워하지 않았다.

"당신의 계교는 정말로 신출귀몰하니 와룡선생의 후신인가 보오."

동청은 몰래 냉진을 불러서 그 계교를 일러 주었다. 냉진은 총각인데다가 사씨의 높은 평판을 알고 있었으므로 기뻐하면서 누부인의 필적을 청하였다. 동청이 염려 말라 한 뒤에 글씨로 사씨에게 서울로 오라는 사연을 썼다. 즉 한림의 무상(無常)한 태도를 탄식하고 당분간 서울로 와서 함께 지내다가 사가(謝家)로 복귀할 시기를 기다리라는 편지를 보냈다. 그리고 교자와 인마(人馬)를 차려서 보내니 곧 타고 오라는 재촉이었다. 냉진은 뒤에 두부인의 편지를 교묘하게 위조한 뒤에 교자와 말을 세내고 가마꾼 등의 인부 십여명을 매수하여 보내면서 사씨에게 장사에서 온 것같이 잘 행동하라고 교사하였다.

냉진은 사씨를 유괴할 인부들을 보낸 뒤에 집으로 돌아가서, 화촉을 갖추고 사씨가 유괴되어 오기를 기다렸다.

하루는 사부인이 창가에서 베를 짜고 있을 때, 문밖에서 부르는 소리가 문득 들렸다.

"문안 드립니다. 이 댁이 유한림 부인 사소저 계신 댁입니까?"

노복이 나가서 그렇다 하고, 어디서 무슨 일로 왔느냐고 물었다.

"서울 두추관(杜秋官) 댁에서 왔소."

"두추관이 마님을 모시고 임지로 가셨고, 그후로 그 댁이 비었는데, 누구의 명으로 왔소?"

"아직 두추관 댁 일을 모르는군. 우리 주인께서 장사추관(長沙秋官)

으로 계시다가, 나라에서 한림으로 제수하시고 조정의 내관(內官)으로 부르셨으므로 마님께서 먼저 상경하시고 사씨 부인께서 여기서 고생하신다는 소식을 들으시고, 놀라서 우리를 보내어 문후하라고 편지를 가지고 왔소.”

하고, 찾아온 전갈꾼이 사씨 부인의 노복에게 편지를 전하였다. 노복이 안으로 들어가서 그대로 사씨 부인에게 알렸다. 사씨 부인이 그 편지를 받아서 봉을 떼어 본즉, 그 사연은 이별한 후로 염려하던 말로 위로하고, 아들의 벼슬이 승진하여 곧 임지를 떠나서 상경하리라는 것과 그에 앞서서 자기가 먼저 상경하여 있다는 사연이었다. 그리고 또 유한림의 오해로 쫓겨나서 산중 산소 밑에서 고생하다가 강포한 무리의 침노를 당할까 두려우니 당분간 자기집으로 와서 있으면 모든 것이 좋지 않을까 생각한다. 만일 이런 자기 뜻에 찬성하면 곧 교자를 보낸다는 내용이었다.

이 두부인의 편지를 본 사씨 부인은 두부인이 장사에서 아들의 내관 전직(內官轉職)으로 먼저 상경한 것을 기뻐하고 곧 두부인한테로 가겠다는 답장을 써서 전갈 온 사람에게 주어 돌려 보냈다. 그리고 그 날 밤에 혼자 앉아서 곰곰이 생각하되,

‘이곳이 비록 산골짝이지만 선산을 바라보며 마음을 위로해 왔었는데 이제 이곳도 떠나게 되니, 서울 두부인 댁으로 가면 몸은 편할지라도 마음은 더욱 허전할 터이니 내 신세가 처량하다.’

그런 생각 중에 홀연히 잠이 와서 조는데 비몽사몽간에 전에 부리던 시비가 와서 시아버님 유공(劉公)께서 부르신다고 말하면서 가기를 청하였다. 사씨 부인이 곧 시비의 뒤를 따라서 어느 곳에 이르니, 시비 수명이 나와서 맞아 들였다. 사씨 부인이 시아버님의 침전에 이르러서 보니 완연히 그전 시아버님의 생시 모습이었다. 사부인이 반가워하고 흐느껴 울었다. 유공이 가깝게 끌어서 슬하에 앉히고 무애(撫愛)하여 위로하고,

“어리석은 아이가 참언을 듣고 너같은 현부를 내쫓아서 고생을 시키니 내 마음이 아프다. 그러나 오늘 너를 불러 가겠다는 두부인의

편지가 진짜가 아니니 속지 말라. 네가 그 글씨의 자획을 다시 자세히 보면 위조편지임을 알 것이니 결코 속지 말아라. 그리고 내가 세상을 이별한 뒤로 너를 다시 보지 못하였으니 어찌 슬프지 않으랴. 눈을 들어서 나를 다시 봐라. 비록 유명(幽明)의 세계가 다르나 자부가 아이와 함께 사당에 분향하고 잔을 올리더니, 지금 와서는 천첩(賤妾)이던 간악한 교씨가 제사를 받들매, 내 어찌 흠향하겠느냐. 이런 해괴하고 슬픈 일이 어디 있으랴. 현부가 집을 떠난 후에 이곳에 와 있으니 나도 너의 정성을 기쁘게 여기고 의지하여 왔는데, 네가 이제 멀리 떠나가면 내가 또한 외로워서 어찌하랴."

사부인이 시부 유공에게 울면서 대답하되,

"두부인께서 부르시더라도 어찌 묘하(墓下)를 떠나겠습니까?"

"정말로 두부인 옆으로 간다면 나도 말릴 생각은 없다마는, 그 편지가 위조물이요, 그렇다고 여기 오래 있으면 또 박해가 있을 것이다. 더구나 자부에겐 칠년재액의 운수이니, 마땅히 남방으로 멀리 피신하는 것이 좋다. 그것도 지금 박해가 급하니 빨리 피신하라."

"외롭고 약한 여자의 몸으로 어찌 칠년 동안이나 사고 무친한 타향을 유리하겠습니까? 앞으로 겪을 길흉을 가르쳐 주십시오."

"그 천수(天數)를 낸들 어찌 알겠느냐? 다만 내가 일러 두거니와 지금으로부터 육년 후의 사월 십오일에 배를 백빈주에 매어 두었다가 급한 사람을 구해 주어라. 이 말을 명심 불망하였다가 꼭 그래야만 네 운수도 대통한다."

"분부대로 하겠습니다. 그러나 이제 이곳을 떠나면 언제 또다시 존안을 뵙겠습니까?"

하고, 흐느껴 울었다. 그 잠꼬대의 울음에 놀란 유모와 노복이 몸을 흔들기로 사씨가 놀라서 눈을 뜨니 꿈결이었다. 사씨는 그 신기한 꿈 이야기를 한즉, 유모와 노복도 신기하게 여기고 소홀히 여길 꿈이 아니라고 아뢰었다. 사부인이 꿈에서 가르친 대로 두부인이 보냈다는 편지를 꺼내서 글씨의 자획을 자세히 살피면서,

"두추관이 홍(洪)자를 은휘(隱諱)하는데, 두부인 편지라면 어찌 홍

자를 썼을까? 아무리 필적을 비슷하게 흉내냈어도 이것만으로도 위조가 분명하다. 도대체 어떤 자가 이렇게까지 악랄한 수단으로 나를 모해하려는가."

하고, 흉흉한 의심으로 잠을 이루지 못하던 중에 어느덧 날이 훤히 밝기 시작하였다. 사씨가 유모에게 은근히,

"어젯밤 꿈에 시부님의 영혼이 분명히 남방으로 가라고 가르쳐 주셨는데, 마침 장사가 남방이라 두부인이 가실 때에 수로(水路) 수천 리라 하시더니, 이제 시부님 영혼이 남방으로 피신하라신 것은 필경 장사로 두부인을 찾아가서 의탁하라는 뜻이니 어찌 빨리 떠나지 않으랴."

하고, 떠날 준비를 하였으나 배를 얻지 못하여 초조하게 배편을 기다리게 되었다.

이때에 노복이 안으로 달려 들어오면서 서울 두부인으로부터 교자가 와서 사부인을 맞아 가려고 하니 어찌하랴고 물었다.

"내 어제 찬바람에 *촉상하여 일어나지 못하니 몸이 나으면 수일 후에 갈 테니 교자를 가지고 온 하인을 보내라."

라고, 노복에게 전갈시켰다. 그래서 냉진이 유괴하려고 보낸 인부들은 어리둥절하였으나 하는 수 없이 돌아갔다. 냉진은 그 경과를 동청에게 보고하고 앞으로 취할 방법을 의논하였다.

"사씨는 본디 지혜가 있는 여자라, 두부인의 초청을 의심하고 칭병으로 거절하였을 것이다. 이러다가 만일 두부인의 편지를 위조하여 유괴하려던 계략이 탄로나면 화를 면하지 못할 것이다."

동청도 당황해서 실패를 자인하였다. 그러나 냉진은 아직도 실망하지 않고 강경한 방법을 취하자고 하였다.

"기왕 내친 걸음이니 힘으로 해치웁시다."

"무슨 방법이냐?"

"힘센 사람 십여명과 교군을 데리고, 산소 근처에 가서 잠복하였다가 밤이 되거든 사씨를 납치해 오는 것이 좋을까 하오."

---

*촉상——추운 기운이 몸에 닿아서 병이 남.

"그 방법으로 빨리 실행하라. 그 여자가 우리 눈치를 알고 도망칠지 도 모르니 빨리 납치해다가 네 계집으로 삼아라."

냉진은 동청의 동의를 얻자, 곧 강도 수십명을 인솔하고 사씨를 납치하려고 달려갔다.

이때 사씨는 남방으로 가는 배편을 얻지 못하고 초조하게 기다리다 마침내 남경으로 가는 상선을 발견, 노복과 함께 달려가 태워 주기를 간청하였다. 천만 다행으로 그 장사꾼이 일찍이 두부인 댁에서 사씨 부인을 본 일이 있었으므로, 사씨 부인의 곤경을 동정하고, 잘 태워다줄 것을 약속하였다. 사씨 부인이 시부님 묘전으로 가서 하직 배례를 하고, 유모와 시비와 노복 세 사람을 데리고 배에 올라 일로 남방으로 향하여 먼 길을 떠났다. 사씨가 배를 타고 떠난 직후에 냉진이 강도 수십명을 데리고 유씨 산소 밑에 있는 사씨의 집을 밤중에 습격하였으나, 텅 빈 집에 주종(主從)의 인적(人跡)은 묘연히 사라지고 없었다. 냉진이 놀라서 어이가 없는 듯이,

"사씨는 과연 꾀가 많은 여자다. 우리의 계교를 벌써 알아채고 달아났구나."

하고, 도리어 탄복하고 돌아와서 또 실패한 경과를 동청에게 보고하였다. 사씨부인이 배를 타고 남방으로 향하여 갈 제, 만경창파에 바람이 일어서 파도는 하늘에 닿을 듯이 거칠어서 배를 나뭇잎처럼 희롱하였다. 이렇게 위험해진 풍랑 속을 가던 장사배들의 새벽달 찬 바람에 닻 감는 소리는 물 깊이를 짐작시켰고, 양자강 양안의 산협에서는 원숭이떼가 우는 슬픈 소리가 조난한 선객들의 마음을 더욱 산란케 하였다. 이런 조난선 가운데서 사씨는 자기의 불행만 계속되는 신세를 한탄하여 마지 않았다. 규중 열녀의 몸으로 더러운 죄명을 쓰고 시집을 쫓겨난 사람이 되었다가, 박해를 피하여 장사로 도망치다가, 이제 만경황파(萬頃荒波)의 일엽편주에 운명을 맡겼으니 오장이 뒤집히고 가슴이 무너지는 듯하였다.

사씨는 마침내 통곡하고 하늘에 호소하였다.

"하늘이 어찌 이런 인생을 내시고, 명도의 기구함을 이처럼 점지하

셨습니까?"

유모도 따라서 슬프게 울다가 먼저 울음을 그치고 부인을 위로하였다.

"하늘이 높으시나 살피심이 밝으시니, 부인의 앞길도 머지 않아서 트일 것입니다."

"내 팔자가 기박하여 너희들까지 고생을 시키니 마음이 아프다. 나는 내 죄로 당하는 고생이지만, 유모와 차환은 무슨 죄랴. 이것은 나 같은 주인을 잘못 만난 탓이니, 내가 어찌 민망하지 않으랴. 규중여자의 몸으로 일엽편주로 이 풍랑이 심한 물 위에 표류하니 장차 어찌 될 신세랴. 두부인이 이런 나를 기다리시는 바도 아닌데 시집을 쫓겨난 사람이 구차하게 살아서 장사로 구원을 바라고 가니 이 신세가 어찌 가련하지 않으랴. 차라리 이 물 속에 몸을 던져서 굴삼려(屈三閭)의 충혼을 따를까 한다."

이처럼 주종(主從)이 서로 울고 서로 위로하면서 표류하던 배가 어느 곳에 이르렀을 때, 풍랑이 더욱 심해지고 사씨의 토삿병이 급해져서 정신을 차리지 못하게 되자, 배를 뭍에 대고 어떤 집에 들러서 병을 치료케 되었다. 다행히 그 집의 여자가 매우 양순하여 사씨 일행을 극진히 대접하였으므로 사씨가 감격하고, 그 여자의 나이를 물었더니 이십 세라는 대답이었다. 사씨 부인은 그 여자의 용모가 곱고 마음의 의기가 장함을 사랑하는 동시에, 병으로 고생하는 과객에 대한 관대한 지성을 고마워하면서 친형제같이 수일 동안을 지냈다. 그집 처녀의 덕택으로 병이 나아서 이별할 적에는 주객의 정의가 헤어짐을 여간 슬퍼하지 않았다. 사씨는 주인 여자에게 사례하려고 손에 끼었던 가락지를 주면서 치하하였다.

"이것이 비록 미미하지만, 그대 손에 끼고서 나의 마음으로 보내는 정을 잊지 말아요."

"이 패물은 부인이 먼 길을 가시는데 노비가 떨어졌을 때도 긴요하실 터인데, 제가 어찌 받겠습니까?"

"여기서는 이미 장사가 멀지 않고, 그곳에 가면 비용도 별로 들 것

같지 않으니, 사양하지 말고 받아 두오."

사씨가 굳이 주었으므로, 그 여자는 감사하게 받고 이별을 안타까워하였다. 사씨 부인도 그 여자와 이별하기를 슬퍼하면서 그 집을 떠났다. 수일 후에는 노복이 노독과 풍토병에 걸려서 마침내 객사하고 말았다. 사씨 부인은 충성스럽던 노복의 죽음을 슬퍼하고 배를 머물게 한 뒤에 그의 시체를 남향 언덕에 정성껏 안장하고 떠났다. 그러나 거기서 얼마 가는 동안에 또다시 폭풍이 일어서 파도가 집동같이 솟아서 배를 덮어 버리려고 몰려들었으므로, 배는 위험을 피해서 동정호(洞庭湖)의 위수(渭水)를 따라서 악양루(岳陽樓)에 이르렀다.

이곳은 옛날 열국(列國)시대의 초(楚)나라 지경이라, 우(禹)의 순(舜)임금이 순행하시다가 창오 땅에서 붕어(崩御)하시자, 아황과 여영의 두 왕후가 순임금을 찾지 못하고 소상강(瀟湘江)에서 슬피 울었을 때, 그 피로 화한 눈물을 대숲〔竹林〕에 뿌린 것이, 대나무에 점점이 얼룩이 졌다는데, 그것이 유명한 소상반죽(瀟湘斑竹)이 되었다는 전설을 남겼던 것이다. 그후에 초나라의 신하 *굴원(屈原)이 충성을 다하여 왕을 섬기다가 간신의 참소를 받고 강남으로 축출되자 이곳에 와서 수간모옥을 짓고 지내다가 몸을 강물에 던져 버렸으며, 또 한(漢)나라의 가의(賈誼)는 낙양재사(洛陽才士)였으나 당의 권신(權臣)에게 쫓겨서 장사에 와서 제문(祭文)을 강물에 던져서 여기서 억울하게 빠져 죽은 굴원의 충혼을 조문(吊問)한 고적으로서, 옛날부터 이곳을 지나는 사람들의 심회를 비창하게 감동시켰다.

그러므로 그 슬픈 전설에 흐린 구름이 항상 구의산(九宜山)에 끼고, 소상강에 밤이 오고, 동정호에 달이 밝고 황릉묘에 두견새가 울 때는, 비록 슬프지 않은 사람일지라도 저절로 눈물이 흐르고 탄식하게 되었으므로 천고(千古)의 의기(意氣)가 서린 영지(靈地)였다.

슬프도다, 사씨는 대갓집 부인으로서 무거운 짐을 지고 정성을 다하여 장부를 섬기다가, 음부(淫婦) 교씨의 참소를 입고 일조에 몸이

---

*굴원(屈原)——초회왕에게 간(諫)하다가 간신의 참소를 입어 강남서 귀양살다가 멱라수에 빠져 죽었음. 삼려대부(三閭大夫)의 벼슬을 함.

표령(漂零)하여 이곳에 이르러서 옛날의 충의 인사들의 영혼을 조상하며 신세를 생각하니, 어찌 슬프고 원통하지 않으랴.

악양루 밑에서 배를 내린 사씨 부인은 밤이 새도록 강가에 머문 배에서 기다리다가, 날이 밝은 후에야 비로소 인가를 발견하고, 유모와 시비를 거느리고 배에서 내렸다. 뱃사람들은 갈 길이 바쁘기 때문에 사씨에게 몸조심하라는 당부와 슬픈 이별인사를 하고 떠나갔다.

이처럼 사씨는 천신만고 끝에 뱃길을 얻어서 장사에 거의 다 왔다가 풍랑에 밀려서 이곳에 와서 배에서도 내렸으므로, 앞길이 다시 막혔으니 창자가 촌절(寸絶)할 듯, 아무리 생각하여도 죽을 수밖에 없게 되었다고 탄식하였다. 유모가 울면서 호소하였다.

"사고무친(四顧無親)한 이땅에 와서 또다시 앞길이 막혔으므로 부인은 장차 어떻게 귀하신 몸을 보전하려 하십니까?"

"인생이 세상에 나면, 수요장단(壽夭長短)과 화복길흉(禍福吉凶)의 천정(天定)한 운수이매, 일시의 액운을 굳이 근심할 바 아니지만, 이제 내 신세를 생각하니 자취기화(自取其禍)라 할 수밖에 없다. 옛말에도 하늘이 지은 화는 면할 수 있어도, 스스로 지은 화에는 살아나지 못한다 하였는데, 내가 지금 중도에 이르러서 이같이 낭패하니, 다시 어디로 가며 누구를 의지하랴."

하면서 자탄하였다. 이때 유모가, 도리어 사씨 부인을 위로하기를,

"옛날의 영웅호걸과 열녀절부들도 이런 곤액을 당하지 않은 사람이 없습니다. 부인에게 지금 일시의 액화가 있으나, 그 억울함은 명천(明天)이 조람하시고 신명이 재방하여, 청풍이 흑운을 쓸어 버리면 일월을 다시 보실 것이니, 부인은 너무 낙심 마십시오. 어찌 일시의 액운에 지쳐서 천금 같은 몸을 돌보지 않으시렵니까?"

그러나 사씨 부인은 여전히 힘을 잃고 탄식만 하였다.

"옛날 사람들도 액운을 겪은 이가 하나 둘이 아니지만, 자연 구해주는 사람이 있어서 몸을 보존하였다. 그러나 지금 내 처지는 그렇지 못하여 연연약질이 위로 하늘을 우러러 보지 못하고, 아래로 땅에 용납되지 못하니 어찌하랴. 구차하게 된 인생을 살려고 할 것이

아니라, 한 번 죽어서 옛날 사람처럼 꽃다운 이름을 나타내자는 것이 하늘의 뜻이요, 결코 우연한 일이 아닐 것 같다. 강물이 맑아서 깊이가 천만장(千萬丈)이니, 마땅히 나의 한낱 뜻과 뼈를 감출 것이다."

하고, 강물을 향하여 뛰어 들려고 하였다. 유모가 놀라서 사씨의 몸을 부여잡고 울면서 애원하였다.

"저희들이 천신만고하여 부인을 모시고 이곳에 이르렀으매, 부인이 만일 죽으시려면, 저희들도 함께 죽어서 지하에서도 모시기를 원합니다."

"그것은 안 된다. 나는 죄인이니까 죽어도 마땅하지만 너희들은 무슨 죄로 나를 따라 죽는다는 말이냐. 도중에서 노자 다 떨어졌으니, 너희들은 인가에 의탁하여 일을 해 주고 몸조심을 하다가 북방 사람을 만나거든, 내가 이곳 강물에 빠져 죽었다는 소식을 고향으로 전해라."

하고 신신 당부한 뒤에, 거기 선 나무의 껍질을 깎고 큰 글씨로, '모년 모월 모일 사씨 정옥은 시가에서 쫓긴 몸 되어 이곳에 이르렀다가 진퇴무로(進退無路)하여 몸을 이 강물에 던졌다'고 썼다. 이 유서를 쓴 사씨는 붓을 놓고 통곡하였다. 유모와 시녀가 좌우에서 사씨를 붙잡고 슬피 울매 일월이 빛을 잃고 초목이 시들어서 슬픈 듯하였다. 어느덧 날이 어둡고 달이 떠서 달빛이 강 위에 처량하게 비치매 사면에서 물귀신이 울어대고, 황릉묘에서 두견새가 처량하고, 소상강 대밭에서도 귀신 우는 소리가 끊임없이 들려서 악기(惡氣)가 사람을 침노하였다.

"밤기운이 몹시 차가우니, 저 악양루에 올라 가서 밤을 지내고, 내일 다시 앞일을 선처하시기 바랍니다."

유모가 부인에게 권하자, 부인이 유모의 말에 따라서 악양루로 올라갔다. 조각으로 된 들보가 하늘에 높이 솟아서 소상강 물에 임하였는데, 오색 구름이 구의산에서 피어와서 악양루를 둘러 싸고, 달빛이 난간에 은은히 비치매, 시인 묵객(墨客)이 읊어 쓴 글귀의 현판이 벽

에 무수히 걸려 있었다. 사씨가 그 광경을 보고 길이 탄식하면서,

"이 악양루는 강호에 유명한 곳이지만, 영웅호걸과 절부열녀들이 이렇게 많이 이곳에 인연을 맺었을 줄 알았으랴. 내 비록 표박중이나 이곳에 온 것이 또한 우연한 일이 아니다."

하고, 노주(奴主) 세 사람이 그날 밤을 누상에서 지냈다. 그러자 이튿날 새벽에 누 밑에서 소란한 사람의 소리가 나며 수십명이 누상을 향하여 올라왔다. 그들은 서울사람들로서 이곳에 왔다가 악양루의 해뜨는 경치를 구경하려고 일찍 올라온 일행이었다. 사씨 부인은 갑자기 사람들이 나타났으므로 유모를 데리고 뒷문으로 빠져 강변의 숲으로 와서 말하였다.

"날이 밝았으나 노자가 없고, 우리들이 의탁할 곳이 없으니 장차 어디로 가랴. 아무리 생각하여도 강물 속으로 몸을 감추는 수밖에 없다."

하고, 사부인이 또 강물에 몸을 던지려고 하였다. 유모와 시비가 망극하여 통곡하였다. 사씨는 어제 종일과 종야(終夜)를 굶주리고, 잠을 자지 못하여 지칠 대로 지쳤으므로 잠시 유모의 무릎에 꼬박 졸았다. 그때 비몽사몽간에 한 소녀가 와서,

"저의 낭랑(娘娘)께서 부인을 모셔 오라는 분부로 왔습니다."

하고, 어디로인지 인도하여 가자고 하였다.

"너의 낭랑이 누구시냐?"

"저와 함께 가시면 아실 것입니다."

사씨 부인이 그 소녀를 따라서 어떤 곳에 이르니 고대광실의 전각(殿閣)이 강가에 즐비하게 빛나고 있었다. 소녀가 사씨 부인을 인도하여 그 전각 안으로 들어갔다. 중문을 몇개나 지나서 들어가자 큰 대궐 위에서 이리로 올라오라는 지시가 내렸다. 사씨가 전상으로 올라가서 보니, 좌우에 두 분의 낭랑이 황금 교의에 앉았고, 그 좌우에 고귀한 여러 부인들이 모시고 있었다. 사씨 부인이 예를 마치자 낭랑이 자리를 권하고,

"우리는 다른 사람이 아니라 순(舜)임금의 두 비〔兩妃〕다. 옥황상제

께서 우리의 정사(情事)를 측은히 여기시고 이곳의 신령으로 삼으신 고로 여기서 고금의 절부열녀를 보살피면서 세월을 보내고 있다. 그런데 그대가 한 때의 화를 만나고 이곳에 오게 된 것은 모두 하늘이 정한 운명이다. 그대가 아무리 죽으려 하여도 아직 죽을 때가 아니므로 허락할 수 없으니 마음을 진정하라."

사씨가 자리에서 일어나서 사례하고 낭랑의 덕을 치하하였다.

"인간계의 미천한 여자로서, 항상 책을 통하여 성덕열절(聖德烈節)을 우러러 사모할 따름이옵더니, 이제 여기 와서 앙배하올 줄 어찌 뜻하였겠나이까?"

"그대를 청한 것은 다름 아니라, 그대가 천금 중신(重身)을 헛되게 버려서 굴원의 뒤를 따르려 하니, 이는 천도(天道)가 아니라. 그대의 호천(呼天) 통곡은 천도가 무심함을 한함이니, 이는 평일의 총명이 흐리게 됨이요, 그대의 액운이 비상한 탓이다. 그러므로 특별히 의논하고, 오래 쌓인 회포를 듣고 위로해 주고자 한 것이다."

"낭랑의 분부가 이러하오니, 미첩(微妾)이 품은 소회(所懷)를 아뢰겠나이다. 저는 본디 한미(寒微)한 사람입니다. 일찍 엄부(嚴父)를 잃고, 자모(慈母) 슬하에 자랐으매 배운 바가 없어서 행실이 불미하던 중에 시부가 별세한 뒤에 크게 변하여, 남산의 대〔竹〕를 베고 동해의 물을 기울여도 그 죄를 씻지 못할 누명을 쓰고 낯을 가리고 시가의 문을 하직하고 나왔습니다. 그후에 눈물을 뿌려 시부의 묘하에 하직하고 강호를 유랑하다가 몸이 소상강에 이르러 진퇴궁진(進退窮盡)하여 앙천장탄하였으나 하는 수가 없어서, 천장수심(千丈水深)에 임하니 한 터럭 같은 일신을 어복(魚腹)에 장사지낼 결심을 하였습니다. 이와 같이 아녀자의 마음이 망령되이 잘못을 깨닫지 못하고 호천통곡하여 낭랑께서 들으시게 되매 심려를 끼쳤사오니 그 죄 죽어도 아깝지 않습니다."

"모든 일이 천정(天定)한 바로서 인력(人力)이 아닌데 그대가 어찌 굴원의 뒤를 따르며, 하늘을 원망하겠느냐? 하늘이 이미 나라를 멸망시키고 원한을 시원케 하시니, 임금이 죄를 다스리고 충신의 이름이 나타나서 천백세에 유전(遺傳)된 것이다. 그 옛일을 비겨서 보면 처음에는 곤액하나 장래에는 복록이 무량함이니, 어찌 그때를 기다리지 않고 자결하겠느냐? 우리 형제〔아황과 여영〕는 규중약녀(閨中弱女)로서 배운 바 없으되 시가(媤家)를 조심하여 섬김을 옥황상제가 가엾게 여기시고, 기특히 여기셔서 이땅의 신령으로 봉하여 그윽한 음혼(陰魂)을 다스리게 하였으매, 이 좌상의 여러 부인은 모두 현부열녀이므로 이따금 풍운의 힘을 빌려 이곳에 모여 서로 위로하매, 세상의 영욕(榮辱)이 어찌 문제가 되랴. 유가(劉家)는 본디 적선지문(積善之門)인데, 오직 유한림이 조달(早達)하여 천하사를 통하나, 골격이 너무 *징청(澄淸)한 고로 하늘이 재앙을 내리사 크게 경계코자 잠깐 이리 하다가, 좋은 때가 오면 다시 재앙을 없이 하실 것이다. 그런데 그대는 어찌 그것을 모르고 조급히 구느냐. 그대를 참소하는 자는 아직 득의(得意)하여 방자 교만하지만, 그것은 마치 똥벌레가 제 몸 더러운 줄을 모르는 것과 같으니, 어찌 더러운 것과 곡직을 다투겠느냐? 하늘이 장차 재벌을 내리셔서 보응(報應)이 명백해질 것이다."

"어리석은 저를 이처럼 위로하시고 격려하여 주시니 감사하옵니다."

"그대 온 지가 벌써 오래 되었으니, 내 말을 알았거든 빨리 돌아가라."

"제 허물을 낭랑께서 더럽다 하시지 않으시고 목숨을 구해 주시려 하오나, 돌아가도 의탁할 곳이 없으매 속절 없이 강물에 몸을 감추겠사오니, 낭랑께서는 저의 정상을 살피시고, 이 말재(末才)를 시녀로 삼아서 이곳에 참례케 하여 주십시오."

하고 사씨 부인이 다시 애원하였다. 낭랑이 그 말을 듣고 웃으며,

"그대도 나중에는 이곳에 머무르게 되려니와 아직 때가 마땅치 않으니 빨리 돌아가라. 남해도인(南海道人)이 그대와 인연이 있으니 그에게 잠깐 의탁함이 또한 천의(天意)로다."

---

*징청(澄淸)——아주 맑고 깨끗함.

"제가 전에 들은 바에 의하면 남해는 하늘 끝이라 길이 요원하다는데, 이제 노자 한 푼도 없이 어떻게 거기까지 가겠습니까?"

"연분이 있어서 자연 가게 될 것이니, 그런 염려는 말고 어서 돌아가라."

하고, 동벽(東壁) 좌상에 용모가 미려하고 눈이 별같이 빛나는 부인을 가리키면서, 그는 위국부인(衛國夫人) 장강(莊姜)이라 하고, 또 한 사람을 가리켜서 반첩여(班婕妤)라 하고, 그 다음 차례로 이름을 가리켜 동한(東漢)때의 교대가와 양처사의 처 맹광이라고 일러 주었다. 그리고 그대가 이미 이에 이르렀으니 서로 알게 함이라하고 웃어 보였다.

"오늘 여기 와서 여러 부인의 면목을 뵈오니 뜻하지 않았던 영광이옵니다."

하고 두루 예하자, 여러 부인들도 미소로 답례하였다. 사씨 부인이 하직하고 물러서려고 하자 낭랑이,

"매사를 힘써 하면 오십 후에 이곳에 자연 모이게 될 것이니, 그때까지 세상에서 몸을 조심하라."

하고, 청의동녀(靑衣童女)를 명하사 사씨를 모시고 가라하므로, 사씨가 전상에서 계하로 내리매 전상에서 열두 주렴(珠簾) 내리는 소리가 주르르하고 맑게 울렸다. 그 소리에 놀라서 정신을 차리니, 유모와 시녀가 사씨 부인이 오래 기절한 것을 망극히 여기다가, 사씨의 소생을 반기며 구완하였다. 사씨가 몸을 움직여 일어나서 얼마를 잤느냐고 물으니, 기절한 뒤 서너시나 되었다 하면서 소생한 것을 신기하게 여겼다.

"부인께서 기절하셔서 저희들이 당황하여 백방으로 구완하다가, 이제야 정신을 차리셨습니다."

하고, 그동안의 경위를 고하자 사씨도 비몽사몽간에 낭랑을 만나보고 온 이야기를 자세하게 하고,

"아무래도 보통 꿈과는 다르니, 내가 그곳으로 가던 길을 찾아가 보자."

하고, 소상강가의 대밭〔竹林〕으로 들어가니, 과연 한 묘당(廟堂)이 있

고, 현판에 황릉묘(黃陵廟)라고 써 있었다. 이것은 아황·여영 이비(二妃)의 사당으로서 사씨 부인이 꿈에 본 장소와 같으나, 건물의 단청(丹靑)이 퇴색하고 황량하기 말이 아니었다. 사당 안으로 들어가서 전상을 바라보니, 이비의 화상이 꿈에 보던 용모와 조금도 다름이 없었다. 사씨가 분향하고 축원하는 말이,

"제가 낭랑의 가르치심을 입사와 타일의 길한 때를 기다리겠사오니, 낭랑의 성덕을 믿고 잊지 않겠습니다."

축원을 마치고 사당을 물러나서 서편 언덕에 앉아 신세를 생각하고 여전히 슬픈 회포를 탄식하였다. 그리고 묘지기 집에 가서 밥을 얻어오게 해서 세 사람이 모두 먹었다.

"우리 셋이 방황하여 의지할 곳이 없으나 이것은 신령께서 야속하게 희롱하심이다. 낭랑의 말씀대로 살 길을 찾는 데까지는 찾아 보자."

하고, 탄식하는 동안에 해가 서산에 지고 달빛이 떠서 몽롱하게 주위를 비췄다. 묘 안에 들어가서 사방을 살펴보니 밤은 깊어만 가고 짐승 소리가 여기저기서 들려 왔다. 사씨가 곰곰이 생각하되,

"사람이 세상에 나면 부귀빈천이 팔자소관이나, 여자로서 억울한 누명을 쓰고 갖은 고초를 겪으며 이곳에 와서 의탁할 곳이 없으니, 아무리 아황 여영의 영혼이 위로하는 말씀이 있었으나 역시 죽어서 만사를 잊어버리는 것이 상책이다."

하고, 또다시 죽을 생각을 하였다. 이때, 홀연히 황릉묘의 묘문이 열리고 두 사람이 들어와서 물었다.

"부인이 또한 고초를 당하고 물에 빠지려고 하십니까?"

사씨 부인이 놀라서 바라보니, 하나는 여승이요 하나는 여동(女童)이었다.

"그대들은 어떻게 우리 일을 아는가?"

여승이 황망히 읍하고 합장하면서,

"소승은 동정호 군산사에 있는데 아까 비몽사몽간에 관음보살님이 나타나셔서 '어진 사람이 환란을 만나서 갈 바를 모르고 강물에 빠

지려고 하니 빨리 황릉묘로 가서 구하라'하시므로 급히 배를 저어 왔는데, 과연 부인을 만났으니 부처님의 영험이 신기합니다."

"우리는 죽게 된 사람이라 존사(尊師)의 구함을 받으니 실로 감격하나, 존사의 암자가 멀고, 가더라도 폐가 될까 합니다."

"출가한 사람이 본디 자비(慈悲)를 일삼는 처지이며, 하물며 부처님의 지시로 모시려고 왔는데 그게 무슨 말씀이오니까?"

하고, 세 사람을 밖으로 인도하여 강가로 내려와서 배에 태우고 여동에게 노를 저어가게 하자, 순풍을 만나서 순식간에 군산사에 이르렀다. 이 섬의 산은 동정호 가운데 솟아 있으므로 사면이 다 물이요, 산은 푸른 대숲으로 덮여서 인적이 없는 한적한 곳이었다. 여승이 배에서 내려서 사씨를 부축하고 길을 찾아 갔으나, 사씨의 기운이 파하였고 산길이 험해서 열 걸음에 한 번씩 쉬면서 암자에 이르렀다. 수월암(水月庵)이라는 이 절은 매우 한적하고 정결하여 인세(人世)를 떠난 선경이었다.

사씨는 몸이 피곤해서 곧 잠이 들어 이튿날 아침까지 깨지 못하였다. 여승이 먼저 일어나서 불당을 소제하고 향을 피우며 경자를 치며, 부인을 깨워 예불(禮佛)하라고 권하였다. 사씨가 유모들과 함께 불당에 올라 분향배례하고 눈을 들어 부처를 쳐다본 순간에, 문득 놀라며 눈물을 흘렸다. 알고 보니 그 부처는 다른 불체(佛體)가 아니라, 사씨가 십육년 전에 자기가 찬을 지어서 쓴 백의관음(白衣觀音)의 화상(畫像)이었다. 그 화상에 쓴 찬의 자기 글씨를 보니 자연 놀라움과 슬픈 회포를 금할 수 없었던 것이다. 그 모양을 본 여승이 또한 깜짝 놀라서,

"부인의 말씀이 그러실진대, 분명히 신성현 사급사댁 소저가 아니십니까?"

"그렇습니다. 스님이 어찌 내 신분을 아십니까?"

"부인의 용모와 음성이 본 듯해서 이상하게 생각하였습니다. 소승 역시 그때, 저 관음화상의 찬을 당시의 소저에게 받아 간 우화암의 묘혜입니다. 소승이 유대감댁의 명을 받고 부인에게 관음찬을 받아

다가 보인즉 크게 칭찬하시고 아드님 유한림과 혼인을 정하셨던 것입니다. 소승도 부인의 혼사를 보려고 하였으나 스승이 급히 부르셔서 산으로 돌아왔으므로 참례를 못하였습니다. 그후에 소승은 스승 밑에서 십년을 수도하였으나 스승이 입적(入寂)하신 후에 이곳에 와서 암자를 짓고 고요히 공부하면서 불상을 예배하고 부인이 쓴 글과 필적을 볼 적마다 부인의 옥설 같은 모습을 생각해 왔습니다. 그런데 부인은 어찌하여 이런 고생을 하게 되었습니까?"

사씨 부인이 유한림의 부인이 된 이후의 전후사실을 자세히 들려주자, 묘혜가 탄식하면서 사씨를 위로하였다.

"세상 일이 항상 이러한 법이니 부인은 너무 슬퍼하지 마십시오."

부인이 감개무량해서 다시 관음불상을 우러러 보니, 외로운 섬 가운데 있는 한적한 절간에서 생기유동(生氣流動)하여 완연히 살아 있는 듯하고, 사씨가 소녀시절에 지은 찬사(讚辭)가 또한 자기유락(自己愉樂)함을 그린 그 경지와 흡사하였다.

"세상 만사가 모두 하늘이 정한 운수이매 인력으로 어찌하랴. 그러나 관음보살을 매일 분향하며 공양(供養) 기도하고, 떼어놓고 온 어린 인아를 다시 만나야겠다."

고 축원하며, 남자로 변복하였던 것을 여자 옷으로 갈아 입었다. 묘혜가 조용한 때 사씨 부인을 보고,

"부인이 이제 여기 와 계시나, 왜 복색을 갈아 입으십니까?"

"내가 자비로운 부처님과 스님의 보호를 받고 신변이 안전한데 어찌 어색한 변복으로 지내겠습니까."

"그렇게 마음이 안정되신 것을 소승은 고맙게 여깁니다. 그런데 유한림은 현명한 군자이시니, 한때 참언에 혹하더라도 머지 않아서 일월같이 깨닫고, 부인을 화거주륜(花車珠輪)으로 맞아 갈 것입니다. 소승이 일찍이 스승에게 수도하여 주(籌)도 약간 알고 있으니 부인의 사주(四柱)를 보아 드리겠습니다."

부인이 자기의 생년월일시를 말하자, 묘혜는 한동안 생각하며 점을 친 뒤에 크게 기뻐하고 풀이를 하였다.

"부인의 팔자는 앞으로 대길합니다. 초년은 잠깐 재앙이 있으나 나중에는 부부와 모자가 다시 화락하여 복이 무궁하실 것입니다."

"아아, 그 말씀을 믿고는 싶으나 어찌 믿고 안심하겠습니까? 이 박명한 인생이 스님의 과장하신 복을 어찌 받을 수 있겠습니까?"

하고 한담하는 동안에, 도중에서 배가 풍랑을 만나고 병도 나서 어떤 인가에 들러서 휴양한 이야기와, 그때 어진 주인 여자의 은덕을 입은 일을 칭찬하였다. 그러자 묘혜가 그 말을 듣고,

"그 여자가 소승의 질녀였습니다."

하고, 뜻밖의 말을 하였으므로 사씨가 의아해서 물었다.

"스님의 질녀라뇨?"

"이름은 취영이라 하지 않던가요. 제 어미가 그 애를 강보에 두고 죽고, 제 아비가 변씨를 후처로 취했는데 그후 아비가 또 죽으니, 계모 변씨가 취영이를 소승에게 맡겨서 삭발시키라 하지 않겠어요. 그래서 내가 그애의 관상을 보니 귀자(貴子)를 많이 두고 복록을 누릴 상이라, 변씨에게 데리고 살도록 권하였는데 요사이 들으니 효성이 지극하여 모자가 잘 산다더니 부인이 이번 도중에서 우연히 만나 보셨습니다 그려."

"역시 스님의 인연으로 그 질녀의 덕을 보았던 모양입니다. 세상에서 얻기 어려운 것은 사람의 마음이라 나도 사람의 마음을 얻지 못하여 몸에 누명을 쓰고 쫓기는 사람이 되어서 이런 신세가 되었으니 어찌 슬프지 않겠습니까?"

"모두 하늘이 정하신 운수입니다. 부인과 소승이 잠시 인연이 있으나 어찌 이런 곳에 계시겠습니까?"

사씨 부인이 묘혜의 말을 듣고 슬퍼하며 민망스러운 말로,

"내가 이곳으로 온 것을 후회하겠습니까마는, 집을 떠나 있으매 집에 남은 인아의 신세가 외로운 것이나 그 생사조차 모르고, 또 근자에는 한림의 심정이 변한 데다가 집안에 요인(妖人)이 있어서 나를 해치고자 하다가 뜻을 이루지 못하였으므로 한림의 신상에 화가 미칠까 염려하던 중, 내가 시부님 묘하에 있을 때 시부님 영혼이 현몽

하셔서 일러 주신 말씀이 육년 후 사월 십오일에 배를 백빈주에 대었다가 급한 사람을 구하라고 신신 당부하셨는데, 어떤 사람이 그때 급화를 만날는지 모르겠습니다."

"유한림은 오복이 구전지상(具全之相)이요, 유문(劉門)은 적덕지가이매 어찌 요화(妖禍)가 오래 침노하겠습니까? 그리고 백빈주의 급한 사람을 구하라 하신 말씀은 때를 어기지 말고 구하십시오. 유상공은 본디 고명하신 분이었으니 영혼인들 어찌 범연하시겠습니까?"

사씨 부인도 묘혜의 말이 옳다고 생각하고, 그 수월암에 머물면서 세월을 보냈으나 그냥 한가롭게 놀지 않고 바느질과 길쌈을 부지런히 하여 절의 신세를 보답하였으므로 묘혜도 기뻐하고 부인을 극진히 공경하였다.

이때 교씨가 본실의 지위로 정당(正堂)에 거처하면서 가사를 총괄하매 간악이 날로 더하여, 비복들도 교씨의 혹독한 형벌을 견디지 못하고 사씨의 인자한 대우를 그리워하며 슬퍼하였다. 교씨는 아래로는 비복을 학대하고 위로는 간악한 십랑과 공모하여 한림의 총명을 흐리게 하는 요물들을 집안에 끌어들여서 집안을 혼탁하게 만들고 있었다.

교씨는 한림이 조정에 입번할 때는 그 틈을 타서 동청을 백자당으로 청하여 음란한 추행으로 밤을 새웠다. 교씨가 그날 밤에도 동청을 데리고 백자당에서 자고 날이 밝으매 동청은 외당(外堂)으로 나가고 교녀는 수색으로 피곤하여 늦도록 일어나지 못하고 있었다. 마침 한림이 출번으로 집에 돌아와서 정당(正堂)에 이르매 교씨가 보이지 않았다. 시비에게 물으니 백자당에 있다는 대답이었다. 한림이 곧 백자당으로 가서, 아직도 전날 밤의 난잡한 몸매로 자고 있는 것을 보자 힐문하였다.

"왜 여기서 자는 거요?"

"요즘 정당에서 자면 꿈자리가 뒤숭숭하고 기분이 좋지 않아서 어젯밤에 여기서 잤습니다."

"그대 역시 그 방에서 자면 몽사가 흉하던가. 나도 잠만 들면 꿈자리가 번잡하여 정신이 혼침하고 입번으로 나가서 자면 편안해서 이상하더니 그대 역시 그렇다니 복술 잘 하는 사람을 불러다가 물어 보는 것이 어떨까?"

교씨는 백자당으로 숨어서 동청과 간통하는 사실을 한림이 알아챌까 겁내던 차에, 한림이 그런 말을 하므로 안심할 뿐 아니라 굿이라도 하라는 한림의 뜻에 좋은 기회라고 기뻐하였다.

이때 황제가 서원에서 기도를 일삼으며 미신에 빠져 있으므로, 간의태후 서세가 상소하여 간(諫)하고 간신 엄승상을 논핵(論劾)하자, 황제가 대로하여 서세를 삭직(削職)하고 멀리 귀양 보냈다.

이에 대하여 유한림이 서세의 충성을 변호하고 그를 구하려고 상소하였으나 황제가 역시 질책하시고 신하에게 조서를 내려서,

"이후로 짐의 기도를 막는 자가 있으면 참(斬)하라."

고 엄명을 내렸다. 이때 도관(道觀)에 도진인(都眞人)이라는 사람이 있는데 유한림과 친한 사이였다. 하루는 도진인이 한림을 문병차 방문해 왔다. 한림이 사람을 다 보낸 뒤에 진인만 머무르게 하고 내실로 데리고 가서 이 방에서 자면 흉몽을 꾸게 되니 무슨 악귀의 장난이냐고 물었다. 진인이 방안의 기운을 살피더니,

"비록 대단치 않으나 역시 기운이 좋지 않소이다."

하고, 하인을 시켜서 벽을 뜯고 방예물의 목인(木人) 여러 개를 꺼내서 한림에게 보였다. 한림이 대경실색하자 진인이 껄껄 웃고,

"이것은 굳이 사람을 해하려 함이 아니요, 오직 시첩이 한림의 중총(重寵)을 얻으려는 마음으로 한 소행입니다. 옛날부터 이런 방예는 사람의 정신을 미란(迷亂)케 하는 계교니, 이것만 없애 버리면 다른 염려는 없습니다."

하고, 그 목인들을 곧 불살라 버리라고 권하였다.

"한림의 미간에 혹기(惑氣)가 가득 차 있고, 집안의 기운이 또한 좋지 않습니다. 이때는 주인이 집을 떠나라고 술법에 나와 있으니 조심하여 제액(除厄)하십시오."

"삼가 명심하리다."

한림이 괴이하게 여기고 진인에게 후사하여 보냈다. 한림은 진인의 신기한 도술에 경탄한 뒤에 문득 깨닫는 바가 있었다. 지금까지는 집안에 이런 일이 있으면 사씨를 의심하게 되어 있었는데, 지금은 사씨도 없고 방을 고친 지도 얼마되지 않았는데 이런 요물이 나왔으니, 반드시 집안에 악사(惡事)를 꾸미고 있는 자가 있다고 생각하였다. 그러고 보니 사씨가 억울한 누명을 쓰고 쫓겨난 것이 아닐까 하고 의심하게 되었다.

원래 이 일은 교씨가 십랑과 공모한 계교였는데, 교녀가 동청과 백자당에서 동침한 사실을 숨기려고 창졸간에 꾸며낸 핑계인데, 그 내실에서 자면 꿈자리가 나쁘다 한 것이 결국 도진인의 도술로 발각되고 말았던 것이다. 한림이 비록 교씨의 짓인 줄 깨닫지는 못하고 오랫동안 정신이 흐려졌으나, 지금 비로소 전일의 총명이 다시 소생한 셈이었다. 한림은 머리를 숙이고 과거 사오년 동안 지낸 일을 곰곰이 반성하고, 비로소 악몽을 깬 듯이 스스로 부끄러웠다.

이때 마침 장사로부터 두부인 편지가 왔다. 그런데 두부인은 아직도 사씨를 집에서 쫓아 내보낸 사실도 모르고, 사씨의 일을 신신당부한 사연이 더욱 간절하였다.

'고모께서 사씨를 축출한 지 여러 해가 되었는데 아직도 모르는 것이 의아스럽다. 그리고 사씨가 결코 방탕하지 않으므로 옥지환 사건도 어떤 자의 농간이 아닌가.'

하고, 새삼스럽게 의심하게 되었다. 눈치가 빠른 교씨는 한림의 기색이 전과 달라진 것을 보고 그 기색이 늠름해진 한림에게 감히 요괴로운 수단을 피우지 못하게 되었다. 그리고 지금까지 사씨를 음해한 계교가 탄로나지나 않을까 두려워하고 동청에게 상의하였다.

"요즘 한림의 기색을 보니 그전과는 아주 딴 사람이 되었어요. 우리 양인의 관계를 눈치챈 듯하니 어쩌면 좋아요."

"우리 관계를 집안의 비복들이 모를 리 없으되, 지금까지 한림의 귀에까지 들어가지 않은 것은 부인을 두려워했기 때문인데 지금 갑자기 기운을 잃고 약해지면 참소하는 자가 많을 테니, 그렇게 되면 죽어도 묻힐 땅이 없을 것입니다."

"사세가 이렇게 되었으니 어찌하면 좋아요. 나는 여자라 좋은 궁리가 나지 않으니 당신은 좋은 방법을 생각해서 우리 두 사람의 화를 면하게 해 주어요."

교씨는 간부 동청에게 매달려서 애원하였다.

"한 가지 방법이 있습니다. 옛말에 남이 나를 해치기 전에 내가 먼저 그를 해치라 하였으니, 좋은 기회를 노려서 한림의 음식에 독약을 섞어서 먹여 죽이고, 우리 둘이 백년해로합시다."

간악한 교씨도 이 끔찍한 계획에는 한참동안 침울하게 생각하였으나 결국 한림을 죽이지 않으면 잡혀 죽으리라는 두려움에서,

"결국 그럴 수밖에 없군요. 그러나 사전에 누설되면 큰 일이니, 둘이만 극비로 일을 진행시킵시다."

교씨와 동청이 이런 끔찍스러운 음모를 하는 줄도 모르고 한림은 마음이 울적해서 친구를 찾아다니며 한담이나 하며 기분을 풀려고 하였다. 하루는 교씨와 동청이 한림 없는 틈을 타서 깊은 방에 숨어서 은근히 정을 나누고 역시 한림 해칠 계획을 상의하다가 동청이 책상 위에서 우연히 한림이 쓴 글을 얻어보게 되었다. 동청은 그 글을 읽어보다가 희색이 만면해지더니,

"하늘이 우리 두 사람으로 백년가우(白年佳友)가 되게 해 주실테니 부인은 아무 걱정 말아요."

교씨가 의아하여 동청의 손을 잡아 흔들면서,

"그게 정말이오? 무슨 징조가 있나요?"

"요전에 황제께서 조서를 내려서 '짐의 기도 행사를 금하려고 간(諫)하는 자는 참(斬)하라' 하여 계신데, 지금 다행히 한림이 쓴 이 글을 보니, 엄승상을 간악소인(奸惡小人)에 비하여 비방하고 있습니다. 이 증거가 되는 글을 갖다가 엄승상에게 보이면 엄승상이 황제께 알려서 엄형에 처할 것이 아닙니까? 그러면 우리 양인은 마음 놓고 백년을 즐겁게 살 수 있지 않습니까?"

"아이 좋아라!"

교녀가 반색을 하고, 제 볼을 동청의 볼에 대고 문지르면서 음란한 교태를 부리며 시시덕거렸다.

"요전에 독살하려던 계획은 위험해서 걱정이더니 이번 계획은 공명정대한 나라의 위엄으로 처치하게 됐으니 참 잘 됐어요. 당신 말처럼 하늘이 우리 사랑을 도와 주신 거지요."

하고, 음란한 행색이 더욱 해괴하였다. 동청은 교씨와 껴안고 뒹굴던 몸을 털고 일어서서 소매 속에 유한림의 글을 넣고 곧 엄승상댁으로 가서 승상을 만났다.

"그대는 누군데 왜 왔는고?"

"저는 한림학사 유연수의 문객입니다마는 그 사람이 승상님과 나라에 반역죄인인 것을 알았기 때문에 참지 못하여 그 비행을 알려 드리려고 왔습니다."

엄승상은 평소에 못마땅하게 여기던 유한림의 약점을 알리러 왔다는 말에 귀가 번쩍 뜨였다.

"그래, 그가 나를 어떻게 모해하던가?"

"그 사람의 의논을 들으면 항상 승상을 해치려고 하더니 어제는 술에 취해서 저에게 하는 말이 엄승상은 군부를 그르치는 놈이라고 욕하면서, 모든 일을 송휘종(宋徽宗) 시절에 비하고, 황제께서 엄명이 내려서 간(諫)하는 상소는 못할지라도 글을 지어서 내 뜻을 풀리라 하고 이 글을 쓰기에, 글 뜻을 제가 물으니 승상을 옛날의 유명한 간신들에게 비유하였으며, 짐짓 묘한 풍요(風謠)의 글이라고 자랑하였습니다. 그래서 제가 속으로 분격하고, 이 글을 훔쳐서 승상에게 드립니다."

하고 동청은 그럴 듯한 거짓말을 붙여서 참소하였다.

엄승상이 그 글 쓴 종이를 받아서 본즉 과연 천서와 옥배의 간악을 풍자해서 지은 글이 분명하였다. 엄승상이 잘 되었다는 듯이 냉소하고,

"흠, 유연수 부자만이 내게 항복하지 않고 음으로 양으로 나를 거역

하더니, 망령된 아이가 나라를 희롱하고 나를 원망하니, 인제 죽고 싶은 모양이로구나."

하고, 그 글을 가지고 곧 궁중으로 들어가서 황제를 찾아 만나고,

"근래에 나라의 기강이 풀어져서 젊은 학자가 국법을 두려워하지 않으니 심히 한심하옵니다. 이제 성상께서 법을 세워 계시매 감히 상소치 못하고, 불출한 한림 유연수가 왕흠약의 천서와 진원평의 옥배로 신(臣)을 욕하오니, 신이야 무슨 욕을 먹어도 참을 수 있사오나 무엄하게도 성상(聖上)을 기롱(欺弄)하오니 마땅히 국법을 밝혀서 기강을 바로 세워야 할까 하옵니다."

하고 국궁배례하고 유한림 필적의 글을 증거품으로 어전에 바치었다.

황제가 그 글을 받아서 보시고 대로하여 유연수를 잡아서 옥에 가두고 장차 극형에 처하려고 하였다.

이 소문에 놀란 태우 서세가 상소하였다. 그전에 자기가 억울하게 엄승상에게 몰려서 귀양 간 때에 유한림이 그를 구명하려고 상소하였다가 엄승상의 미움을 받은 결과라고 생각한 서세가 이번에는 죽음을 각오하고 유한림을 구하려고 정의감에 상소를 올렸다.

'성상께서 충신을 죽이려 하시는 그 죄상이 무엇인지 이지 못하오니, 청컨대 그 글을 내리셔서 만조 백관에게 알리게 하소서.'

황제가 서세의 이 상소문을 보시고,

"유연수가 천서와 옥배로써 짐을 기롱하니 사죄를 면하리요?"

이에 대하여 서세가 다시 아뢰며,

"이 글을 보오니, 천서와 옥배로 비유하여 성상을 기롱함이 분명치 않으며, 한문제(漢文帝)와 송인종(宋仁宗)은 태평지주(太平之主)라 유연수 죄를 입더라도 죽일 죄는 아닌데 어찌 밝게 살피지 않사옵니까?"

황제가 이 말에 침음하시자, 승상 엄숭이 좌우에서 간언(諫言)이 일어날 기세를 보고 심중에 불평이 북받쳤으나 여러 조신(朝臣)의 이목을 가리우지 못하여 선심이나 쓰는 척하고,

"서학사의 말이 이러하오니 유연수를 감형하여 귀양보냄이 마땅하

옵니다."

황제가 허락하시자 엄승상은 유한림을 엄중히 경호하여 먼 북방의 행주땅으로 귀양보내라고 유사에게 명하고 자기 집으로 돌아갔다. 그의 집에서 기다리던 동청이 불만을 품고,

"그런 중죄자를 죽이지, 왜 살려서 귀양보내는 경벌에 그치게 하셨습니까?"

"나도 죽이려고 하였으나 조정에서 간언이 많아서 그러지는 못했으나, 행주는 수토 험악한 북방이라 귀양간 자로서 살아 온 자가 없으니, 칼로 죽이는 거나 별로 다름이 없다."

동청이 그 말을 듣고서 안심한 듯이 기뻐하면서 교씨에게 알리려고 백자당으로 달려갔다.

유한림이 벼락 같은 흉변을 만나서 귀양길을 떠나는 날 교씨는 비복을 거느리고 성밖에 나와서 전송하면서 거짓 통곡을 하며 한림에게,

"한림께서 먼 곳으로 고생길을 떠나시는데, 첩이 어찌 떨어져서 홀로 살겠습니까? 한림을 따라가서 생사를 같이하고자 하옵니다."

하고, 가장 열녀답게 호소하였다.

"내 이제 흉지로 가서 생사를 기약하지 못하니 그대는 집을 잘 지키고 조상의 제사를 받들고 아이들을 잘 길러서 성취시킬 직책이 있는데, 어찌 나를 따라 가겠다는 말이오? 인아가 비록 사나운 어미의 소생이나 골격이 비범하니, 거두어 잘 기르면 내가 죽어도 눈을 감을 것이오."

"한림의 아들이 곧 제 자식이니, 어찌 제 배를 앓고 낳은 봉추와 조금이라도 달리 생각하겠습니까?"

"부디 그렇게 부탁하오."

한림이 재삼 부탁하였다. 그리고 집사 동청이 보이지 않으므로 어찌된 일이냐고 비복에게 물었다.

"집을 나간 지 삼사일이 되었습니다."

한림은 그가 집을 나갔다는 말을 듣고, 속으로 잘 되었다고 생각하

였다. 이때 호위하는 관졸이 재촉하므로 비복 약간명만 데리고 먼 귀양길을 떠났다. 한림을 음해하여 귀양보내게 한 동청은 그후에 승상 엄숭의 가인(家人)이 되었다가, 엄숭의 세도로 *인진(引進)되어 진유현 현령으로 출세하게 되었다. 이에 득의양양해진 동청은 교씨에게 사람을 보내서 기별하였다.

"내 이제 진유현령이 되어 재명일 부임하게 되었으니 함께 가도록 차비를 차리시오."

이 기별을 받은 교씨가 기뻐하면서 집안 사람들에게 거짓말로,

"내 사촌 형이 먼 시골에 살다가 병으로 세상을 떠났다는 부고가 왔으므로 가야겠다."

하고, 심복 시녀 납매 등 다섯 명과 인아 봉추 형제를 데리고, 남은 비복들은 자기가 다녀올 때까지 집을 잘 지키라고 이르고 길을 떠났다. 이에 인아를 맡아 기르던 유모가 따라가고자 원하였으나,

"인아는 젖을 먹지 않아도 아무 관계 없겠으니 내가 장래를 보고 곧 돌아올테니 너는 가지 않아도 좋다."

하고, 꾸짖어 물리쳤다. 그리고 집에 있던 금은주옥을 비롯한 값진 재물을 모두 꾸려 가지고 갔으나 그 눈치를 아는 사람도 감히 막을 수가 없었다. 집을 떠난 교씨는 사흘동안 주야로 급행하여 약속한 지점에 이르니 동청이 부임행차의 위의를 갖추고 벌써 거기 와서 기다리고 있었다. 그들 탕아 음부는 서로 만나서 이제는 저희들 세상이 되었다고 기뻐 날뛰었다.

"인아는 원수 사씨의 자식인데 데려다 무엇하겠소? 빨리 죽여서 화근을 없앱시다."

동청의 말을 옳게 여기고 시비 설매에게,

"인아가 장성하면 너와 내가 보복을 당할테니 빨리 끌어다가 물에 넣어서 자취를 싹 없애 버려라."

하고 명하였다. 설매가 곧 인아를 안고 강가로 가서 물에 던져 버리려고 할 때, 천진난만한 어린 아이는 금방 죽을 줄도 모르고 악마 같은

*인진(引進)——인재를 끌어 등용함.

설매의 품안에서 색색 잠을 자고 있었다. 이것을 본 설매의 마음에는 자기도 모를 측은한 생각이 들어서 눈물을 흘리고 혼자말로,

"사씨부인의 성덕이 저 강물같이 깊은데, 내가 그를 모해하는 데 방조하고, 이제 그 자식마저 해치면 어찌 천벌을 받지 않으랴."

하고, 차마 죽일 수가 없어서 인아를 강가의 숲속에 감추어 두고 돌아와서 교녀에게 거짓말을 하였다.

"아이를 물속에 던졌더니 물속에서 잠깐 들락날락하다가 가라앉고 보이지 않았습니다."

이 보고를 들은 교녀와 동청이 기뻐하고 채선(彩船)에 진수성찬을 차려서 술을 통음하고 비파를 타고 노래를 하면서 음란하기 형언할 수 없었다. 거기서 배를 내려서 위의를 갖추고 육로로 진유현에 도임하였다.

한편 유한림은 금의옥식으로 생장하여 높은 벼슬을 지내다가 일조에 적객(謫客)의 몸으로 영락하여, 귀양길을 촌촌전진(寸寸前進)하여 적소(謫所)에 이르렀다. 그 도중에 고초가 참혹하였으며 북방의 수토가 황량하고 험악할 뿐 아니라, 주민들의 습관이 포악무도하였으므로 과거의 일을 회상하고 후회하여 마지않았다.

'사씨가 동청을 집사로 채용할 때부터 꺼려하더니, 그 슬기로운 사람 봄을 이제야 깨달았다. 이는 내가 화근을 자초(自招)하고 사씨를 학대하였으니 지하에 가서 무슨 면목으로 선조의 영혼을 대할 것이냐?'

하는 생각으로 한숨을 쉬니 자기도 모르는 사이에 눈물이 비오듯 쏟아졌다. 이때부터 주야로 심화(心火)가 가슴을 태워서 병이 되어 눕게 되었다. 그러나 이 지방에서는 약도 구할 길이 없어서 병은 점점 위중해질 뿐이었다. 그러던 중 하루는 비몽사몽간에 노인이 와서,

"한림의 병이 위중하시니 이 물을 잡수시고 쾌차하시기 바랍니다."

하고 권하였다. 한림이 이상히 여기고 물었다.

"노인은 누구신데, 이 외로운 적객의 병을 구해 주시려고 합니까?"

"나는 동정호 군산에 사는 사람입니다."

그 말만 하고 물병을 마당에 놓고 홀연히 떠나가므로 재차 물으려고 부르는 자기 음성에 깨어 보니 병석에서 꾼 꿈이었다. 한림은 이상한 꿈이라고 생각하고 있던 차, 이튿날 아침에 노복이 뜰을 쓸다가 놀라며 중얼거리는 소리가 한림에게 들렸다.

"뜨락 마른 땅에서 갑자기 웬 물이 솟아 나올까? 참 이상도 하다."

한림이 목이 타서 신음하다가 창을 열고 내다보니, 물 나는 곳이 꿈에 나타났던 노인이 물병을 놓고 간 그 장소였다. 한림이 노복에게 그 물을 떠오라해서 먹어 보니, 맛이 달고 시원해서 감로수같이 좋았다. 그 물 먹은 즉시로 한림의 병이 안개 걷히듯이 금방 낫고 기분이 상쾌해졌으므로 보는 사람들이 모두 신기하게 여기고 탄복하였다. 그 소문을 들은 지방 사람들이 모여 와서 먹고 모두 수토병이 나았으며, 그 후로는 이 행주지방의 수토병이 근절되고 말았다. 이에 감격한 사람들은 그 우물을 기념하기 위하여 학사천(學士泉)이라고 불러서 후세까지 유명하게 되었다.

한편 동청은 교씨와 함께 진유현에 도임한 후에 백성에 대하여 탐람을 일삼아 세금을 가혹하게 받는 등 고혈을 착취하였으나, 그래도 부족하여 승상 엄숭에게 가봉(加俸)을 요청하였다.

'진유현령 동청은 고두재배(叩頭再拜)하옵고 승상좌하에 이 글을 올리나이다. 소생이 미약한 정성을 다하여 승상을 섬기고자 하되, 이 고을이 산박하며 재화(財貨)가 없으므로 마음과 같지 못하오니, 재정과 산물이 풍부한 남방의 수령을 시켜주시면 더욱 정성을 다할 수 있을까 하옵니다.'

엄숭이 이 기회에 수단가인 동청을 아주 심복부하로 만들려고 곧 남방의 웅읍(雄邑)의 수령으로 영전시키려고 황제에게 진언(進言)하였다.

"진유현령 동청이 재기과인(才氣過人)하므로 큰 고을을 감당할 만하오니 성상께서는 적소(適所)에 써주시기 바라옵나이다."

"경이 보는 바가 그러하면 각별히 큰 고을의 수령으로 승진시켜서 그의 재능을 발휘하게 하라."

하고, 곧 허락하였다. 이때 마침 계림태수(桂林太守)의 자리가 비어 있었으므로, 엄승상은 곧 동청을 금은보화가 많이 나는 고을로 영전시켰다. 그리하여 제 뜻대로 재물이 풍부한 계림의 태수가 된 동청은 교씨를 데리고 부임하여 더욱 탐관오리의 수완으로 백성의 고혈을 수탈하기에 분망하였다.

때마침 황제가 태자를 책봉하는 나라의 큰 경사가 있었으므로 유한림도 사은(赦恩)을 입었다. 그러나 곧 서울 본집으로 돌아오지 않고 친척이 있는 무창(武昌)으로 향하였다. 여러날 길을 가다가 장사땅을 지나게 되었는데 이때가 마침 여름이 염천(炎天)이라, 더위로 여행이 어려웠다. 피곤한 몸의 땀을 말리려고 길가의 나무그늘에서 쉬면서 전후사를 생각하였다.

'내 신령의 도움으로 삼년 동안의 귀양살이에서도 심한 수토병도 면하였고, 또 천사(天赦)를 입어서 돌아가게 되었으니, 북경(北京)의 처자를 데려다가 고향에 두고 여생을 어옹(魚翁)이 되어 성대의 한가한 백성으로 지내면 얼마나 즐거우랴.'

하고, 외로운 몸을 스스로 위로하고 있었다. 이때 갑자기 북쪽에서 왁자지껄하는 인성이 들리더니, 붉은 곤장을 든 관졸과 각색 기치를 든 하인들이 쌍쌍이 오면서, 길을 치우라는 호통을 하였다. 한림이 무슨 어마어마한 행차인 줄 짐작하고 몸을 얼른 부근 숲속으로 숨기고 보니, 한 고관이 금안백마(金鞍白馬) 위에 높이 타고, 수십명의 부하를 거느리고 지나고 있었다. 한림이 그 말에 탄 사람을 자세히 본즉, 분명히 자기 집에서 집사로 사용하던 그 간악한 동청이었다.

'아니, 저 놈이 어떻게 높은 벼슬을 하고 이 지방을 행차해 갈까?'

의심하고 일행의 거동을 살펴보니, 그 기구가 자사(刺使)가 아니면 태수(太守)의 지위임이 분명하였다.

'아하, 저 간악스러운 놈이 천하의 세도가 엄숭에게 아부하여 저런 출세를 하였구나.'

하고, 더욱 치밀어 오르는 분노를 느꼈다. 동청이 탄 백마가 지나간 뒤에, 곧 이어서 길치우라는 관졸의 호통이 들리더니 채의시녀(彩衣侍

女) 십여명이 칠보금덩을 옹위하고 지나갔다. 그것은 동청의 처의 일행이라고 짐작한 유한림은 그 행렬이 다 지나간 뒤에 다시 큰길로 나와서 한참 가다가 주점에 들러서 점심을 사먹었다. 이때 맞은 편 집에서 여자 한 명이 나오다가 주점에서 점심을 먹는 한림을 보고 놀라면서 물었다.

"유한림께서 어떻게 이런 곳에 와 계십니까?"

한림도 놀라서 그 여자의 얼굴을 자세히 보니, 그 여자는 다름 아닌 사씨의 시녀였던 설매였다.

"나는 이제 은사를 입고 귀양이 풀려서 황성으로 돌아가는 길이다마는 너는 어떻게 이곳에 왔느냐? 그래 그동안 댁내가 평안하냐?"

"대감님, 이리로 오세요."

설매는 황망히 유한림을 사람 없는 장소로 모시고 가서 눈물을 흘리면서 목멘 소리로,

"그동안 댁에서 겪은 일을 다 아뢰겠습니다. 한림께서는 아까 지나간 행차가 누구인지 아십니까?"

"동청이 무슨 벼슬을 하고 가는 모양이더라."

"뒤에 가던 가마행차는 누구로 아셨습니까? 동해수를 기울여도 씻지 못할 원통한 일입니다."

"그야 필경 동청의 내자일 게 아니냐?"

"동태수의 그 내권이 바로 교낭자입니다. 소비도 일행을 따라 가다가 말에서 떨어져서 옷을 갈아 입으려고 저 집에 들렀다가, 뜻하지 않은 한림을 이렇게 뵈옵게 되었습니다."

유한림이 설매의 말을 듣고 기가 막혀서 한참 말을 못하다가, 이윽고 설매에게 다시 물었다.

"세상에 이럴 수가 있겠느냐! 좌우간 이렇게 된 자초지종을 자세히 말해라."

한림이 비통한 안색으로 재촉하자, 설매가 흐느껴 울면서 호소하였다.

"소비는 하늘을 속이고 주인을 저버린 죄가 천지에 가득하오니 한림께서 관대히 용서하여주십시오."

"내 지난 일은 탓하지 않을 테니 숨기지 말고 말하라."

"사씨 부인께서는 비복을 사랑하셨는데, 불충한 소비가 우둔한 탓으로 교낭자의 시비 납매의 꼬임에 빠져서, 사씨 부인의 옥지환을 훔쳐내었으며, 교낭자 소생 장지를 죽였습니다. 그리고 그 죄를 사씨 부인께 씌워서 축출케하는 계교에 방조한 것이 모두 소비의 죄올시다. 그 근원은 모두 교낭자가 동청과 갖은 추행을 일삼으면서, 요녀(妖女) 십랑과 공모하여 꾸민 간계였습니다. 한림께서 행주로 귀양가시게 된 것도 교낭자가 동청과 함께 엄승상에게 참소하여 꾸민 농간이었습니다. 그리고 한림께서 행주로 귀양가신 뒤에 교낭자는 동청을 따라 도망할 때도 형의 초상을 당하여 조상하러 간다는 거짓말을 하고, 댁에 있는 보화를 전부 훔쳐 가지고 갔습니다. 소녀는 비록 배우지 못한 비천한 계집이나 이런 해괴한 변은 꿈에도 생각지 못하던 일입니다. 또 교낭자의 투기와 형벌이 혹독하여 시비들을 악형으로 괴롭혔으매, 소비도 비록 한때 이용은 당하였으나 언제 살해될지 모르는 목숨입니다."

하고, 설매는 자기 소매를 걷고 팔뚝에 악형 당한 흉터를 내보이면서 말을 이었다.

"미천한 제 신세라 어미 품을 떠나서 호구지책으로 종의 몸이 되어서 그런 포악한 상전을 만났으니, 누구를 원망하오며, 제가 저지른 죄가 끔찍하오니 만 번 죽은들 어찌 속죄하겠습니까."

한림이 설매의 보고와 참회하는 말을 듣다가, 크게 실성하고 아찔해서 정신을 잃고 말았다. 이윽고 정신을 차린 한림은,

"내가 어리석어서 음부(淫婦)에게 속아 무죄한 처자를 보전치 못하였으니 무슨 면목으로 세상과 조상께 대하랴."

한림이 탄식하고,

"인아는 어찌 되었느냐."

"교씨가 소비에게 인아 공자를 물에 넣어 죽이라고 하거늘 강가에

까지 갔었으나, 그때 비로소 소비의 잘못을 뉘우치고 차마 교씨 말대로 할 수가 없어서 길가의 숲에 숨겨 두고 물에 넣었다고 거짓 보고하였습니다. 그러니까 혹 어쩌면 그 인아 공자는 어떤 사람이 데려다가 잘 기르고 있을지도 모릅니다. 다행히 그렇게라도 되었으면 제 죄의 만분지 일이라도 덜어질까 하고 공자의 생존을 신명께 빌어 왔습니다."

이 말을 들은 한림이 약간 미간을 펴고,

"다행히 너의 그 갸륵한 소행으로 인아가 살았다면 너는 그 애의 생명의 은인이다."

"밖에서 저를 데리러 온 사람이 있으니 지체하면 의심 받을까 겁이 납니다. 떠나기 전에 한 말씀 급히 아뢰고 가겠습니다. 어제 악주(鄂州)에서 행인을 만나서 들은 소식이온데 사씨 부인께서는 장사로 가시다가 풍랑을 만나서 물에 빠져 돌아가셨다는 말도 있고, 다른 사람은 어떤 사람의 도움으로 살아 계시다고도 하며 풍문이 자자하여 갈피를 잡지 못하겠으니 한림께서는 수소문하여 자세히 알아보시고 선처하십시오."

하고, 설매는 밖에서 부르는 동행 시비를 따라서 급히 나가 버렸다. 설매가 교씨의 행렬을 좇아 가자, 교씨가 의심하고 늦게 온 이유를 추궁하였다.

"낙마(落馬)한 상처가 아파서 곧 오지 못하였습니다."

하고, 핑계하였으나, 교씨는 의심이 많고 간특한 인물이라 설매를 데리고 동행해 온 시비에게 다시 물었다.

"설매가 옷을 갈아 입고 나오다가 그 앞집의 주점에서 어떤 관위를 만나서 한동안 이야기하느라고 이토록 늦게 되었습니다."

"그 사람이 누구더냐."

"행주땅에 귀양갔다가 풀려서 돌아온 유한림이었습니다."

교씨가 깜짝 놀라서 행차를 멈추고 동청과 함께 상의하였다. 동청도 대경실색하고,

"그놈이 죽어서 타향귀신이 될 줄 알았는데 살아서 돌아오니, 만일

다시 득의(得意)하면 우리는 살지 못할 것이다.”

하고, 건장한 관졸 수십명을 뽑아서 유한림의 목을 베어 오면 천금의 상을 주리라고 명하였다. 이런 소동이 일어난 것을 본 설매는 교씨에게 맞아 죽을 것을 겁내고 뒤로 가서 나무에 목을 매고 죽었으므로 교씨는 그년 잘 되었다고 기뻐하였다.

이때 유한림은 설매로부터 기막힌 소식을 듣고 힘없는 걸음으로 가면서 생각하였다.

“내가 음부(淫婦)의 간교한 말을 듣고 현처(賢妻)를 멀리하여 자식을 보전하지 못하고 일신이 이처럼 표박하게 되었으니 만고의 죄인이다. 무슨 면목으로 지하에 가서 처자를 보겠느냐.”

하고, 악주에 이르러 강가를 배회하면서 부근 사람들에게 그 강물에 빠져 죽었다는 사씨의 소문을 알아 보려고 하였으나 모두 모른다는 대답이었다. 한림은 그래도 단념하지 않고 끈덕지게 수소문하다가 어떤 노인을 만나 물었더니, 어느 해 어느 날 어떤 부인이 시녀 두어명을 데리고 악양루에서 밤을 지내고 강가로 내려가는 것은 보았으나 그후의 일은 모르겠다고 알려 주었다. 한림은 그것이 필경 사씨로서 물에 빠진 것이 틀림 없으리라고 더욱 실망하고 슬퍼하였다.

한림은 그 강가를 떠나지 못하고 사방으로 배회하다가 소나무 껍질을 깎고 큰 글씨로 쓴 것을 발견하였다.

‘모년 모일 사씨 정옥은 이곳에서 눈물을 뿌리고 강물에 몸을 던졌다.’

이 유서를 발견한 유한림은 깜짝 놀라서 통곡하다가 그대로 기절하였다. 시동(侍童)이 황망히 구완하여 한림은 정신을 차리고 다시 탄식하였다.

“부인의 현숙한 덕행으로 비명에 죽었으니 어찌 슬프지 않으랴. 억울한 물귀신에게 제사라도 지내서 위로하리라.”

하고, 제문을 지으려고 하자 마음이 아득하여 눈물이 앞을 가려서 붓이 내려가지 않았다. 이때에 갑자기 밖에서 함성이 진동하였다. 놀라서 문을 열고 보니, 장정 수십명이 칼과 창을 들고서 들이닥치면서 외쳤다.

"유연수만 잡고 다른 사람은 상하지 말라!"

한림이 놀라서 뒷문으로 도망쳐서 방향도 없이 허둥지둥 달아났다. 마치 그물을 벗어난 물고기 같고, 함정에서 뛰어나온 범같이 정신없이 도망하였다. 그러나 얼마 가지 않아서 앞길이 막히고 바다 같은 큰 물이 가로 놓였으므로 정신이 아득하여 진퇴가 극난하였다.

"유연수가 이 물가에 숨었으니 샅샅이 뒤져서 잡아라."

뒤에서 추격하는 괴한들이 호통을 쳤다. 한림은 이제는 잡혀서 죽을 수밖에 없다고 하늘을 우러러 호소하였다.

"내가 선량한 처자를 애매하게 학대하였으니, 어찌 천벌을 받지 않으랴. 남의 손에 죽느니보다는 차라리 물에 빠져서 죽으리라."

하고 물에 몸을 던지려는 순간, 문득 배젓는 소리가 은은히 들려왔다. 한림이 그 뱃소리 나는 곳으로 찾아서 허둥지둥 가면서,

'어떤 사람이 나의 위급한 몸을 구해주려는 것일까.'

하고, 요행이라도 있기를 하늘에 빌었다.

동정호 섬에서 수월암의 묘혜스님과 세월을 보내고 있던 사씨 부인은,

"오늘이 시부께서 현몽하신 사월 보름날이니 배를 백빈주(白濱州)에 매고 있다가 급한 사람을 구하리라."

사씨 부인은 그날 황혼에 배에 올라 백빈주로 저어 가면서 급해서 이 배의 구원을 받을 사람이 어떤 사람일까 궁금히 여기면서도, 자연 자기 신세의 슬픈 회포에 사로잡히게 되었다.

한림이 뱃소리가 가까워 오는 강가로 내려가면서 물 위를 보니, 어떤 여자가 일엽편주를 저어 구슬픈 노래를 탄식처럼 부르며 오고 있었다. 그 노래의 구절이 유한림에게 들려왔다.

창파에 달이 밝으니
남호의 흰 마름〔白濱〕을 캐리로다
꽃이 아름다워 웃고자 하되

배 젓는 사람 슬퍼하는도다

이 노래를 받아서 부르는 또 다른 여자의 노래도 들렸다.

물가의 마름을 캐니
강남에 날이 저물었네
동정에 사람 있어 고인을 만나리로다

유한림이 배를 향하여, 사람 살려달라고 구원을 청하였다. 배를 젓던 묘혜가 백빈주 물가로 배를 대려고 하자, 사씨가 당황해서 묘혜를 말리면서,

"저 사람의 음성이 남자인데 이상한 남자를 이 배에 태워도 괜찮겠습니까?"

하고 주저하였다. 그러나 묘혜는 조금도 저어하지 않고,

"급한 인명이 천금보다 귀중한데, 목전에 죽을 사람을 어찌 구하지 않겠습니까?"

하고, 급히 배를 저어서 물가로 대었다. 한림이 배에 뛰어 오르면서 애원하였다.

"도적놈들이 내 뒤를 쫓아오니 빨리 배를 저어 주시오."

조금만 늦었으면 유한림은 추격하던 동청의 부하관졸에게 잡힐 뻔하였다. 체포 직전에 뜻하지 않은 배를 타고 떠나는 것을 본 괴한들은 호통을 치며 배를 불렀다.

"배를 도로 돌려 대라. 그렇지 않으면 전부 죽여 버린다!"

그러나 묘혜는 못 들은 척하고 배를 저어 그들의 추격을 피해 갔다.

"그 배에 태운 놈은 살인한 죄인이다. 계림태수께서 잡으라는 놈이니 그 놈을 잡아 오면 천금을 주시리라."

유한림은 자기를 잡아 죽이려는 놈들이 보통 도적이 아니고 동청이 보낸 관졸임을 분명히 알았다. 머리끝이 새삼스럽게 쭈뼛해지고 전신에 소름이 끼친 유한림은 묘혜를 향하여 호소했다.

"나는 한림학사 유연수로서 살인한 죄가 없는데, 저 도적놈들이 공연히 꾸며서 하는 소리입니다."

묘혜는 유한림이 선량한 사람인 줄로 알았으므로, 배를 빨리 젓고, 돛을 달면서 노래를 부르기까지 하였다.

창오산(蒼梧山) 저문 날에
달빛이 밝았으니
구의산(九宜山)의 구름 개는데
저기 가는 저 속객(俗客)은
독행천리 어디를 부질없이 가는가

유한림은 사지(死地)에서 뜻밖에 구해 준 배 안의 두 사람의 여자, 그 중의 늙은 여자가 부르는 이 노래의 의미도 알아 들을 경황 없이 배에 뛰어 올랐다. 이때 배 안에 담장소복(淡粧素服)으로 앉아 있던 젊은 여자가 유한림을 보더니, 놀랍고 반가워서 울음을 터뜨렸다. 유한림이 이상히 여기고 자세히 보니 자기의 아내 사씨가 아닌가.

"부인을 여기서 만나다니, 이것이 어쩐 일이오!"

한림은 뜻밖에 만난 부인에게 자기 불찰의 후회와 사과를 인사한 후에, 탄식하며,

"내가 이제 무슨 낯을 들어 부인을 대하겠소. 부끄럽고 마음이 괴로워서 할 말이 없소. 그러나 부인은 정신을 진정하고 이 어리석은 연수의 불명함을 허물하시오."

하고, 설매에게 갓 듣고 온 소식을 마치 자백하듯이 말하였다. 즉 사씨 부인이 집을 떠난 후에 교씨가 십랑과 공모하고 방예로 저주한 일이며, 또 설매가 옥지환을 훔쳐 내다가 냉진과 더불어 갖은 흉계를 꾸민 말을 다 하였다. 사씨 부인이 남편의 이런 뉘우치는 말을 듣고 감사하면서 떨리는 음성으로,

"한림께서 이런 말씀을 듣지 못하였으면 죽어도 어찌 눈을 감았겠습니까?"

하고, 흐느껴 울었다. 한림이 또 설매를 꼬여서 장지를 죽이고 춘방에게 미루던 말과, 동청이 엄숭에게 참소하여 자기가 죽을 뻔하였다는 말과, 교씨가 집안의 보물 전부를 가지고 동청을 따라간 경과를 알리자 사씨 부인은 기가 막혀서 묵묵히 울고만 있었다. 유한림은 부인이 아직도 자기의 잘못을 야속히 여기고 분함을 풀지 못해 대답도 않는 것이 아닐까 하고 더욱 가슴이 답답하였다.

"다른 것은 참을 수 있다 하더라도, 어린 자식 인아가 죄도 없이 부인의 품을 잃고 아비도 모르게 강물 속의 무주고혼(無主孤魂)이 되었으니 어찌 견딜 수 있겠소."

하고, 탄식하는 한림의 눈에서 눈물이 비오듯이 흘러내렸다. 사씨 부인은 처음부터 너무 놀라워서 말도 못하고 있다가, 한림의 이런 말을 다 듣자 외마디 비명을 올리고 기절하고 말았다. 한림이 황급히 구호하여 부인이 정신을 차리자 유한림은 실의(失意)상태에 빠진 부인을 위로하며,

"설매의 말을 들으니, 인아를 차마 물에 던져 죽이지 못하고 길가의 숲 속에 숨겨 두었다 하니, 혹 하늘이 도우셨으면 어떤 고마운 사람이 데려다 길러 주고 있을지도 모르니, 만나지 못하더라도 어디서든지 살아 있기만 해도 내 죄가 덜할까 하오."

사씨 부인이 흐느껴 울면서 비로소 입을 열었다.

"설매의 그 말인들 어찌 믿을 수 있습니까? 설사 숲속에 숨겨 두었더라도 어린 것이 어찌 살기를 바라겠습니까?"

서로 죽은 줄 알았다가 만난 부부는 반갑기보다도 어린 인아의 생각으로 새로운 슬픔에 사로잡혀서 오열하였다.

"아까 강가의 소나무를 깎고 쓴 필적을 보고 부인이 물에 빠져 죽은 유서가 분명하므로 슬픈 회포를 제문으로 지어 제사를 지내고 고혼이나마 위로하려고 하다가, 마침 동청이 보낸 자객(刺客) 놈들을 만나서 데리고 오던 동자의 잠을 깨울 새 없이 쫓겨서 강가까지 왔으나, 앞에 물이 막혀서 죽을 지경에 이르렀을 때, 뜻밖에 부인의 배로 생명의 구원을 받았으니 도시 부인은 어떻게 이곳에 와서 나를

구해 주었소?"

"내가 선산 묘하에 있을 적에 도적이 위조 편지를 하여 제가 속아서 납치될 뻔하였으나, 시부님께서 현몽하셔서, 모년 모일에 배를 백빈주에 대령하고 있다가 급한 사람을 구하라고 신신 당부하셨는데, 오늘이 바로 분부하신 날입니다. 다행히 저 스님을 만나 여태껏 의지하였으며, 오늘 저 스님의 덕택으로 배를 타고 왔다가 과연 한림을 위급에서 구하게 되었으니, 저 묘혜스님은 우리 양인의 생명의 은인입니다. 아까 보셨다는 소나무에 유서를 쓰고 물에 뛰어 들려고 했을 때에도 저 묘혜스님이 저를 구해다가 스님 암자에 지금까지 보호하여 주셨습니다."

"우리 부부는 묘혜 스님의 힘으로 살았으니, 그 태산 같은 은혜에 감사합니다."

하고, 묘혜를 향하여 사례한 뒤에,

"지금 생각하니 묘혜 스님은 원래 서울에 계시던 스님이 아니십니까?"

묘혜가 웃으며,

"소승의 일을 유한림께서 기억하고 계십니까?"

"기억만 하겠습니까. 당초에 우리 혼사를 담당해 주시고 이제 또 우리 부부를 구해 주시니, 하늘이 우리 부부를 위하여 스님을 이 세상에 내신가 하옵니다."

묘혜가 한림의 감사에 사양하면서,

"한림과 부인의 천명이 장원(長遠)하시기 때문이지 어찌 소승의 공이라 하겠습니까. 그러나 이곳에서 오래 말씀하고 계실 것이 아니라, 빨리 소승의 암자로 가셔서 편히 쉬시기 바랍니다."

하고, 묘혜가 배를 젓기 시작하자 순풍이 불어서 순식간에 암자가 있는 섬에 도달하였다.

수월암에 이르러서 묘혜가 객당을 소제하고 한림을 맞아 들이고 차를 대접할 때 사씨를 모시던 유모와 시녀가 한림을 뵈옵고 일희일비의 주종(主從)의 회포를 금하지 못하였다. 한림은 부인을 보고 말하기

를,

"이제 호구(虎口)의 환은 벗어났으나 의지할 곳이 없고 가업(家業)이 황폐하였으니, 무창으로 가서 약간의 전량을 수습하여 앞일을 정한 후에 서울로 올라가서 가묘(家廟)를 모시고 전죄(前罪)를 사코자 하니, 부인이 나를 버리지 않으면 동행하기 바라오."

"한림께서 저를 더럽다 하시지 않으시면 제가 어찌 역명하겠습니까. 제가 선산을 떠날 적에 친척을 모아서 가묘를 개축하였습니다. 그런데 제가 이제 그냥 댁으로 돌아 가는 것이 어떨까 합니다. 제가 옛일을 죄로 생각할 것은 없으나, 사람을 대하기가 부끄러워서 그렇니다. 출거지인이 다시 들어가는데 예절이 있어야 하지 않을까 합니다."

"아, 내가 너무 급하게 생각한 모양이오. 내가 먼저 가서 다시 소식을 수소문한 후에, 예를 갖추어서 데려 가리다."

"그러하오나, 한림의 외로운 몸이 또 도적의 무리를 만나시면 위태하니 조심하여 가십시오. 동청이 폭도를 보내어 잡지 못하였으므로 필연 다시 잡아죽이려고 할 것이 분명하니 한림은 성명을 바꾸고 변복으로 가십시오."

한림이 사씨 부인의 염려가 옳다 하고, 혼자 떠나서 여러날 만에 고향땅 무창에 이르러서 약간의 재산을 수습하고 선산을 수축하고, 노복을 시켜서 농업을 경영하도록 지시하였다.

한편, 동청은 교녀를 데리고 계림태수로 도임해 가다가 악양루 부근에서 유한림이 은사를 받고 귀양이 풀려서 행주에서 돌아온다는 소식을 듣고, 깜짝 놀라서 장정 수십명을 급히 보내어 목을 베려고 하였으나 실패로 돌아가고 말자 동청과 교씨는 당황해서 어쩔 줄을 몰랐다.

"유연수가 무사히 서울로 가면, 우리 죄상을 황제께 아뢰고 원한을 풀 것이니, 어찌 방심하겠소?"

하고, 심복 부하의 관졸들에게 유연수를 극력 수색하여 잡으라고 엄명하였다. 그리고 사씨 학대에 공모하던 냉진도 의지할 곳이 없어서 생각한 끝에, 큰 벼슬을 한 동청을 찾아서 도움을 청하자, 동청이 환대하고 심복을 삼고 그의 간교로 갖은 악행을 하여 백성을 가렴주구하고, 왕래행인을 유인하여 독주를 먹여 죽이고 재물을 약탈하였다. 이리하여 남방의 사람들은 모두 동청의 학정을 저주하고 그의 고기를 씹으려고 민심이 흉흉해졌다. 교씨는 계림에 간 지 얼마 되지 않아서 데리고 온 아들 봉추가 병들어 죽으므로 역시 어미의 정으로 번민하였다.

큰 고을 계림에는 자연 관사(官事)가 많아서 분망하였다. 따라서 동청이 자주 관하 소현(小縣)에 순행하여 집을 비우는 날이 많았다. 그리하여 동청이 본아(本衙)에 없는 동안은 불량배 냉진이 내외사(內外事)를 다스리게 되어 세도를 부리는 한편, 요부 교씨는 동청의 눈을 속이고 냉진과 간통하고 추태를 재연했다. 마치 유한림 집에서 한림의 눈을 속이고 동청과 간통하던 버릇을 그대로 되풀이하였던 것이다.

동청은 자기의 지위와 재산을 더 얻으려는 수단으로 계림지방 백성의 재물을 수탈하여 십만보화를 엄승상에게 뇌물로 바치려고, 그의 생일 축하선물 명목으로 냉진에게 전달시켜 보냈다. 그런데 냉진이 서울에 와서보니 이미 엄숭의 세도가 무너진 때였다. 황제도 그의 간악함을 깨닫고 관직을 삭탈하고 가산을 압수하는 소동중이었다. 냉진은 깜짝 놀라서 그 화가 자기에게도 미칠 것을 두려워하였다. 자기의 보호자요 공모자인 동청의 죄악이 많은 사실은 세상이 다 알고 있었으나, 그의 배후의 엄승상의 세도가 두려워서 감히 말하지 못하였던 것이다. 언제나 제 욕심에서 남을 이용만 하고 의리라고는 추호도 없는 냉진은, 자기가 살아날 계교로 동청을 숙청시키는 공을 세우려고 등문고(登聞鼓)를 울려서 법관에게 민정을 호소하였다. 법관이 무슨 소용이냐고 묻자, 냉진은 천연스러운 우국양민(憂國良民)의 열변으로 진술하였다.

"저는 북방사람으로서 남방에 다니러 갔다 왔습니다. 계림지방에서는 태수 동청이 불인무의(不仁無義)하여 학정을 일삼을 뿐 아니라 하늘을 속이고 *무소불위(無所不爲)하여 행인을 겁박하여 재물을 탈취하는 등, 죄가 많음을 아뢥니다.”

법관이 냉진의 진술대로 황제에게 아뢰자, 황제께서 대로하고 금오관(金吾官)을 파견하여 동청을 잡아 가두라고 분부하고, 따로 순찰관을 보내서 민정을 조사한즉, 냉진이 고발한 사실과 조금도 틀리지 않는 학정을 일삼고 있는 사실이 증명되었다. 조정에는 이미 동청의 죄를 비호해 줄 엄숭이 숙청되었으므로, 그를 구해 줄 사람은 없었다. 간악한 동청이 아무리 자신의 세도를 믿고 갖은 악행으로 재물을 구산(九山)같이 쌓고 살기를 원하였지만 어찌 불의(不義)의 뜻대로 되리요. 그는 속절없이 잡혀와서 장안 네거리에서 *요참(腰斬)의 형을 받았으며, 백성에게 도적질한 재산을 몰수한 황금이 사만냥이요, 그 밖의 재물은 헤아릴 수 없을 정도로 사람들을 놀라게 하였다.

냉진은 동청을 배반한 덕으로 제 죄를 면하였을 뿐 아니라, 동청이 엄숭에게 보내던 뇌물 십만냥을 고스란히 착복하게 되었다. 그리고 동청의 덕을 볼 때에 간통하던 교녀(喬女)를 데리고 당당한 부부행세로 살게 되었다. 그러나 역시 서울에서 살기에는 뒤가 켕겨서 멀리 산동으로 피해 갔다. 산동으로 가는 도중에 어떤 여관에서 탕남 음녀는 술에 만취하여 정신 없이 자고 있었다. 그들을 태우고 가던 차부(車夫) 정대관이란 놈이 본디 도적놈이었으므로, 냉진의 행장에 큰 돈 냄새를 맡고 기회를 노리고 있다가, 그날밤에 냉진의 재물을 송두리째 훔쳐가지고 도망해 버렸다. 냉진과 교녀가 술기운과 함께 잠을 깨어 도적맞은 것을 알고, 애고 하고 한탄할 따름이었다.

이때 황제가 조회를 받고, 각읍 수령의 불치(不治)를 탐문하시는 중, 동청의 죄상 보고를 듣고 통탄하시며,

“이런 도적을 누가 그런 벼슬에 천거하였는고?”

“엄숭의 천거로 진유현령에서 계림태수로 승진시켰던 것입니다.” 하고 승상 서각로가 보고해 올렸다.

---

*무소불위(無所不爲)——못할 일이 없이 다 함.

*요참(腰斬)——나라의 중죄인을 허리를 베어 죽이던 형벌.

"그렇다면, 이 한 가지로 미루어 보면 엄숭이 천거한 자는 모두 소인(小人)이요, 그가 배척하던 자는 모두 어진 사람임을 가히 알 수 있다."

하시고, 엄숭의 잔당은 모두 벼슬을 삭탈하고, 엄숭의 질시로 몰려서 귀양갔거나 좌천되었던 신료(臣僚)를 다시 초용(招用)하여 관기를 일신하였다. 이번의 큰 인사이동으로 간의태후 호연세로 도어사를 삼으시고 한림학사 유연수로 이부시랑(吏部侍郎)을 삼으시고, 또 과거를 실시하여 인재를 천하에 구하셨다. 이때 희랑이 급제하여 문벌의 영화를 보전하였으니 그는 한림의 부인 사씨의 남동생이었다.

사씨 부인이 두부인을 찾아서 남방의 장사로 향할 때, 두추관은 이미 이직(離職)하고 서울로 돌아갈 때에 두부인도 함께 상경하였다. 사공자는 서울에서 그런 줄도 모르고 또 누님이 장사로 가다가 중간에서 낭패한 사실도 전혀 모르고 배를 얻어 타고 장사로 가려던 참에, 서울의 조보(朝報)를 보고 두추관이 순천부사(順天府使)로 영전된 것을 알았다. 마침 과거 시행의 시일이 머지 않아 있게 되었으므로, 두부인이 상경하기를 기다리며 과거공부를 하다가 다행히 과거에 급제하였다. 그때 마침 순천부사로 승진된 두추관이 부임 준비차 상경하였다. 사공자는 곧 누님의 소식을 물었으나 부사는 소식을 모른다고 눈물을 머금고 슬퍼하였다. 사공자는 누님이 장사로 가다가 중도에 낭패하고 진퇴유곡하여 마침내 물에 빠져 죽었다는 소문을 듣고, 그 누님 소식을 알려고 물가에 가서 두루 찾았으나 생사를 몰랐다는 소식을 보고하였다.

"그때 그곳의 어떤 사람 말로는 어느 해 유한림이 그곳에 와서 사부인이 물에 빠져 죽었다는 필적을 보고 슬퍼하고 제문을 지어 제사를 지내려고 하다가, 그날밤에 도적에게 쫓겨서 어디로 갔는지 모른다고 합니다. 이제 조정에서 유한림을 다시 벼슬에 영전시키려고 찾으나 아무도 알지 못한다 하오니 기쁨이 도리어 더욱 슬픔이옵니다."

"그렇다면 한림은 살지 못하였을 듯하다."

하고, 두부인이 여러 사람을 보내서 사방으로 탐문하자 유한림은 아직 죽지 않았다는 말이 더 많다는 보고였다.

이에 용기를 얻은 사공자가 행장을 차리고 악양루 근처의 강가에 이르러서 극진히 누님과 유한림의 행방을 찾았다. 그러나 역시 행방이 묘연하여 알 길이 없었다. 그래서 일단 단념은 하였으나 남양(南陽) 지경이 장사와 머지 않으니, 도임한 후에 찾으려고 생각하였다.

이때에 유한림은 이름을 고치고 모든 행동을 취하였으므로 그의 존재를 알 사람이 없었다. 그리고 한림은 고향에서 비복에게 농사를 열심히 짓게 하고, 그 수확의 일부를 군산사로 사씨 부인에게 보내고 소식을 알아 오라고 일러 보냈더니, 다녀온 동자가 돌아와서,

"부인께서는 무사하십니다. 그런데 악주관아(鄂州官衙)에서 방을 붙이고 한림을 찾고 있습니다. 그 연고를 물어 보았더니 황제께서 한림을 초용(招用)하셔서 이부시랑을 제수하시고 사신을 적소(謫所) 행주로 보내서 찾았으나, 벌써 은사를 입고 돌아가셨으나 종적을 몰라서 각처에 방을 붙이고 한림을 찾는 중이라 합니다. 그래서 소복(小僕)은 감격하였으나 한림 허락을 받지 못하였으므로 관원에게 고하지 못하고 빨리 소식을 알려 드리려고 달려 왔습니다."

한림은 동자의 이 소식을 듣고 속으로 생각하였다.

'엄승상이 *천권(擅權)하면 내 어찌 이부시랑에 초용되리요. 내가 초용되었다면 엄숭이 쫓겨난 모양이구나.'

하고, 무창으로 나가서 관청에 복명(復命)하자 관원이 크게 놀라서 급히 맞아서 당상으로 인도하면서,

"황제께서 선생을 이부시랑으로 제수하시고 소명(召命)이 미급하시온데, 이제 어디로부터 오십니까?"

"소생이 뜻하는 바가 있어서 성명을 숨기고 다니다가, 황제께서 엄숭을 조정에서 몰아내시고 현자(賢者)를 부르시는 말씀을 듣고 왔습니다."

한림은 무창 관원에게 이렇게 신분을 밝혔다. 그리고 외로운 섬의

---

*천권(擅權)——권리를 마음대로 부림.

암자에서 좋은 소식을 기다리는 부인에게 이 소식을 전달하였다. 그리고 오늘부터 유시랑의 신분이 된 유연수는 빨리 상경하여 황제께 복병하려고 역마(驛馬)를 몰아 길을 재촉해 갔다. 유시랑이 남창부(南昌府)에 이르자, 지방 장관이 명함을 드리고 인사하였다. 유시랑이 명함을 받아 본즉, 서명이 사경안(謝敬顔)으로 돼 있으나 서로 알아보지 못했다. 지방장관은 유시랑을 귀빈으로 영접하고 주찬으로 환대하였다. 그런데 그 관원의 얼굴에 수색이 가득 차 있으므로 이상히 여기고 물으니,

"하관(下官)이 심중에 소회(小懷)가 있어서 자연 기운이 없어 보인 모양이니 실례를 용서하여 주십시오."

하고, 자기 누님을 한 번 이별한 후에 사생을 모르고, 매부 유한림의 종적도 묘연하다는 한탄을 하면서 눈물을 주르르 흘렸다. 유시랑이 비로소 그 지방장관이 처남 사공자임을 알고 손을 잡고 탄식하였다.

"아, 자네가 내 처남 아닌가. 내 얼굴을 자세히 보게."

남창부윤 사경안이 놀라서 자세히 보니 분명히 매부 유한림이라, 반갑게 소매를 잡고 누님의 소식을 물었다.

"내가 우암(愚暗)하여 무죄한 누이를 집에서 내쫓아서 그후에 갖은 억울한 고생을 시켰으니 자네 대할 면목이 없네."

"지난 일은 하는 수 없습니다. 누님은 지금 어디 계십니까?"

"묘혜스님의 구원을 받고, 지금 군산사에 잘 있으니 염려 말게."

"누님이 생존해 있는 것은 매형의 복입니다. 묘혜스님의 은혜는 백골난망입니다."

"자네는 너무 마음을 상하지 말게. 천은이 호대(浩大)하시매 다 갚기 어려운데, 나의 박덕으로 이런 영복을 당하니 황송하기 그지없네."

하고, 서로가 술잔을 나누며 끝없는 이야기를 다 하지 못하고 이별하였다. 유시랑은 서울로 나가서 황제께 사은(謝恩)하자 친히 불러 보시고, 간신 엄숭에게 속아서 유시랑의 충성을 모르고 고생시킨 전후사를 후회하셨다. 유시랑이 황송하여 감격의 눈물을 흘리며,

"성은(聖恩)이 이렇게 홍대(鴻大)하시니 미신(微臣)이 황공무지(惶恐無地)하옵니다."

"경의 뜻이 굳어서 특히 강서백(江西伯)을 삼으니 *인심찰직(仁心察職)하기 바라오."

"황공하옵니다."

유시랑이 어전을 하직하고 집으로 돌아오니, 비복들이 나와서 맞으며 눈물을 흘렸다. 당사가 황량하고 정자에 잡초가 무성하여 주인이 없음을 여실히 나타내고 있었다. 시랑이 사당에 참배하고 통곡 사죄하고 고모 두부인을 찾아 사죄하매 부인이 흐느껴 울고,

"이 늙은 몸이 살았다가 현질(賢姪)이 다시 귀달(貴達)함을 보니, 죽어도 한이 없다. 그러나 네가 조종향사를 폐한 지 오래니 그 죄가 어찌 가벼우랴."

"제 죄는 만 번 죽어도 부족하오나, 다행히 부부가 다시 만났으니 죄를 용서하소서."

두부인이 질부와 만났다는 말에 놀라운 기쁨을 참지 못하고,

"조카의 액운이 인제야 다하였구나. 옛날에 현인에게는 복을 내리고 악인은 재화를 만난다 하니, 너는 이제 회과자책(悔過自責)하겠느냐?"

유시랑이 전후사를 모두 고하고 앞으로 다시는 그런 간악에 속지 않고 근신할 것을 다짐하였다.

"그 같은 대악이 어찌 세상에 용납되겠습니까?"

하고, 거듭 사과하였다. 이때에 모든 친척들이 시랑을 찾아 와서 하례하고 위로하였다.

"이것은 모두 가운이매 어찌 인력으로 막았으리요."

시랑이 친척들과 하직하고 강서(江西)로 갈 제 그 위용이 매우 장엄하였다. 이때 사추관이 누님을 데려오겠다고 말하자 유시랑은 자기는 강가에 가서 맞을 테니 먼저 떠나 가라고 약속하였다.

동생 사추관은 미리 편지를 보내고 동정호의 섬 군산사에 이르니,

---

*인심찰직(仁心察職)——인심을 올바로 보살핌.

사씨 부인이 미리 알고 기다리기에 만나서 기쁨을 이기지 못하고 수년동안 그리던 정회를 푼 뒤에, 유시랑의 편지를 전하였다. 사씨 부인이 편지를 받아 보니 남편은 방백을 하였는지라 감격하여 묘혜스님에게 사은하고, 유시랑이 보내온 예물을 전하였다.

"이것은 모두 부인의 복이지 어찌 소승의 공이겠습니까?"

이윽고 작별하게 되자 사부인과 묘혜스님이 마치 모녀의 이별같이 서로 슬퍼하였다. 사추관이 묘혜에게 재삼 은혜를 치하하자 묘혜 또한 재삼 사양하고, 앞으로도 여러분의 복록을 불전에 축원하겠다고 말하였다. 그날 사추관이 객당에서 자고 이튿날 부인과 함께 발정하자, 묘혜가 암자의 여러 승니(僧尼)와 산에서 내려와서 떠나는 배를 기쁨과 슬픔으로 전송하였다.

일행이 약속한 지경의 강가에 배를 대니, 유시랑이 이미 그곳에 와서 기다리고 있었는데 금수채장(錦繡彩帳)이 강변을 덮고 환영하는 사람이 물가에 정렬하고 기다렸다. 시비가 새 의복을 사씨 부인에게 올리매, 부인은 칠년동안이나 입었던 소복(素服)을 비로소 벗고 화복(華服)으로 갈아 입고 부부가 상봉하니, 세상에 희한한 경사였다. 여기서 뱃길로 강서로 행하여 고향집에 이르니, 비복들이 감격으로 환영하였다. 유시랑 부부가 가묘에 참배할새 제문을 지어서 부부가 재합함을 보고하는 사의(詞意)가 간절하더라. 이 소문을 들은 강서지방의 대소 관원이 모두 유시랑을 찾아와서 예단을 드려 하례하고 또 사추관에게 하례하였으며, 유시랑은 큰 잔치를 베풀어서 빈객을 접대하였다.

사씨 부인은 남편을 만나서 다시 유가(劉家)의 부인이 되었으나 새로운 슬픔이 있으니 아들 인아의 생사 소식이었다. 사방으로 수소문하였으나 인아의 행적은 묘연하여 알 길이 없었다. 어느덧 신년을 맞으매 부인이 유시랑에게 은근히 술회하였다.

"그전에 제가 사람을 잘못 천거하여 가사가 탁란하였던 일을 회상하면 모골이 송연합니다. 지금은 그때와 다르고 제 나이도 사십에 이르러서 생산하지 못한 지 십년이라, 밤낮으로 큰 걱정입니다. 후손을 위하여 다시 숙녀를 얻어 생남의 길을 마련할까 합니다."

"후손을 위하여 소실을 권하는 부인의 뜻은 고마우나, 그전에 교녀(喬女)로 말미암아 인아의 사생을 알지 못하매, 통입골수(痛入骨髓)한데, 어찌 또 다시 잡인을 집안에 들여놓겠소?"

부인이 한숨을 짓고,

"전들 어찌 짐작 못하리이까마는 아직 일점 혈육이던 인아의 생사를 모르고 아직 사속(嗣屬)이 없으니, 지하에 가서 무슨 면목으로 조상을 뵈오리까?"

"그러나 부인의 연기가 아직 단산할 때가 아니니, 그런 불길한 말은 하지 마시오."

"상공(相公)은 그런 고집은 마시고 제 말을 들으십시오."

하고, 묘혜스님의 질녀가 현숙하고 또 귀자(貴子)를 둘 팔자라 하면서, 시랑의 첩으로 삼으라고 굳이 권하였다. 시랑은 사씨 부인의 성의에 마지못하여 묘혜스님의 질녀라는 여자의 근본을 물은 뒤에 부인의 생각에 맡기겠다고 허락하였다.

"또 청할 일이 있습니다."

부인이 말을 바꾸어서 남편에게 상의하였다.

"노복이 충성으로 나를 시중하다가 조난한 뱃속에서 죽었으니 그 영혼을 위로해 주어야겠으며, 또 묘혜스님의 암자가 있는 군산동구에 탑을 세워서, 모든 은혜를 갚고자 합니다."

유시랑이 부인의 청은 마땅히 하여야 할 사은(謝恩)의 지성이라고 하고, 모두 많은 재물을 희사하여 시설하였다. 묘혜스님은 유시랑부부가 보낸 후한 금백으로 곧 수월암을 중수하고, 군산동구에 탑을 신축하여 부인탑(夫人塔)이라고 불렀다. 특히 황릉묘를 장엄하게 중수하고, 노복의 영혼을 위로하려고 관곽을 갖추어서 다시 후장(厚葬)을 지내준 데 대하여 사씨 부인의 기특한 뜻을 세상이 칭송하여 마지 않았다.

사씨의 사동(使童)이 황릉묘지기에게 중수비용을 전하고 돌아오는 길에 화룡현 땅에 들러서, 묘혜스님의 질녀를 찾아갔다. 이때 그 낭자의 모친 변씨는 세상을 떠나고 홀로 살고 있었다. 낭자가 그전에 알았던 사씨 부인의 사동을 보고도 채 알지 못하고 물었다.

"총각은 어디서 왔소?"

"낭자는 왜 나를 몰라 보십니까? 연전에 사씨 부인을 모시고 장사로 가다 댁에서 수일간 신세를 진 차환입니다."

"아참, 그랬군. 내가 몰라 봐서 미안했어요. 사씨 부인은 안녕하신지요?"

사동이 그후에 사씨 부인이 지낸 일들을 대략 전하자, 낭자는 사씨 부인이 누명을 벗고 시가로 돌아가서 잘 계시다는 말과, 그것이 모두 낭자의 고모님 묘혜의 공이라는 말을 듣고 매우 기뻐하였다. 인사가 끝난 뒤에 차환은 사씨 부인이 보낸 편지를 낭자에게 내놓았다. 임낭자(林娘子)가 감격하고 봉을 떼어 보니 사연이 매우 간곡하였으므로 사씨 부인을 다시 한 번 만나보고 싶었다.

벌써 칠년 전에 설매가 인아를 차마 물속에 던지지 못하고 가만히 강변의 숲속에 놓고 간 뒤에, 인아가 잠을 깨어 아무도 없으므로 큰 소리로 앙앙 울고 있었다. 이때 마침 남경으로 장사차 지나가던 뱃사람이 우는 어린아이를 찾아가서 보니 얼굴 생김이 비범하고 가엾어서 배에 싣고 가다가 갈 길이 멀고 남경 가서도 누구에게 맡겨야 하겠기로, 도중의 연화촌(蓮花村)에서 인아를 사람의 눈에 띄기 쉬운 곳에 내려 놓고 갔었다. 이때 마침 임가(林家)의 아내 변씨가 꿈을 꾸었는데 울밖에 이상한 광채가 비치었으므로 놀라서 깨니 꿈이었다. 아내의 꿈 이야기를 들은 남편 임씨가 급히 울밖으로 나가서 본즉 용모가 잘난 어린 아이가 울고 있으므로 안고 집으로 돌아왔다. 아내 변씨가 하늘의 꿈을 통해서 자기에게 준 귀동자라고 기뻐하고 고이 길렀다. 그러다가 변씨가 세상을 떠난 뒤로는 임낭자가 친동생같이 기르고 있었다. 동리 사람들은 효성이 지극하고 용모가 고운 임낭자가 부모를 다 잃고 외롭게 지내게 되자, 동정도 하고 탐도 나서 여러 군데서 혼인하기를 청하였다. 그러나 임낭자는 고모 묘혜스님이 장차 귀한 몸이 되리라던 말만 생각하면서 시골 농부의 집으로 출가하기를 원하지 않고, 장차 재상의 부인이 될 것만 믿고 있었다.

사씨 부인은 임낭자의 재덕을 생각하고 유시랑에게 허락을 받은 후 차환을 그 연화촌에 보내고 얼마 지나 다시 시녀와 교부(轎夫)를 보내서 임낭자를 데려오게 하였다. 임낭자가 사부인을 만나려 생각하던 차에 가마로 데리러 왔으므로 감사히 여기고, 얻어서 기르던 소년(인아)을 데리고 함께 사씨 부인을 만나 반기고 아이는 동생이라 하였기 때문에 아무도 이상하게 생각지 않았다. 사씨 부인은 임낭자에게 유시랑의 둘째 부인이 되기를 권하였다. 임낭자는 이것이 꿈인가 의심하면서도 고모 묘혜스님의 예언을 생각하고 감격하였다. 사씨 부인은 택일하여 친척을 초대하고 잔치를 베풀어 임씨를 성례시키니, 그 용모가 아름다운 숙녀였으므로 유시랑이 심중으로 기뻐하고 사씨 부인에게 말하기를 내 그대에게 정이 덜할까 염려하노라 하니 부인은 미소만 보이고 대답하지 않았다.

하루는 인아의 그전 유모가 임씨 방으로 들어가서 눈물을 흘리며 말하기를,

"요전에 시비의 말을 들으니 낭자의 남동생 도련님이, 그전에 제가 시중하던 우리 공자와 얼굴이 꼭같이 생겼다 하기에 한 번 보러 왔나이다."

유모의 말을 의아스럽게 생각한 임씨가 유모에게 물었다.

"댁의 공자를 어디서 잃었던가?"

"북경 순천부에서 잃었습니다."

임씨가 생각하기를, 북경이 천리인데 어찌 남경 땅에서 잃은 공자를 얻었으랴 하고 의아하였으나, 시녀에게 인아 소년을 불러 오게 하였다. 유모가 본즉 어렸을 때 자기가 밤낮으로 안고 기른 인아가 틀림없었다. 반가운 생각으로 왈칵 끌어안고 싶었으나 한편 의심을 가지지 아니할 수 없었다.

"이 소년은 실은 내 모친이 낳은 친동생이 아니고, '모년 모월 모일'에 강가에 버린 아이를 주워다가 길러서 의남매가 되었다네. 만일 얼굴이 댁이 기르던 공자와 같으면, 혹 그런 연고 있는 소년인지도 모르겠네."

이때 소년이 먼저 유모를 알아 보고 깜짝 놀라면서 물었다.

"유모, 왜 나를 몰라 보는가?"

"앗, 도련님!"

유모가 이때 소년을 끌어 안고 임씨에게,

"이것 보십시오. 이댁의 도련님이 아니면 어찌 나를 알아 보고 이렇게 반가워하겠습니까?"

"이 아이 성명은 비록 모르나 전에 귀한 댁 아들로서 곱게 길렀던 것이 분명하고, 남경으로 가던 뱃사람이 어디서 주워 가다가 우리 집 근처에 버리고 간 것이니까, 유모가 잘 알아 보고 대감 양위께 말씀 드리도록 하게."

유모가 임씨의 말을 듣고 크게 기뻐하면서 곧 사씨 부인에게 그 말을 전하자, 부인이 황망히 임씨 방으로 달려와서 그 소년을 보고 반신반의하면서,

"너는 나를 알겠느냐?"

인아가 사씨 부인을 자세히 보다가 울음을 터뜨리고,

"어머니, 어머니는 저를 몰라 보십니까? 어머님이 집을 떠나신 후에 소자가 매양 그립게 생각하였습니다. 어릴 때 일이라 제 기억이 아득하여 잘 모르나, 서모 저를 데리고 멀리 가시다가 제가 잠든 사이에 강변 숲속에 두고 가셨기 때문에 잠을 깬 뒤에 외롭고 무서워서 울 적에, 큰배를 타고 가던 사람이 데리고 가다가, 또 어떤 집 울 밑에 놓고 갔습니다. 그때 그집의 저 은모(恩母) 거두어 길러 주어서 전보다 편하게 지내다가, 이제 뜻밖에 여기 와서 어머님을 뵈오니, 이제는 죽어도 한이 없습니다."

사씨 부인이 인아의 손을 잡고 대성통곡하면서,

"이것이 꿈이냐, 생시냐. 꿈이면 이대로 깨지 말아야겠다. 내 너를 다시 보지 못할까 하였더니, 오늘날 집에 돌아온 것을 만나니 어찌 하늘의 도움이 아니겠느냐?"

하고, 흐느껴 울다가 유시랑에게 인아를 찾은 사실을 고하자, 유시랑이 급히 달려 와서 자초지종을 듣고서 임씨를 칭찬하면서 기뻐하

였다.

"우리가 오늘 부자, 모자가 이처럼 만나서 즐기는 경사는 모두 그대의 공이니, 그 은덕을 어찌 잊겠는가. 금후로는 나의 가장 큰 슬픔이 없게 되었다."

"과분하신 말씀을 듣자와 황송하옵니다. 오늘날 부자 모자가 상봉하신 것은 모두 존문(尊門)의 음덕(陰德)이시지, 어찌 제 공이겠습니까. 사씨부인의 성덕현심(聖德賢心)에 신명이 감동하신 영험입니다."

"음, 그것도 그렇고, 그대 공도 또한 장하지 않은가?"

하고, 온 집안이 이 경사를 축하하면서 인아의 모습을 보니, 장부의 체격이 발월(拔越)하고 그 준매(俊邁)함을 칭찬치 않는 사람이 없었다. 원근의 친척이 모두 모여서 치하하는 동시에 임씨에 대한 대우가 두터워지고, 비복들도 착한 임씨를 존경으로 섬겼다. 그리고 사씨 부인이 임씨 대하기를 동기처럼 아끼고 임씨 또한 사씨 부인을 형님같이 극진히 섬겼으며, 보통 처첩간의 투기 같은 감정은 추호도 없었다.

이 무렵에 교녀는 동청이 죽은 뒤에 냉진과 살다가, 마침내 냉진이 역적의 도당을 꾸미다가 괴수로 잡혀 처형되자, 도망가서 낙양의 술집의 창기가 되어, 낙양의 인사에게 웃음을 팔아 재물을 낚으면서, 자신이 한림학사의 부인이라고 호언하였으므로 낙양에서 교녀의 교태를 모르는 사람이 없었다. 사시랑댁의 차환이 마침 낙양에 왔다가 창녀 교씨의 유명한 평판을 듣고 술집에 가서 자세히 보니 분명히 본인이라 깜짝 놀라고 돌아와서 교녀의 소식을 전하였다. 이 소식을 들은 유시랑은 부인 사씨에게 조용히,

"교녀를 잡지 못할까 걱정했더니, 낙양청루에서 행색이 *낭자하다니, 내가 돌아갈 때에 잡아서 설치(雪恥)하겠소."

관대한 부인 사씨도 교녀에 대한 철천지 한은 풀리지 않았던 것이다. 그러나 사씨는 아들 인아를 만난 후로는 시름이 없었고, 유시랑은 사사로운 고민이 없어서 모든 힘을 치민(治民)에 근면하매 모든 백성

*낭자——나쁜 소문이 파다함.

이 농업과 학업에 힘썼으므로 그의 일읍(一邑)이 대치(大治)하여 태평세대를 구가(謳歌)하였다. 황제가 그 공적을 들으시고 예부상서(禮部尙書)로 승탁하시니, 유상서가 사은차 상경하게 되었다. 행차가 서주에 이르러서 창녀로 이름난 교녀를 염탐한즉 분명히 그곳 화류계에서 군림하는 존재로`있었다. 유상서는 수단있는 매파(媒婆)와 상의하고 창녀 교칠랑을 시켜서 이러이러하라고 명하였다. 매파가 교녀를 찾아가서,

"이번에 예부상서로 영전되어 상경하시는 대감께서, 교낭자의 향명(香名)을 들으시고 소실로 맞아 총애코자 하시는데, 낭자의 의향이 어떤가? 상서벼슬은 거룩한 재상의 지위요, 그 시비의 말을 들은즉, 정실부인은 신병으로 치가(治家)도 못한다니까, 낭자가 그 대감댁에 들어만 가면 정실부인과 다름이 없이 집안 실권을 휘두르며 마음대로 호강을 할 것이니, 이런 좋은 혼담이 어디 있겠나. 여자의 부귀는 역시 교낭자 같은 미인의 차지야."

교녀가 매파의 달콤한 권고를 듣고 생각하되,

'내 비록 화류계 생활로 의식의 부족은 없지만, 나이도 점점 먹어가니 종신의탁(終身依托)을 생각하지 않을 수 없으니, 이 기회에 상서부인이 되어서 천한 신분을 면하자.'

하고, 매파에게 잘 성사시켜 달라고 쾌락하였다.

"성례는 대감과 본부인이 보시는 데서 할 테니, 준비가 되면 낭자를 데리고 갈 테니 화장을 곱게 하고 기다려요."

"알겠어요."

하고, 교녀가 득의(得意)의 미소를 하였다. 매파가 교녀의 승낙을 고하자 유상서는 인부를 갖추어서 교녀를 가마에 태워서 본 행차를 따로 서울로 데려가도록 분부하였다.

유상서는 서울에 이르러 황제 어전에 사은하고 집으로 돌아와서 친척을 모아놓고 경축잔치를 크게 베풀었다. 이 자리에서 사씨, 임씨를 불러서 두부인을 뵙게 하고,

"이 사람은 그전의 교녀와 같지 않은 현숙한 사람이니 고모님께서

는 그릇 보지 마십시오."

하고 소개하자, 두부인은 새사람이 비록 어진 사람이라도 나에게 상관 없는 일이라고 담담한 태도를 취하였다. 이때 유시랑이 빙글빙글 웃으며 두부인과 좌중 손님들에게,

"오늘 이 즐거운 잔치에 여홍이 없으면 심심할까 합니다. 노상에서 명창(名唱)을 얻었으니 한번 구경하시오."

하고, 좌우에 명하여 창녀 교칠랑을 부르라 하였다. 이때 교자로 실려서 서울로 왔던 교녀가 사처에서 기다리고 있다가 승명하고 상서댁으로 데려오자, 가마 안에서 내다보고 깜짝 놀라면서,

"이 집이 분명히 유한림 댁인데 왜 이리 가느냐?"

시녀가 시치미를 딱 떼고,

"유한림은 귀양가시고, 우리 대감께서 이 집을 사서 들어 계십니다."

교녀가 시녀의 말에 안심하고 또 다시 가증스런 교만한 생각을 일으켰다.

'나하고 이 집과는 인연이 깊구나. 마땅히 그전에 정든 백자당에 거처하겠다.'

시비가 그렇게 옛꿈을 그리워하는 교녀를 인도하여 유상서와 사부인 앞으로 갔다. 교녀가 눈을 들어서 보니 좌우에 있는 수 많은 사람들이 전부 낯익은 유연수문중의 일족이라, 벼락을 맞은 듯이 낙담상혼(落膽喪魂)하고 말았다. 교녀는 땅에 엎드려서 목숨만 살려 달라고 애걸하였다. 상서가 큰 호통을 하며 꾸짖었다.

"네 죄를 아느냐!"

"제 죄를 어찌 모르겠습니까마는 관대히 용서하여 주십시오."

"네 죄는 한둘이 아니니, 음부는 들으라. 처음에 부인이 너를 경계하여 음탕한 풍류를 말라함이 좋은 뜻이어늘 너는 도리어 참소하여 여우의 탈을 썼으니 그 죄 하나요, 요망된 무녀(巫女) 십랑과 음모하여 해괴한 방법으로 장부를 혹하게 했으니 그 죄 둘이요, 음흉한 종년들과 동청과 간통하여 당(黨)을 이루고 악행을 하였으니 그 죄

셋이요, 스스로 저주하고 부인에게 미루었으니 그 죄 넷이요, 동청과 사통하여 가문을 더럽혔으니 그 죄 다섯이요, 옥지환을 도적질하여 간인(奸人)을 주어 부인을 모해하였으니 그 죄 여섯이요, 제 손으로 자식을 죽이고 그 악을 부인에게 미루었으니 그 죄 일곱이요, 간부와 작하고 부인을 사지(死地)에 몰아 넣었으니 그 죄 여덟이요, 아들을 강물에 던졌으니 그 죄 아홉이요, 겨우 부지하여 살아 가는 나를 죽이려 하였으니 그 죄 열이다. 너 같은 음부가 흉지간의 음악(陰惡)한 대죄를 짓고 아직도 살고자 하느냐?"

교녀가 머리로 땅을 받으면서 울어대고,

"이것이 모두 제 죄이오나, 자식을 해친 것은 설매가 한 일이요, 도적을 보낸 것과 엄숭에게 참소한 것은 동청이가 한 일입니다."

하고, 사씨 부인을 향하여 울면서 호소하되,

"저는 실로 부인을 저버린 죄인이오나, 오직 부인은 대자대비(大慈大悲)하신 은혜로 저의 잔명을 살려 주십시오."

사씨 부인은 눈물을 머금고 떨리는 음성으로 대답하였다.

"네가 나를 해하려 한 것은 죽을 죄가 아니지만, 대감께 죄진 너를 내가 어찌 구하겠느냐?"

유상서가 교녀의 비굴한 행색에 더욱 노하였다. 곧 시동에게 엄명하여 교녀의 가슴을 칼로 찢어 헤치고 심장을 꺼내라고 하였다. 이때 사씨 부인이 시동을 만류시키고,

"비록 죄가 중하나, 대감을 모신 지 오랜 몸이니 시체(屍體)는 완전하게 처치하십시오."

유상서가 부인의 권고에 감동하고, 동편 언덕에 끌어 내다가 타살한 후에 시체를 그대로 버려서 까막까치의 밥이 되게 하라고 명하니, 좌중의 모든 사람이 상쾌하게 여겼다. 유상서는 만고의 간부 교녀를 죽이고 상쾌하게 여겼으나, 사씨 부인은 시녀 설매 억울하게 참사된 것을 가엾이 여겨서 뼈를 찾아서 잘 묻어 주었다. 그리고 십랑을 잡아서 치죄(治罪)하려고 찾았으나, 전년에 금령의 옥사(獄事)에 연좌되어서 죽었다는 사실이 밝혀졌다.

임씨가 유씨문중에 들어온 지 십년이 지나는 동안에 계속하여 삼형제를 낳았는데 모두 옥골선풍(玉骨仙風)이요, 천금가사(千金佳士)였다. 장자의 이름은 웅(雄)이요, 차자의 이름은 준(俊)이요, 삼자의 이름은 란(爛)이라 하였는데, 모두 부형을 닮아서 세상에 뛰어난 인재들이었다. 황제는 유상서의 벼슬을 좌승상으로 승진시키시고, 황후는 사씨 부인의 청덕(淸德)을 들으시고 자주 불러서 만나시니, 유씨 가문의 영광이 비할 데 없었고 또 두추관이 높은 벼슬에 이르니 그 명성의 융성함이 천하의 으뜸이었다.

유승상 부부는 팔십여 세를 안양(安養)하고, 그 후대의 공자는 병부상서에 이르고, 유웅은 이부상서를 하고, 유준은 호부시랑(戶部侍郎)을 하고, 유란은 태상경(太上卿)을 하여 조정에 참열하였으니, 그 모친 임씨도 복록을 누려서, 자부(子婦)와 제손(諸孫)을 거느리고, 사씨 부인을 모시며 안락한 세월을 보냈다. 문필에 능달한 사씨 부인은 *내훈(內訓) 십 편과 열녀전(烈女傳) 십 권을 지어서 세상에 전하고 자부들을 가르쳐서 선도(善導) 권장하였다.

이러므로 착한 사람은 복을 받고 악한 사람은 앙화를 받는 법이니, 후인(後人)을 징계함직 하나, 사정이 기이하므로 대강 기록하여 후세에 전하는 바이니, 보시는 사람은 명심하소서. 희로애락을 지성으로 근고(謹告)하옵니다.

---

*내훈(內訓)——역대 왕비의 말과 행실의 귀감이 될 만한 것을 7편으로 모아 한글로 구두해석을 한 책. 덕종(德宗)의 비 한씨(韓氏)가 지음.

癸丑日記

西宮錄 1

만력 임인년(萬歷 壬寅年)에 중전(中殿)께옵서 아기를 잉태하셨다는 이야기를 듣고, *유가(柳哥)가 중전으로 하여금 놀라시게 하여 낙태하시게 할 양으로 대궐 안에다 돌팔매질도 하고, 궐내 사람들을 사귀어 나인들의 변소에 구멍을 뚫고 나무로 쑤시며 여염처(閭閻處)에 횃불을 든 강도가 들었다고 소문을 내니 이때에 궁중에서도 유가를 의심하는 바 없지 않았다.

계묘년(癸卯年)에 중전께서 공주를 낳으시니 조보(朝報)를 미처 발행하기 전에 먼저 베껴 돌리되 잘못 전하여 대군을 낳으셨다고 듣고 유가는 아무런 대답도 하지 않다가 공주를 낳으셨다는 것을 알게 된 뒤에야 무엇을 주더라하니, 이것으로 미루어 보아도 얼마나 미워했음을 알 만하지 아니한가.

그후 병오년(丙午年)에 대군(大君)을 낳으셨다는 소식을 듣고 유자신(柳自新)이 집에서 머리를 싸매고 음흉한 생각을 한 나머지 적자(嫡子)가 태어났으니 동궁(東宮)의 자리가 위태하다고 하여 동궁을 모시고 있는 권세있는 신하들과 정인홍(鄭仁弘)을 친히 사귀어서,

"어찌 되었든 동궁을 위하여 정성들여 굿도 하고 점치도록 하여라."

하였다. 그리고 한편으로는, 임해군(臨海君)이 자식이 없으니 임해군으로 세자(世子)를 삼아 대군에게 전하게 하려 하신다 하는 소문을 내어 '선믁제 만믁제'라는 동요까지 지어내어 천조(天朝)에 주청하기를 재촉하니 갑진년(甲辰年)에 광해군(光海君)을 세자로 봉해야 한다는 사연을 *표문(表文)에 소상하고 간곡하게 지어 올리나, 천조에 대하여서는 뇌물을 바쳐 구워 삶을 수도 없는 일이고 또한 조정이 옳은 것만 좇는 터요, 황제(皇帝)도 엄하신 터라 성지(聖旨)가 엄하시어,

---

*유가(柳哥)——유자신(柳自新). 광해군의 장인. 문양(文陽) 부원군.

*표문(表文)——임금께 표로 올리던 글.

"대례상(大禮上) 둘째 아들을 세움은 집과 나라가 한가지로 망하는 일이니 천조는 온 천하에 법을 펴고 다스리는 마당에 한 조정을 위해서 이런 처사를 허용하지 못할 것이니라."

상감의 엄한 뜻이 준절하기 비할 데 없고, 그 뒤 표문을 올리면 크게 꾸중을 내리시므로 봉세자(封世子)하는 일은 그 장래가 막히지나 않을까 염려가 되더니, 이때 예부관(禮部官)과 재상(宰相)이 교체됨으로써 다시 중첩하려다가 중도에 그만두고 마니 유가(柳哥)의 일파가 이르기를,

"적자가 나셨으므로 봉세자 주청을 아니한다."

하더니, 선조 대왕께서 병환이 나셨을 때 정인홍(鄭仁弘), 이이첨(李爾瞻) 등 대여섯 사람이,

"유영경(柳永慶)이 임해군을 위하여 광해군으로 봉세자(封世子) 할 것을 주청을 아니하니 수상(首相) 유영경의 머리를 베게 하소서."

하는 상소를 하되, 상감의 뜻에 거슬리는 *주사(奏辭)를 그지없이 광포하고 차마 입 밖에 낼 수 없는 말을 써서 상소를 하니, 이미 여러 해째 병환으로 침식을 제대로 못하시고 기운이 지치실 대로 지치신 상감께서 이 상소문을 보시고,

"제 어찌하여 군부(君父)를 협박하는 짓을 하는고?"

하시고, 몹시 분개하심을 이기지 못하시어 침식을 전폐하시고,

"인홍(仁弘) 등을 정배하라."

겨우 이 말씀을 전교하시고 *홍서(薨逝)하시거늘 지체하지 않고 세자와 세자빈(世子嬪)을 침전에 들게 하여 *계자(啓字)와 *새보(璽宝)와 마패 등, 이렇듯 중대한 것들을 즉시 내주시고 세자와 제자(諸子)에게 하신 유교(遺敎)를 후궁(後宮)이 하면서,

"대군을 향하여 내리신 유교도 지금 함께 내리소서."

---

*주사(奏辭)——공사를 임금께 아뢰는 글

*홍서(薨逝)——왕공귀인의 죽음을 높이어 일컫는 말.

*계자(啓子)——'啓'자를 새긴 나무 도장.

*새보(璽寶)——옥새(玉璽)와 옥보(玉寶).

하니, 중전께서는 인사불성(人事不省)하셨던 끝이라,

"그 유교는 지금 내림이 옳지 않도다."

라고만 하실 뿐이어서, 중의를 좇아 세자에게 먼저 알리고 이어 조정에 내리었다.

이러한 것을 이 유교를 내렸다고 하면서 큰 허물을 삼으니, 정말로 대군을 세우려 하면 대권(大權)을 손안에 쥐고 계신데도 불구하고 새보를 내서 행사치 않으시고 어찌 세자인 광해군(光海君)한테 즉시로 보내시며 또 유교에,

"참언(讒言)이나 모함하는 일이 있어도 마음에 두지 말고 어린 대군을 가엾게 생각하라."

라고 말씀하셨거늘, 어찌 유교대로 대군으로 하여금 위(位)에 세우게 하실 일이 있겠는가! 정미년(丁未年) 시월 상감께서 편찮으셨을 때에도 동궁과 빈을 즉시 불러들여 곁에서 모시고 탕약을 받들어 올리게 하시며, 동궁이 불민하여 성의를 어기는 일이 있을 때에도 내전으로 계셔서 중간에서 좋도록 나가시니 그런 때에는,

"내전께서 내리시는 은덕이 크고 무겁도다!"

하며 기뻐하더니, 점점 주위에 이간질하는 사람이 있어서 임해군부터 없앨 모책(謀策)을 세워 의롭지 않은 일에는 흉하고 악한 터라, 마침내 *소장(訴狀)에다 대환(大患)을 부쳐내니 그런 간사한 사람이 어디 있으리요.

대개 어렸을 때부터 불민히 여겨오신 터였으나 임진왜란(壬辰倭亂) 때에 갑자기, 광해군을 왕세자로 정하신지라 항상 교훈하시고 전교를 내리시지만 일절 순순히 순종하는 일이라고는 없어, 상감께서 타이르시는 족족 원수처럼만 생각하시기를,

"자식이 되어서 어버이에게 하는 도리를 어찌 저렇게 할 수 있겠는가?"

하시고 마땅치 않게 생각하시던 차에, 의인왕후(懿仁王后)의 재궁(梓宮)이 아직 빈전(嬪殿)에 계실 때인데도 불구하고 후궁의 조카를 들여

*소장(訴狀)——관청에 대해 하소연하는 서면.

다가 첩을 삼으려 하기에,

"못한다. 어찌 부덕한 일을 하려고 하느냐?"

하시면서, 허락하지 않으신 일을 깊이 한으로 여겼다가 병오년(丙午年)에 대화(大禍)를 일으켜 큰 세력을 잡으려고 크게 욕심을 내어 상감을 기만하고 들어가려 하여 후궁을 위협하며,

"내가 하는 일을 상감께 아뢰거나 조카를 주지 않거나 하면 후일에 삼족(三族)을 멸할 테니 그리 알아라."

공갈과 협박을 하고 한편으로는 나인을 보내어 빼앗아갔던 것이었다.

상감께서 그 일을 들으시고 아주 추악한 일로 여기시고 이르시되,

"옛적 세종조(世宗朝) 때 소헌황후(昭憲皇后)를 그 아버님의 일로 태종(太宗)께서 폐하려고 하시니 세종(世宗)께서 '그렇게 하겠습니다'하시면서 '여덟 명의 대군(大君)은 어떻게 처치하오리까?'하시니 태종께서 그제야 폐하지 말아라 하신 일까지 있거늘, 어린계집 하나가 무엇이 그리 귀하다고 어버이까지 속이며 데려가니 흉악한 소행이로다."

하시고, 그뒤부터는 더욱 마땅치 않게 여기셨던 것이었다.

병오년에 대군이 태어나시면서부터 없앨 마음을 품어오다가 대군이 점점 커감에 따라 큰 변을 일으켜서 갑작스레 없이 할 일을 유가와 날마다 모의를 하니 저 철부지 어린 대군이 그지없이 불쌍하고 가엾게 생각될 것이건만 크든 적든간에 능히 할 수 있는 일도 순종하여 행하지 않고 뜻을 거슬리며 반대하는 것이 너무 심하곤 했었다.

정인홍(鄭仁弘) 등은 미처 적소(謫所)까지 가지 않았는데, 상감께서 홍서(薨逝)하시자 즉시 그날로 궁궐 전각 아래 불러들여 계제도 밟지 않고 벼슬에 올려 쓰고, 홍서하신 지 두 주일이 되자 형님인 임해군(臨海君)을 외척으로 내리도록 사헌부(司憲府)와 사간원(司諫院)에서 논계(論啓)하도록 시켜 놓고는 임해군한테는 사헌부와 사간원에서 올린 죄목을 적은 문서를 보이며,

"이제라도 대궐에서 나가면 죄(罪)를 벗을 수가 있지만 궐내에 그냥

머무른다면 죄가 더 무거워질 것이니 내 다 알아서 이르는 노릇이 니 빨리 나가도록 하시오."

하고 말하며, 한편 군사를 대궐 밖에 잠복시켜 놓았던 것이었다.

임해군이 꾀에 넘어가서 즉시 대궐 밖으로 나가니 군사들이 일제히 달려들어 포위하여 비변사(備邊司)에 구류하였다가 교동(喬洞)으로 귀양을 보내되 그곳에서도 감금을 당하고 있었다.

이때 명(明)의 차관(差官) 요동도사(遼東都司)가 임해군의 질병에 대한 사실을 조사하기 위하여 입경(入京)을 하니 임해군에게 이르기를,

"전신불수(全身不隨)인 체하면 처자와 함께 살도록 해 주겠거니와 만일 분부대로 안한다면 죽일 것이로다."

하면서 생모인 공빈(恭嬪)의 사촌 오라버니 김예직(金禮直)을 보내서 은근히 달래니 그런대로 곧이 듣고 분부대로 했지만 명의 차관인 요동도사가 돌아가자 심복인 의원을 보내어 독약을 내려 죽이고야 말았던 것이었다.

임해군을 죽일 때, 대군도 함께 죽이려고 상소문을 올리니 조정에서 시비가 벌어지기를,

"지금 강보에 싸여 있는 어린 몸이고 또 신정(新政)을 베푸는 이 마당에서 형제를 둘씩이나 함께 죽인다는 건 어려운 노릇이오."

하니, 대군은 죽이지 않고 그냥 두었던 것이었다.

상감이 처음엔 하루에도 삼시로 대비께 문안을 자주 드는 척하더니 차차 초하루와 보름으로 한 달에 두 번이 되고, 그것도 무슨 일이 있으면 핑계삼아 거르기가 일쑤였다. 또 문안을 드리려 와서도 대비께서 예사 말씀이나, 생각하고 계셨던 속말씀이거나 혹 일가에 대한 걱정이라도 하실 양이면 자세히 듣지도 않은 채,

"아무러나 좋도록 하십시오."

할 뿐, 무슨 말씀을 의논이라도 하시려면 손을 내둘러 휘저으며 국모의 분부를 들을 생각도 않고 그냥 일어나 휭하니 나가버리는 것이었다. 이런 일이 있은 뒤에는 한참 만에야 문안을 드린답시고 와서는 머

무르기는커녕 앉는 듯 마는 듯 일어나 버리니 모자간에 무슨 말 한마디가 있을 수 있겠는가?

대왕께서 홍서하신 지 삼칠일 만에 상감이 문안을 들었을 때의 일이다. 보통 벗의 조상도 처음 만나면 곡을 하는 게 예사이건만 대비께서 슬피 곡을 하시니 들어오다 손을 내어 휘저으며 시위하는 이에게,

"우시지 마시도록 하여라."

하고는, 혼자서 투덜거리며 '저렇게 서러운 듯이 곡은 하지만 조금도 슬퍼하는 기색도 없고 자식에 대한 정도 없으니 일가들이라도 상가에 와 보면 어찌 마음이 무심할 것인지'하니, 정말 인정이라곤 조금도 없었다.

대왕의 시호(諡號)를 올리게 될 때 대비께서 상감께 말씀하시기를,

"임진왜란 때의 쇠해 가던 나라를 다시 일으키신 공은 말할 것도 없거니와 조종이 망극하시되 종계(宗系)의 변무(辨誣)를 하신 공은 크고 크시니 창업지주(創業之主)보다 떨어지시지 않으시오. 묘를 심상히 마시고 깊이 헤아려 하시오."

하시니, 한참 생각하다가 여쭙기를,

"비록 공이 있으시되 임진왜란으로 말미암아 조종이 편안히 지내시지를 못하셨으니 어찌 공이 있으시다고 할 수 있겠습니까? 다시 말씀하시지 마십시오."

하니, 상감한테 의논하시면서 다시 한번 간절히 말씀하시나 듣지 않을 뿐 아니라 대비께 맞대놓고,

"종자(宗字)를 가지셨다고 나을 것이 없도다."

하니, 그 불효함은 족히 알 만하였다.

옛날부터 자전(慈殿)께서 초상(初喪) 때는 으레 배릉(拜陵)하시는 것이 예인데, 대비께서,

"가고 싶으오."

하시니,

"가시는 게 아직 옳지 않습니다. 정 가시려거든 소상(小祥) 때에나 가십시오."

하고 대답하니, 겨우 소상 때까지 기다리셨다가 또,

"가고 싶으오."

하시니, 또 트집을 잡으며,

"조정에서 하도 못 가시게 막으니 못 가시는 줄 아시고 대상(大祥) 때에나 가십시오."

또 대상이 다다르니,

"이미 다 지났는데 이제 가신다고 해서 무슨 도움이 되시겠습니까? 전 왕후이시니 가신다는 것도 예가 아닙니다. 폐를 끼칠 따름이지 보살피실 일이 없으니 절대로 못가십니다."

이렇게 말하는 것이었다. 삼년을 두고 간곡히 빌어도 보시고 달래도 보셨지만 뜻을 이루지 못하였으니 그렇게도 불쌍하신 일이 또 어디 있으리요.

"혼전(魂殿)에나 가뵙고 싶으오."

하셨는데 그것조차도 여러 번 막으니, 할 수 없이 내전한테 뵙기에도 딱할 정도로 비시니,

"본대 대전이 변통이 없어서 그러시는거니 되도록 가시게 해 드리겠습니다."

하고 대답하더니 내전의 명령으로 겨우 허락이 되었다. 날짜를 촉박하게 정해놓고, 나인을 보내어 유희분(柳希奮)한테는 날을 물리라고 일렀던 것이다. 우리 전에서는 제전(祭奠)에 쓸 음식을 서둘러 장만하였는데 내전은 심상히 여기니 족전을 않으려고 했다가 별안간 생각하여 하느라고, 이런 큰 일은 내쪽에 편하게는 할망정 남의 폐는 생각지 않으니 모든 일을 이렇게 하니 어디다가 민망하다고 말할 수 있으리요. 음식을 만들어 놓고 여러날을 물렸으며 우리 전에서는 장만한 음식을 모두 버리고 새로 장만을 하지 않을 수 없었다.

상감이 어쩌다 내전에서 진지를 드는 일이 있어도 정명공주(貞明公主)는 받들어 올려도 영창대군(永昌大君)은 받들지 않았다.

대전이 말하기를,

"대비전에 문안 드리려 가면 대군의 소리 참 듣기 싫더라."

하였다.

하루는 대군이,

"대전 형님이 보고 싶어."

하도 그러시기에 공주와 대군 두 아기를 문안 오셨을 때에 앉혀 뵈니,

"공주 이리 온."

하며 만져 보고,

"정말 영특하고 예쁘구나."

하고, 대군은 본 체도 않고 말도 않으니, 어려워하시기에 대비께서 말씀하시기를,

"너도 상감 앞으로 나아가렴."

하시니, 일어나 대전 앞에 서시되 본 체도 않으니, 대군이 나가 우시며,

"대전 형님이 누님은 귀여워하시고 나는 본 체도 않으시니, 나도 누님처럼 여자로 태어날 것을 뭣 때문에 사내로 태어났담."

하시고 하루 종일 우시니, 보기에 정말로 불쌍하였다.

대전이 늘 말하되,

"내가 살아 있는 동안은 대군이 열이 있다한들 두렵지 않지만, 세자 대군한테는 조카가 되니 단종조(端宗朝) 때에도 조카를 죽이고 세조(世祖)가 섰으니 이런 일이 생길까 두려워하노라. 내 부디 대군을 없애고 세자를 편히 살게 해줘야겠노라."

이런 말을 항상 들어왔기에 세자는 대군을 만나길 싫어하며 마치 무서운 거나 보는 것처럼 여기고 있었다.

홍서하신 지 석달 만에 대전이 수라를 못자시기에, 대비께서 육찬을 권하시니 권하신 지 두 번째 만에 육찬을 잡수시었다. 양즙(䑋汁)을 하여 가지고 갔더니 자시고 물리면서 은근히 당부하기를,

"이 즙이 참 입맛이 당기니 차게 채워 두었다가 다음에 달라."

하니, 나인이 비웃으면서,

"단지 하루도 소찬을 못 하시던 터에 하절에 서너달씩이나 소를 하

시며, 꾸준히 잘도 하시더니 대비께서 권하시던 차에 하도 황송하여 육찬을 잡수시니, 양즙도 대비전께서 계시기 때문에 마지 못해 뒀다 달라고 하시는 겁니다."

이렇게 말하니 듣는 사람 모두가 마음 속으로 우습게 여기며 웃었던 것이다.

정미년(丁未年) 시월부터 편찮으셔서 세자 광해군이 여차(廬次)와 시약(侍藥)을 하더니 꾸준히 참고 들어 앉아 있지를 못하여 공사를 보시던 청에 와 자리를 깔고 앉아 있곤 하다가 훙서하신 뒤에,

"겨울에 찬 데 앉았던 일은 죽어도 못 잊겠더라."

이렇게 말했던 것이다.

빈측(殯則)에도 한 달에 한번씩 갈락말락할 지경이었다. 슬픈 빛이라곤 찾을래야 없어 상복중임에도 태연히 웃고 대전상(大殿喪)에 감선(減膳)하는 척도 하고 입을 가리고 웃음을 참는 척도 하지만 미처 못할 때에는 소리내어 하도 웃으니 보기에 민망하였다.

대비께서 빈측에 와 곡하며 우시기를 그치지 않으시니,

"이 울음 소리가 어디서 나는가?"

내관이 말하기를,

"자전께서 우시는 소립니다."

"무엇 때문에 저렇게 우시는지? 춘추 많으시고 사실 것 다 사셨는데 서러워하시는 게 참 우습구나. 사람이 언제까지나 살 줄 알았나? 듣기 싫다."

하니, 좌우에 있던 사람이 하도 어이가 없어 속으로 웃는 사람도 있었다.

공사처리를 하도 못하여 단 한 장의 문서도 친히 결재를 못내리는 형편이었다. 여차(廬次)곁에 딸린 익낭방(翼廊房)에다 내전을 모셔다 두고 주야로 공사를 물어봐서 결재를 하곤 하였다. 간혹 내전이 빈청에라도 나가서 안계실라치면 공사를 처리하지 못해서 혼자 쩔쩔매며 종이와 칼을 놓지 못하고 종이를 썰었다간 도로 붙여 보는가 하면, 칼을 도로 벌려서 세워 놓았다 하든지 그렇지 않으면 혼자서 무언지 중

얼거리고 있었다. 이럴 때 내관이 어쩌다 무슨 말이라도 할라치면 소리를 질러 꾸짖으므로 내관도 들어오질 못하고 밖에서 하늘만 쳐다보며 애를 태우는 형편이었다. 명종조(明宗朝) 때부터 모시던 늙은 내관이 당돌히 들어가서 아뢰기를,

"무슨 생각을 그렇게 하고 계시옵니까? 임해군께서도 벌써 남의 말을 듣고 입시하고 계시고 이 공사는 조금도 어려운 것이 아니옵니다. 글을 배우신 지가 오래 되셔서 그러신가 하옵니다. 슬기는 글을 하는 데서 터득하는 것인가 하옵니다. 마마께서는 선왕이신 선조대왕의 아드님이시고 들어 계옵신 집도, 종이와 필묵(筆墨)도 모두 다 선왕의 것이온데 이 정도의 공사를 처리하지 못하오셔 사람을 입시시켜 놓으시고 잠잠히 앉아만 계시옵니까? 도대체 칼과 종이로 무슨 일을 하옵시렵니까?"

하니, 그때는 부끄러워 아무 말도 못했던 것이었다.

이 말이 퍼져 나가자 이 늙은 내관을 몹시 미워하다가 대군란(大君亂) 때에 죽이고야 말았던 것이다.

내관에게 한 번 일을 시키려면 열 번은 고쳐 시키며, 심부름을 한 번 시킬 때도 열 번씩이나 다시 시키고 하였으니 아무리 잘한들 상을 주는 법도 없으며, 잘못한다 해도 벌을 줄 줄도 몰랐었다.

유가가 늘 답답하게 여겨서 날마다 그때 그때 상감께 가르쳐 올리기를 이제 아무개가 상소를 할 테니 이렇게 대답하시고 다음에 아무개가 계사(啓辭)를 할 것이니 저렇게 대답하시라고 시시로 한문(漢文)으로 혹은 한글로 써서 광주리나 소쿠리에 몰래 넣어 가지고 다녔으며, 혹 문이 닫힌 때엔 동쪽 산에 있는 뒷간 근처에 당(堂)이 있어 그리로 사람이 들어갈 수 있게 작은 구멍을 뚫고, 그리로 드나들다가 구멍이 너무 커서 밖에서 빤히 들여다 뵈지 못하도록 안쪽만 가려 두고 안팎에서 연락을 하여 출납(出納)을 하였던 것이다. 헌데 그것도 하도 잦아지니까 대궐담 밖에다 종을 시켜 움막을 짓게 하여 종을 살게 하여 놓고 밤이면 그 종을 시켜 유가한테 연락을 시켜 알아오게 했던 것이었다.

침실에는 노끈으로 엮은 광주리며 보자기에 싼 소쿠리가 시글시글 하였다. 시녀 한 사람을 밤낮으로 공사에 대한 대답을 알아오도록 유가에게 보내곤 했었다. 날마다 공사가 있는 족족 써서 보내니 밥 먹을 새도 없어서 괴롭고 서러워 한 번은 혼자말로 이렇게 말했던 것이었다.

"남자가 되어서 이만한 공사 하나를 처리하지 못하고 밤낮 남한테 물어보고 다니다니. 우리 침실에는 소쿠리 광주리가 어떻게 많은지 방에 꽉 찼군!"

대전이 이 소리를 듣고, 쫓아 내니 소문을 퍼뜨리기를 성품이 잔인하여 전에 없던 행실로 기둥으로 사람을 치기도 하고, 채찍으로 치지 않으면 석쇠 같은 것으로 막 치니, 아프다는 소리가 진동하여 들리고

"내전마마 살려 줍시오."

하는 소리가 밖에까지 들렸다고 하였다.

내수사(內需司)에서 들여오는 물건은 전례를 따라 전부터 대비전이 입량(入量)으로 쓰시는 것을 한 때는,

"꿀을 받아다 얼만큼만 대비전에 갖다 드려라."

하니, 여러 궁방(宮房)의 일을 맡아보는 차지내관(次知內官) 이봉정이 말하되,

"마음 쓰기 나름이지, 누가 값을 따져서 들이겠습니까? 필요하실 때 쓰시도록 갖다 드리겠습니다."

하니, 듣지 않고 또 한번은,

"대비전이 들여오라고 하시는 물건은 나한테 먼저 알린 다음에 갖다 드리도록 하여라."

하니, 그 뒤부터 먼저 상감께 취품(取稟)하는 버릇이 생겼던 것이다.

관청의 물건을 다른 곳으로 옮기니 어떤 이는 말하기를,

"대비전께서 못 쓰시게 하시느라고 그렇게 한다."

하고, 어떤 사람은 말하기를,

"혹시나 불의지변(不意之變)을 당하더라도 나중에 가서 살 수 있도록 하기 위함이노라."

하며 이현궁(梨峴宮)이라 이름 짓고, 온갖 물건을 다 그 궁으로 가져다 쌓게 하였다.

무신년(戊申年) 초에는 상감이 가장 공경하는 척하며 이르시기를,

"내가 위하고 받들어 모시는 분이 자전이시니 하고자하시는 일은 무슨 일이건 다 말씀하십시오."

하니, 대비께서 감동하시고 고맙게 여기시며 세자를 향하여……그리 대답을 하옵시고, 대왕……진 이름은 얻으시려고 하시고, 모든 일에……

세자께서 *영민(英敏)하시니 더욱 기특히 생각하시면서 사내 아이에게 소용되는 물건을 문안을 드리러 올 적마다 주시니, 세자의 보모상궁(保姆尙宮)인 옥환(玉環)이 두 손을 모아 합장하고 상덕(上德)을 축수하며 말하기를,

"윗전이 아니시면 우리에게 무엇이 있겠습니까? 올 때마다 이렇게 주시니 대비 마마의 상덕은 하늘 같으시며 아버님은 종이 한 장도 주지 않으시니 누구를 닮아서 그러신지 종의 말을 듣지 않기로 말하자면 수레를 끄는 소라고 한들 그렇게 질기겠습니까? 선왕마마의 아드님이지만 누어 놓은 똥이나 닮았다고 할까요. 똥을 누실 때는 아침부터 뒷간에 가 앉으면 겨울에는 오정 때까지 앉아서 누고, 문안을 드리려고 할 때는 유난히 드나들며 똥을 두세 번씩 누시니 그런 애가 타는 노릇이 어디 있겠습니까? 무슨 일이든지 필요하실 때엔 기별하여 놓았으니 어련하랴 생각하지 마시고 여러번이고 이르셔야지 한번 들으신 일은 원래 들은 척도 않으시니 꼭 수레를 끄는 소 같으십니다."

하니, 모두들 어떻게 저런 말을 하시느냐고 했더니,

"질기기로 말하면 소보다 쇠가 더하지 않을까?"

하는 것이었다.

처음엔 상감의 말을 곧이 듣고 참 마음씀이 너그럽다 했더니, 점점 하는 양이 박대하는 게 심해지더니 경술년(庚戌年)과 신해년(辛亥年)

*영민(英敏)——영특하고 민첩함.

사이에는 더욱 심해져서 대비께 대해 불공함은 이루 말할 수 없을 지경이었다.

상궁 가히〔介屎〕와 점차로 가까워지면서부터 내전하고는 멀어지면서도 공사를 처리할 때에만은 내전을 불러다 시키니 나중엔 내전도 화가 나서 가지 않을 때도 있으니 그럴 때엔 친히 와서 데려가기도 하여서 물어보고 그래도 또 몰라 할 때엔 내전도,

"이만한 공사를 혼자서 처리하질 못하신다는 겁니까? 다음부턴 아예 나한테 물어볼 생각도 마십시오."

이렇게 말했다고 한다.

대군을 두고 여러 모로 의심을 한 뒤부터는 더욱 위엄을 보이느라고 고기를 불기운만 쐴락말락하게 하여 많이 먹고 밥은 죽처럼 질게 만들도록 해서 먹고, 날고기를 즐기니 눈은 점점 붉어지기만 하였다.

산나물은 더럽다 하며 전유어와 곤엿을 즐기며 고기만 자셨던 것이다.

행동이 수상해서 다른 사람하고는 달라, 남이 하라고 하는 일은 절대로 안하고, 남이 하지 말라는 일은 부디 하였던 것이다.

마음씨는 흉악하고 말은 실없이 하여, 위엄은 천하고금(天下古今)에 포악한 임금인 *걸주(桀紂)를 본받고, 행실은 운하(運河)를 파고 방탕(放蕩)한 생활을 하였으며 대군을 보내어 우리나라를 침입하였던 수(隋)나라 제 이대(第二代) 임금인 양제(煬帝)보다 더하였으니 대비께서 두려워하시며 후일에 선묘(先廟)를 저버릴까 하여 걱정을 하셨던 것이었다.

그러더니 과연 난을 일으키고야 말았던 것이다.

나인한테도 무신년(戊申年) 초에는 가장 후하게 대접하는 척하여,

"윗전을 잘 모셔서 평안하시니 너희들의 공이 없으면 어떻게 평안히 잘 지내시겠느냐?"

하시며, 침실 상궁이 갈 때마다 인사를 늘어지게 하며 상도 주더니 신해년(辛亥年)부터는 점점 소홀히 하여 본 체도 않고 가면 밖에다 날이

---

*걸주(桀紂)——중국 하(夏)나라의 걸왕과 은(殷)나라의 주왕.

기울도록 세워 두기가 일쑤고, 들어오라고 해야 옳으련만 연고가 있어 만날 수 없으니 돌아가라고 하는 것이었다.

늙은 상궁 하나가 말하기를 선왕(先王)마마께서는 윗전 나인이 가면 머리를 빗으시다가도 머리털을 쥐시고 상궁을 침실로 들어오라 하셔서 상감의 문안을 물으시고, 세수를 하시다가도 들어오라 하셔서 문안을 물어보시던 일을 말하니 꾸짖으며 이르기를,

"나는 차마 그렇게까지 못 하겠다. 한 달에 두 번씩이나 친히 가서 문안을 하는데 나인을 불러서 친히 봐야 한단 말이냐? 내 마음대로 할 노릇이지 그런 일까지 선왕을 본받아야 하는 거냐? 나는 내 법대로 할 것이니까 다시는 그런 말을 하지 마라."

하니, 듣는 사람이 모두 어이가 없어하였던 것이다.

대전이 처음으로 배릉을 가니 재상(宰相)들은 동구부터 통곡을 하려고 하다 겨우 참고 상감이 우시거든 실컷 울어야겠다 마음 먹고 울음을 시작하는 게 이땐가 저땐가 기다리다가 능(陵)있는 데까지 올라갔다가 천천히 그냥 내려오더니 그 안에 누가 일러 주었는지, 내려온 뒤에야 예조(禮曹)에게,

"울랴? 말랴?"

물어보니,

"우셔야 옳습니다."

하니, 돌아올 때에야 우니 그 소리를 듣고 유자(儒者)가 말하기를,

"소리를 내지 않고 통곡을 하고는, 너무 울었다고 잘못 생각하시겠지."

하였던 것이다.

이렇듯 천성이 효성이라고는 눈꼽만큼도 없고 포악함이 심하니 우리 전한테 대해서야 어떻게 지극하게 할 수 있을까보냐.

내전은 상사 때에도 문안을 드리러 오지 않아서 소상(小祥)때에 상복을 벗은 뒤에나 올까 여겼더니 벗고도 오지 않을 뿐 아니라 그림자조차 얼씬 않으며 내란만 조작하고 있었다.

신해년(辛亥年)에 신궐(新闕)인 창덕궁(昌德宮)에 가 계셔서 후원

구경을 가시니 내전께서 이르시기를,

"나는 나이가 많고 윗전은 나이가 젊으시니 설마 내 뒤에는 못 서실 것이니, 잠깐 핑계를 대고 머무르거든 윗전을 먼저 모셔 가도록 하여라."

한 것이었다.

몇 번이나 특히 유의하여 지내보니 정말 대비전의 뒷시위하는 것을 싫어서 안 하는 것이었다.

이날 대비께서 들어오시다가 연(輦)을 멘 하인이 넘어지는 바람에 연이 기울어지며 거의 떨어지실 뻔한 일이 있었는데 이런 일을 내전은 들어 빤히 아시면서도 '어디 다치시지나 않으셨는지?' 물어보지도 않은 채 당신의 전각(殿閣)으로 가버리더란 것이다.

늙은 나인들이 의인왕후 계셨을 때에 윗전을 섬기시던 일을 보아오다가 어이 없이 여기고 있었는데, 이런 말을 내전이 듣고 한탄하고 원망하며 후일에 어디 두고 보자면서 벼르고 있었다.

하지만 그래도 내전은 말도 잘 알아 듣고 글도 잘 하며 혹 욕심을 부리려고 하는 일이 있기는 하지만, 대전과 종이 흉악불통(兇惡不通)하여 터무니 없는 거짓말을 하니, 윗전에서 무신년(戊申年) 빈천(賓天)하셨을 때에 위께서 돌아가신 것을 서러워하셔 곡읍(哭泣)을 주야로 그치지 않으시니 이르기를,

"무슨 저런 사람이 다 있단 말이냐? 대군을 세우려다가 뜻을 못 이루셨으니 그 일 때문에 더 서러워 우시나 보다."

하니, 대전이 그 말을 곧이 들었던 것이었다.

또 은덕이와 갑이란 나인이 이르기를,

"임진 이후에 선왕마마를 모시고 계실 때에 지니셨던 세간을 우리 전에 주질 않으시는 걸 보면 대군한테 물려주시려나 보다. 그런 것을 다 시기하여 안 줄게 뭐람."

"어디 지니고 사나 봅시다그려."

늙은 상궁을 가히〔介屎〕가 만나서 말하기를,

"대군의 보모상궁(保姆尙宮) 잘 있나? 김상궁도 잘 있구? 대군 귀

밑에 *패달날이 있던데, 언제고 약사발을 부을 날이 있을 걸세."
하니, 듣는 사람이 하도 흉악하게 여겨 못 들은 체하고 오고 말았다.

내전에서 진지를 드니 내전은 양반이라 혹시 잘하라는 말이 있어도 종들이 몹시 박대하여 길을 가는 낯선 사람을 대하듯이 했었다.

신해년(辛亥年)에 대궐을 옮기실 때의 일이었다. 세자의 친영(親迎)하는 것을 보려고 하신 일이 있었는데 하루는 별안간 구경을 하는데 족친(族親)이라도 금한다면서 '대전께옵서는 나오시지 마십시오'하며 중간에 후궁을 놓아 여쭙게 하니 좋은 일에 미안해 하시며,

"친영하는 일을 마음으로부터 기쁘게 보려고 했었는데 그렇다면 할 수 없지."

하고 안 보셨더니, 그 뒤에 말을 지어 내기를 '정이 없어서 보시지 않으셨다'하며,

"*진풍정(進豐呈)도 상복을 벗은 지 오래지 않으니 무엇이 바쁘겠습니까? 천천히 하십시오."

하니, 뜻을 세워 시작은 하여 놓고 택일(擇日)을 번번이 제마음대로 물렸다 다갔다 하며 잔치에 쓸 음식을 다 장만해 놓은 뒤에도 하기 싫은 때면 날을 뒤로 물리며 조정에 알게 하고 외척하고 통하여 대비께 대한 험구를 있는 대로 지어서 퍼뜨리며 나인인 은덕이와 가히 등은 그때부터 하는 말이,

"어느 누가 잘 사나 두고 보자. 대군의 기물이나 수진궁(壽進宮)에 있는 물건이 아니 올 리 있나. 몽땅 우리에게 오고야 말걸."

이렇게 무서운 말을 번번이 하는 것이었다.

무신년(戊申年)에 대왕께서 빈천(賓天)하신 뒤에 여염(閭閻)에서 요사스러운 말을 퍼뜨리는 사람이 하도 많으니 외척(外戚)과 혼가(婚家)가 되면 요사스런 말이 번져 들어갈까 염려하셔서,

"공주와 대군의 혼사는 상덕(上德)이 많은 사람으로 하되 중전가문

---

*패달날〔貫耳令箭의 날〕——전쟁에서 군율을 범한 자의 두 귀에 화살을 꿰어 무리에게 보이는 일.

*진풍정(進豐呈)——대궐 안 잔치의 한 가지, 진연(進宴)보다 의식이 엄숙함.

(中殿家門)에서 정하도록 하시오."

하셨더니,

"세도를 믿는 백명의 간인(奸人)인들 신(臣)이 믿고 칭찬하겠으며, 또 선왕(先王)의 유교(遺敎)를 어찌 잊을 수 있겠습니까? 혼사는 그렇게 하겠습니다."

했더니, 임자년(壬子年) 김직재(金直哉)의 난(亂)이 일어났을 때 점치는 일과 방자하는 일로 점점 더 화(禍)를 만들어낼 마음을 먹고 그런 놈들한테 무복을 받을 때 아이라도 말하라고 가르치니, 옥사(獄事)가 있은 뒤에 조종의 어르신네며, 그중 심희수(沈喜壽) 부원기가 말하되,

"아이라도 내라."

고 했을 때는, 정말 등에 식은 땀이 흐르는 걸 어쩔 수가 없었는데 다행히 그 난에서 벗어나셔서 복이 있으신가보다 했던 것이었다.

이때의 난이 있은 뒤부터 시기하는 게 더욱 심해 문밖에서라도 이름이 있다는 점쟁이는 모두 불러다 유가의 집에다 앉혀놓고 자기네 뜻을 이룰 수 있는 수와 우리 쪽의 액운을 실컷 확론(確論)하여 물어보고 또 유희량(柳希亮)이 신경달이한테 물으니 그 장님이 말하기를,

"대군의 분위가 할 만합니다."

하니,

"남이 죽이려고 해도 안 죽으려나?"

또 물어보니,

"무슨 짓을 해서도 죽여야죠."

이렇게 말했다는 것이었다.

임자년(壬子年) 겨울에 유자신(柳自新)의 아내 정씨(鄭氏)가 대궐 안에 들어와 딸과 사위 셋이서 머리를 맞대고 사흘 동안을 자정이 되도록 의논을 하여 계축년(癸丑年) 정월 초사흗날부터 저주(詛呪)를 시작하되 털이 하얀 강아지의 배를 갈라 들여오며, 사람을 그려서 쏘는 시늉을 하여 바깥의 사람들이 다니지 않는 곳과 대전이 주무시는 곳에 놓고, 또 담 너머와 대전의 책상 밑이며 베개 밑에까지 놓으며, 이렇게 하기를 사월까지 하면서 말을 내기를 임해군(臨海君)때 유영경

(柳永慶)의 부인이 하던 일까지 한다고 하며 온갖 말을 지어내서,

"국무녀(國巫女) 수련개(水連介)가 말하더라."

라고 하였다.

우리가 의심을 하지 않도록 하기 위해서 그런 것이었다.

우리 쪽에서는 이편 사람들이 다니는 곳이 아니므로 설마 우릴 보고 의심한 일이야 아니겠지 하고 염려도 하지 않았으니, 또 비록 염려했다 한들 어떻게 할 수도 없었지만 사실은 그 말이 우리한테 누설되면 자기네의 일이 그릇될까 한 데서 한 짓이었던 것이다.

사월에는 유가, 이이첨(李爾瞻) 박승종(朴承宗) 등 심복과 꾀하며 방정하는 일로 상소문에 은(銀) 도적 박응서(朴應瑞)가 포도청(捕盜廳)에서 낱낱이 자기의 죄를 자백하니 사형판결문서(死刑判決文書)에 결재를 내려야 할 것이건만 유(柳), 박(朴), 이(李), 삼적(三賊)이 포도대장을 *지주(指嗾)하여 죽이고 죄수(罪囚)는 도로 가두고 이렇게 대답을 하라고 맞춰 놓으니 그 도적이 제가 살겠다는 억측으로 온통 시킨대로 상소(上疏)하였는데 사월 스무엿샛날 상소가 들어갔으니 즉시로 고변(告變)이라고 소문을 미리 퍼뜨리고, 적도(賊徒) 응서(應瑞)에게 임금 앞에서 가르쳐 주며 묻는 말이,

"네가 김 부원군(金府院君) 집에 갔었지? 그렇다고 하면 살 것이다."

대답하되,

"목숨은 소중하오나 부원군은 모르겠습니다."

대군의 이름도 말하라고 하니,

"한 부원군이 무엇이 귀하여 묻지 않았다고 하겠습니까? 그 집의 대문도 모릅니다. 아무리 살려 주겠다고 하시지만 모르는 사람을 어떻게 거들겠습니까? 대군도 우리 부원군을 올리란 말이지 부원군도 아는 바 없습니다. 남에 대하여 애매한 말을 어찌하겠습니까?"

하니, 저의 부모를 다 잡아다가 극형에 처하니 어떤 때는 어미를 앉혀

*지주(指嗾)——지시하고 부추김.

놓고 그 앞에서 아들을 치는가 하면, 아들을 앉혀 놓고 어미와 동생을 치는 등 온갖 극형을 다 하며 서로 보이며 치니, 그들이 잔인한 소리로 서로 보며 어미는,

"아들아 무복(誣服)하여서라도 나를 살려 다오."

하면,

"아무리 어버이가 소중해서 살리고 싶지만 거짓말을 하면 나도 서럽거든 남에게 미루고 어떻게 뒤끝이 좋을 수가 있겠습니까?"

하며, 자식이 어버이를 보채면,

"자식이 소중한들 근거 없는 말을 내 어찌 지어 내겠느냐?"

하여, 이대로 생소하게 굴다가 양갑(羊甲)이는 어미가 극형을 당하여 죽은 뒤에 문사낭청(問事郎廳)이 층계를 자주 오르내리며 말하니 그 뒤부터는 남의 말을 하듯,

"부원군도 압니다."

말하니,

"네가 그 집에 가 보았더니 어떻게 하더냐?"

대답하기를,

"갔더니 술을 내보내 대접하더군요. 반역을 꾀하는 게 분명하더이다."

저는 정형(正刑)을 받았지만 제 아비만큼은 죽여서 안되겠다고 아들이 살리니 그 언약을 하느라고 급해지니 무복을 했던 것이었다.

이 뒤부터는 아이 어른 할 것없이 더욱 극형에 처하여 무복을 받으려고만 힘을 써서 큰 옥사를 일으켰으나 나인들 죽일 일을 어렵게 여겨 방자를 하고자 하되 구실이 없어 못하더니 하루는 박동량(朴東亮)이 공을 세워보려고 거짓말로 *유릉(裕陵) 방정사건을 거들어,

"대군 위로 순창(順昌)이 선왕(先王) 편찮으셨을 때 하였다는 말을 듣고 늘 서러워하더니, 고할 곳이 없어 언제 원수를 갚겠나 하더랍니다."

하니, 이른바 유릉(裕陵) 방정사건은 정미년(丁未年)에 선왕 편찮으셨

---

*유릉(裕陵)——의인왕후의 능.

을 때 어느 궁인인지 알지 못하는 이가 유릉 기슭에서 굿을 하다가 들었더니, 무신년(戊申年) 여름에 *법사(法司)에서 국무녀(國巫女) 수난개(秀蘭介 : 水連介)를 친국(親鞫)하였다가 애매하다 하며 도로 놓아 주었다고 하더라는 것이다.

나라에서 수난개 외에 잡무녀(雜巫女)를 쓰지 않는 것으로 모든 사람이 그렇게 알고 있는 터였는데, 유가가 박동량에게 이렇게 하면 살려주마 하며 달래며 온통 유가의 뜻대로 일을 모두 거짓으로 꾸미니, 우리 전에선 순창(順昌)이 시켜 하셨다고 하여 꼭 본 양으로 말하며 모식모해를 하니, 이런 말을 곧이 들으려 하다가 그제야 단서를 잡으려 하여 유릉(裕陵) 방정도 하였으니, 우리 쪽 방정도 이렇게 이렇게 하였다 하고, 오월 십팔일에 침실상궁(寢室尙宮) 김씨와 대군의 부모상궁 침실시녀(寢室侍女) 여옥이와 대군의 보모상궁 환이를 소명(召命)한다고 써 가지고 와서,

"박동량의 *초사(招辭)니 빨리 내어 줍소서."

하니, 그 나인들이 하늘을 부르고 땅을 치니 궁중이 떠나갈 듯이 진동하고 곡성(哭聲)이 하늘을 찌르고,

"박동량 도눅놈아! 우리늘의 이름을 알기나 하느냐? 나라하고 무슨 원수가 졌다고!"

진동하여,

"저기 가서 모진 형벌을 어떻게 당할 것이냐. 차라리 목을 매어 죽으리라!"

하고, 김상궁과 유씨는 목을 매었는데 모두 달려들어 끌어내 죽지는 못했던 것이다.

"여기서 죽으면 일을 저질러 겁이 나서 죽었다고 할 것이니 나가 보아라."

이럭저럭 시간이 흐르니 그 서러움이 어떠했으리요. 천지가 찢어질 듯하며,

---

*법사(法司)——조선왕조때 형조와 한성부.

*초사(招辭)——죄인의 범죄 사실을 진술하는 말.

"마마 죽으러 가나이다. 우리가 무슨 일을 당하더라도 지하에 가서 다시 뵙겠습니다."

하고, 말을 할 때 그 마음속이 어떠했으리요.

박동량은 임진 때 호종(扈從)이요, 나라와는 사돈간이 되어 선조대왕(宣祖大王)의 국상때 수릉관(守陵官)이 되어 선왕께 입은 은혜가 하늘같이 높고, 우리 전에서도 유릉산(裕陵山)의 일로 해서 제신(諸臣) 가운데서도 각별히 관대하게 하셨더니, 보통 때는 상덕이 크고 많아 부원군께서는 각별히 절하더니 흉악한 꾀를 내어 그런 원한이 사무치고 아프고 쓰린 환난을 일으킨 일을 허다히 열어주니 일부러 붙은 불에 섶을 안고 뛰어드는 짝이니 어찌 피와 살을 가진 인간으로서 할 짓일까보냐. 그런즉 나인들은,

"박동량아, 우리들의 이름을 알기나 하더냐?"

하고 소리쳐 꾸짖으며, 이 한이야 죽는다고 잊으랴마는 그보다 선왕께 받은 은혜를 저버리는 걸로 말하자면 무지 몽매한 사람인들 이보다 더 심할 수 있으리요. 그 중에도 김상궁은 열네 살 때 선조대왕의 수레를 모시고 따라가 잠시도 곁을 떠나지 않고 환조(還朝)하시니 충성껏 시위한 일로는 대공신(大功臣)을 할 수 있으련만 나인인 까닭으로 반공신도 못하셨지만 궐내위장을 지내시고 궁인 중에서도 위대한 분이시더니 그 사람이 나가는 서문 안에 앉아서 말하기를,

"어느 나란들, 아비의 첩을 나장(羅將)의 손으로 잡아내니, 임금도 사납거니와 신하도 하나같이 사람다운 게 없도다. 이덕형(李德馨), 이항복(李恒福) 두 어른께서는 정승자리에 올라 여기 앉아 계셨고 임진왜란 때 호종하던 신하 치고 내 이름을 모르는 이는 없을 것이외다. 평양(平壤)으로 함경도로 깊이 들어갈 때 나인을 보내지 않으니, 큰 길에서 오래 머무르시게 되면 선전관(宣傳官)을 보내어 우리를 찾아 오실 때 비록 창황중이나 몸이 커 가르쳐드릴 사람이 없더니, 그 선왕마마의 아들이 임금 자리에 서 계셔서 오늘날 이런 욕을 볼 줄 알았더면 무신년(戊申年) *재궁(梓宮) 밑에서 죽기나 했을 것

*재궁(梓宮)——임금·왕대비·왕비·왕세자들의 유해를 모시는 관.

을. 당나라 장수가 평양 보통문(普通門)을 깨뜨려 왜적을 물리친 기별을 전해 주시니 우리 다 기뻐 날뛰며, 이제야 모두 살아서 환조(還朝)하실 날이 있을 거라며, 즐거워하던 일이 어제처럼 아직도 생생하더니 그때 난에선 벗어났으나 종묘(宗廟)와 사직(社稷)을 위하여 서둘러 군사를 파견하고 입궐하시니, 인심이 진정되어 있지 못하여 옷고름을 풀고 제대로 잠을 주무시지 못하시던 차에, 하루는 하인이 닭을 잡으러 집 위에 올라간 것을 내간(內間)을 엿보는 도적놈인 줄 여기고 오시니, 후궁은 놀라서 나왔고 상감께서는 내관에게 가시며 작은 환도(環刀)를 주시며 급한 일이 있을 때엔 자결하도록 하라 하시니, 제각기 작은 환도를 손에 쥐고 가슴을 두근거리며 기다리던 일도 있었지만 그 시절이 다 지나고 우리 선왕마마의 아들이 임금 자리에 서서 오늘날 이렇게 욕을 볼 줄을 어찌 알았겠으리요. 의녀(醫女)를 시켜 잡아내는 것도 아니고 나장의 손으로 잡아 내게 하니 이 욕이 내몸에 당키나 할쏘냐. 대왕께서 가까이 하시는 여자나 나라의 녹을 자시는 신하들은 다들 명심하소서. 이제 이렇게 하는 게 옳단 말입니까? 이 도리로 임금을 속이면 서로가 망하는 길밖에 없습니다요."

이처럼, 긴 해가 저물도록 참언(讒言)을 하여 진술을 시키려다 못하고 이런 말을 듣고 의녀(醫女)를 정하였던 것이다.

옥중에서 이처럼 바른 말을 할 수 있을까. 속히 끌어 내어 약사발을 내리고, 그밖에 대왕을 가까이 모시던 사람들에게도 다 약사발을 내리고, 또 남은 이는 상궁에 이르기까지 모조리 중형을 베풀어 박동량의 초사(招辭)라고 하며 유월 십삼일날에 열 세 사람을 임금의 명령으로 불러들이는 소명장(召命狀)을 써서 냈던 것이다.

시녀 계란이, 사수(賜水) 학천(鶴千)이, 수모(手母) 언금(彥今)이, 덕복(德福)이, 춘개(春介), 표금이, 보모상궁 앙복이 종 도섭이〔道西非〕, 고운이(古隱伊) 김상궁의 종 보롬이〔甫老未〕 보삭이, 대군의 보모상궁 예환(禮還)이, 수모 향개(香介) 등을 도사(都事)와 나장과 당번내관(當番內官) 이덕상이 와서,

"어서 내어 놓아라."

하고, 독촉하니 우는 소리가 천지를 진동하여 새롭게 망극하여 궁중이 진동하니, 통곡을 하며 말하는 것이었다.

"박동량을 알기나 안단 말입니까? 어찌 우리들을 이다지도 서럽게 한단 말인고. 죽어서 원혼(寃魂)이 되어도 박동량을 잊지는 못하겠습니다. 마마께선 애매하신 일을 남한테 잡히고 계시니, 저희들이 섧게 죽더라도 무슨 한이 있으리요마는 마마께서는 부디 사셔서 우리들을 이렇게 죽인 원수는 부디 잊지 마옵소서. 이제 죽으러 가나이다."

그 중에서 향개는 병이 들어서 나가고 없는 것을, 두고도 속이고 내주지 않는다면서 의녀 대여섯이 와서 공주와 대군들이 들어계신 침실까지 샅샅이 뒤져도 없으니까 또 들어와,

"어서 내놓으라."

독촉하여 보채니, 사람이 급히 기별하기를,

"전날에 병이 들어 나가고 없느니라."

하여도 자꾸 와서,

"어서 내놓아라. 내놓지 않으면 감찰상궁을 하옥하겠느니라."

하는 것이었다.

의녀가 열일곱씩이나 흩어져 궁중에 있고 공주와 대군은 몹시 무서워하시고, 대비께서는 소복을 하시고 엎드려 계시다가,

"없는 나인을 내놓으라 하니, 이렇게 핍박히 보채는 데가 어디 있느냐? 와 있는 내관한테 내가 친히 이르겠다."

하시며 말씀하시니 내관이,

"나가고 없다 합니다."

하고 사뢰니,

"거짓말이니 어서 가서 데려오너라."

말씀하시니,

"마음대로 못 하나이다."

고 하였다고 한다.

의녀가 말하되,
"침실이라도 뒤지라는 명령이시니 모조리 뒤져서 찾으리이다."
이렇게 하니 나인이 주먹으로 쳐 물리치고,
"네 아무리 명을 받았다지만 어느 누가 계신 곳이라고 감히 이렇게 방자하게 구는고?"
꾸짖으니,
"우리도 살려고 그러는 걸세."
하고, 모두들 들어가니 두 아기는 대비마마를 의지하여 한쪽에 하나씩 포대기 밑에 엎드려서 숨도 제대로 못쉬며 무서워 우시니, 뵙기에 딱하고 그 참담한 모습 가슴이 미어지는 것 같아서 차마 바로 보지 못했던 것이었다.

이튿날 감찰 상궁 둘을 다 잡아 내갔고 유월 이십팔일에는 대군의 유모가 넷이라고 소명장(召命狀)을 써 가지고 와서 말하는 것이었다.
"이 수효대로 다 내놓아라."
"아기께서 자라심에 유모는 다 나가고 없다."
하니,
"공연한 말이니, 이시 내놓아라."
하고, 보채더니 궐 밖으로 가서 잡아갔고 칠월에는 수사 명환이, 수모 신옥이, 표금이 등 십여 명이나 되는 하인들을 잡아 내간 것이었다. 삼십여 명이나 되는 궁인들이 한 마디도 무복(誣服)을 하지 않고 죽으니, 방정을 한 노릇이 헛일이 될까 걱정을 하여 나인의 종으로 나이가 열다섯쯤 된 아이를 데리고 나가서 맛있는 음식을 먹이고는,
"살려 줄 터이니 이렇게 말을 하여라."
하고 달래니, 남들의 죽는 것을 보고 무슨 재주로 살 길을 바라며, 또 무슨 충성된 마음이 있다고 죽을 곳을 가려고 하리요. 시킨 대로 대답을 하니 그제야 방정을 한 일을 자백하였다고 말하고 평소부터 유자신(柳自新)의 집에서 사귀어 오는 맹녀(盲女) 고성(高成)이를 후하게 대접하며 데려다 온갖 말을 이르고 제 종도 없이 달려 가서 온갖 말을 하며,

"이것이 대군을 부축하는 곁 내인이고 나는 대군의 보모 상궁이오. 대전과 동궁의 팔자는 어떻고 운수는 어떠며 갑진생(甲辰生)이 병오생(丙午生)을 위하여 을해생(乙亥生)과 무술생(戊戌生)을 해하려고 하니 이룰 것이냐 이루지 못할 것이냐?"

방정을 하더니,

"득(得)할 것이냐 득하지 못할 것이냐?"

오만가지 방법으로 방정하는 짐승을 말해 들려주면서,

"이렇게 이렇게 하노라."

하고, 아무〔某〕 날〔日〕로 정하더니,

"길흉(吉凶)이 어떠한가?"

하며,

"이것이 대군을 곁에 모시는 나인이요 나는 대군의 유모로다."

라는 말을 잊지 않도록 몇 번씩이나 잘 귀에 들려 주었다가 잡아 들여 섬겨가며 물어보니, 마치 전에게 들은 일이 있던 바라 대답하되 고성(高成)이 자백하였다고 하며 고성이더러,

"오윤남(吳允男)이 너한테 가서 점을 친 일이 있느냐?"

"오윤남이란 이름은 듣던 일도 없고, 임별좌(任別坐)라는 사람이 점을 쳤나이다."

말하고 또 말하되,

"대군의 팔자가 어떠냐고 물으며 점을 쳤나이다."

"네가 잘못 알았다. 임별좌가 아니뇨? 윤남이를 별좌라고 하니 오별좌가 틀림없다."

"천부당 만부당이오. 오가가 아니라 임별좌라 하옵니다."

다시금 우기니,

"임별좌라고는 없느니라. 네가 몰라서 그렇지 오별좌가 틀림 없느니라."

하고 우기며 오윤남이 무복을 하지 않고 죽으니, 열두 살된 아들을 위력으로 교사(敎唆)하여도 모른다고 잘라 말하는 것을,

"문복(問卜)하였다고 말만 하면 살려 주마."

하고, 한편 살살 달래며 물어보았더니.

"정말은 문복을 하더이다."

하고 말을 하니 오윤남의 아들이 자백(自白)을 하였다는 말을 퍼뜨리니, 사실대로 자백을 하였다면 죽일 일이겠지만 시킨 대로 말을 하면 살려주겠다고 언약(言約)을 했던 것이다.

대개 살인 도적이 생기며 두 마음을 품고 쌀을 자루에 넣어서 메고 문벌이 높은 사람들의 집을 찾아 다니며,

"대비전에서 대전과 동궁을 죽이려고 방정하는 지가 석달째 되니 하도 민망하여 어디 영검한 무당이 있나 알고자 하는 것이니 혹시 여기 무당이 있는가?"

하고, 두루 다니는 것이었다.

그렇게 하는 때는 일이 저렇게 되어 하도 민망하여 물어 보려고 하는 것이라고 이렇게들 아셔야 이 옥사를 옳다고 여길 것이기 때문이더라.

털이 흰 강아지의 배를 타서 동글납작한 작은 고리짝에 담아 들여갔던 것이다. 살인 도적의 일로 부원군이 죄를 입어 잡히셨다는 이야기를 들으시고,

"대군으로 말미암아 이런 화가 부모 동생에게 미치니 어찌 차마 가만히 듣고만 있겠습니까? 내 머리털을 베어서 표를 보이니 대군을 데려다가 아무렇게나 처치하고 아버님과 동생일랑 놓아주시옵소서."

하시며,

"자식으로 말미암아 어버이에게 해 미치는 일은 차마 살아서 못보겠소이다."

"어찌 이런 말씀을 하옵시는지요. 임해군을 정성껏 대접하여 두었던 것을 제 병이 나서 죽었거늘 살형(殺兄)이란 말과 선왕 약밥에 치독(置毒)하여 승하하게 하였고 선조(宣祖)의 궁인을 알지도 못하는 처지임에도 불구하고 시부 살형(弑父殺兄)하였고 윗 행렬의 여인과 간통하였다는 말을 그곳에서 소문을 내었으니 이 원수는 불공대

천(不共戴天)이로소이다. 글월 보내지 마십시오. 어린 대군이야 뭘 알겠습니까?"

하고, 유자신 아내에게 비오시니 회답하기를,

"서양갑의 아비며 박응서의 아비가 다 서인(西人)이니 연흥부원군(延興府院君)도 한편 사람이니 어찌 모른다고 하옵시나이까? 애매한 게 아니오니 다시 말 붙이지 마옵소서."

두 곳에서 다 이러하니 시부 음증(淫症)은 우리들은 듣지 못하였다가 이 말을 듣고 깨닫게 되니, 그날 약물인지 드시고 즉시 구역하옵시고 위급해지셨던 선왕의 근시인(近侍人)이 모두 제 심복이니 독을 넣었다 함이 하나도 이상할 게 없고, 한편 적신(賊臣) 정인홍(鄭仁弘)의 상소로 말미암아 병환이 위급해지신 것이온즉, 구태여 칼로 자르거나 매로 쳐서만 죽였다할 것이 아니라 가히 그만하면 시부(弑父)라고 할 수 있을 것이요, 음증(淫症)도 선묘(先廟)를 가까이 모시던 숙진이가 가희의 집안 사람인즉 매양 은근히 대하더라 하니 그런 행동을 하고 보면 음증한다 해도 하나도 이상할 게 없을 것이요, 살형(殺兄)이란 말을 듣게된 것도 형님되시는 임해군을 하늘도 우러러 보지 못하게 가시성(城) 속에 가둬두고 된장덩이와 보리밥을 드리다가, 당장(唐將)이 온다는 말이 나니까 자기의 심복되는 의원을 보내어 주찬(酒饌)을 갖다드릴 때, 독주를 마시게 하고 온돌에 불을 처때어 뜨겁게 달구어 그 안에 들어가게 하고 쇠를 잠그고 나오니 가슴을 다쳐 피가 흐른 자취가 분명했다고 하며 그 무렵에는 차비하인(差備下人)들까지도 들어가 구경하는 것을 금(禁)하지 아니하였으니 이런 사실을 모를 이가 뉘 있으리요만 대비전에서 이 모든 소문을 냈다고 하신 것이었다.

비록 소문을 냈다고 가정을 한다 할지라도 옳지 못한 일을 저질러 놓고서 소문을 낸 사람과 불공대천지 원수 될 것이 무엇인가 말이다.

이런 말을 내고 오월 초닷새 편전(便殿)의 앞문인 차비문(差備門)에 만병(萬兵)을 포설(布設)하고 위립(圍立)하여 밤낮을 가리지 않고 목탁 두드리는 소리가 천지를 진동하니 그렇지 않아도 땅 위에 오른 물고기인 양 맥을 가누지 못하시고, 주야로 근심을 하고 계신 터에 목탁 소리가 진동하여 드려치니 마음이 혼미하고 몸이 노곤하여 졸도하실 뻔 놀란 일도 그 몇 번이었는지 모른다.

이와 같이 모두 누구나 다 아는 일을 공연히 생트집을 잡아 일을 만드느라고 어린놈 응벽이를 극형에 처해 섬겨 물으니,

"그런 방정을 제가 하여 *목릉(穆陵)의 흙을 파고 부적을 묻었소이다. 궁중의 도제조(都提調)와 함께 다니되 밤이면 수문장더러도 이르고 다니더이다."

하고 아뢰니, 그는 중한 죄수의 말을 그대로 믿어 의심치 않고 목릉에 가서 제사도 아니 지내고 상돌〔床石〕 밑을 석자나 파보았으나 아무 것도 나타나지 않으매 두어 곳만 파보고 또 유릉에 올라가 파보았던 것이었다.

지극히 부지스러운 하인배라고 하더라도 어버이의 무덤의 흙을 파헤칠 양이면 고묘(告廟)하고 상심하는 게 보통이건만, 지천지령(至天之靈)을 놀라게 하옵고, 그 중형한 핏덩이를 끌어담아 나장(羅將)이며 군사들을 시켜 궁중 안으로 끌어들여 침전의 행랑채에다가 놓게 하니 내인은 늙은이 젊은이 할 것 없이 하도 두려워한 나머지 마루 아래 숨으며 저희들을 잡으러 왔는가 여기저기 숨느라고 헤매는 모양을 어찌 기록할 수 있을까 보냐.

내전에서는 계속해서 날마다 글월을 보내 보채어 재촉을 하기를,

"너희들 나인들이 다 알 것이로되 내여 죽였으니 변상궁 문상궁이 분명히 알 만한 일인즉 변과 문이 다 갑자생(甲子生)이니 두 갑자생 상궁 중 하나를 속히 내어 보내 달라."

하고 보채시나, 한 일을 번듯하게 했다고 해도 그 끝을 감당하기가 어려운 처지이고 보니 갑자생 하나를 달라고 한들 누구를 믿고 의지하여 내어 줄 것일까보냐.

우리 전(殿)께서 대답하오시기를,

"사람으로서 살아가면서 어진 일을 하여도 복(福)을 못 얻을까 두려워하는 법인데 하물며 사특(邪慝)한 일을 하여 어찌 복이 올까 믿을

*목릉(穆陵)——선조의 능.

수 있겠습니까? 이 또한 하늘이 헤아려 하시는 일이매 설움이 태산같으나 죽지 못하는 것을 고이하게 여기는 바이로소이다. 밤낮으로 눈앞을 떠나지 아니하던 종을 잡아내어가고 행여 남았을지도 모를 종을 마저 내라 하시니 갑자생 중의 하나를 내어놓으면 문초한 뒤에 죽일 것이라 하니 나는 아무런 잘못도 없는 터에 무슨 죄를 지었다고 목숨을 얻을까 하여 내어놓으리까. 여편네들이 앉아서 대전 낯에 똥칠을 하는 짓 좀 제발 고만 하소서."

하시니, 그 뒤로 다시는 갑자생의 나인을 내놓으란 말을 하지 않았던 것이다.

또 이르기를,

"박자흥(朴自興)이 이이첨(李爾瞻)의 사위가 된 지 얼마 안 되어서 진상을 하였기에 우리 전에서 답례로 베개를 주신 일이 있었는데 이 때에 한다는 말이 베개 속에다 방정을 하여서 그 베개를 벨 때마다 속에서 병아리 소리가 들리기에 풀어 보니, 잡뼈와, 빼도리 그리고 관조각 따위가 들어 있었다고 하니 어찌 이런 일을 할 수가 있겠는가 하며, 필경 갑자생(甲子生) 아니면 침실 보살피는 갑자생의 나인 중에서 한 짓이라고 하니 생각지도 못한 이런 꾀를 내어 남은 나인들을 마저 죽이려 하니 세상에 이런 사흉(邪凶)한 사람이 또 어디 있을까보냐."

어린 대군이 궐내에 계신 일을 민망히 여겨 만대에 걸쳐 기롱을 들을 게 두려워 가장 어진 체하며 말하기를,

"조정에서 대군을 속히 내어 놓으라고 날마다 보챘지만 어린 아이가 무엇을 알겠느냐 하여 들은 체도 않고 있었는데 서양갑, 박응서 따위의 도둑들을 사귀어 역모(逆謀)를 하는가 하면 한편으론 방정을 하는 등 대란이 났으니 이제 와서 뉘 탓으로 돌리려 하는고?"

하는 것이다.

이런 말을 한 지 얼마 되지 않아서 내관에게 전언을 하여 이르기를,

"대군을 하도 내어 놓으라고 보채니 듣지 않으려고 견집(堅執)하였지만 이제 와선 조정이 노하고 있으니, 그 노여움을 좀 풀어 주도록

잔치에 참석케 하려 하니, 잠깐 문 밖에만 내어 보내서 노여움을 풀게 하여 주소서."

말이 하도 흉측스러워 윗전께서는 차마 바로 듣질 못하시고 모시는 이들도 마음이 또 다시 산란하여, 가슴이 메어지는 듯함을 금치 못했던 것이다.

그 말에 대답을 하지 않을 수 없으셔서 말씀하시기를,

"이 세상에서 저지르지도 않은 큰 변을 만나 아버님과 맞동생을 죽이셨으니, 내 자식의 일로 인해 어버이께 큰 불효가 되어 세상에 용납되지 못 할 줄 알지만, 대군이 나이 들어 제법 철이라도 났다면 자식을 내어 주고 어버이를 살려 달라 하는 게 옳을 것이로되 이제 내 슬하를 떠나지 못하며 동서도 분간치 못하는 일여덟 살 된 철부지 어린 애니 당초에 대군을 데려다 종으로 삼아 제 명이나 다 하게 하시고, 아버님과 동생을 살려 줍소사 하며 내 머리 털을 친히 베어, 친필로 글월을 써서 보냈건만 받지 않고 이제와서 어찌 이런 말을 하시나이까. 어린 아이가 알기나 할 노릇이고 어른의 죄가 아이한테 당키나 하리까?"

하시니, 대답이,

"선왕께서 불쌍히 여기라고 하신 유교(遺敎)도 계신 터이니 대군에 대해선 아무 염려 마옵소서. 머리 털은 두지 못할 것이니 도로 드리는 겁니다."

라고 하였었다.

"아버님께서 돌아가시게 된 일을 생각하면, 간장이 메어지는 것같으나 나라의 법이 중하여 내 마음대로 살려드리질 못 했으나 이 아이는 선왕의 유자(遺子)니 그래도 좀 생각을 하여 주실까 했었는데 새삼스레 그런 말을 하시니 말의 앞 뒤가 맞지 않음을 생각할 때 서러워질 따름입니다. 어린 아이를 어디다 감추어 두겠습니까? 내가 품에 안고 함께 죽을지언정 내어보낸다는 건 차마 못할 노릇입니다."

이렇게 말씀하시니, 또 글월을 써서 보내되,

'아무려면 아이 보고 아는 노릇이냐고 족치겠으며 문밖으로 피접(避接)을 나는 일도 옛부터 있는 일이니, 그 정도로 여기시고 좀 내어보내 주십시오. 조정에서 하도 보채어 그들의 마음을 풀어 주려 하는 노릇이지 대군에게 해로운 일이 있을까 하는 건 조금도 근심하지 마옵소서.'

라고 하였으니, 대답하시기를,

"내 낯을 보아서가 아니라, 대전도 선왕의 아드님이시고 대군 또한 아들이니 정(情)을 생각해서 차마 해할 리야 있으리까마는 대군의 나이 열 살도 못되었고 대전도 아시다시피 한번도 대궐 밖을 나간 일도 없으니 어디다 숨겨 두겠습니까? 대전께서 압력을 가하신 탓이니 선왕을 생각하셔서 인정을 베풀어 보소서."

이렇게 하시니 또 대답하되,

"문밖에 내어 줍시사 해놓고 설마하니 먼 곳으로 떠나 보낼 리야 있겠습니까? 이 서소문(西小門) 밖 궐내 가까운 곳에 벌써 거처할 집을 정해 놓았으니, 궐내에 두어두면 조정에서 번번이 보채기를 없애 버리라고 날이면 날마다 서너달 동안이나 보채지 않은 날이 없으니, 내 비록 듣지 않으려곤 하나 조정에서 하 시끄럽게 구니 오히려 문밖으로 내어보내 그들의 마음을 시원하게 해주는 것이 대군에게도 좋은 일이니 어련히 잘 보살피지 않으리까? 진실로 거짓말을 하는 게 아닙니다. 이 말을 철석같이 믿으시고 부디 내보내 주십시오. 다 좋을 대로 하리이다."

하거늘, 대답하시되,

"여러번 이렇게 말씀하시니 서러운 중에도 망극하고 선왕을 생각하고 옛날에 국모(國母)라 하시던 일을 생각하신다니 감격하거니와 대전께서도 다시 한번 고쳐 생각해보소서. 사람이 자식을 많이 두어도 하나 같이 다 귀하게 여겨지는 법인데 나는 두 어린 애를 두고, 선왕께서 돌아가셨으니 그때 바로 죽었을 것이로되 지금껏 살아 남았음은 어미의 정으로 차마 어린 아이들을 버리고 죽을 수 없어 지금까지 명을 유지하다가 오늘날 또 이런 일을 당함은 대왕을 위하여 죽지않고 살아남은 죄값인가 하나이다. 죽을 망정 차마 어린 것을 혼자 내어보내고 나만 살 수 있으리까? 나를 좇아가게 해 준다면 함께 나가겠습니다."

하시니, 또 말하되,

"이 말씀은 옳지 못하십니다. 대군이 궐내에 있으면 오히려 조정에서 죽여 버리라고 할 것이니 나는 전(殿)을 보나 대군을 보나 서로 좋도록 하려 하였는데 마침내 이토록 들어 주지 않으시면 나도 내 마음대로 할 수 없으니 조정에서 하는 대로 할 뿐이로소이다. 이제라도 내어보내 주시면 살게 하겠거니와 이렇게 거역하고 내어보내 주지 않으시면 살지 못하오리다."

하도 심하게 구는 바람에 모시고 있는 사람들이며 모두들,

"처음부터 흉측한 마음을 품고 그때마다 여러번 말을 일러대니 도저히 이기실 수가 없으시니 좋도록 대답하십시오."

이렇게 여쭈니,

"내 차마 어린 아이를 내어 보낼 수 있으리. 애초에 이런 일이 있을 것 같아 내 먼저 죽으려 하였더니 늙은 나인들이 하도 서러워하며 네기 죽으면 나인을 하나도 실려 두지 않을 것이니 오래 산 나인노 불쌍히 여기라 애원하기에 설움을 참고 살았다가 아버님과 동생을 죽였다는 말을 듣고 지금까지 살아 있는데 이제 대군을 내어 주면 누구를 믿고 살아갈 것이리! 빌어 보아도 들어 줄 길이 없고 내어 보내자 하니 차마 못할 노릇, 하늘과 땅 사이에 이 설움이 어떠하랴. 나로선 결단을 낼 말을 차마 하지 못하겠노라."

하시니, 사이에 낀 나인들에게 글을 써서 보내되,

"너의 전을 위하여 온갖 모책을 다 하다가 일이 탄로났거늘, 이제 와서 뉘 탓으로 돌리고 대군을 내주지 않느뇨?"

하였기에, 이 글을 본 나인이 풀이 죽어 위께 여쭙기를,

"온갖 흉측한 마음을 품고 있다가 이제 대란을 지어내어 본가댁 외가댁이며 나인들을 다 내어 죽였고 또 대군을 내라 하니 망극하기 그지없는 말이야 어떻게 다 이르오리까마는 하늘도 무슨 허물을 보

셨다고 이런 애매한 일을 당하게 되었는데 도와주질 않으사 날이 갈수록 점점 망극한 말이 오고 또 오니 당해 낼 도리가 없으시니 '문밖에만 내어보내 주십시오'할 때 못이기시는 척 내보내 주십시오. 범을 만나도 정신만 차리면 산다지만 이 범은 피하기 어렵사오니 속히 승낙하셔서 사람의 목숨을 잇게 해 주옵소서."

하오니, 위께서 더욱 애통함을 이기시지 못 하시는 양은 이루 다 무엇에 비길 수 있으리요, 그러면서 또 내관 편으로 말을 전하되,

"어서 내놓도록 하라, 지체하면 그 만큼 죄가 더 커지리로다."

하니, 이제는 더 버텨도 소용이 없을 줄 아시고 대답하시되,

"이 설움을 어디다 견주어 말할 수 있으리까마는 대군을 곱게 있게 해주마고 벌써 여러 날 말씀을 전하신 터요 내전에서도 속이지 않겠노라고 극진한 투로 글월에 적으셨으니, 대군을 선왕의 유자(遺子)로 너그럽게 생각하사 하늘이 준 명을 고이 부지하여 살게 해주마고 거듭거듭 말씀하신 터니 이 말을 표로 알고 내어보내겠습니다만 아버님과 동생을 죽게 하였으니 그 슬픔인들 무엇으로 다 측량하여 말할 수 있으리까! 이제 둘째 동생과 어린 동생이 살아 남았다 하니 바라옵건대 이 두 동생만이라도 살려 주시면 대군을 내어보내겠습니다. 섧게 죽은 가운데서나마 절사(絶嗣)나 되지 않도록 하여 주시기를 비나이다."

하시니, 그제야 기꺼이 대답하되,

"이 두 동생들일랑 고이 살게 하겠습니다. 대군을 빨리 내어보내 주십시오. 종이며 그릇들이며 궐내에 있던 대로 갖추어 보내시고 언감생심(焉敢生心)으로라도 다른 길로 빼돌리지 말고 저 살림하던 것을 덜어 보내는 일이 없도록 하십시오. 피접을 나가는 것이니 오히려 편안하고 좋으실 겁니다. 날마다 안부 전하는 사람도 드나들게 하겠습니다. 먹을 것도 보내십시오. 마음대로 보내시고 하시고저 하는 일도 다 들어 드리겠습니다."

라고 하였던 것이다.

이런 일이 있은 다음날 장정내관(壯丁內官) 여남은이 모두 안으로 몰

려와 사잇문을 여니 장정 내인들, 감찰상궁 애옥이, 꽃향이, 은덕이, 갑이, 편지를 전하는 색장(色掌) 나인 셋, 무수리 둘, 그리고 젊은 나인 예닐곱이 넘어 오니 우리 전 나인들은 하 두려워 구석구석에 몸을 오그리고 있었더니 그년들이 와서 침실에 올라 앉으며 말하기를,

"무엇이 부족하여, 무엇이 마땅치 않아 이런 일을 저지르시는고? 대군 곁에 천이 없던가 *명례궁(明禮宮)에 천이 없던가? 대비의 칭호라도 받히시고 대군을 살리려하실 망정, 어찌하여 이런 역모를 하실꼬? 어린 아이가 무엇을 알까마는 일을 저질러 놓고 뉘 탓으로 돌리려 하는고? 어서 대군을 내어보내소서."

하고, 말이 하도 흉악망측(凶惡罔測)스러워 사람이 차마 들을 수가 없었던 것이었다. 하도 말 같지 않아 잠자코 있으니 저들이 또 꾸짖으며 이르기를,

"다 옳은 말을 하였으니 입이 있다 한들 무슨 할 말이 있다고 대답을 하겠는가? 여러 말씀 않고 계시는 걸 보면 정말 우리의 말이 옳군 그래. 너희 나인들이 대군을 빨리 나시게 하여야지 만약 그렇지 않고 지체하여 더디 내어보내시게 한다면 너희 나인들은 모조리 죽을 것이니 그리 일라."

하였던 것이었다.

위께서 인사불성이 되어 다 돌아가실 뻔하다 겨우 정신을 차리시고 곁에서 부축하는 나인 우두머리 너덧 사람을 들어오라 하셔서 이르시되,

"너희들도 사람의 탈을 썼으면 설마 나의 애매함과 서러워하는 걸 모를 리야 있겠느냐? 내가 무신년(戊申年)에 죽지 않고 살아 온 것은 대전이 선왕의 아드님이시기에 두 아이를 의탁하여 편안히 살게 해줄까 함이었는데 여러 해를 두고 하루도 마음 편할 날이 없이 백가지로 근심만 하며 살아오다 흉적을 만나 이 세상에서 용납할 수 없는 대역이란 죄명을 내게 뒤집어 씌우니 하늘이 알지 못하사 이토록 애매한 처지를 변명조차 안해주니 내가 무슨 말을 한단 말이

*명례궁(明禮宮)——지금의 덕수궁.

냐. 이제 밖으로는 아버님과 동생을 죽이셨고, 안으로는 나를 가까이 받들던 나인들을 모두 죽였으니 이 어린 것의 몸에는 죄가 미칠 까닭이 없으련만 또 대군을 내놓으라 하니 차라리 내가 저희 앞에 바로 죽어서 이런 망극하고 서러운 말을 듣고 싶지 않되 대전의 말과 내전의 말이 아직도 내 귀에 쟁쟁이 남아 있고, 나인들이 증인이 되었으니 임금이 설마 국모를 속이겠으며 범인에 비할 바가 아니라고 여러번 은근한 말로 일러왔으니 그 말들을 철석같이 믿고 내어보내겠거니와 두 어린 동생만은 놓아주셔서 어머님을 모시게 하고 선조께 제사나 받들게 하여 주신다면 대군을 내어보내려 하노라. 이 말대로 대전과 내전에 전하도록 하여라."

하시고 애통해하시니, 사람으로서 눈물 없이 어찌 차마 들을 수 있으리요마는 그년들은 모진 말을 거리낌없이 하되,

"이토록 말씀하시지 않으시더라도 대전께서 어련히 알아서 잘하시겠습니까? 속히 내어보내도록 하여 주십시오."

하는 것이었다. 차마 내어보내시지 못하시고 한없이 통곡하시니 두 아기들도 곁에서 함께 우시는 것이었다. 위께서 통곡하시며,

"하느님이시여, 제가 무슨 죄를 지었다고 하늘은 이토록 섧게 하시나이까?"

이렇게 말씀하시고 하도 섧게 우시니, 비록 철석 같은 마음을 가진 사람인들 어찌 눈물이 나지 않으리요마는 장정 나인들이 틈틈이 앉아서,

"너희들의 울음 소리가 들리면 대군을 안 내어주실 것이니 좋은 낯으로 어서 빨리 들어가 여쭤야지, 행여 서러운 빛을 보이거나 하면 다 죽여 버리리라."

하고 얼르니, 제각기 눈물을 감추고 들어가 여쭙는 것이었다.

"이미 범인에게 잡혀 모면하실 길이 없게 되셨으니 병환이 드신 본가댁 부부인 마님께서 지금 살아계심은 오로지 위를 믿고 의지하심이니 미처, 부원군 뼈도 제대로 간수하지 못하신 형편이실 겁니다. 두 오라버님이나 살려 주시거든 제사는 받들게 하시고 설움은 잠시

참으셔서 대군을 내어보내십시오."

날은 저물어가고 어서 내라는 재촉은 성화 같고 또 안에서는 나인마저 나와 재촉하니 하늘을 깨칠 힘이 있다 한들 어찌 그때 이길 수 있으리요. 점점 더 늦어가니 우리 시위인을 각각 꾸짖으며,

"너희들이 이러니까 할 수 없으니 우리가 들어가서 대군을 뺏아 데리고 오겠다. 너희들 한 사람이라도 살 수 있나 어디 두고 보자."

하고 들이닥치려 하는데, 나이 많은 변상궁이 들어가 여쭙기를,

"안팎 장정들을 보냈으며 밖에는 금부(禁府) 하인들이 쇠사슬을 들고 위립(圍立)하였고 나인들을 데려가려고 의녀대(醫女隊)도 대령하였으니 우리 죽는 건 서럽지 않건만, 위께서 믿으실 이 없어 이 늙은 것을 믿고 계시고 소인도 위를 믿고 의지하여 연약하신 옥체에 혹시 무슨 불행이 닥치디라도 소인이 살아있다가 믹아라도 드릴 수 있을까 하여 죽지 않고 살았었는데 대군 아기를 저토록 내어주지 않으시니 이제야 죽을 곳을 알게 되었습니다."

위께서 말씀하시되,

"너희들은 나인인 까닭으로 자식에 대한 어미의 정을 모르는도다. 인정상 차마 내어주지를 못하겠다."

하시는 것이었다.

한편으로 대군을 모시고 있는 나인들이 대군 아기씨를 달래며,

"사나흘만 피접 나갔다가 올 것이니, 버선 신고 웃옷 입고 나를 따라 나가십사이다."

말하니, 이르시되,

"죄인이라 해 놓고 죄인들이 드나드는 문으로 내어가게 하니, 죄인이 어찌 버선 신고 웃옷 입어, 다 쓸데 없다."

하시기에,

"누가 그렇게 말씀 드렸습니까?"

대답하시되,

"남이 일러 줘서 아나. 내 다 알았네. 서소문은 죄인이 드나드는 문이니 나도 죄인이라고 하여 그 문 밖에다 가두려 하는 거다."

하시고,

"나하고 누님하고 간다면 가려니와 나 혼자는 못 가겠노라."

하시니, 위께서는 더욱 아득하셔서 우시는 것이었다. 어서 내라고 재촉하매.

"내어주지 않거든 나인들을 다 잡아내라."

겹겹이 사람을 풀어놓는 것이었다. 대군을 뫼신 김상궁을 겟나인이 잡아내어,

"더욱 울고 아니 뫼셔 내니 옥에 가두라."

하신다 하니,

"아무리 달래서, 나가십시오 하여도 저렇게 우시고, 죄인 드나드는 서소문으로 나가시라하니 아무리 어린 애기씨인들 이렇듯 하시거든 어찌 이리 핍박하여 보채는고? 내가 모시고 나갈 것이니 조금만 물러 서라."

하였던 것이다.

날은 늦어가고 하도 민망하여 재촉은 성화같아 윗전은 정상궁이 업고 공주 아기씨는 주상궁이 업고 대군 아기씨는 김상궁이 업사왔더니, 대군 아기씨가 이르시기를,

"윗전과 누님은 먼저 나서시고 나는 그 뒤를 따르게 하라."

하시니,

"어찌하여 그런 분부를 나리시나뇨?"

하거늘,

"내가 먼저 나가면 나만 나가게 하고 다른 두 분들은 아니 나오실 것이니 나 보는 데서 가옵사이다."

하시는 것이었다.

윗전께선 생무명의 거상옷이라, 이 역시 생무명으로 만든 보(褓)를 덮삽고, 두 아기씨는 남빛 보를 덮삽고 모두 상궁들이 업고 차비문에 다다랐더니 내관이 십여 인이나 엎드려,

"어서 나가시옵소서."

하고 아뢰니, 윗전께옵서 내관더러 이르시기를,

"너희들도 선왕의 녹을 오래 먹고 살았으니 설마 어찌 측은한 마음이 없겠느냐. 십여 년을 *정위(正位)에 있으면서도 자식을 얻지 못해 늘 근심을 하던 끝에 병오년에 처음으로 대군을 얻으시고 기뻐하시고 사랑하시는 바 비할 데 없사오셨으나 그 당시는 강보에 싸인 어린 것에 지나지 아니하였기에 별다른 뜻을 두셨을 리가 무엇이겠느냐. 한갖 자라는 모양만 대견해 하옵시다가 귀천(歸天)하오시니 내 그때에 재궁(梓宮)을 좇아 죽었던들, 오늘날 이 서러운 일을 겪었을 리가 없었을 게 아니겠느냐. 이것이 모두 내가 죽지 아니하고 살았던 죄라, 어린 아이로서 아직 동서도 구별하지 못하는 철없는 것을 마저 잡아내니 조정(朝廷)이나 *대간(臺諫)이나 모두가 선왕을 생각한다면 어찌 서러운 일을 할까보냐."

하오시고 너무도 애통해 하시니, 내관도 눈물을 씻으며 입을 열어 여러 말을 하지 못하고 오직,

"어서 나가시옵소서. 우리가 어찌 그 사정을 모르리이까마는 이러고만 계실 것이 아니오이다."

하는 것이었다.

지집 나인 연갑이는 윗전을 업사온 나인의 다리를 붙들었고, 은덕이는 공주 업은 주상궁의 다리를 붙들어 걸음을 옮겨 디디지 못하게 하고 대군 업은 사람을 앞으로 끌어내고 뒤에서 떠다밀어서 문밖으로 나가게 하고. 우리만 다 다시 안으로 밀어들이고 차비문을 닫아버리고 마니 그 망극함이 어떠하였겠는가? 대군 아기씨만 문밖으로 업혀 나가서 업은 사람의 등에 머리를 부딪쳐 우시면서,

"어마마마 보게 해 주오."

하다하다 못하여,

"누님이나 보게 해 주오."

하시고, 하도 애타 서러워하오시니 곡성이 내외에 천지 진동하고 눈물이 땅 위에 가득하니 사람들이 눈이 어두워 길을 찾지 못하였었다.

---

*정위(正位)——여기서는 중전의 위치.

*대간(臺諫)——사헌부, 사간원 벼슬의 총칭.

아기씨를 문밖에 내어보낸 뒤 그 주위를 호위하여 환도(還刀)와 화살찬 군장(軍將)이 빽 둘러싸고 가니 그제야 울기를 그치고 머리를 숙이고 자는 듯이 업혀 가셨던 것이었다.

윗전께옵서는 다써 들어와 계시오며 하늘을 우러러 애통해 하시었고 여러번 기절을 하오시고 사람 없을 때를 골라 목을 매시거나 칼로 자결을 하시려고 하오셔 사람들을 모두 내어 보내라 하오시니 변상궁이 윗전의 그러한 뜻을 짐작하고 밤과 낮으로 곁을 떠나지 아니하고 서로 마주 앉아서 여러가지 좋은 말씀으로 위로하여 여쭙기를,

"본가댁(本家宅)에서나 윗전께서나 모두 한결같이 적선의 뜻을 먹으셔 사람들을 하나도 해한 일이 없사온즉 하늘이 무슨 허물이 있다고 보시고 이런 서러운 일을 겪게 하시는지 모를 일이긴 하오나 어느 날에고 이 설움을 반드시 벗게 될 것으로 아옵나이다. 대군의 나이 이제 열 살도 못 되셨으니 설마하니 이제 죽이기야 하겠사오이까? 문을 열고 바깥 소식에 귀를 기울일 양이면 자연히 안부라도 듣게 될 것이오며 윗전께옵서 살아계오셔야 본가댁 제사도 맡아 하실 수 있으실 것이요, 소인네들도 거느리실 것이 아니겠사옵니까? 늙으신 본가 어른이 누구를 믿고 살아계시리이까? 아드님을 위하시어 깨끗이 죽고자 하오시나 부모님께 크게 불효가 되는 일이온즉 친정 어머님을 생각하시어 손수 죽고저 하시는 마음일랑 거두시고 잠시 동안 이 서러움을 견디시어 문이나 열거든 본가댁 분들을 만나셔서 억울한 서러움을 겪고 계신 말씀도 서로 통하시고 공주 아기씨도 또한 자손이오니 비록 따님이시나 버리고 돌아가시오면 어디 가서 누굴 위하여 사실 것이오며, 이제 친척댁에 가서 붙어 의지하여 사실 양이면 당신이 자라신들 그 서러움을 어디에 가 푸실 것이오며, 어린 사람이건만 동생을 올바르게 대우하지 아니하는 지금 처지여든 하물며 윗전께서 먼저 돌아가시고 보면 대군을 죽일 것이며 누이 동생을 언제 편안히 살게 할 듯싶으오이까? 이제 반드시 사특한 일을 꾸며 잡아 내어 마저 없애 버릴 것이오니 윗전께서 국모되신 자리에 계오셔 두 자손을 거느리고 계오시다가 마음속

은근히 방정과 역모를 꾀하다가 발각되어 자결하였노라고 사책(史冊)에 올릴 것이오니 지금 처지가 사람으로서 견디기 어려운 지극한 슬픔임은 다시 이를 길 없사온즉 하오나 후세(後世)에 윗전의 이름이 더럽혀 전해질 것을 깊이 생각하오셔야 할 게 아니겠습니까? 이 어리석고 미혹한 짐승 같은 소견에도 이러하오니 애통하심을 참으시고 깊이 살펴 생각하시옵소서."

하니,

"난들 어찌 그런 이치를 모를 리가 있으며 더러운 이름을 씻고저 하는 바지만 하도 서러워 애가 끊으니 간장이 졸아드는 듯하고 심간(心肝)에 불이 붙는 듯하니, 뒷날 생각은 자연히 없어지고 이 인간 세상을 어서 떠나고저 하여 손수 자결코저 하는 바로다."

하오시고 잠시도 쉬지 않고 서럽게 곡(哭)을 하시며 식음을 들지 아니하시고, 한낱 냉수(冷水)와 얼음을 마실 뿐이고, 날마다 친정 어머님 안부와 대군의 안부를 문 열어주시거든 알아올려라 보채시나 대군은 좋은 말로 많이 달래어 내어가시매 하루에 한번씩 내수사(內需司)로 문안만 알아서 자주 이르라 하고 자실 음식이나 내어줄 양이면 금군(禁軍)의 군사들이 낱낱이 펴 뒤져서 보고 대전 내인이 가져다가 자세히 수소문을 한 뒤에야 대군께로 보내곤 했었던 것이었다.

이렇게 지낸 지 한달 만에 대군 아기씨를 강화(江華)로 옮기되, 미리 알려주지도 않고 늦도록 안부 알리는 사람도 찾아오지 아니하거늘, 짜장 수상히 여기시어 새로이 근심하시고, 아기씨께 보낼 실과(實果)며, 고기를 잘 담아 침실에 놓아 두시고 즐기던 실과니 종이, 붓, 자루 같은 것들을 곁에 놓아 두시고,

"어찌하여 오늘은 여지껏 안부도 알려오지 않는고. 필경 무슨 까닭이 있도다. 아무러나 높은 데 올라가 궁밖 길의 동정이나 살피고 오라."

이르시거늘, 전에 침실로 썼던 다락 근처에 올라가 바라다보니 사람들이 돈의문(敦義門)을 빙 둘러싸 있고 성 위에 올라가 굽어보니 그 수를 헤아리기 어려울 만큼 늘어섰고, 화살 차고 햇빛 같은 창, 환도

가진 이가 수없이 많고 길가는 거동으로 말탄 이가 굉장히 많은 것이었다. 바라다 보고 있으려니 하도 가엾은 생각이 들어 눈물이 절로 흘러내리는 것을 참지 못하고 보려고 애를 썼으나 종적(蹤跡)을 알 수 없다가 자세히 살피니 검은 발로 *덩 비슷한 걸 메고 나인 두세 사람은 말을 타고 투구 쓰고, 들려오는 소리가 전에 들어 본 일이 있던 소리기에 그제야 이젠 죽이려나보다 생각하고 내려와,

"아무리 살펴 보았사오나 종적을 알지 못하겠습니다."

이렇게 여쭈면서도 서러운 생각은 차마 참고 견딜 수 없더라. 바깥 사람들이 길 닦는 곳에 있기에 그곳에 가서 들어보니,

'대군을 강화로 옮긴다니 참 불쌍하더라.'

라는 말을 하거늘 그제야 강화로 옮기는 줄 알았던 것이다. 몇 달이 지났으되 안부도 오지 않고 강화로 옮겼단 말도 일러 주지 않았던 것이다.

위께서는 나인만 무한히 보채시며,

"어서 안부나 알아다 일러 다오."

하시지만, 어디 가서 들을 수 있으리요. 내관더러 이르시기를,

"안부는 염려없이 들으시리라 하더니 수일째나 안부를 모르니 어디가 있으며 어찌 언약과 다릅니까? 먹을 것은 마음대로 보내라 하셨기에 드렸더니 임금으로서 설마 속일 리야 있을까 하여 철석같이 믿었더니 이제 와선 속인 게 분명하니 간 곳이나 이르라."

하시되 대답조차도 않는 것이었다.

대군이 아직 안 가셨을 때 김상궁께 업히셔서 슬픔을 이기지 못하여 우시면서,

"내 발을 씻겨라. 목욕도 시켜 다오."

하시거늘,

"아기네도 목욕을 하는가요? 못하시는 건데 무슨 일을 하려고 목욕은 하시렵니까?"

하시며,

---

*덩——공주나 옹주가 타는 수레.

"무슨 일로 저렇게 슬피 우시는고?"

느끼며 가장 슬피 우시다가 유월 스무 하룻날이 되니,

"오늘이 며칠이뇨?"

하시거늘,

"날은 알아서 무엇하시렵니까?"

"알 만한 일이 있어서 묻노라."

하시고, 더욱 서러워 우시기에 좌우가 다 수상히 여겼더니 과연 유월 스무 하룻날에 내어 갔더라.

정신이 기특하셔서 당신에게 닥칠 화를 아신 것 같았다 한다.

위께서는 더욱 서러우셔서 곡기를 끊으시고 밤낮 애곡(哀哭)하시는 걸로 세월을 보내시더니 하도 권하는 바람에 콩가루를 냉수에 풀어 간장종지로 잡수시고 그것도 하루에 한번씩도 안 잡수시면 변상궁이 울고 간절히 아뢰되,

"목마르심이나 적시시고 우십시오."

하여야 두어 번씩 마시오시더라.

계축년(癸丑年), 갑인년(甲寅年)까지는 콩가루를 꿀물에 탄 것을 하루에 한번씩만 잡수시더니,

"대군의 기별을 알고 싶구나."

하시며, 문안을 오는 내관더러 아무리 일러보아도 들은 체도 않는 것이었다.

안으로 장정 나인 십여 인과 바깥에 장정 내관들을 보내는 일은 위께서 대군을 데려오시고 밖에 나가실까 염려하여 문을 다 밀어서 닫고 사잇문도 탕탕 소리나게 닫아 버리곤 이루 다할 수 없는 말로 꾸짖고 갔던 것이다.

아기 나인들이 혹시 울기라도 하면 은덕이, 갑이 꾸짖으며,

"요년들, 대군이 죽든지 살든지 무슨 아랑곳이냐? 네 어미나 아비네가 죽거든 울지 대군을 생각해서 울지 말아라. 우는 눈에 재나 집어 넣자."

하고 꾸짖고 때리니, 사람이 나다니질 못 했던 것이다.

달포가 다 되어도 강화로 옮겼다는 말을 안 하거늘 기별을 들을 길이 없어 더욱 망극히 여겨 서러워하였던 것이다.

본가댁 부부인이 살아 계신지 어쩐지 통 알지 못하여 문안 오는 내관한테,

"문을 열어 노모의 생사에 관한 기별이나 듣고 죽게 하여라."

하시며 간절히 비셨으나 대답도 않다가 여러 번 조르시니 내관을 꾸짖으며,

"역적의 집이라 하는 것은 삼족(三族)을 멸하여 그 집을 부수고 못 살게 하는 법이어늘 내 굳게 고집하여 누르고 내수사(內需司)에 일러 양식이나마 들여 지내게 하였거늘 이리 지나치게 문 열고 기별을 듣고싶어 하시게 하느뇨? 너희들 나인이 꾸부리고 앉아서 어버이의 기별이나 들어보십시오, 보채기에 이리 하는 게 아니냐? 다시 이런 말을 하면 너희들을 다 죽일 것이니 다시는 말하지 마라."

하는 것이었다.

또 이해 가을에 문을 열어 달라고 날마다 내관에게 일러 보채시니 천 번에 한 번도 들은 체를 않다가 내관에게 전어(傳語)하되,

"그렇다고 한 해, 두 해를 닫아 두며 삼 년을 닫아두랴. 잡지 못한 죄인 박치의(朴致毅)를 마저 잡으면 문을 열어 주마."

하였던 것이다.

탄일(誕日)이 다다라 내전에서 별문안(別問安) 드리는 내관을 보내시니 이에 대답하옵시기를,

"옛날 모습 뵈옵던 일을 생각하옵시니 감격하거니와, 나도 사람이요, 내전도 사람이니 사람의 정은 한가지인 줄 아오이다. 온갖 일에 모두 탈을 잡고, 어버이 동생이며 다 내어 죽였고, 대군마저 내어다가 어디로 갔다는 말도 듣지 못하였으니 설마 해야 입지 아니할까 하고 그 서러움이란 비길 곳이 없으나 모진 목숨이 죽지를 못하여 살아서 노모(老母)의 안부나 듣고저 밤낮으로 바라고 있으니 문을 열어 안부나 듣고 죽게 주선하여 주면 지하(地下)에 가도 잊지 못할 것이요, 죽어도 눈을 감고 죽을 수 있으오리다."

하고 말씀하셨으나, 이에 대하여 아무런 대답도 하지 않더란다.

이해 정초에 이르러 문안 내관에게 또 이렇듯 이르시었으나 이 역시 아무런 대답도 없었던 것이었다.

나인이라는 것은 본시 관청의 일만 하고 밖의 어버이 동생들이 세상 일은 돌아보는 법이라 거의 모두가 대문 열 한계를 몰라 답답하고 민망하여 저희들이 입는 옷들도 당초에 앞으로 죽게 될는지 살게 될는지 짐작을 못하여 행여 불행한 일이 있어도 입은 그대로 자기네들만이 죽음을 받으리라 생각하고 윗전께서 대군과 함께 죽으려고 하오심에 사생을 알지 못하여 당장 입은 것 이외는 모두 내어보내었더니 앞뒤 사례를 헤아려보니 상하(上下)가 손수 죽음이 같지 아니하여 일시에 다 살았으니 지난날을 그리어보매 하도 민망하여 차비내관(差備內官)에게 모든 내인이 아무리 빌어도 들은 체 아니하고 들어 줄 데가 없어 나인들이 구석구석에 모여 앉아 울거늘 윗전께서 나인들 입을 것을 주오시고 이르시기를,

"설움을 끈기있게 견뎌라. 나는 나라의 어른으로서 남에게 잡힌 바 인질이 되어 하루 두 번씩 본가의 안부나 알고, 잠시를 떠나지 아니하고 내 곁에 있던 대군을 내어주었으니 적이 너희들도 답답함을 견디고 어지럽게 내관더러 통사정을 하지 말아다오. 행여 알 길이 있으면 이리 철통 속에 든 것처럼 한번 기별도 통하지 못하니 서러워하는 줄은 모르고 상하 서로 기별이나 듣고 잘 지내고 있는가 여기어 범의 위엄을 더욱 낼 것이니 조심하여 살고 틈을 보아 소식을 알릴 생각은 말아다오."

세 번 당부하시니,

"아니하리이다."

하는 것이었다.

그래도 견디지 못하여 바깥 행랑에 큰 대문이 있어 본시 닫아 놓은 문이나 대군사(大軍士) 지켜서서 빈청(賓廳) 뜰을 사뭇 살피고 있어 혹 아비(衙婢) 따위가 다니는 양을 보나 전할 길이 없어 허송 세월을 보냈던 것이었다.

당초에 화난을 뜻밖에 만나 정전(正殿)에 계오시지 못하여 후궁이나 정빈이나 모두 한가지 꼴이 되었으니 거적을 깔고 본가(本家)의 상중이라 망극함을 지내시었던 것이었다.

나인 중환(中還)이와 경춘이란 하인은 옛부터 입궐하여 살고 있었는데 경춘이는 의인왕후 친가댁 종이매 혼전(魂殿) 삼년 후의 침실 상궁이 용하다 여쭈어 드렸더니 늙은 나인들은 이르기를,

"본가댁 종이니 이제 가까이 모시는 소임을 맡김이 옳지 못하다."

하니 윗전께서 듣자오시고,

"무식한 말이로다. 나라의 어른이 되어서 내 종 전 왕비의 종을 달리 구별하랴. 의인(懿仁) 본가댁 식구들이 본시 용하시다 들었고 의인이 어지심을 들었으니 상전이 착한즉 종조차 용하다 들었노라. 비록 하인이나 순직함이 제일이니 옛과 이제를 따지지 말고 부리라."

하오시거늘, 침실의 등촉 밝히는 소임을 맡기었더니 중환이는 각사(各司) 사람으로서 어릴 때 대궐에 들어왔으나 뜻이 용하지 못하매 여러 번 궁밖으로 내어쫓긴 바 있던 소인이거늘, 다시 경춘이와 한 소임을 맡았으나 중환이는 옛 하인이라 등촉 밝히는 소임을 주었고, 덕복이는 시집 본가댁 하인 출신이라 도상직방(都相直房) 등촉 밝히는 사임을 맡으라고 명하셨으매 옛부터 있던 나인들이 말하기를,

"너무 사람을 믿어 저와 같이 처리하오시니 어지시기는 비할 데 없으나 옛부터 이런 일은 아니하는 법이라오."

하더란다.

아직 보매 흉한 일은 아니 일어나니라 여기시더니 중환이 제 오라비가 인위조(印僞造)한 사실이 드러나 여러 사람이 *형추(刑推)하매 대전을 원망함이 날로 심하여져서 원악(元惡)을 이기지 못하여 공연히 원망의 말을 곧 하여 듣는 자 번거롭다하여 성심도 그런 말 말라 일렀더니 원망하는 사실을 가히〔介屎〕가 알고 들어가 에워싸 달래며 짜장 은근히 말하여 정이 붙게 한 뒤에,

---

*형추(刑推)——형장으로 정강이를 때려가면서 고문하는 일.

“네가 이르는 말을 들으면 나도 네 오라비를 살리마.”

언약한 후 진상하는 수라 은바리를 도적하여 가히에게 주었던 것이었다.

임자년(壬子年) 유월 십팔일은 왕자되시는 *경평군(慶平君)의 생일이었더니 *소주방(燒厨房) 하인이 진지 받으러 간 사이를 틈타 중환이는 망을 보고, 경춘이는 잠근 문고리를 뜯고 바리를 내어다가 가히에게 주고 오니 사람들이 모두 수군거리기를,

‘경춘이와 중환이는 한 통속이다.’

라고 말했으나, 침실 상궁들은 의심을 아니하고 뉘라서 소문을 낼 수 있을까보냐. 중환이는 본시 제 동생의 일로 원망하는 사람이요, 경춘이는 자기보다 좀 손위 상궁을 뵈어도 꿇어엎드려 인사를 하고 고개를 쳐들어 말을 아니하고 입 밖으로 큰 소리를 내어 말하는 법이 없으니 뉘라서 저를 의심하겠는가?

점쟁이에게 잃은 물건의 행방을 물으니,

‘그 모습이 빰이 약간 붉은 듯하고 남과 더불어 말도 아니하는 사람이 품었다가 사람의 손이 미치기 어려운 이에게 주었으니 찾기 가장 어렵다.’

하거늘 모두 이르기를,

“경춘이 낯이 창백하니 그가 가져갔도다.”

하되 곧이 듣지 아니하고,

“경춘이는 억울하다.”

하는 것이었다.

저희들이 무릇 일을 즐겨 밤이면 사잇문을 열고 가서 위께서 입으시는 옷이며 아기씨의 옷 입으시는 거며 나인들이 밥 떠먹는 일까지 샅샅이 가히한테 일러 바친 뒤에야 제 오라비를 놓아 주었던 것이다.

우리는 저렇게 어울려 사귀는 줄을 몰랐었는데 계축년(癸丑年) 변이 일어나매, 저들은 그렇게 될 줄을 미리 알고 가히의 심복이 되고서도

---

*경평군(慶平君)——선조의 열한 번째 아들.

*소주방(燒厨房)——대궐 안의 음식을 만드는 곳.

우리가 보는 데서도 남의 눈에도 더욱 설운 체를 하려고 땅을 헤치며 서러워하는 형상을 함에 죄벌의 대를 다 두고 상궁이 울며 이르되,

"너희들 둘을 우리가 각별히 가엾게 여긴은 의인(懿仁) 마누라의 종이요, 중환이는 아이 때부터 보던 것이니 너희들은 살 수 있는 것이니 우리가 없어도 아기씨께서 좋아하시던 실과나 명일(名日)이 되거든 생각해서 놓아 올려라."

하니, 둘이 울고,

"이리 말씀 안 하셔도 어련히 생각하여 하리까?"

하였던 것이다.

마음속엔 비수를 품고 있으면서도 밖으로는 서러워하는 체를 하니 진정으로 그런가 하고 믿었던 것이다.

임자년(壬子年) 사월에 나인들이 모두 잔치를 하여 먹으며 그 전(殿)의 상궁들을 청하니 두어 사람은 순순히 오고 가히는 병을 빙자하여 오지 않기에 재삼 청하니,

"중병을 앓았던 뒤라 못 가겠노라."

하고, 마침내 오지 않았던 것이다.

밤이 깊어 혼자서 가만히 침실 곁 소주방에 오되 낡은 겉마기 저고리를 입고 족두리를 눌러 쓰고 소리 나지 않는 신을 신고 소주방에 들었다. 가만히 나와 침실로 들어가려 할 바로 그때에 마침 침실 상궁이 소변을 보러 나왔다가 침실 근처가 하도 고요하기에 놀라 다른 전(殿) 사람들도 많이 와 있으니 혹시나 잡하인(雜下人)이라도 들어갈까 염려해 침실로 들어가 보려 하니 가히가 있다가 김상궁을 보고 놀라 피하려 애를 쓰다 문 안에 들어가 가까이 다가가니 숨을 곳을 몰라 쩔쩔매다 고개만 푹 수그리고 지게문 뒤로 낯을 돌린 채 부들부들 떨고 서 있기에 김상궁이 하도 무서워서 들어가지 못하다가 마음을 당돌하게 먹고 들어가,

"자네 누구신고?"

하여, 여러번 물어도 대답을 않고 떨기에 이미 가히의 소행인 줄을 알 수 있었건만 날이 어두워 혹시 어딘지도 몰라 손을 덥석 잡으며,

"자네는 누구신고?"

하도 여러번 물었더니 그제야,

"나로세."

하거늘,

"상궁이신가?"

"예, 나일세."

하거늘,

"어떻게 오셨는지요."

"저 구경 좀 하러 왔었지."

하는 것이었다.

잡아 보았자 어디다 고할 수도 없고 두 전(殿) 사이가 점점 더 시끄러워지기만 할 뿐이어서 일부러 놓아 보내며,

"아파서 못 가겠다 하시어서 무척 섭섭했었는데, 구경을 하고 가신다니 기쁘오이."

하고, 놓아 보냈던 것이다.

손목을 잡았을 때엔 마치 산 고기가 날뛰는 것처럼 뿌리치며 용을 썼던 것이었다.

이 말을 김상궁이 일절 입 밖에 내질 않고 혼자서만 근심을 하던 차에 대군이 나으시면서부터는 더욱 꺼리다가 무신년(戊申年) 이후 임해군의 일이 나면서부터는 더욱 헛말을 지어내어 주야로 윗전과 나인들이 근심으로 지내더니 임자년(壬子年) 괘방(掛榜) 일로 대군을 미워하는 정도가 점점 더 심해졌던 것이다.

두 대궐의 사잇문을 잠가두고 열 때엔 내관이 열어야 조석문안(朝夕問安)을 드리는 상궁이 다녔던 것이다. 그러기에 틈을 타서 자객을 시켜 대군을 죽이려다 대군이 침실에서 주무시기에 못하고 방정만 하고 가곤 했던 것이다.

이후부터는 소주방 마루 아래에서 아이가 높이 소리내어 울고 한숨소리가 하도 나니, 저녁때엔 차마 사람들이 그 근처에 들어가질 못하고 무서워한다고 하되, 가히가 왔던 말이 날까하여 일절 들은 체도 않

고 못 들은 체하여 아이들이 무서워한다 하여도 도깨비가 나왔다고 속이고 살았던 것이다. 중환이와 경춘이가 한마음으로 와서 그렇게 하였던 것이다.

제 집에서 방정을 하여 두고, 우리를 향하여 대란을 지어내어 저희들은 중환이 경춘이 둘에게 은혜를 입혀 두고 온갖 노릇을 다 하였거니와 우리는 남을 해할 뜻이 없고 앞 뒤의 사정을 알 리도 없고, 그 전(殿)의 침실 기슭도 알지 못했던 것이다.

계축년(癸丑年) 동짓달에 중환이가 말하되,

"내 오라비가 무거운 죄를 짓고 옥에 갇혀 있었는데 어떤 중이 이르기를 사자경(獅子經)과 다라파축을 읽으면 갇힌 일도 풀리고, 잠긴 문도 쉽게 열리고 크고 작고 간에 액에서 벗어난다고 하기에 옥중에서도 항상 읽었더니 그 덕을 입었는지 이제 살아나서 놓여 나왔으니 이 일하고는 좀 다르지만 대군이나 살아나시고 닫힌 문이나 쉽게 열게 하셔도 가만히 손 들고 앉아 계신 것보다는 정성을 들이셔서 그것이나 하여 보십시오."

하거늘, 위께서도 들으실 만하고 계셨고 그 중에서도 김상궁이 그럴싸하게 여기고,

"이 경을 읽어 보고 싶습니다."

하니, 위께서 말리시되,

"경(經)이란 것은 가장 공손하고 정성을 들인 것이라야 덕을 입는다 하는데 모든 사람의 마음이 산란하고 내 마음도 주야로 곡읍(哭泣)에 잠겨서 마음이 미어지는 듯 아프고 서러워하거늘 누구의 마음대로 경을 읽을 수 있으리. 말도록 하여라."

하시니,

"전교는 마땅하옵거니와 덕을 입어 문을 쉽게 열고 본가댁과 아기씨의 기별을 쉽게 들을 수 있으시도록, 앉아서 괴로워만 하실 게 아니라 읽어 보고 싶습니다."

여러번 청하니,

"너희들이나 읽도록 하여라."

하셨던 것이다.

들어계신 곳은 차비(差備)가 가까우니 더럽고 요란함에 대군이 들어 계시던 집이 정결하고 인적이 없는 곳이라 중환이 말로 옮기는 걸 언문(諺文)으로 써서 그곳에서 경을 읽었더니 도리어 흉한 마음을 내어 고(告)할 뜻을 품고 틈을 못 얻어 애쓰더니 제 오라비가 세자궁(世子宮)의 등촉 비추는 자라 항상 닫아놓은 문밖에 와서 제 누이의 기별을 들으려고 지나 다니는 양을 틈으로 엿보고 밤에 군사에게 뇌물을 주고 사귀어 제 오라비를 불러다 온갖 말을 다 하고 글월을 써서 가히에게 보내되,

'사잇문으로 오면 하던 말을 다 일러 주마.'

하였다는 것이다.

기별을 듣지 못하여 민망해 하다가 밤중에 문을 열고 와서 가히가 중환이를 달래되,

"하는 일을 자세히 일러 바치면 너를 먼저 나가게 해 주겠다."

하니, 공을 얻으려 애써도 일러 바칠 일이 없던 터라 제가 가르쳐서 경(經) 읽는 말을 옮기고,

"대비 마누라께서 친히 가서 하늘에 제사 지내고 대전을 죽으라고 비십니다."

이렇게 고했던 것이다. 참소를 하려고 가히, 은덕이 동궁(東宮) 무수리인 업관이를 데려다가 그 경을 읽는 곳을 가르쳐 보이되 위께서 친히 나가신 일이 없고 경을 읽는 일로 인해서 잡아다 죽이지를 못하여 무슨 트집이라도 잡아서 남아 있는 나인을 마저 죽여 버리고 윗전을 혼자 계시게 하여 애를 태우시다가 승하(昇遐)하시도록 하려 한 것이지만, 트집을 잡지 못해 무한히 애를 쓰더란다.

西宮錄 2

이해 선달에 중환(中還)이가 문상궁(文尙宮)한테 말하되,

"얼마 전에 슬며시 오라비를 불러서 어머니의 안부를 들은 일이 있

었는데, 혹시 동생의 안부라도 알고저 하시지 않나 하는 생각에서 이런 말 드리는 거니 서로 내통한다는 소문이 나면 되겠습니까? 그러니 상궁만 알고 글월을 적어 주십시오."

한다. 그 상궁은 원래 남을 잘 믿던 터라, 중환에 관해서는 평소부터 가엾게 생각하고 있었던 것이 제 오라비가 옥에 갇혀 있었을 때 쌀에 반찬에 입을 것까지 주었더니 그 은혜를 중히 여기어 중환이 말하되,

"상궁의 은혜는 죽어서 땅속에 들어가도 결코 잊을 수 없을 만큼 크고 크니 어떻게 다 갚아 드릴런지."

하는 사이니 추호도 의심을 하지 않고 오라비인 문득람(文得覽)에게 글월을 써서 주었더니 즉시로 답장을 받아다 주었던 것이었다.

본전(本殿) 감찰상궁(監察尙宮)의 종인 부전이와, 천복(天福)의 종 은덕이 모두 중환의 심복이 되어 오로지 공을 세워 보려고 한패가 되어 밤낮을 가리지 않고 동정을 살피며 무슨 일이라도 보는 대로 고해 바치면 중환이는 들어 두었다 밤이 되면 담을 넘어서 통하곤 했던 것이었다.

대비께서 들어 계신 곳은 동쪽 구석이고 중환이 거처하는 곳은 서남쪽 행랑(行廊)이요 남의 전(殿)으로 통하는 곳은 서쪽 구석이니, 동쪽과 서쪽을 통틀어 알고 다닐 만한 사람이 여럿이나 나가 죽었으매 궁중이 텅 비어 밤이 되면 인적이 끊어져서 일만군사(一萬軍士)가 들어와 날뛰더라도 알 길이 없을 형편이라, 중환의 행동거지(行動擧止)를 살펴본즉 차차 수상한 점이 드러나고, 나라를 향해서는 원망하고 옥에 갇히러 가는 나인을 보고도 생각말라 꾸짖으며,

"곱게 살지 못하려고 이런 일을 저질러 서러운 노릇을 당하는 게 다 뉘 탓인지 아는고?"

이렇게 말했던 것이다.

이러면서도 중환이는 태연자약하게 문상궁한테 드나드니 그 상궁은 추호도 의심을 않고 혹시 다른 나인이 중환이는 하늘을 두려워 않고 배반하는 뜻을 품고 있다고 이르기라도 하면,

"그 사람이 그런 뜻을 품을 리가 있나? 절대로 그럴 리가 없을 걸

세, 남들이 시기해서 그러는 거지."
하였던 것이다.

중환이 또 문상궁을 달래며 하는 소리가,

"시녀 방씨(方氏)는 그 전에 나가서 아무 탈없이 잘 살고 있고 그의 오라비는 대전별감(大殿別監)을 지냈으니, 대군께서 가 계신 곳에도 간다는군요. 그러니 기별을 듣기가 쉽지 않을까 생각됩니다."
하니 상궁이 말하되,

"대군이 가 계신 곳이 어디라고, 그런 무서운 일을 누가 통하리."
하니,

"제 오라비를 시켜서 통하겠습니다."
하거늘, 아기씨의 안부를 알고 싶은 일념에서 글월을 써주고 여쭙되,

"가장 믿을 만하고 용한 편이 있어 아기씨의 안부를 알려고 갔으니 곧 기별이 올 것입니다."
하니,

"누가 그런 일을 하겠느냐?"
하오시니,

"중환이 오라비가 가지고 가서 시녀 애일(愛一)한테로 갔습니다."

위께서 놀라시며,

"그런 마음은 품지도 말아라. 기별을 알아서 말해주는 은혜는 하늘처럼 여기겠거니와, 통하는 줄만 알게 되는 날엔 권세를 더 얻어 우리에게 화가 더 미칠까 걱정이 되노라. 이후부터 그런 생각이란 마음대로 품어선 안 되노라. 서러움이야 이루 다 일러 무엇 하려니와 서로 살아만 있으면 자연히 알고 들을 길이 있을 것이니 위태한 일을 전하지 못하리라."
하시니 대답하되,

"이 하인이 옛부터 순직하고 소인한테 은혜를 입은 바도 많사옴에 조금도 해 끼쳐 드릴 뜻은 없을 것이옵니다. 믿어 보옵소서."
하고 말하는 것이었다.

그뒤에 매양 글월을 받아다가 주되 그때마다 더욱 신신당부를 하시

곤 했었다.

애일(愛一)의 글에 적혀 있기를,

'소인이 죽지 못하여 밖에 나와 편안히 앉았으니 나라일과 상궁네들이 당하고 계신 고초를 생각하니 망극하고 서럽기 그지 없사옵니다. 비록 나인의 몸이나 나라의 은공을 갚사올 길이 없어 애타하던 중에 아기씨 안부를 몰라 하오시니, 죽을 힘을 다하여 동생이 별감으로서 아기씨를 따라갔사온즉 글월하여 주옵시면 어린 상궁께 가만히 주고 글월 받아오라 하리이다.'

하였거늘 문상궁이 반갑고 기쁘기 그지없어 윗전께서 항상 기별을 몰라 서러워하오시니 한번 답답한 느낌을 없이하여 드리게 하자 하고, 글월을 가지고 가서 변상궁께 그 이야기를 하니 상궁은 짜장 놀라며 화를 내고 이르기를,

"문가와 김가가 서로 미워하기를 적국(敵國)과 같이 심하거늘 바깥과 통하여 글월을 받아옴도 큰 일이거든 어디가서 아기씨의 안부를 알아올 수 있다는 것인지 알 수 없는 일이오. 이런 생각을 한다는 것은 그 정성이 지극한 줄 알거니와 이 사실이 발각되면 일이 크게 벌어질 것이니 여쭙지 마시오."

문상궁이 화를 낸 얼굴로 대답하기를,

"어찌 이런 말씀을 하시느뇨. 행여 사람을 불러온 것이 아니라 미쁜 일로 알게 된 것이니 형님도 그런 의심이란 마오소서."

하고, 윗전에 나아가 그 말씀을 드리니, 윗전께서 방바닥에 몸을 굴리며 애통해 하시면서,

"강화섬〔江華島〕에 아이를 옮기는 줄 생각 못했더니 세상일이 어떻게 돌아가는지 아무것도 모르는 아이를 섬에 보내었으니 이 서러움이야 그 어디다가 비길 곳이 있을까보냐. 혼자 안부를 몰라 밤낮으로 서러워하는 처지이거든 차마 안부를 아니 알고저 할 까닭이 있겠느냐만, 스스로 알아 올리겠다고 하니 기쁘기 그지없거니와 *요공(要功)하려 하는가 의심이 되니 내편에선 글월을 써주지 못하겠

*요공(要功)——남에게 들인 공을 스스로 자랑함.

노라."

하오시니, 문상궁이 다시 여쭈오기를,

"내외에 믿을 만한 사람이 이만한 사람도 없삽고 나라를 위해서도 정성을 다한 사람이오니 요공하고저 하는 사람이면 소인이 이와 같이 천거하오리까? 그러시다면 소인을 못 믿어 아니 써 주시는 것이라고 알겠습니다."

변상궁이 여쭙되,

"믿을 수 없는 위인이로소이다. 중환이 흉한 마음을 먹고 들인 나인이며 나라를 원망하고 아무 일이나 얻어서 아뢰려고 *설심(設心)을 먹었고 제 누이 늦여름에 밤낮으로 한데(바깥)에서 발을 고쳐드리어 조그만 허물이라도 알아내고저 하는 바이니 큰 화를 얻어 무릅쓰려고 권하는가 하옵나니 윗전마마께오서는 지그시 참으셔서 아기씨에 대한 기별을 아시려고 하지 마옵소서."

못내 여쭈오니,

"나도 그와 같이 생각하노라. 반갑고 서러운 정으로 보아서야 즉시 글월을 보낼 것이로되 무서워 못하노라."

하오시거늘, 변상궁이 다시 여쭈기를,

"아예 그런 생각은 품지 마사이다."

하니 문상궁이 다시금 여쭈기를,

"글월하여 주오소서."

하니 변상궁이 여쭈기를,

"내 *차비문(差備門)에 가서 소리 질러 이르리라. 조용히 듣기나 할 일이지 어찌 이런 일을 하라고 하시나뇨."

하니, 문상궁이 크게 노하여 이르기를,

"상궁이 시기하여 윗전을 위하여 정성이 지극하신가 여겼더니 이 일로 미루어보니 실로 정성이 없으시도다. 밤낮으로 곡읍(哭泣)에 잠기오셔 물만 마시오시고 본가댁(本家宅)과 아기씨 안부를 알려고

---

*설심(設心)——간사한 꾀로 남을 속이려고 먹는 마음.

*차비문(差備門)——편전의 앞문을 가리킴. 즉 임금님이 계신 곳.

하시나 틈이 없어 하오시다가 이리 착한 사람을 얻어 만나기도 쉬운 일이 아니건데 아무런 일이 일어나거든 내가 알아서 할 것이니 상관 말고 버려 두시오."

하고 성을 내며 방에 들어가 글월을 써서 갖고 나와 변상궁에게 보여주더란다. 그 글월에 적혀 있기를,

'윗전께오서 아기씨를 여의시고 기별을 몰라 하오시더니 믿을 만한 사람이 나섰기로 아기씨 안부 알고저 글월을 써가니 보고 병 들지 아니하시게 잘 모시도록 해다오. 아무것이나 잡숫고저 하시거든 가져간 것을 아끼지 말고 물 긷는 하인이나 주어 사서 잡숫게 하고 아무려나 잘 견디어 모시도록 하여라. 문 곧 열리면 기별을 아니드릴까보냐.'

라고 적혀 있더란다.

중환이 담을 넘어가서 통하고 제 물건을 모두 훔쳐서 가히에게 보내고 빈 몸만 남아 있었다.

문상궁더러 글월 썼거든 달라고 하니 글월을 봉하여 주며 답장을 받아 달라고 했다.

중환이가 흉한 마음을 먹었는 줄 알고 변상궁이 문상궁더러,

"글월 보내지 말고 다시 가져오게 하시오. 이러이러한 소문이 있으니 주지 마옵소서."

하니,

"남이 미워서 그리 이르거니와 그럴 까닭이 없나이다."

하거늘,

"아뢰면 큰 일이 날 것이니 어서 찾아오도록 하시오."

하니,

"종을 시켜 일하는 틈으로 오라비 왔거늘 주고 없소이다."

하거늘,

또 달라고 하니 꾸짖고 아니 주는 것이었다. 글월을 떼어 보고 감추고 없다고 하며 돌려 주지를 않았던 것이었다.

변상궁이 문상궁에게 사람 부리되 마침 내주지 아니하고 틈을 내어

제 오라비 차충룡을 주어서 가히에게 드리니 그제야 장물(贓物)을 삽디다하여 새로이 내외 사람을 선달 그믐날 하옥(下獄)하고 *갑인(甲寅) 초하룻날 추국(推鞫)이 시작되었던 것이었다. 문상궁더러 지위(知委) 틈으로 제 집의 안부 통하던 이는 다 잡아내고 말았던 것이었다.

문상궁이 중환이더러 이르기를,

"은혜를 입어 추위와 더위를 나로 말미암아 벗고 배고프고 목마름을 내 덕으로 모르고 지내왔고, 네 오라비가 갇히어 죽게 되었을 때 내가 어여삐 여겨 음식이며 입을 것을 주어 살아났거든, 이제 나를 달래어 글월하여 달라고 보채었거늘, 나도 인간이라 나라 어른께서 서러워하시는 게 하도 보기에 안타까워 한번 기쁘게 해드리고저 하였더니 네 나라 어른을 배반함은 고사하고 어찌 나까지 저버리느뇨?"

중환이 땅 위로 데굴데굴 구르고 가슴을 두드리며 손뼉쳐서 맹세하기를,

"내가 아뢰었다면 얼마 전에 죽은 어미 시체를 헤쳐서 회를 해 먹으려 하노라."

하고 하도 데굴데굴 구르며 우니, 모두 그 정경을 보고 다 애매한 말을 듣는가 여기더란다.

중환이가 문 사이로 세간을 몰래 꺼내 놓으라고 밤이 새도록 드나들 때 색장나인(色掌內人)의 시종이 보았더니 행여 소문을 내지나 않을까하고 매양 벼르더니 아무런 죄없이 이틈에 잡아내가니라.

중환이부터 시작해서 음덕이, 부전이 셋을 잡아내어 갈 때 중환이는 얼굴에 기쁜 빛이 나타나고 두 하인은 어서 오라고 하니 울부짖으며 셋이 차례로 나가더란다.

중환이는 아뢰었다 하고 어여삐 여겨 죄인의 대접을 하지 않고 가마에 태워서 추국청(推鞫廳)에 데려다가 앉혀두고 미리 서로 짜 놓았던 말로 물으며 빗아치〔係員〕에게 다 알리우고 종적없는 거짓말을 다 써서 문상궁이 애일이에게 한 글이며 강화섬에 대해 적은 글월을 고

*갑인(甲寅)——광해군 6년.

쳐서 더 보태어 써서 무형무상(無形無常)한 말을 지어서 당장(唐將)에게 아뢰어 우리 문을 쉬 열게 하라 하는 내용을 적어 넣었고, 강화섬 말을 적어넣은 글월에는 잘 길러 두었다가 당장이 와서 문이 열리거든 고이 돌아오시게 하라는 등 무상불측(無常不測)한 말을 짜장 적어 넣어 추국청에 내어보이며 중환이더러,

"이 말이 옳으냐?"

하고 물으니,

"다 옳소이다. 대군 들었던 집에서는 고사를 지내더이다."

하니,

"그 말이 과연 옳은가. 네 분명히 아는가?"

"아나이다."

"누구를 위하여 빌더냐?"

"대전마마 죽으라고 빌더이다."

"어떤 모양으로 빌더냐?"

"향로(香爐)에 향피우고 향합 놓고 과자, 떡, 실과 놓고 꽃다발을 만들어 놓고 목욕하고 정성들여 빌더이다."

"네 보았느냐?"

"보았사옵니다."

하더란다.

모든 일을 자기가 정작 본 듯이 일러 바쳤던 것이었다.

안에서 추국하는 일을 마루 밑에서 듣는 줄 알매 측량없는 거짓말을 하노라 소리를 가만히 하여 *문사낭청(問事郎廳)이 겨우 알아듣게 하더란다.

그 전에 조그만 혐의 있던 사람들은 모두 이르니, 이름 오르는 사람은 몸에 땀이 흐르고, 앉으며 서매 기운을 이기지 못하여 떨고 발을 옮겨 디디지 못하니 곁에 서 있는 이, 남의 일같이 느껴지지 않았다는 것이다.

그 틈에 가 앉아서 귀를 기울여 듣다가 이름 부를 때에 자기 이름이

*문사낭청(問事郎廳)——죄인을 신문할 때 필기와 낭독을 맡던 임시 벼슬.

불려지지 않으면 적이 살 것 같은 느낌이 들곤 했던 것이었다.

온 궁안이 새로이 요란하고 떠들썩해지니 나인들은 차비문(差備門)에 가서 대령하고 기다리고 있더니 밖으로 문상궁 오라비와 조카와 종 남녀의 네 명과 아울러 어미까지 극형에 처하고 애일(愛一)이는 위에서 사약(賜藥)하여 죽이었다.

문틈으로 통하던 시녀 최씨와 최씨 아비 최수일과 중환이의 오라비가 서로 통할 때 그 정경을 본 놈 서응상(徐應祥) 부처와 문 밑에 와 앉았던 서리(書吏)를 다 새로이 옥사(獄事)를 이루어 사람을 죽임이 더욱 심하더니 갑인(甲寅) 이월 음력 보름이 지나서 문상궁과 비문 시종 영홰와 색장(色掌) 시종을 모두 잡아내고 이십일 후에는 공주의 보모상궁 권씨와 시녀 최씨와 함께 차비문 종 춘향이, 대군을 부액하는 하인 춘단(春丹)이, 천금(千金)이 잡아내어다가 옷을 갈아 입으라고 하나 저는 어린 것같이 섰거늘 남이 얻어 입혀서 보내더니,

"때 늦어가면 겹겹이 내관(內官)내어 수이 잡아내라. 더디면 잡아내어 하옥하리라."

하며, 사람이 발이 땅에 붙지 아니할 정도로 몹시 서둘러 헤매니, 곡성이 천지(天地)를 진동하였디니 의녀(醫女) 대여섯이 침실에 들어와,

"어서 내어 놓으라."

보채고 차비문 안에는 내관이 들어와,

"어서 내어 놓으라, 하고 보채니 궁중이 불편하고 어찌 준비를 따질 경황이 있을까보냐."

색장 나인을 모조리 잡아 내었다.

"어찌하여 죄인을 더디 잡아내느냐?"

하고 몹시 위협을 하니, 뛰어 달아나다가 집안 뒷간에 숨기도 하고 마루 아래 숨기도 하니, 내관은,

"감찰 상궁은 색장 상궁을 모두 잡아내라."

하는 것이었다.

나인들이,

"죽으러 가옵나이다. 마지막 죽을 마당에 감히 한번 부탁하오니 눈

감아 주소서."

의녀에게 빌 때에,

"어서 내라."

하니, 의녀도 두려운 생각이 들어서,

"어디를 올라가느뇨?"

하고, 뒤에서 덤벼들어 머리를 끌어들이니 고개가 젖혀지며 소리질러 울면서,

"어찌 이리도 서럽게 하시나뇨? 윗전을 시위하는 시녀의 몸으로서 의녀에게 머리 잡힐 줄을 어이 짐작이나 하였으리요."

하고, 모두 의녀를 꾸짖으니,

"우리를 죽이려고 하거든, 어이 쉽사리 잡아내지 않을 수 있으리요."

하더란다.

이렇듯이 핍박하고 수욕(羞辱)함이 한두 번뿐이랴.

"자식이 없는 아녀(兒女)의 몸이나 윗전께오서 애매하오신 일을 만나 계시오매 비록 극형하여 만가지로 다루고 보챈다 하여도 설마 무복(誣服)은 아니하리이다. 어찌 살고저 하는 마음이 없겠사오리까마는 나라 어른께서 서러운 일을 보아 계시오매 종에게까지 애매한 일이 미쳤으니 이 서러움은 하늘이 받들려 하오실 것이니 죽기를 좋은 데 돌아감과 같이 죽으려 하옵나이다."

하고, 의녀에게 몰리어 차비문으로 나가니, 나장(羅將)이며 도사(都事)들이 와서 기다리고 있다가 몰아갔던 것이었다.

사람 잡아낼 적이면 위엄이 더욱 성하여 내관부터 죄이고 잡아 내갔더라.

시녀로 있던 최씨 여옥이라는 것이 경술년(庚戌年)에 시녀로 들어왔는데 용모는 곱지 아니하나 순직(純直)하므로 침실에서 살더니 정성도 남의 눈에 띄게 더하고 본시 용한 아이라 윗전마마의 본가댁과 대군 아기씨 향하여 서러워하며 항상 말하기를,

"내 날개를 돋혀 날아가 기별을 알려 드렸으면 좋겠어."

하기도 하고 또 말하기를,

"아무 틈이나 있으면 내 계집종의 모양을 하고 나가서 두 곳의 안부를 알아 아니 오랴만 담이며 문이 쇠로 만든 듯 조그만 구멍도 없으니 내 정을 펴지 못함을 서러워하노라."

하더니, 나가는 날은 더욱 서러워하며 제 다리를 만지며 울면서 말하기를,

"아이적부터 부모한테도 다리를 맞아본 일이 없었는데 중한 매를 어이 맞으리요. 애매하오신 일이오시니 무복은 아니하려니와 맞을 생각을 하니 더욱 기가 막히구나."

하더니, 듣는 이가 불쌍히 여기며 정성이 지극한 사람이라 조금도 무복할까 아니 여기더니 제 나갈 때에,

"나에세 내해서는 소금도 의심하시지 먀소서. 몸이 가루가 되어도 나라 어른께서 애매하오심을 아오니 무복은 아니하리이다."

하더니, 추국청(推鞫廳)에 나가 자기 사정을 하소연하며 울며 말하기를,

"웟전마마께오서 억울한 일을 당하시고 계신 줄 아오며 어린 대군과 친정댁 식구들의 생사를 알지 못하시어 밤낮으로 서러워하셨음은 사실이나 방정을 했다는 것은 억울한 일인 줄 아옵니다. 아무런 일이나 듣고 본 일이 있으면 무서운 곳에 와서 죽고저 하리이까? 살고저 할 일이오나 보고 들은 일이 터럭만큼도 없소이다. 중한 형벌을 받을까 두려워한다고 어찌 애매한 말을 하리이까?"

이렇게 대하니 엿새 만에 내수사(內需司)에다 가두고 제 아비와 어미를 달래었던 것이었다.

대전 유모(乳母)의 오라비 계집이 여옥의 종이더니 그 유모가 어여삐 여겨 매양 데려다가 보고,

"어찌 못 오느냐. 복이 적어 우리에게 못 오는가."

하더니, 이때에 중환이를 독촉하여 이 시녀를 잡아내어다가 다른 옥에 가두어 놓고 달래어서 말하기를,

"이리이리 대답하면 너를 살게 해주마."

하니, 여옥이 울고 여러날 동안 마음을 허락지 아니하더니 아비 어미를 밤낮으로 한데서 달래게 하되,

"너 곧 이제 모르노라하면 우리를 다 죽일 것이니 나라 어른께 대한 은정(恩情)도 중하거니와 어버이의 목숨은 소중하다고 생각지 않느냐? 네 이제 무복을 하라 하여야 전혀 못한다 하면 네 앞에서 죽으리라."

이와 같이 갖가지 말로 허락을 받아 들인 뒤에야 추국청에 나가게 하여 새로이 원정(原情)을 받으니 그 원정은 전날과 달라 흉측한 말로 대답하되,

"물으시는 말씀이 모두 옳습네다."

"어찌 아느뇨?"

"제가 보고 들었나이다."

하고, 묻는 말이 떨어지기가 무섭게 이와 같이 대답을 하였던 것이었었다.

이런 일이 있은 뒤에 변상궁이 병이 대단하여 다 죽어가기에 내보냈더니 여옥이는 놓여 나와서 평안히 살고 있는 터라, 하루는 상궁을 뵈러 와서 곡절을 넌지시 말하되,

"아니라 하라고 어버이들이 하도 보채기에 하는 수 없이 무복을 하였으나 후일에 멸족(滅族)을 당할 화를 스스로 저질러 놓고 살아 있으니 내 죄 태산같아 죽고저 하되 목숨이 모질어 여태껏 죽지 못하여 나라를 속여 거짓말로 살아났으니 무슨 면목으로 남을 뵐 수 있겠습니까? 마음에도 없는 말을 하여 무복을 하였으니 죽이시더라도 한하지 않겠습니다."

하며 울던 것이었다.

상궁 난이라는 사람은 임진년(壬辰年)에 시녀로 들어와 의인왕후(懿仁王后) 시절에 침실 나인으로 있더니 제 인품이 똑똑하지 못하여 남들이 하는 상궁벼슬도 못하고는 늘 선왕(先王)마마를 위시하여 원망만하다가 무신년(戊申年) 이후에야 겨우 상궁이 됐던 것이다. 이 사람이 가장 간사하고 교만방자하여 나라에 아무 일이 없어 위께서 평안

하실 때는 정명공주(貞明公主)와 영창대군(永昌大君)을 향하여 남달리 유별나게 정성을 다하여 시중을 들더니 계축년(癸丑年)에 이르러서는 나라를 향하여도 불측한 원망을 하고 제 동생이며 조카를 다 시녀로 만들어 동궁전(東宮殿)이며 내전으로 들여보내 내권(內權)이 당당하였으니 난이는 세력을 얻어 만면에 희색이 날로 더불어 더해가며 즐거워 어쩔 줄 몰라하니, 보는 사람들은 원통하고 분한 마음 그지없으나 그를 두려워 아무 말도 못하고 있는 터에 하루는 난이가 말하기를,

"대전께 전량(錢糧)을 많이 드렸던들 이런 일을 당할까 보냐? 세자 가례(嘉禮)할 때에 세간을 많이 주신 일은 있으되 상궁이며 시녀에게 다 주셨던들 이런 일이 있을 수 있으리까? 시녀 상궁들에게 천냥을 상급으로 많이 주지 않으시니 공주며 대군을 데리고 곱게 기르며 사실 수 있을는지 누고 보자고 대전과 내전이 모두 벼르더니 이런 일이 일어났느니라."

하며, 또 이르되,

"의인(懿仁)마마께서 살아계셨을 때도 세자에겐 효성이라곤 없고 어질지도 못하였느니라 정유년(丁酉年) 난(亂)에 수원(水原)에 가셨을 때 세가지 수레를 모시고 따라가 물을 건너게 되자 빈(嬪)이며 자기는 먼저 물을 건너 *의막(依幕)에 가서 앉아있고 나는 돌아보지도 않아 시위한 내관이 아무리 소리치며 배를 가져오라고 하여도 배는 보내지 않고 위엄을 가진 세자만 위하고 나는 생각지도 않아 저는 초저녁에 건넜지만 나는 자정에야 겨우 건너게 되었으니 날이 찬데 밤은 깊어 이슬과 서리를 맞아 추위에 견디기 어려웠었으니 세자의 효성이 지극한들 어찌 감히 적모(嫡母)에 대하여 그렇게 대접하며 하물며 제 어머님이 일찍 죽었으니 내가 길러 아들로 삼았는데 정이 아주 없으랴마는 본래 이 사람이 효심이나 정성이 부족한 사람이니 가히 알 만하도다. 이렇게 말씀하시더니 이제 저렇게 모진 체를 하니 어찌 사납게 굴지 않으리요."

아첨을 하느라고 중환이와 함께 행동하여 나라의 그릇을 아무 거리

---

*의막(依幕)——임시로 거처하게 만든 곳.

낌없이 밤낮을 가리지 않고 가져가며 대군이 피접(避接)나가 있는 곳의 물건도 굉장히 훔쳐다 제 종과 중환이와 마음을 합하여 잠긴 문을 열고 세간을 훔쳐 밤이면 가지고 아우 꽃향에게로 가니 형을 책망하여 이르되,

"상전들께서 서로 사이가 좋지 못하시기로서니 종의 도리로 배반한다는 게 내 좁은 소견으로도 못할 노릇이라 생각되오. 남이라 할지라도 내통하는 일이 없을 것이로되 하물며 나라의 세간을 훔쳐서 내게 보내다니 옳지 못하도다. 다시는 내게 보내지 마오."

형이 노하여 말하되,

"동기간이 동기간을 구해 주지 않는다면 하물며 남이야 말해 무엇하리요. 대비께서는 본가댁과 대군을 위하여 밤낮 우시면서 돌아가시려고만 하시니 세간을 두었자 아무 소용이 없으시고 더욱이 대군의 세간은 두어도 쓸 곳이 없다 하시며 종들에게 다 나눠 주신 것이니 잔말 말고 받아 두었다가 나를 내보내 주걸랑 그때 살 수 있도록 잘 간수하라."

이렇게 말하며, 비단 필이며 은그릇을 모조리 훔쳐내고 대군의 보모 김상궁을 사귀며 죽지 않게 해 줄 것이니 전량을 많이 준다면 동생한테 일러 살려 주겠노라 하였던 것이니, 살기를 탐내어 온갖 것을 다 주었던 것이다. 사잇문으로 통해 다니기에 원통하고 분함을 참지 못하여 사람을 모아 *순경(巡更)을 돌았더니, 하루는 넘어가다 들켜 잡혀서는 중환이 오히려 큰 소리로 꾸짖으되,

"누가 우리를 잡으라고 하였느냐? 너희들이 우리를 금하다가는 삼족(三族)이 멸하는 화를 당하도록 하게 하리라."

하고, 큰 열쇠를 둘러메고 마구 치니 하도 무서워서 굴러서 나가 버렸던 것이다.

이런 형편이니 그때 중환이와 난이의 세도가 크게 미치지 못할까 두려워했던 것이다. 난이는 시녀며 상궁을 달래고 중환이는 하인들을 달래면서,

---

*순경(巡更)——밤에 도둑, 화재 등을 경계하기 위해 돌아다니는 일.

"이해 동짓달로 택일을 하였으니 그쪽 전의 내인과 상궁 및 하인들을 다 데려가고 대비마마는 새로 아이들을 둘만 주어서 물시중이나 들게 하고 저절로 돌아가시도록 한다."

하니, 모두들 이 말을 듣고 울며 서러워하니,

"그러나 좋은 곳에 가서 사시게 하리로다."

이런 말을 하는 이도 있으며,

"내 윗전을 여의고 남의 전에 가서 차마 어찌 살 수 있으리. 가지 말고 죽고 싶으나 죽으면 또 어버이에게 화가 미칠 것이니 어떻게 해야 좋으리."

하고, 우는 사람도 있었던 것이다.

대군을 데려갈 때처럼 핍박하여 데려가면 하직인사도 못하고 내 물건도 추리지 못할 것이니 미리 차려 두자고들하여 머리를 빗고 옷 보따리를 옆에 놓고 동짓달 보름날을 기다리고 있었던 것이다.

거짓말이 아니라 대개 계교를 꾸밀 때는 꼭꼭 말대로 들어 맞더니 이번만은 데려가질 않는 것이었다. 그러면서 또 말하기를,

"죽은 나인들의 세간은 죄인의 물건이니 다 가져가라 하였지만 아무도 손대지 말고 그대로 넣어 두어라."

이렇게 하니 제 종이 치워 두어도 꺼내 입지를 못했던 것이다.

상전께서 나인들을 불러 말씀하시되,

"앞뒤로 있던 나인들이 나를 위하여 원통하게 죽었으니 그 참혹함을 무엇으로 다 말하리요. 그들에겐 멀든 가깝든 일가친척은 남아 있어 간수할 사람들이 있을 것이니 훗날 문을 열면 무엇으로 보답을 하리. 그들의 물건을 잘 간수하여 두었다가 줄 수 있도록 다 헤아려 장부에 적고 쇠를 잠가 간수하도록 하여라."

하시기에 간수를 하였더니 중환이 말하기를,

"그렇게도 살려고 기를 쓰시며 죽은 사람의 세간까지 간수하라고 합시는 건가?"

하고, 세간을 지키는 사람을 몹시도 미워했던 것이다.

대군의 세간살이를 다 가져간 뒤에는 제 몸을 보전하느라고 난이는

나가고야 말았던 것이다.

어떻게 된 일인지 계축년(癸丑年) 겨울철이 되었으되 내어가지 않으므로 난이는 날마다 꾸짖으며 말하되,

"나를 중전의 침실상궁을 삼으려 하더니 어찌 지금은 안 데려간담. 그러기에 상감을 소같이 미련하다고들하고 의인(懿仁)마마도 사람 같지 않고 효성도 없다고 하시더니 정말 그렇지 뭐람."

이렇게 말하며,

"대비는 특별난 체하여 대군을 낳으시고도 그 자리를 지니지 못하셔서 이런 서러운 일을 당해도 모두가 당신의 탓이겠지만 나는 무슨 일로 이렇게 들볶이며 살고 동생과 조카는 저희들만 편히 살고 나는 똥구덩이에 빠뜨려 놓은 채 내버려 두고 내보내 주지도 않다니. 어느 하나나 아주머니를 생각해 주는 게 있어야 말이지."

하면서, 하도 악을 쓰기에 어느 나인이 듣다 못해 말하되,

"내보내 주지 않는 일은 잘못된 노릇이겠지만 상궁이 대궐에서 살아온 지 삼십 년이나 되고 이런 시절이 대군을 피접나시게 한 일도 아무리 생각해야 잘못된 노릇이지만, 당신께서 서러운 지경을 당하셨다고 설마 위께선들 남에게 잡혀있게 하고 싶으실까마는 원수를 만났으니 나인의 처지로서 죽으면 죽고 살면 사는 것이지 무슨 귀한 목숨이라고 상전을 원망하시는고?"

난이 이 말을 듣자 크게 노하여,

"너희들은 상전의 은혜를 두둑히 입어서 원망을 않겠지만 나는 쥐꼬리만큼도 은혜를 입은 바가 없다."

하고, 꾸짖으며 바락바락 악을 더 썼던 것이었다.

죽은 김상궁을 앉으나 서서 어딜 가나, 밤낮으로 꾸짖으되,

"임진란(壬辰亂) 때에 선왕마마를 모시고 단지 호종(扈從)을 하였다는 이유로 삼십도 못 돼서 저이가 먼저 상궁이 됐다고 뻐기고 나는 호종 안 했노라면서 상궁으로 올라가도록 위께 여쭈어 주지도 않더니 죽으러 갈 때는 제법 착한 체를 하더구나. 잘도 죽었지 뭐냐!"

하면서, 침실 창 밑에 앉아서 큰 소리로 꾸짖되,

"김상궁만 사람으로 여기시고 온갖 일을 다 하다가 저런 지경이 되었으니 지금도 김상궁을 가엾게 생각하고 계시는 건가?"

하기에, 어느 나인이 대답하되,

"김씨가 원래 생각이 곧고 충성심이 강하여 나라 일을 힘써 하며 양전(兩殿) 사이를 화목하시도록 애쓰다가 사이에 간사한 무리가 날뛰어 이런 일을 만들어냈기 때문에 위께서 서러운 지경을 당하셨거니와 자네가 상궁이 못 됐던 이유 때문에 김상궁이 죽은 줄 아는가? 자네는 나라를 위하여 불온한 말을 하니 윗사람과 아랫사람의 분별도 차릴 줄 모르느뇨? 입이 있으되 어찌 할 말을 다 할 수 있으리요. 참고 말 않는 일이 많았지만 자네의 세도가 하도 당당하기에 무서워서 누가 말을 하리요. 똥구덩이 속에 머물러 있지 말고 빨리 중전상궁(中殿尙宮)이나 되어 이곳에서 나가소."

하니,

"어떻게든지 데리러만 온다면 시틋도 하지 않는다. 무엇을 못 잊는다고 돌아다 보며 붙잡는다고 있을 상이나 싶으냐?"

하고, 말하더니 갑인년(甲寅年) 봄이 되니 데려갔던 것이다.

나갈 때엔 분을 바르고 자주빛 *장옷을 입고 나기기에 다른 나인이 말하길,

"오래 살다가 하직인사도 않고 간다는 게 종의 도리가 아니로다."

실컷 할 말을 다 한 뒤 그 옷은 입은 그대로 왔기에,

"장옷만은 벗어라. 어전에 어찌 감히 장옷을 입을까?"

이렇게 말하니,

"어전이 무슨 어전이야? 지금 이 지경이 됐는데도 어전이라고 해? 언제 벗었다 또 입고 간담."

하고는, 장옷을 입은 채로 하직인사를 하러 들어 갔었던 것이다.

평상시에도 전부터 있던 나인들은 다 물로 세수만 하고 낡은 옷으로 부원군(府院君)의 거상(居喪)을 입고 있었는데 난이는,

"나는 대비의 몸종이 아니로다."

---

*장옷——부녀자가 나들이할 때에 얼굴을 가리느라고 머리에서부터 내리쓰던 옷.

이렇게 말하고는 분을 바르고 다니기에 다른 나인이 말하되,

"내 동생이 동궁전 침실에 있으니 내관이 보더라도 아무개의 동생이라고 핀잔을 줄 것이니 누구의 눈에 띄더라도 근신(謹愼)을 하여 남의 입에 오르내리지 않도록 보이려는 거요."

이렇게까지 하였던 것이다.

난이는 평교자(平轎子)를 태우고 좋은 말을 태워서 데려다 대궐에 가 살게 하였는데 대군이 안 계시다는 소문도 들리지 않던 차에, 누가 꿈을 꾸니 대군 아기씨만 혼자 들어계시다가 우시면서,

"저는 나를 죽였지만 나는 인간세상을 아무 거리낌없이 버리고 좋은 곳에 와 있으니 죽은 일이 오히려 시원할 지경이로다. 형수 되는 이도 인간세상에서 슬프게 죽게 한 일을 내 다 알고 있노라. 나는 *여동빈(呂東賓), *문천상(文天祥), *백낙천(白樂天), *최치원(崔致遠), 거복사의 주지와 함께 놀기도 하는 처지이노라."

하시면서,

"그 세상에도 그런 사람들이 있는지 나 있는 곳은 부처〔佛〕의 곳이고 그들은 신선 사는 곳에 있으니 벗으로 사귀어 노는 것이지 늘 함께 있는 것은 아니노라."

하시고 또,

"너무 서러워 마시라고 여쭈어라."

하시기에,

"어찌 친히 들어가셔서 여쭙지 않으시나이까?"

"내가 그리우셔서 항상 서러워 우시는데 내가 들어 뵈면 더욱 서러워 하실 것이니 들어가질 않겠노라."

하시며 울고 가시는 것이었다.

갑인년(甲寅年) 삼월 달에 내관을 보내어 변상궁께 이르면서,

---

*여동빈(呂東賓)——당나라 사람. 팔선(八仙)의 하나.

*문천상(文天祥)——중국 송나라의 충신.

*백낙천(白樂天)——당나라 시인(詩人).

*최치원(崔致遠)——신라 때 문장가.

"너희들이 다른 마음을 품지 않고 전(殿)으로만 모시고 평안히 살 일이지 어찌하여 대군으로 임금을 삼으려고 도둑까지 사귀고 안으로는 방정을 하다가 제 목숨을 온전히 보존하지 못하였으니 이제 살아 남은 나인은 내 말을 잘 듣고 그대로 복종해야 망정이지 그렇지 않는다면 분명히 말해 두려니와 법대로 처단할 것이니 그리 알고 행하도록 하여라. 처음엔 대군을 경성(京城)에 두었더니 죄인을 성안에 두는 게 옳지 못하다고 조정에서 하도 보채니 두질 못하고 하는 수 없이 강화(江華) 땅으로 옮겼더니 제 목숨이 박명하여 복에 과하였는지 옮긴 지 오래지 않아 죽었으니 죄인의 죽음은 찾는 법이 아니라 하고 조정에서 내버려 두라고 하였지만 형제지간의 의리를 생각하여 해사(海司)로 비단 요자리와 관곽(棺槨)을 갖추어 극진히 안장하였으니 전(殿)께서 아시더라도 서러워하실 리 없으시겠지만 서울에서 강화로 옮길 때 알지를 못하셨으니 제명에 죽었지만 날보고 죽였다고 하실 게 뻔하니 천천히 아시게 하여라. 즉시 여쭈기라도 한다면 너희들을 잡아다 옥에 가두고 멸족(滅族)을 할 것이니 너희들만 알고 있다가 때를 보아 너그럽게 생각하시도록 하면 아무런 후환이 없을 것이리라. 틈틈이 앉아서 한숨을 쉬며 서러워한다는 말만 있으면 내 법을 다 할 것이니 그리 알고 듣고만 있어라."

하기에, 변상궁이 대답하되,

"전교대로 하겠사오나 잠시도 곡읍(哭泣)을 그치지 않으실 뿐더러 말도 매시고 자결도 하시려고 시위하는 이가 없는 틈만 살피시니 아이와 늙은 근시인(近侍人)은 다 죽어서 없고 미련한 것이 자그마한 애들만 데리고 밤낮 곁을 떠나지 않고 시위하였으나 사람의 목숨은 마련이 없는 것이니 한 해가 지나고 두 해째 봄이 되도록 미음을 통 드시질 않으시니 만일에 돌아가시기라도 한들 어찌 종의 탓이겠습니까? 시위하고 있사오나 두려운 마음으로 말할 것같으면 양쪽이 다 어렵사오니 차라리 죽어야 옳은 귀신이라도 될까 하나이다."

하였던 것이다.

이튿날에 또 와서 말하되,

"비록 죽고 싶다고 하였으나 죄가 없어서 죽이질 않았으니 오직 전(殿)을 받들어 모셨으므로 죽이지 않은 것이니 수라(水剌)나 자주 권하여 잡숫도록 하고 서러워 울지 마시도록 하여라."

하거늘 대답하되,

"속담에 이르기를 서너살 먹은 아이도 저 하고저 하는 일에 훼방을 놓으면 좋아하지 않고 오직 뜻대로 하여야 울음을 그치는 법이니 하물며 위께서는 남에 없는 서러움을 당하사 밤낮 애통(哀痛)하신 울음소리가 그치지 않으시고 두 해가 되도록 어머님과 아기씨의 생사를 알지 못하셔서, 마치 몸에 불이라도 붙으신 듯, 산 고기를 양지에 놓은 듯, 몸부림치시며 밤낮을 가리지 않고 우시며 냉수와 얼음만 마시시니 수라는 더욱 권해 드릴 길이 없사오며, 이따금 위로하여 여쭙기를 대전께서 죽미음이나 자주 권하여 잡숫게 한다는 전교가 자주 오시니 망극한 중에도 또한 모자(母子)의 정을 차리시니 어찌 감동하지 않겠습니까? 하루살이 같은 종의 신세이오나 드디어 목숨을 보존해 주시는 은혜를 입겠사옵니다."

위께 전교를 권하오니,

"대전이 오시기나 하면 나를 어미라고나 하시며, 날 보고 누가 국모(國母)라고 할까보냐? 너희들 다 가거라. 나 혼자서 울다울다 지치면 죽어 버리리라. 권하는 말이 더욱 듣기가 싫구나."

이렇게 말씀하시니, 더 권하지는 못했던 것이다.

대군이 돌아가셨다는 말을 듣고, 시위인들의 서러움이 태산 같으나 날마다 와서 괴롭히니 어찌 울음소리를 낼 수 있으리요. 가슴을 두드리고 원통해 할 따름이었던 것이다.

사월이 되도록 대군이 돌아가신 말을 여쭙지 않았더니 위께서 먼저 꿈을 꾸시니 두 젖이 흐르고 모든 사람들이 아기씨를 안았다가 위께 안겨드리니 위께서 우시며 반가우셔서 젖을 먹이시다 깨셔 꿈이었던 걸 깨달으사,

"마음이 다시금 놀랍고 온 몸이 떨리어 지금은 얼른 진정을 할 수 없을 지경이니 어째서 이런 꿈을 꾸었노?"

하시기에, 가까이 모신 나인이 대답하되,

"젖이라 하는 것은 아이들의 양식의 줄기니 아기씨께서 장수하셔서 대전의 마음을 자연히 풀어지게 하시고 서로 만나실 좋은 징조로소이다."

하였더니, 그 뒤에 또 꿈에 아기씨께서 위께 와 안기시며 말하시되,

"머리 빗을 사이에 하늘의 옥경(玉京)을 보니 인간의 복과 운명이 다 하늘에서 하시게 달린 줄 알았으며 나를 보지 못하시어 서러워하시나 나는 옥황상제(玉皇上帝)를 뵈었으니."

하고, 울거늘 붙들고,

"어디를 갔었느냐? 나는 너를 여의고 서러워 죽고저 하되 너는 어찌하여 간 곳도 아니 일러 주느냐?"

하오시니,

"알으셔도 아무 소용이 없어요."

하고 가니, 이 어찌 심상한 보통 꿈이겠느냐?

"죽어도 나를 속이는가 싶으니 바른대로 일러 주면 좋으려니와 그렇지 못하면 이 서러움을 참지 못하여 곧 죽어 한데 가고저 하노라."

하고 하도 보채시니, 상궁이 서러움을 참지 못하여,

"눈물이 흘러 옷이 젖으니 어찌 서러움을 참으며 철석 같은 마음인들 참아지리요. 안부를 전하려고 하다가 못하여 이리 꿈에 나타나 이르시니 우리를 속이고저들 하나 아기씨가 영특하시어 꿈에 나타나시니 인간은 속일 수 있으나 신령은 못 속이는가 하나이다."

하니, 졸도하시어 죽은 듯이 누워 계시다가 가까스로 냉수로 깨워 여쭈기를,

"아기씨 벌써 범의 입안에 들어감을 면치 못하오셔 이제 아무리 간장을 태우시고 서러워하셔도 살아 돌아오실 까닭이 없는 일이옵고 병드오신 본가댁 동생님네 어린 자손들 데려오시고 의지할 데 없어

윗전을 다시 만나뵈옵고저 살아 계시오이다. 아기씨를 위하여 옥체를 버리시오면 제 더욱 기꺼워하여 가장 모진 일을 하여 방정을 하다가 나타나 자진(自盡)하오시다고 사기(史記)에 쓰일 것이오며, 악명을 싣게 될 것이니 윗전께서 먼저 돌아가시는 날에는 온갖 나쁜 짓을 다 하시었다고 이를 것이니 서러움을 참으셔 지그시 견디어 보오소서. 종인들 탄식하고 한숨 쉬매 어찌 잔인하다는 생각이 들지 아니 하겠사오리까? 평시의 좋은 시절에는 존귀하게 시위하와 사옵다가 이제는 나인이 초야에서 김매는 하인만도 못한 신세가 되어 해골이 거리에 구르고 금부(禁府) 나장(羅將)에게 뒤를 쫓기우게 되었고, 성왕마마를 가깝게 모시던 사람이나 의인(懿人) 가례(嘉禮) 올릴 적 사람이 모두 중형을 받아 죽었으니, 불쌍하고 애처롭기 그지없더이다. 차라리 죽어서 이런 모든 끔찍한 이야기를 듣지 말고저 하오나 윗전마마를 생각하옵고 오늘날까지 살아온 것이온데 이제 돌아가시면 우리만 살라고 그냥 둘 까닭이 있겠사오리이까. 새로 옥사를 일으킬 것이오니 한 아기씨를 위하여 이제 남은 유신(遺臣)을 모두 서럽게 죽게 마오소서."

하오니,

"난들 그런 줄을 모를 리야 있겠느냐만 동서도 분별치 못하는 어린 아이 슬하에서 자라는 양이나 보려고 하였더니 위력(威力)으로 빼앗다가 간 곳도 가르쳐 주지 아니하다가 죽였으니 애를 끊는 듯 속을 베어내는 듯 설움을 참지 못하여 어머님이시며 내 일로 말미암아 서럽게 죽은 동생들을 생각하니 이제 죽으면 저승에 가도 부형(父兄)에게도 반가이 뵐 수가 없어 부끄러운 넋이 외로이 돌 것이니 참는 일이 많아 죽지 못하나 무슨 원수를 지었기에 이렇듯 서러운 일을 겪게 하는고. 내 지은 죄 없으니 서러움은 비록 내가 받으나 선왕께 하는 바와 같으니 한갓 나를 미워하는 일이라고만 할 수 있을까보냐. 선왕께옵서 사랑하시지 않던 원한을 나한테 와서 푸니 원한을 풀기커녕 내 친정 가문과 어린 대군을 모두 죽였으니 어찌 한갓 서럽다고만 하겠느냐? 앞으로 영원히 다시는 이런 땅에 태어나지 않으려니와 문 열어 주거든 노모의 안부나 알려다오."

문안 내관더러 이렇듯이 말씀하시나 들은 체도 아니하더란다.

봄이 지나 여름이 가고 가을이 되었더니 나인들이 종기들이 생겨 앓고 있어,

"약이나 하여 먹여 주도록 하오."

하고, 부탁하였으나 들은 체도 아니하는 것이었다.

변상궁만 남았으니 모든 나인들이 어미 믿듯 하고 윗전께서도 한가지로 믿어 계시오더니 변상궁조차 앓아 누우니 윗전께서 더욱 망극히 여기시어 어떻게 해서든지 살려 내려고 갖가지 약으로 구병(救病)하오시나 나이 많고 마음 고생을 많이 한 지라 열이 중하여 살 길이 없게 되거늘,

"하다가 못하여 나인이 병이 중하니 내어 보내 주십시오. 살릴 방도가 없구려."

여러번 간청하셨건만 들은 체 아니하거늘 다시금 청하니,

"무슨 일을 꾸미려고 거짓 병 탈하여 나인을 내어보내게 하여달라고 하느냐?"

하거늘, 무서워서 더 아무 말도 못하다가 그 병세가 하도 수상하여 다시 나을 가망이 전혀 없으므로 다시금 간청을 하니, 그제야 내어보내되 별장(別將) 내금위(內禁衛)며, 대전 내관이며 모두 자비문 안에 서고 의녀로 하여금 상궁의 속치마며 바지까지 뒤져보게 하고 그 욕됨이 말할 수 없이 무겁고, 옷 사이에 무엇이 들었는가 햇빛에 비쳐보고 신은 신발을 다 떨어보고 머리 짚어 보며 내관이 말하기를,

"대전 전패(傳牌) 없으니 별장 내금위장 모두 들이밀어 보고 행여 글월을 품안에 감추고 있는가 하여 우리들을 믿지 않으시고 별장들을 대령케 하였으니 데면데면 보고 나중에 큰 일을 내게 하지 말고 들이밀어 보라."

하니, 고자며 모든 놈들이 상궁을 껴안아 들이밀어 보고

"아무것도 없다."

하니, 그제야,

"동생이 들어와 데려가라."

하더란다. 병이 중하여 비록 정신을 잃고 있을 망정 욕됨이 가볍지 아니하여 웬만한 병이면 차마 못 나갈 판국이었다. 모든 나인이 울며 빌기를,

"병이 중하여 구하지 못할 것이 나가는데 무엇을 가져갈 것이라고 저리 심히 뒤지느뇨? 죽으러 가는 나인이라고 뒤져보고 병을 얻어 나가느니라. 의녀를 시켜 뒤져보고 수욕(羞辱)이 이루 말하기 어려울 지경이니 내인은 상인(常人)이라 그렇다 하거니와 윗전의 체모를 어찌 조금이라도 생각해 주지 못하느뇨?"

하니, 대관이 대답하기를,

"우리더러 그런 말을 해야 아무 소용이 없네. 우리도 죽을까 두려워 이렇게 하는 거라오."

하는 것이었다. 변상궁이 궁 밖으로 나간 지 오랜 시일이 지난 뒤에 윗전께서 병이 깨끗이 나았거든 다시 들어오게 해달라고 하셨으나 대답도 아니하였던 것이었다.

변상궁은 구월에 나가고 전에 감찰상궁으로 다니던 천복이 내전에서 더디 잡아낸다하고 하옥하였더니 시월 이십일에 은답의 조카를 이 사람의 양자로 만들어 두고 내외에 말을 서로 통하더니 안으로 들여보내 어떤 흉측한 일을 꾸밀 생각으로 잘 구슬려 이때에 윗전마마께 들여보냈더란다.

이 사람이 원래 성질이 미욱하고 운수가 막혀서 나이 육십에 이르기까지 자식이 전혀 없고 얼굴 생김새가 괴상하여 그 모습이 등유(燈油) 칠 한 것같이 검고 언문 한자도 제대로 잘 쓰지 못하여 의인왕후(懿仁王后) 적부터 자기가 좋은 자리에 쓰여지지 못함을 늘 마음속으로 원망스럽게 여기고 있었는데 이때도 제 소임을 맡지 못하여 너무도 서러워한다는 이야기를 들으시고,

"제 행실이 착하지 못한 줄 모르고 나이가 많도록 힘든 일만 하고 어렵게 지낸다니 그도 사람이라 불쌍하도다."

하오시고 감찰상궁을 시켰더니, 양전(兩殿)에 서로 문안인사 드리러

다닌답시고 아침에 문안 가서 한낮에 돌아오기도 하고 저녁나절이 되어 돌아오기도 하며 은덕이와 가히와 날이 저무는 줄 모르고 그 곁에서 세월을 보냈던 것이었다.

천복이가 이르기를,

"대군이 남과 달라 자라면 큰 사람이 되리라."

하니, 은덕이가 이르기를,

"아무리 슬기롭다고는 하나 오래 사는가 두고보시오."

하더란다.

이런 사람을 들여보냈건만 아무런 사정도 모르고 계시니 마음이 무한히 너그러운 어른이셨거니와, 들어와 인사도 제대로 하지 않고 다짜고짜 묻기를,

"웟전마마 어디 계신고? 올라가 알려주시오."

"아무데 계시오거니와 잠시 머물러 가소."

하니, 대답하기를,

"나를 대전에서 일부러 보내시어 변상궁이 병들어 나갔으니 네 들어가 시위하라 하시어 왔으니 곧 들어가게 하여 주십시오."

"무엇이 바쁠꼬. 아주 들어왔으면 더욱 마음 든든한 일이니 물러가 쉬시오."

"내가 즐겨서 왔는 줄 아오? 싫어 마다하니 대전, 내전 두 마마께서 네가 들어가야 시위를 잘 하리라, 아니 들어가면 중죄(重罪)를 주리라 하오셔 온 것이지 좋아서 온 줄 아시오?"

말이 짜장 해악하니 처음부터 싫은 생각이 드는 위인이었다. 즉시 안으로 들어가 침실의 지게문을 열고 바로 들어가 앉으면서 여쭈기를,

"대전 내전이 소인을 일부러 불러다가 네 친히 시위하되 옥체를 만지며 잘 시위하라 하오셔 찾아왔나이다."

하니, 웟전께오셔 몹시 심하게 여기셔 대답도 하지 아니하시니 앉았다가 못하여 나와 모든 하인더러 이르기를,

"저것이 왜 왔는가 하고 미워하지 마라. 진정으로부터 오고파 온 것

이 아니니 싫게 여기지 마라."

하거늘, 대답하되,

"윗전마마께오서는 마음이 괴로우셔 매양 곡읍(哭泣)만 하오시거든 변상궁이 들어서서 위로하여 모든 아이들을 거느리시옵더니 이제 밖으로 나가시어 원망스럽기 비길 데 없는 처지이거든 어떤 상궁이 오시든 싫어할 까닭이 있겠습니까. 즐겨 문 열 듯 성원하여주소서."

이에 대답하기를,

"대전 내전이 보내어 시위하라 하여 온 것이니 나는 나로서의 대답은 할 수 없노라. 나라 사람하여 밥지어 먹고 옷 지어줄 이 없거든 시녀하여 지어입고, 옷감이 없거든 대비마마께 여짜와 주소서 하여 입고 조금이라도 네 말을 아니 듣거든 문안내관을 시켜 서계(書啓)하라. 그른 일이 있으면 내수사(內需司)로 잡아내어 죄 줄 것이니 월경(月經)하고 병든 이 있거든 즉시 내어보내라 하시더라."

하거늘 모든 나인이 실색하더란다. 한 나인 이르기를,

"그렇다면 가장 좋거니와 병들었다면 내어보내신다니 말미를 줘 내어보내 주시면 어떠하겠나이까?"

하니, 아무런 말도 하지 않고 잠잠하더란다. 여러 날이 지났으나 윗전께서 불러 아니 보오시니 노하여 이르기를,

"부리시며 아니 부르시는 일이 있거들랑 서계하라 하오신 바 있으니 푸대접한다 하오시고 이렇게 박정하게 대하시니 대전을 저어하시는가 싶으니 내 반드시 서계하리라."

하고 여러번 벼르거늘, 시위인이 여쭈되,

"천복이 들어오매 불행한 일이옵고, 첫날 들어왔을 때부터 마음이 놓이지 아니하였사온즉 처음으로 묻기를 침실에는 누가 드나드느뇨 묻기에 우리들이 사노라 하니 눈 흘기며 이르기를 대전이 즉시 소명하였고 정씨는 당초에 사설하고 운다하여 내어다가 죽이겠노라 하오시더라 하고, 들어와 하는 행동이며 모든 몸가짐이 괘씸하기 그지없으나 들어온 지 여러 날이 지났사온즉 한번도 감하오시지

아니하시기에 감히 오늘 청하옵나이다."

"제 얼굴 모습이 더럽고 행동과 언사가 극히 괘씸하니 보기 싫거니와 한번 오라 하여 제말을 들어보리라."

하오시고 불러 보오시니 평소에 저도 시위를 한 바 없는 사람이요, 곱지 아니한 얼굴 치켜들고 바로 앉아 감히 쳐다보기 두려운 일이로되 짜장 좋은 양하여 얼굴을 똑바로 치켜들고 번듯이 나와 앉거늘 윗전께서 묻자오시기를,

"네 어찌하여 이리로 들어오게 되었는고?"

"친히 시위하라는 어명으로 들어왔나이다. 전지(傳旨)도 가져 왔나이다."

"전지란 것이 무엇이냐? 어찌 나에게 전지라는 말을 함부로 하느냐?"

"소인에게 들어가 옥체도 잘 간수하고 요사한 일 하거든 금하고 서계하라 하오시더이다."

"그는 용한 말이로다. 내 아무리 위세가 꺾이어 보잘것 없이 되었다 하나 종 부리는 데까지 이토록 여러 말이 있단 말이냐? 며느리로서 시어머니를 군소리하고 투덜거리는 나라가 이디 있느냐? 나는 하는 일 없으니 네 들어와 살펴보라. 부모 동생이며 어린 아기 없이 하고 이제 무엇이 부족하여 이곳에 가둬 두고 용납치 못하게 하는 것이냐? 네 만일 그 죄책(罪責) 입을 때 누구와 어울려서 입으라고 하더뇨. 필부를 구하여도 믿지 못할 것이니 나를 서럽게 하여 선왕 아들이라 하고 이름을 더럽히게 될까 아껴하노라. 내전이 정사(政事)에 참견을 하니 잘못하는 점을 잘 끄집어 내어 일러드리고 밝혀드리면 대전도 안 들을 리 없건만 내전으로 들어앉아서 대전의 잘못하는 일을 그대로 좇는도다."

하오시니 천복이가 여쭈옵기를,

"물을 열고저 하오나 전계(傳啓)를 못 얻어 하오시나니 양 전하며 세자께 찬히 글월을 적으시어 소인에게 주오시면 내관을 시켜 전할 것인즉 필경 반겨 받으시리다."

"전날에도 여러번 간곡히 적어 보냈으되 한번도 대답이 없었으니 비록 서럽기는 하나 또 빌지는 못할 것이니 물러가거라."

하오시니 나와 앉아서 이르기를,

"아무리 잘난 체하오셔 어버이로다 아니하오신들 대전 내전이 어버이라고 하오시는가? 그렇듯이 생각지 아니하는데 어찌한단 말인고?"

하거늘 누군지가 대답하여 말하기를,

"선왕마마께서 친히 맞아들여 오신 중궁이오시고 공주 대군(大君)을 낳아 계오시거늘 모진 법을 하여 어버이라고 아니 하나 그게 오래 갈 것인가?"

천복이 대답하기를,

"대전 어머님 공성왕후(恭聖王后)라고 봉작하였고 대군을 죽였으니 누구라 말할 것이며 선왕마마 제 아버님으로 대접이나 하는 줄 아시오? 살아 계신 때 이름만 세자라 하고 사랑치 않으시고 가르치지 아니하였기에 이제 왕으로 계셔도 아무 일도 아지 못하니 더욱 애달프게 여겨 그 원한을 대군에게 풀거든 할 수 없는 일이로다."

"아버님 어머님을 모두 인정치 않으신다면 어디에서 태어나신 것인고?"

하고, 죄인 응벽이를 담산에 담아 목릉(穆陵) 유릉(裕陵) 위에 올려다가 방정한 곳을 가리키라 하니 그놈이 올라가서 이르기를,

"내가 방정한 곳이 어디 있다더냐? 내 모진 형벌을 못 견디어 잠시나마 쉬어보려 하고 거짓말하였더니라."

하고 내려가 죽으니라.

응벽이는 대군 보모상궁의 조카였었다.

사람들이 놀라서 이르기를,

"아버님 무덤을 팠다는 사람이 어디 있는가?"

"그런 줄은 다 알건만 누군들 두려워 감히 입 밖에 말을 낼 것인고. 침실 안에만 들어가게 해준다면 물이라도 억지로 마시게 해드림세."

"어찌하여 마시게 한단 말이냐?"

"가히의 권력이 중하니 가히 형과 가히에게 돈을 많이 주기만 하면 천하 못할 일 없을 것이니 문 열기는 가장 쉬운 일이라오."

하매 격전께 이런 뜻을 여쭈니,

"세 곳에 글월을 써서 문 열어달라고 빌어보려니와 나라의 어른이 되어 당치도 않는 천인(賤人)에게 청하기는 가하지 아니한 일인 줄 아오. 다른 마음 먹어 나를 죽이고자 잠가 넣었으니 청할 바 아니니 두 번째로 가하지 아니한 일이며, 제 어미를 봉하여 주고 나를 용납치 못하게 잠가 넣었는데 쓰린 마음으로 청하여 비는 게 세 번째로 가하지 아니한 일이며, 늙은 미련한 나인의 말을 듣고 막중한 청을 함이 네 번째로 가하지 아니한 일이니, 나를 이리 가둬두매 심상함이 아니며 꼭 제 나중에라도 큰 화를 당하려고 한 것이라 청으로써 이루어질 일이 아니니 다섯째로 가하지 아니한 줄 아노라. 답답하고 서러운 것은 비길 데 없으나 천복이에게 의지하여 가만히 죽을지언정 빌기는 못할 일이로다. 너희들이 서로 자세히 의논하여 대답하라."

이러할 때에 동짓날이 거의 되니 천복이 입을 것이 없다고 엄살을 부리니 초록과 백두와 소음이며 신이며를 주오시고 이르시기를,

"너를 심상한 여늬 나인으로 보지 않으니 계축년(癸丑年)에 나간 나인네라고 보채어 두 감찰궁을 잡아 내가니 옥중에 들어가 지내기가 어렵게 되고 춥다 할 때 입을 것을 주고 먹을 것을 자주 주도록 하라."

하고 불 땔 나무며 음식을 주오신다하고 보내면 천복이 엄연히 누워서 대답하기를,

"주오시니 상덕(上德)은 그지없거니와 나는 귀하게 여기지 않노라."

하니, 가져갔던 사람이 차마 듣지 못하여 곧 나오고 말았다 한다.

윗전께오서 친히 글월을 써 양 전과 세자궁에 문 열어달라고 비오시니 이튿날 내관 보내어 천복이를 그르다 했다는 말을 듣고 천복이

걱정이 되어 누워서 말하기를,

"나를 달래어 들여보내시기에 침실에서 사는 몸이라 시키는 일은 할까, 나도 살리실까 여겼더니 아니 부리시니 제 소임을 아니한다 하고 미워하시니 죄 입을까 두려워하노라."

하고 근심하여, 대소변을 싸더란다. 몸가짐이 야무지고 똑똑하면 어찌 어여삐 여기지 아니할까마는 하는 말이 하도 괘씸하고 미우니 어여삐 여기시지 않으나 남의 입이 두려워 미운 말을 아니하고 좋은 체 하니 하루는 공주를 뵈옵고 말하기를,

"어머님 같다마는 서방 맞을 데 없고, 옷 입은 모양 같으니 더 보기 싫다."

하였었다.

공주가 마마(천연두)를 앓으시니 천복이 기뻐하며 이제야 뜻을 얻었다고 좋아하나 할 일 없어 하더니 침실 문을 닫고 조심하니 천복이 아파 누웠다가 그제야 일어나와서 두루 보고 역신(疫神)인 줄 알고 들어앉아서 일부러 고기 저미고 술을 마시거늘 남이 들어가보니 이르기를,

"터놓고는 술 고기를 못 먹을 것이니 우리 가만히 먹자."

하고 먹더니, 윗전께서 아시고 천복이놈 몰래 들어앉아서 고기 뜯고 술 마시며 가만히 먹자했더니 괘씸하고 더럽다. 어서 뺏아서 못 먹게 하라 하오시거늘 사람보내어 보니 과연 한 사람을 데리고 앉아서 먹고 있더란다.

"저도 하도 불쌍하여 진지를 들지 아니하였으니 먹노라."

하는 것이었다.

이때를 타 천복이 섣달 십칠일 침실 기슭에 가만히 불을 놓으니 불 놓을 때 이경(二更)인데도 마침 늙은 문상궁이 마음이 직순(直純)한 사람이라 윗전을 위하여 침실 안이 더우나 늘 머물러 자더니 불 붙는 소리 급하거늘 인경은 벌써 친 지 오래 이경이 지났고 불 붙는 소리나니 무슨 소리냐? 천복이 자기 방에서 혼자서 자더니 필경 요사스러운 일을 꾸민 게 틀림없도다 하고 급히 지게문을 열고 나가보니 붉은

불빛이 하늘에 가득찼고 불 붙는 소리 가깝게 들리거늘 사잇문을 열고 나가보니 침실에 잇닿은 사랑채에 불이 붙었는데 처마가 바로 닿아 있는데 침실에서는 아기씨를 위하여 두루 닫고 앉았다가 잠깐 잠이 들어 소리를 듣지 못하였더니 놀라 닫은 문을 열어 제치고 내닫는 소리를 듣고 너무도 경황이 없이 한달음으로 뛰어나가며 소리를 지르기를,

"불이야, 불이야."

외치거늘 모든 나인이 다 좇아나와 보나, 천복이 홀로 나타나지 아니하더란다.

나인들이 옷을 벗어 물 속에 담갔다가 쳐서 불을 끄더라. 숯섬에 불을 경황하여 섬을 잡아 내치었으나 처마 끝은 벌써 타 내려졌더라.

옷을 벗어 무수리를 시켜 모두 끄고 말았다.

불을 끈 뒤에 천복이 종을 데리고 나와서 이르기를,

"숯섬에서 불남은 하나도 이상할 게 없느니라. 본래 숯섬이란 것은 오래 쌓아 두면 불이 나는 법이니라."

모두 대답하기를,

"숯섬에서 불이 난다면 선공(繕工)에는 숯을 어찌 쌓아 두며 시방 여러 곳에 쌓아 놓았으되 불 나는 데 없더니 이 불이 극히 이상하다."

하니,

"그렇다고 누가 불을 놓았단 말이냐?"

하는 것이었다.

역질(疫疾)로 지금 앓고 계신 경황없는 사이에 놀라게 하여 타죽게 하려 하는 거동임이 분명했다.

시위인이며 윗전께서 놀라 어찌할 바를 몰라 지게문을 닫으시고 안채에까지 불이 붙게 되면 바깥으로 나오시려고 하였는데, 나인들이라고는 하지만 애들 늙은이 대여섯이 나서서 못 끌 불을 끄니 어찌 심상한 어른이라고 할 수 있겠는가?

천복이 어떻게 해서든 역질을 심히 앓게 하려는 생각에서 종을 시

켜서 가만가만 칼질도 하며 온갖 음식을 다 시켜 먹더란다.

하인들 중에는 아이들이 여럿 있어서 옳지 못한 일을 시킬라치면 늙은 나인이 소리 지르며 때리거늘 그 아이가 노하여 아이들 대여섯을 달래서 데리고 도망쳐가서 가히를 만나고 싶어하니 즉시 나와서 말하되,

"대비는 어떻게 지내시며 공주는 어떠시고 또 나인들은 무슨 일들을 하느냐?"

그 아이가 대답하되,

"대비마마께서는 밤낮 울고만 계시고 공주께선 무슨 일을 하시겠으며 나인들인들 무슨 일을 하겠습니까? 아무 일도 하지 않습니다."

시녀 정순이가 꾸짖으되,

"대비마마라니 무슨 당치도 않은 소리를 하느냐? 그냥 대비라고만 하여라. 공주께서는 또 무슨 소리냐? 그냥 공주라고 하여라. 공주가 늙더라도 혼자 늙게 내버려 두지 무슨 부마(駙馬)를 삼게 하랴? 죽어도 그냥 죽게 내버려 두지 누가 내어오게 한다더냐? 대비가 되셨다고 참 위대하기도 하여라. 대비의 성질이 사납기는 이루 말할 수 없어 우리 대전마마를 죽이고 대군을 그 자리에 세우려고 하다가 들켜서 저렇게 잡힌 신세가 된 것이란다. 털끝만치도 대비를 위할 생각은 말아라. 위한다면 죽이겠다. 벌써부터 오라고 손꼽아 기다렸는데 오지 않더니 어째 이제서야 왔느냐?"

대답하되,

"부모의 소식을 통 모르니 안부나 들어볼까 하여 왔습니다."

가히 말하되,

"너희들이 그곳에서 하는 일을 다 고하면 안부도 듣게 해 주마."

대답하되,

"아무 일도 하시는 일은 없고 그저 서러워하고만 계십니다."

정순이 꾸짖으며 말하되,

"너희가 하는 일을 속이면 다 잡아다 옥에 가둘 것이니 바른대로 말해라."

대답하되,

"아는 일이 없으니 죽이신다고 한들 모르는 일을 어찌 말하겠습니까?"

정순이 꾸짖기를,

"말하질 않으니 정말 괘씸하기 짝이 없구나. 어버이를 빨리 만나보고 싶거든 대비를 하루 속히 죽이거나 그렇게 못하겠거든 불이라도 질러라. 불만 질러 놓으면 너희들은 다 양반이 돼 나가기가 쉬우리라. 너희들이 왔으니 고기랑 술이랑 먹여주마."

하고, 술과 고기를 주기에 먹지를 않으니,

"왜 먹지를 않느냐?"

"슬퍼서 못 먹겠습니다."

"슬프다고 저까짓 것을 못 먹느냐? 그러지 말고 어서들 먹어라."

"대비가 꾸짖을까 봐서 안 먹느냐?"

"왜 우느냐?"

하되 그래도 말이 없으므로,

"들어 갇혀서 슬퍼하는 아이들 생각하고 우느냐?"

"어서 먹어라."

"*기휘(忌諱)로 고기를 안 먹던 것이라 먹지 않습니다."

"무슨 기휘냐?"

"공주께서 마마를 앓으십니다."

가히 놀라며 한편 반가워 물어보되,

"무슨 마마냐?"

"큰 마마를 앓으십니다."

"경과가 좋으시냐?"

"경과가 좋으십니다."

"얼마나 돋았느냐?"

"조금 돋았다고들 합니다."

"며칠째나 됐느냐?"

---

*기휘(忌諱)——꺼리어 싫어함. 두려워 피함.

"거의 다 나아가십니다."

"천복이를 침실에서 부리시도록 하였는데 누가 못하게 막아서 안 부리시게 하였느냐?"

"아이가 대비마마의 일을 어떻게 압니까?"

"들었을 텐데 설마 모르겠느냐?"

정순이 또 꾸짖어 말하되,

"대비마마라고 하지 말랬는데 또 어째서 대비마마라고 하느냐?"

하니, 가히가 정순에게 눈을 흘기며 꾸짖어,

"잔소리 말아라."

하니 정순이가 또 말하되,

"무엇이 불쌍하다고 꾸짖지 말라 하시는고? 대전마마를 죽이려고 한 일이 고마워서 꾸짖질 말 것인가?"

라고, 말했던 것이다.

중환의 당(黨)에 소속된 아이이기에 함께 넘어 가면 내어 보내줄까 하고 넘어갔더니 하도 꾸짖고 상전을 욕하니 좇아 가던 아이들은 화가 나고 애달파 도로 넘어오며, 혼자말로 말하기를 이럴 줄 알았더라면 가지 말 것을 혹시 나가게 될까 생각을 했었는데 공연히 욕만 보았구나 하면서 울고 온 아이도 있고 우리 다시 한번 보자 하는 아이도 있었던 것이다.

침실 상궁들은 기휘(忌諱)하는 까닭으로 안에서 나오질 않으니 알 길이 없었는데 사옥이란 아이가 침실 처마 밑에서 *수직(守直)을 자는데 하루는 남달리 늦게까지 자기에 수상하게 여겼더니 겟나인들이 담을 넘어 결박을 짓고 불 붙은 처마에 불을 지르곤 자는 사람이 간신히 힘을 써서 일어나는 걸 기다렸다가 불을 끄니 누가 한 것인지 알지도 못하지만 무서워서 불이 났었다는 말을 내지 못하고 아는 사람들만 알고 그냥 참고 살았던 것이다.

이 아이들이 계속해서 넘어갔고 두려운 생각들이 들어서 궁정에서는 야경을 돌며, 유언비어(流言蜚語)를 퍼뜨리고 불을 질러서 소란하

---

*수직(守直)——맡아서 지킴.

게 구는가 하면 밖으로는 *납향(臘享)에 쓸 돼지를 많이 들여오면서 내관이 내전께 여쭙기를,

"어떻게 해서 드려야 되겠습니까?"

"토막을 쳐서 드려라."

하니 차비문(差備門)에서 도끼로 돼지, 사슴, 노루를 토막을 치는 소리가 침실까지 들려오고 그 고기를 장대에 꿰어 들이밀며,

"조금 있다가 갖다 드려라 하거든 드려라."

하기에, 내관이 큰 소리로 꾸짖으니,

"우린들 어떻게 우리 마음대로 할 수 있으리요. 전에는 그냥 통째로 드리더니 올해는 어쩐 일인지 토막을 쳐서 드리라는 대전의 전교가 있어 마지못해 토막을 쳐서 드리는 것이니 잔소리 하지 말고 어서 드리라."

하였던 것이다.

사람이 미처 받지 못하면 군사들이 들고 와서 동댕이쳐 버리고 어서 문을 닫으라고 하였던 것이다.

마마 앓는 데는 칼질과 도끼질이 가장 흉한 줄을 알고 일부러 토막을 내서 갖다 드리라고 일렀던 것이었다. 그래서 신령께서 도와주시고 잔인한 짓인 줄 여기시더니 마마를 순히 앓아 넘기셨던 것이다.

넘어갔던 나인들이 마마귀신을 나가지 못하게 넣어 두었는데도 공주는 순하게 앓고 낫고 내 손자는 그렇게 예방을 했건만 어째서 죽었는지 참 이상도 하다고 말들 했던 것이다.

그곳의 나인들이 날마다 높은 곳에 올라가 망을 보다 혹시 그곳에 갔던 아이라도 눈에 띨라치면 손짓을 하여 오라고 해서 기어이 그 애가 담을 넘어 가게 만들었던 것이다.

한번은 밤 열시쯤에 누가 담을 타고 넘어가려는 것을 어느 시녀의 종이 뒤미처 나가다가 보고 제 동료한테 이르러 온 동안에 뛰어 내려 얼른 제 방에 가서 자는 시늉을 하고 있어서 누가 넘어가려 했었는지

*납향(臘享)——납일에 그 한 해에 지은 농사 형편과 그밖의 일을 여러 신에게 고하는 제사. 납평제라고 함.

아무도 알지를 못했던 것이다.

잡아보았자 처치하기도 어려운 터라 일부러 모르는 체를 하고 덮어 두었던 것이다. 저들은 어떻게든지 해서 나갈 궁리만 하여 별의별 계교를 다 꾸며가며 나가려고만 했던 것이다. 그곳의 나인이 밤에 담을 타고 넘어와 버드나무 위에 앉았다가 이곳 나인을 만나게 되면 신발을 벗어 던지고 가곤 했던 것이다.

다른 나인들은 혹시나 저를 잡으러 오지나 않았나 해서 무서워하여 혹시 본전 나인을 만나도 남의 전(殿) 나인인가 하여 혼비백산(魂飛魄散)이 되어 저도 모르게 소리를 지르게 되니, 누군 줄 알고 저렇게 소리를 지르는 거야? 난데 뭘 그래 하여도 무어라고 소리를 질렀는지 어디로 달아나야 하는 건지 통 모르고 쩔쩔매곤 하였던 것이다.

을묘년(乙卯年) 봄이 되니, 변상궁이 나간 뒤로 죽었는지 살았는지 알지를 못해도 말씀도 못 하시고 내버려 두었더니 어떻게 생각들을 했는지 이르지도 않았는데 사월 그믐날에 도로 들여보내 주었던 것이다. 들여보내 줄 때 상궁보고 들어오라고 하여 가히가 나와 보곤 손뼉을 치며 말하기를,

"우리를 죽이려고 꾀하다가 하느님이 알아 잡아냈으니 망정이지 대전이 누구시라고 감히 죽이려고 하였던고? 하느님이 앙화(殃禍)를 주신 것이니 이제 와서 뉘 탓이라고 할꼬? 이제라도 곱게 살지 못하려고 하늘께 제사를 지내며 빌다가 그 일도 탄로가 났으니 그래도 거짓말이라고 할까?"

이렇게 말하고 손뼉을 치고 소리지르며 허둥대니 이편에선 입이 있은들 무어라고 말을 할 수 있으리요. 아무 말도 못하고 잠잠히 앉아 있으니까 손을 휘젓는 것도 더딘지 바삐 오락가락 하며,

"그렇게 잠자코 있는 걸 보니 내 말이 사실임에 틀림이 없으니 어찌 입이 있다 한들 무슨 말을 하겠는가?"

하고,

"모두가 옳은 소리니 말이 없이 앉았는 것 아닌가?"

이렇게 말했던 것이다.

내전(內殿)이 친히 만나서 할 말이 있다고 하기에 한참 동안이나 기다리고 있었더니, 무슨 계략을 꾸미려는지 다시 부르진 않고 사람만 보내어 말하되,

"너를 애초에 죽였어야 옳은 것을 안 죽였으니 모두 상덕(上德)인 줄을 아느냐? 칭병코 나온 것도 그 동안에 잔꾀를 부려 병탈을 하고 나온 것이니, 너를 들여 보내지 말 것이로되 모실 사람이 없다고 하여서 너를 들여 보내는 것이니라. 이 뒤부터는 요사스런 일일랑 다시 하지 말고 잘 모시도록 하여라."

이렇게 일렀던 것이다.

가히가 내달으며,

"내 말을 듣고 저토록 서러워하시니 어서 죽기라도 하시면 시원할 텐데 그려. 대군을 임금 자리에 세우고 편안히 살려고 하다 발각이 났으니 부디 내 말대로 이제라도 죽기나 하시지. 공주야 내전마마께서 어련히 길러서 혼인을 시키실라구. 공주는 차차 나이 먹고 문은 열 길이 없으니 도둑의 무리도 잡지를 못했고 공성왕후(恭聖王后)마마도 천조(天朝)에 주청(奏請)을 하러 갔으니 이제 문을 연다 한들 어찌 용납이 될 수 있을꼬? 하루 속히 돌아가시면 양편 전이 다 좋으실 걸세 그려."

하기에, 하도 분하여 죽기를 무릅쓰고 말하기를,

"죽고 사는 일은 본래 명에 달려 있는 법이니 어찌 마음대로 죽으소서 하리요. 벌써부터 죽고 싶다는 게 주야로 소원이시되 어떤 까닭에선지 살아 계신데 그런 말을 들으니 더욱 서럽소이다."

하시니,

"공주 아기씨야 어련히 잘 기르실 일일까마는 부모보다 더 좋은 이가 이 세상에 어디 있을까?"

하니, 가히가 웃으며 말하되,

"아까 한 말은 모두 웃음의 소리이려니와 살아 계셨다가 우리가 되어가는 뒤끝을 보겠노라고 하신다니 그 말이 정녕 옳은 소린가?"

대답하되,

"사람의 마음은 다 같은 법이니 나는 아직 들어 보지도 못한 말일세."

가히가 말하되,

"대전이 죽으셔도 세자가 계시니 잠근 명례궁(明禮宮)의 문이 썩는다고 한들 열기가 그리 쉬운 노릇일까? 지금도 세자께 말하기를 내가 죽은 뒤에도 내가 살았을 때처럼 하라고 하시는데 행여 좋은 일을 볼까 하는 마음에서 살아 있질랑 마십쇼. 상궁이 내 말을 잘 들으면 이로울 일이 있을 것이니 듣소. 자네가 내가 한 말을 소문내는 날에는 멸족(滅族)을 당하는 화를 입을 것이니 자네하고 나하고 굳게 맹세를 하여 보세."

하도 무서워 대답하되,

"나는 속에 있는 말을 참지 못하는 성질이니 듣지 않았으면 좋겠소."

가히가 앞으로 나와 다가들며, 손목을 쥐고 말하되,

"우리는 서로 아이 때부터 함께 살다가 우연히 사이가 멀어진 게 아닌가. 대비마마를 시위하여서 산 지 얼마 안 되는데 무슨 정이 그렇게 중하시단 말인고?"

울면서 온갖 방법을 다해 달래기도 하다가 위엄을 지어 보여 말하되,

"대전과 내전이 상궁을 보고 친히 이르시려고 하더니 연고가 있어 못 만나신다고 날보고 말하라 하시기에 말하는 걸세. 이제 들어가걸랑 꼭 죽이셔야지 만일 살려 둔다면 종에게만 서러운 일이 있을 따름이요, 유익한 일이 없으리라. 이런 말을 소문만 내면 두고 보자. 죽은 어버이에 이르기까지 화를 면치 못 하리라."

하였던 것이다.

아무리 참으려고 애를 쓰되 분해 못 견디어 울면서 대답하기를,

"이 일은 종이 차마 못 할 노릇이니 들어가지 말게 하여 주소서."

가히가 말하되,

"상궁이 좋은 말로 말하며 내 말을 들어 주지 않으니 내 알 수 있겠

소? 마음대로 하소."

하였던 것이다.

갑인년(甲寅年) 사월에 내관 박충신이를 보내어 공주와 대군이 들어 계시던 곳을 두루 돌아 보고 이튿날 또 와서,

"할 일이 있어서 그러는 것이니 어서 끄집어 내어라. 더디면 나인들을 다 죽이리라."

하고 발발 재촉을 하니, 나인들은 어찌 할 바를 몰라 까닭이나 알고 끄집어 내려고 하되 잠시도 지체하지 말고 모두 끄집어 내라 하기에 공주의 피접소(避接所)부터 세간을 끄집어 내겠노라 하니 또 내관을 보내어 대군의 세간일랑 다 밖으로 내어오라 하고 온갖 세간과 솥가마며 다듬이 돌을 꺼내어 동가 서가 남가 북가 남정 양진 당지들이 꺼냈고 나라의 고간지기 내관이 보더니 다 빼앗아 수레에 싣고 가니 남정 고간은 내관이 문이며 지게문이며 온통 문둔테를 박고 문틈을 다 바르고 들어가서 모조리 다 세어서 적어 가지고 갔었던 것이다.

안팎의 담을 더 높이 쌓고 가시덤불을 담 위에 얹고 문에는 첩을 박고 축대 밖으로 담을 쌓기에 늙은 나인이 울며 말하되,

"안팎으로 사뭇 대여섯 자나 더 담을 높이고 문마다 첩을 박아 문둔테를 박으니 위께서는 돌아가시기만 날마다 기다리시지만 부모 자손 사이에 뒤에 남을 이름이 불쌍하고 서럽고, 어머님을 안치하셨다는 말은 벗지 못하실 걸세."

하니, 내관이 달아나며,

"대비께서 옳게 처신하셨던들 이런 일을 당하실까? 잔소리 말고 서럽겠지만 잘 시위하고 계십쇼. 우리한테 말해 봤자 아무 소용 없삽네다. 나라의 녹을 얻어 먹는 처지에 누구를 옳다고 하올꼬?"

이렇게 말했던 것이다.

궁중을 좁게 하여 겨우 다닐 수 있게 만들고 차비문에다 첩을 박고 자비로 하루 두 번씩 출입하되 아침에도 삼전(三殿)에서 문안이 오되 간신히 엎드렸다가 '문안 알고 싶으오이다'라는 말도 않고 그냥 일어나 가는 것이었다.

어떤 말이고 하려고 들 양이면,

"우리는 말 들으려는 것이 아니라 문안만 알려 왔노라."

하더란다.

하루는 문안내관 나업이 왔기에,

"글월 가져가라."

하니, 대답하기를,

"손 없어서 못 가져 가리이까? 발이 없어 못 가져가며 입이 없어 못 전하리까마는 가져오지 말라고 하니 못 가져 가나이다."

하는 것이었다. 궁중 안에 더럽고 지저분한 물건 버릴 만한 빈터가 없어 내관더러 말할 양이면,

"아뢰기는 하되 대전마마께서 이르시기를 받아서 버리지 말라 하오시고 한데다가 모아두라고 하시니 못 쳐내노라."

하니 일년 동안 모아 놓은 것이 산 쌓아 놓은 것 같았다.

제발 쳐달라고 백 번 애걸할 양이면 내관이 꾸짖어,

"대전마마께 아무리 *취품(取禀)하여도 치지 말라고 하시니 못하노라."

이와 같이 하여 두어 해가 지나니 악취가 방안에 가득 차고 구더기가 생겨서 방안과 밥 지어먹는 솥 위에 끼어 물로 아무리 씻어내어도 없어지지 않는 것이었다.

문안 대답하는 상궁이 울면서 여러번 이르니까 그때야 마지못해 어른 내관과 종사관(從事官) 보내어 첩첩이 못질해 놓은 문짝을 떼내고 별장(別將), 내금위(內禁衛), 병조낭청(兵曹郎廳), 사소위사(司掃衛射)가 하인 보내어 거느려 쳐내갔던 것이었다.

집 위에도 까마귀, 까치 똥이 가득하게 쌓여 회칠한 듯하니 별장들이 이르기를,

"나인들은 적고 짐승들은 많아 더러운 것을 먹으니 집 위에 회칠한 듯하고 악취 궁중에 가득하여 잠깐만 그 냄새를 맡아도 못 견디겠거든 윗전께서는 어찌 견디시는고? 선조(宣祖)때 이 궁중에 와 본

*취품(取禀)——웃어른께 여쭈어서 그 의견을 기다림.

일이 있거니와 선왕(先王)께오서 승하하오신 지 오래지 아니하여 자손이 이와 같이 만드셨으니 눈 뜨고는 차마 못 보겠노라."
하고, 눈을 가리우고 눈물지으며 나가는 것이었다.
나인이 행여 빠져나갈까 싶어 호위 군사를 사방에 둘러 싸게 하고, 별감을 보내어 어서 치우고 나가라 더디면 죽이리라 하더란다.
이러하기 두어 해에 한 번씩 삼 년에 한 번씩 더러운 오물을 쳐주곤 했던 것이었다.
사뭇 내인이 서로 늘어서 불을 켜고 다녔더니 이튿날 내인이 하인 데리고 연고 없이 사나이를 궁중 행랑집 위에 오르게 하여 두루 다니게 하니 나인들이 하도 무서워 쫓아 들어와 숨었더니 내관이 이르기를,
"무슨 일을 하느라고 불을 켜고 다녔느냐?"
하인이 신을 것이 없어 발벗고 다니다가 혹시 다치기라도 하여 울 양이면 내관을 보내어,
"무슨 일로 우느냐?"
"발이 아파서 운다."
"언감생심에 울지 마라. 울면 죽이리라."
하는 게 아니겠는가?
나인들이 들어 있는 곳이며 침전이 옛 집이라 두루 새어서 비 올 때면 몸 둘 곳이 없어 하도 민망하여 새는 데를 이어 고쳐 달라고 빌되, 듣지 아니하는 것이었다.
나인이 가까스로 지붕에 올라간즉 내관이 꾸짖는 게 아닌가.
나인이 정순의 말과 천복의 지위(知委)로 갑인 무오년(甲寅戊午年)과 같이 방화하지 않는 적이 없어 숯섬에도 불을 놓으며, 소목(小木) 놓은 데며 거적에 불을 지르곤 하니 견디지 못하여 *신시(申時)부터 불기를 금하니 *미시(未時)에 밥을 지어먹고 신시(申時)에 요령을 흔들고 부엌 구석마다 온 궁안을 두루 돌아보기를 두 시간에 한 번씩 하

*신시(申時)——12시의 아홉째 시. 오후 3시부터 5시까지.
*미시(未時)——12시의 여덟째 시. 오후 1시에서 3시까지.

더니 대전 쪽으로 넘어갔던 하인들 중에서 싸움이 일어나 싸운 끝에 그런 사실을 아뢰니 윗전께서 통분하게 여기시어 각각 모이게 하여 안치하여 놓고 흉모를 묻자오시니 종아리가 터지기도 전에 낱낱이 *복초(服招)하는 것이었다.

"누가 방화하기를 가르치더냐?"

"대전 시녀 정순이 가르치더이다."

"너희가 불을 질러서 대비와 공주를 타죽게 하면 너희를 종의 신세에서 면하게 해주고 큰 상을 주고 우리에게 와서 살게 해주마 하더이다."

하는 게 아닌가.

여러번 방화를 하여 집 위에 불길이 올라 성화(盛火) 급하거늘 나인들이 노소(老少) 할 것 없이 모두 몰려나와 불을 끈 것이 그 몇 번이나 되었던고?

"끄지 말고 버려 두라."

하더란다.

나인이 그때마다 불을 다 끄니 내관 별장이 모두 기특하게 여기곤 했다.

나인들이 신을 것이 없어 헌 옷을 뜯어 노끈을 꼬아 짚신처럼 만들기도 하고, 헌 신을 뜯어 신는 것을 기워 신으나 헤퍼 견디지 못하여 화살촉을 빼내어 송곳을 만들어 초혜(草鞋) 짓기를 시작했었다.

겨울이 오면 눈 위에 신을 것이 없어 큰 신을 뜯어 녹피(鹿皮)로 큰 신을 짓기를 하지 않을 수 없었다.

봄에 절여 두었다가 겨울을 지내니 녹피 창이라 겨우 한겨울은 지낼 수가 있곤 했었다.

십년이 되어가니 모든 물건이 다 동이 나서 신창 기울 노끈이 없어 베옷을 풀어 깁고, 지을 실이 없어 모시 옷과 무명 옷을 풀어 쓰곤 하였다.

나인이 발이 짓물러 울고 다니더니 한 내인 아이 발이 깨어져 급한

*복초(服招)——취조의 준말. 공초(供招)를 받기 위해 죄인을 신문함.

소리로 우니 윗전께서 듣자오시고 불쌍히 여기시어;

"어떻게 해서든지 발을 간호하여 주라."

하오시니, 처음에는 칼로 평평한 나막신을 만들어 주었더니 점점 익숙해져서 굽이 높은 나막신을 만들어 주었다.

격지의 못은 진상 들어온 궤짝의 못을 빼내어 쓰곤 했다.

칼 할 것이 없어 옛부터 있던 환도(環刀)를 둘로 끊어서 칼을 만들고 가위를 숫돌에 갈아서 날을 만들고, 하인의 옷 할 것 없이 낡은 아청(鴉靑) 옷을 뜯어서 흰 것에 드리워 입고 웃 사람은 치마 할 것이 없어 민망히 여기고 있더니 짐승의 똥에 쪽씨가 들어있으매 미처 한 포기 났거늘 한 해 길러 두 해째는 꽤 많이 자랐다.

이러구러 남빛 물감 들이기를 시작했다.

쌀 한 바가시가 없어 소구리로 쌀을 일더니 까마귀가 박씨를 물어왔거늘 한 해 길러 두 해째는 쪽박이 열리더니 세 해째는 중박이 되고 네 해째는 큰 박이 열렸었다.

솜 없이 겨울을 칠팔 년을 지냈는데 햇솜이 없어 추워서 덜덜 떨었는데 면화씨가 섞여 들어 왔거늘 그를 심어 빼내어 두세 해째는 많이 면화가 열리어 그것으로 옷에 솜을 넣이 입었던 것이있다.

사절(四節)이 다 지나되 햇나물 얻어 먹을 길이 없더니 가지와 동화씨가 짐승의 똥 속에 들었거늘 심으니 나물상을 먹을 수가 있었다. 생치(生雉) 목에 수수씨 들었거늘 심으니 무성히 열리었다. 가을이 되어 찧으니 수수떡을 만들어 먹을 수가 있었다. 상추씨가 짐승의 똥 속에 있기에 이를 땅에 심기도 했다.

여러 해가 지나매 안담이 무너지니 하도 민망하여 뜰에서 땅을 단단히 다져 고쳤었다.

옛집이라 여러 해째 손을 보지 못하니 대들보가 꺾어지고 기울어 사람이 치이게 되었기에 한 나무를 얻어 괴이고 내관더러,

"대전께 아뢰라."

하고, 백 번 빌되 들은 체도 아니하는 것이었다.

바깥 담이 또 무너지거늘 쌓아 올렸더니 내관이 들어와 보고 이르

기를,

"계집이 한 일이 아니라 짐짓 장사(壯士)가 한 일 같다."

하고, 기특하게 여기는 것이었다. 씨뿌리지 않은 나물이 침실 앞 뜰에 가지가지 나니 기특히 여겨 가꾸어 뜯어 삶아 먹으니 향기롭고 맛이 좋거늘 모두 먹더니 꿈에 사람이 나타나 이르기를,

'나물을 못 얻어 먹어하기에 이 나물을 주노라.'

하더란다.

대추 나무가 있으니 전부터 있던 것이로되 벌레집이 되어 옛부터 먹지 못하더니 폐문 중에 햇실과 없으나 윗전께서 부원군(府院君)을 위하여 제사를 지내시더니 무오년(戊午年)부터 이 나무가 싱싱해져서 큰 밤만큼 크게 열리며 맛조차 비상하게 좋아 여늬 대추와 다르고 거의 한 섬가량이나 열렸었다. 꿈에 이르기를,

'일부러 맛좋고 성하게 열리게 한 것이니 나인들이 도적질하여 먹으면 다시 안 열리게 하리라.'

하므로, 사람을 시켜 지키게 하였더란다.

복숭아를 심지 않았건만 저절로 길가에 자라나서 열매의 맛이 마치 천도(天桃)와 같고 예사 맛이 아니더니 꿈에 이르기를,

'보통 복숭아 나무는 세 해를 채워야 열매가 열리는 법이로되, 이 나무는 두 해 만에 열매 열게 하였으니 잡 사람이 먹으면 열매 열리지 아니하고 즉시 죽게 하리라.'

하는 게 아니겠는가.

윗전께서만 잡수시더니 꿈이라고 믿기지 않아 모두 먹으니 그 해 겨울에 절로 죽더란다.

밤나무를 윗전께서 시녀를 시켜서 심어놓으니 여러 해 무성하다가 기미년(己未年)에 죽거늘 심상하게 여겼더니 꿈에 이르기를,

'이 나무 죽었으나 괴이하게 여기지 마라. 다시 살아나리라. 이 나무 사는 일로 윗전께서 다시 살아 나시리라.'

하더니, 이듬해가 되어 한 가지가 살아나고 또 이듬해에 한 가지가 살아나고 다시 꿈에 이르기를,

'다 살아나면 좋은 일 보시리라.'

하더니, 이듬해에 큰 나무가 마저 살아나 옛 모습을 그대로 드러 내었었다.

가을에 늦게 피기를 봄에 늦게 피듯 하거늘 수상히 여기니 꿈에 사람이 나타나 이르기를,

'근심 말라.'

하더라.

무오년(戊午年) 여름에 불이 일어나 정릉(貞陵)골 불이 들이 붙어 오거늘 문을 두드려 아무리 불러도 대답 아니하기에 하도 부르니까 마지못해 대답을 하였고,

"불이 붙어오니 문을 닫아 두고 태워 죽이려고 하느냐? 이제 문을 열어 불에서 벗어나게 하라."

"내전(內殿)이 잠근 채 두고 열지 말라 하시니 못 열겠노라."

하는 게 아닌가.

나인이 하도 민망하여 불 머리를 보려고 집 위에 오르니 내관이 문 밖에서,

"어서 내려와라. 대전께서 아시면 다 죽이리라."

하거늘 아니 내려오니, 크게 꾸짖기를,

"가만히 들어 있지 못하고 불 보아 무엇하려는가? 나인의 머리 깨치겠노라."

하더란다. 내관이 대전께 여쭈기를,

"불이 들어 붙으오니 자전(慈殿)을 어찌하리까?"

"버려 두라."

문 열 기색이 없거늘 문안 내관더러 이르기를,

"웟전마마의 용태 중하시어 토혈하오시니 행여 이르지 않았다 하오실까 하여 여쭈나이다."

하니, 즉시 내관을 불러 이르기를,

"어디가 아프시며 무슨 연고로 토혈하시며 하루 몇 번씩 하시느냐? 나인의 말이 믿어지지 아니하니 의녀(醫女)를 들여보내 진맥

케 하라."

"행여 그러하옵시거든 의녀는 들이지 마오시고 문을 열어 주오시면 백 병에 다 좋을까 하나이다."

하니, 와 꾸짖기를,

"일부러 탈하여 두고 아프다하니 나인을 모두 죽이겠노라."

이어서 말하기를,

"중하게 아파하시거든 곧 이르게 하라."

"고초히 있다가 불평하옵시랴?"

하니, 죽 잡숫게 하고저 날마다 묻곤 하는 것이었다. 정사년(丁巳年)부터는 조정에서 음력 초하루 탄일(誕日)에도 문안 아니하고 숙배(肅拜)도 하지 않는 것이었다.

세공(歲貢)이라 하고 남이 행여 알까하여 단자(單子) 진상(進上)에 쓴 것을 대전 내관이 긁어 없이 하고 들여보내는 것이었다.

신유년(辛酉年) 칠월에 포수(砲手)를 달래고 꾀어서 *내장사(內藏司) 밑에서 숙직을 하게 하고 자정때쯤 해서 야경을 돌게 하니 마치 만군(萬軍)이 들끓듯하는 것이었다.

나인들의 생각엔 그들이 들어와서 죽이려는 것만 같아 애가 타 갈팡질팡 헤매다 침실에 가서 윗전을 시위하여,

"함께 가서 죽자."

라고, 말했던 것이다.

나전에 살던 포수가 본궁에 가서 해마다 방포를 놓으니 귀신을 몰아서 우리한테로 모두 오게 할 일이었던 것이다.

내인이 병이 들어도 백 번씩이나 빌어야 겨우 나가게 해 주면서, 가히, 은덕이 갑이를 아는 나인이면 밖에 사는 어버이에게만 청을 넣으면 앓지 않아도 데려 내가니 나인들이 울며 말하기를,

"집은 크고 사람 수는 적어서 밤이면 무서우니 앓는 사람만 데려 내가고 성한 나인은 나가지 말게 해달라."

이렇게 하면 대전 내관이 말하되,

---

*내장사(內藏司)——왕실에 세전하는 보물·장원 그 밖의 재산을 관리하던 관아.

"대군도 데려 내갔는데 나인들 따위야 무엇이 대단하다고 그러느냐? 잔소리 말고 어서 내놔라."

이토록 데려 내간 일이 대여섯 차례나 되었던 것이다. 계해년(癸亥年) 정월 사흗날에는 죽은 나인의 종을 다 잡아 내라고 하기에 위께서 비시면서,

"죽이려는 생각으로 이곳에 가두어 넣었으니 서러운 일을 생각한다면야 벌써 죽었어야 했으되 내 명은 하늘에 달린 것이니 사람의 뜻대로 못하리다. 나인 삼십여 명을 다 죽였으니 궁중이 비어 까막 까치와 도깨비만 꾀어 들끓는 형편인데, 죽은 나인들의 종들까지 내노라고 하면 나 혼자선 무서워 살 수 없나이다."

말씀하시니, 들은 체도 않고 어서 내놓으라면서 독촉만 하였던 것이다. 두엇 나인의 종만 내어 주었더니 데려다가 개 부리듯 심하게 했던 것이었다.

삼월 열 하룻날에 내관을 보내서,

"앓는 사람이 있걸랑 내놔라."

하는 것이었다.

열 이튿날에는 가죽에다 마마 귀신을 그리고 붉은 빛 나는 작은 주머니에 죽은 나인들의 이름을 써넣고 산 나인들의 이름은 밖에 써서 매달고 내관편에 보내어,

"이 가죽일랑 침실 문 안에 걸고 주머니는 거기 써 있는 나인들의 이름을 보여주고 차게 하여라. 없애 버리면 일러 바치리라."

하고, 가 버린 것이었다.

보매 흉하고 무서워 즉시 파묻었던 것이다.

계해년(癸亥年) 삼월 십삼일 자정쯤 해서 문을 열었던 것이다.

오랜 세월에 걸쳐 잠가 두었으나 궁중에선 기특하고 거룩한 상서로운 일이 많았으나 늙은 나인들은 축수(祝壽)하고 젊은 나인들은 더욱 두려워하여 마음 둘 곳을 몰라 하더니 이렇게도 헤아릴 수 없는 일들이 오랜 동안에 일어났던 것이다.

신유년(辛酉年) 임술년(壬戌年)부터는 신인(神人)이 내려와서 나인

들 눈에 띄게 기특한 일이 많았던 것이다.

계축년(癸丑年)부터 겪던 서러운 일이며, 항상 내관을 보내어 공갈하고 꾸짖던 일이며, 박대하고 도리에 어긋나며 불효(不孝)의 일들을 이루 다 쓸 수 없어 그 중 만분의 일이나마 여기에 쓰는 바이다.

다 쓰려고 하면 남산에 심은 대나무를 다 베어온들 어찌 이루 다 적을 수 있겠으며, 낱낱이 빼지 않고 모조리 말을 하려고 할 양이면 선천지(先天地)가 꺼지고 후천지(後天地)가 생겨날 때까지 걸린다 하더라도 어찌 다 말할 수 있겠는가.

나인들이 여기에 잠깐 기록할 따름이다.

작품해설

■인현왕후전(仁顯王后傳)

숙종(肅宗) 때 궁중(宮中)에서 일어난 숙종의 민비(閔妃) 폐비사건(廢妃事件)을 서술한 궁인(宮人)의 작품으로, 그 표현형식이 충분히 소설적이다. 그 소재는 궁중의 비사(秘史)를 주로 했기 때문에 역사소설(歷史小說), 혹은 궁중소설(宮中小說)이라고 널리 일컬어진다. 이 작품을 이해하기 위해서는 약간의 역사적 해설이 필요하다.

숙종은 비교적 처복(妻福)이 없었던 사람이었다. 첫 번째 왕비 인경왕후(仁敬王后 : 金萬重의 형인 金萬基의 딸)는 서른의 젊은 나이로 자식도 없이 서거했다. 두 번째 왕비로 병조판서(兵曹判書) 여흥부원군(驪興府院君) 민유중(閔維重)의 딸을 맞아 들였는데, 대혼 후(大婚後) 6개월이 되도록 태기가 없었다. 이에 후윤(後胤)을 위해 후궁(後宮) 장씨(張氏)를 택하여 희빈(禧嬪)이 곧 태기가 있어 왕자를 낳게 되자, 숙종은 희빈을 깊이 사랑하였다. 이에 장씨를 중심으로 하는 세력이 커지고, 또 왕후가 되려는 욕망으로 왕비에 대한 모해(謀害)가 심했다.

이에 장씨에 빠져든 숙종의 이성을 상실한 독단으로 인현왕후를 폐하여 본가로 보내고, 장씨를 왕후로 삼았던 것이다.

이 작품은 이런 줄거리를 주로 하여 그 전후사(前後事)를 소상하고도 절실하게 묘사한 것이다. 이 작품은 여타의 궁중작품(宮中作品), 이를테면 '한중록(閑中錄)'·'계축일기(癸丑日記)'와 같이 독특한 궁중용어와 궁중문체로 씌어 있어, 우리 고전서사문학(古典敘事文學)에서 특이한 향훈(香薰)을 풍기고 있다.

구중심처(九重深處)에서 지중한 왕을 중심으로 일어나는 갈등, 반목, 모해, 그러면서도 망아적(忘我的)인 정열의 사랑과 모험들이 뒤섞이어 있는 매혹적인 작품이다. 오늘날 영화나 텔레비전 드라마에서 흔히 보는 서투르고 신빙성 없는 궁중이야기보다는 이것이 훨씬 실감 있고, 사실적(寫實的)인 궁중묘사(宮中描寫)인 것이다. 산 역사의 서술이요, 감추어진 비밀의 베일을 벗어 버린 사실이 아닐 수 없다.

서포(西浦) 김만중(金萬重)의 '사씨남정기(謝氏南征記)'는 가공(架空)의 작품이기는 하나, 이 '인현왕후전(仁顯王后傳)'과 꼭 같은 데가 있다. 그만큼 이것은 문제작(問題作)이 되는 것이다.

〈서울대교수　장덕순〉

■사씨남정기(謝氏南征記)

이 '사씨남정기(謝氏南征記)'는 서포(西浦) 김만중(金萬重)의 작품이다. 그 줄거리는 다음과 같다.

중국 명나라 가정 연간에 금릉 순천부에 살고 있는 유현은 벼슬이 이부시랑·참지정사에 이르고 명망이 조야에 떨쳤으나, 슬하에 한점의 혈육이 없었다. 늘그막에 비로소 한 아들을 얻어서 이름을 연수라 하였다. 연수는 나이 15세에 과거에 올라 한림학사가 되었으며, 숙덕(淑德)과 재학(才學)을 갖춘 사씨를 정실로 맞이하였으나 결혼한 지 10년이 되어도 자녀가 없었다. 사씨는 후사가 없을 것을 염려하여 한림에게 권고하여 첩 교씨를 맞아들였다. 뜻밖에 교씨는 음흉하기 짝이 없어서 문객과 죽이 맞아 사씨를 고자질하매, 한림은 사씨를 추방하였다. 사씨는 정처 없이 남으로 유랑하였다. 그러는 도중 교씨의 흉계가 탄로되어, 한림이 교씨의 일파를 물리치고 다시금 사씨를 찾아서 정실의 자리에 앉혔다.

이는 서포가 숙종의 두 번째 왕비 인현왕후(仁顯王后)의 폐출과 장희빈(張禧嬪)의 등장을 슬퍼하여, 국문(國文)으로 지어서 임금의 마음을 돌리고자 한 것을 그의 종손 북헌(北軒) 김춘택(金春澤)이 한역(漢譯)하였다. 그래서 오주(五洲) 이규경(李圭景)은 이것이 북헌(北軒)의 작품이라 하였으나 그릇된 말이다.

이 '사씨남정기'는 서포의 소설 중에서 '구운몽(九雲夢)'과 함께 쌍벽(雙壁)적인 존재였으나, 그 소설적인 가치를 논한다면 '구운몽(九雲夢)'의 아류임을 면치 못할 것이다. 그러나 북헌이 이를 정치적인 면에 이용하여 커다란 효과를 거두었음은 부인할 수 없다. 물론 인현왕후의 성덕이 높았으나 장희빈의 악덕이 그다지 음흉한 것도 아니었고, 다만 정치적인 승패에 의하여 선과 악의 거리가 현절(懸絶)하게 되었던 것이다. 그러면 이에서 특히 이 '사씨남정기'는 권선징악적인 소설로서 당시 노당(老黨)을 위해서 지대한 역할을 맡았던 것이 역사적으로 잊혀지지 않는 일이다.

〈연세대교수 이가원〉

■계축일기(癸丑日記)

《계축일기(癸丑日記)》는 《한중록(閑中錄)》·《인현왕후전(仁顯王后傳)》과 같이 궁중비사를 작품화한 것이다. 표제가 일기로 되어 있어 소설적 작품으로 보기에는 문제가 있으나, 그 표현 구성으로 보아, 또 지금까지의 학계의 인습으로 보아 통칭 소설로 다루는 것이 그리 흠은 아닐 것이다.

이는 선조(宣祖)의 계비인 인목왕후(仁穆王后) 김씨(金氏)와 그 소생인 영창대군(永昌大君)과, 그녀의 부친 김제남(金悌男)을 몰아내고 대권을 손아귀에 넣으려는 광해군, 이담 일파의 무옥사건(誣獄事件)을 소재로 한 것인데, 이 와중에서 비극적인 숙명에 농락당하는 어린 영창대군과 인목대비 김씨의 슬픈 비사이다. 이 이야기는 당시 인목대비를 측근에 모시고 있던 어떤 나인의 수기라고 생각되는데, 그 세밀한 관찰과 소상한 서술은 실로 여인의 수법이 아니면 따를 수 없는 것이다. 궁중에는 비밀도 많고 음모도 많고 모험도 많다. 이 심처의 비밀이 속속들이 여인의 손에 의하여 해부, 분석된 이 작품은 당시의 궁중생활과 정계의 이면을 이해하는 데 좋은 자료가 아닐 수 없다.

본시 이 《계축일기(癸丑日記)》는 상·하권 한 책으로 된 궁체의 탁본으로서, 가왕궁 낙산재(樂山齋)에 비장되어 있던 것으로 일명 '서궁록'이라고도 하여 몇몇 이본이 있다.

작품의 이해에 도움을 주기 위해 간단히 영창대군의 계보를 소개하면 다음과 같다.

영창의 생모인 인목대비는 김제남의 따님으로, 선조의 첫 번째 왕비 박씨가 선조 33년에 승하하자 그 다음해에 19세의 꽃다운 나이로 51세나 된 선조의 두 번째 왕비로 들어갔다. 처음에 딸 정명공주를 낳고, 다음에 낳은 것이 비극의 주인공인 영창대군이다. 드디어 그 음모의 와중에서 영창은 희생되고, 인목대비는 구사일생으로 생존하여 인조반정 때에 복위되었다.

〈서울대교수 장덕순〉

필독정선 **한국고전문학** 6

初版 1刷 發行●1994年 5月 25日
初版 2刷 發行●1995年 11月 1日
2 版 1刷 發行●2004年 7月 5日

監 修●張 德 順
發行者●金 東 求
發行處●明 文 堂
서울특별시 종로구 안국동 17～8
대체 010041-31-001194
전화 (영) 733-3039, 734-4798
(편) 733-4748
FAX 734-9209
Homepage www.myungmundang.net
E-mail mmdbook1@myungmundang.net
등록 1977. 11. 19. 제1～148호

정가는 표지에 표기되어 있습니다.
ISBN 89-7270-179-3 04810
ISBN 89-7270-007-X (전12권)